栖野

鹤云歌 著

中国致公出版社

目 录
Contents

第一卷　以身许国

第一章 002
"她就是月亮"

第二章 032
长生天的护佑

第三章 058
"他，只是一个
向长生天撒谎的罪人"

第四章 085
"特殊人才"的试炼

第五章 105
新的征程

第六章 132
如血青春

■ 话外篇　　驯火者 164　　花海子 167

第二卷　　仗剑人间

第七章 172
出错的《二泉映月》

第八章 203
"好好看看这个世界"

第九章 227
为无声者鸣 为无力者行

第十章 258
"她是真的下定决心，
不会回去了"

第十一章 293
真正的"缓冲地带"

第十二章 315
"'战争'和'勇者'"

"她" 352

楔子

地球历6027年，上将宁馥用脑域遭受重创的代价保护了三千万国人，自此陷入昏迷。任何治疗方法都无法刺激她的精神领域，使其恢复波动，于是她成了俗称的植物人。

医生在会诊之后决定用最新的"治疗系统"冒一次险。

系统内收集了上万篇爱情小说，设定了近千个世界，博采世界小说精彩情节之众长。人类的情爱，永远都是最触动情绪的，给宁馥绑定这样的系统，让她经历小说中的人物经历，由此产生的情绪波动就会如一颗投入湖心的小石子，在她的精神领域中产生一圈圈波纹。这样，宁馥才有可能清醒过来。

昏迷中的宁馥不知道，她的历险就此开始。

6027

第一卷

PART 1

以身许国

第一章

"她就是月亮"

· 1 ·

宁馥是一个传奇。

传说中的宁馥，手撕"小绿茶"，脚踩"白莲花"。她是人人敬仰的偶像，是恋爱关系中的不败神话！

然而，传说中比"白月光"更纯洁、比"朱砂痣"更妖冶的宁馥，现在正两腿分开蹲在地上，戴着一副手指处已经被磨得破破烂烂的线手套，从地里往外挖土豆。

是的，你没有看错。不是和霸道总裁日久生情，也不是和危险分子来一场高危虐恋，她的当务之急，是把这一垄地的土豆全部挖完，不然赶不上吃晚饭。

此时的宁馥一无所知，还以为她在完成电子系统发布给她的任务。她已经经历了无数个书中人物的人生，完美满足了众多书中女孩的愿望——和心中的白马王子在一起。

出身不错的宁馥原本要去部队的文工团，却为了追求暗恋的高中同学高涵，悄悄离开家跟在人家屁股后头跑到了茫茫大草原上来支援边疆。这个姑娘一路倒贴，天天自我感动，坚信只要能和高涵长期相处下去，他们一定能修成正果。但高涵根本就不喜欢她。一直坚定拒绝她的高涵，早就爱上了另一个女孩梁慧雪。

宁馥对高涵一腔痴情求而不得，便对梁慧雪心生嫉妒，处处为难她，弄得自己的名声臭了，前途也被耽误，考学不成。和心上人"双宿双飞"的希望破灭后，她最终阴差阳错地嫁给了一个傻子。至于梁慧雪，则参加了成人高考，最终和高涵相会在同一座城市。

当然，这一切都已与宁馥无关。

那个曾经天真漂亮、自命不凡、会跳芭蕾的姑娘，在生第五个孩子时难产而死，过世时不到三十岁。她那象征浓烈香气的"馥"字的笔画太过复杂，连她的孩子都以为她叫"宁富"。

大草原上再没有人记得她的名字。

这种任务对宁馥来说，原本是易如反掌，可谁能想到，她的系统莫名其妙地变成了"赤子之心"系统！

赤子之心，顾名思义，一颗红心向祖国——大力弘扬爱国主义精神，这是上级特意下发文件要求的。但因为这个系统是最新推出的，还没有人用过，宁馥也拿不准到底怎么做才能完成任务，目前她发现的唯一有效的途径，就是老老实实地做农场分配给她的活儿——在地里挖土豆。

这是她的工作，掘的每个土豆都是她给祖国做的贡献。

在挖了三天土豆之后，她成功获得了一个叫作"扎根草原搞建设，获得丰收献祖国"的任务成就。系统奖励了她"草原之花"的称号。

说好的化身万人迷、征服精英、收拾人渣呢？！她的攻略对象就这样变成庄稼地和猪食槽了吗？！

汗水流进眼睛，一阵刺痛，宁馥脱掉脏兮兮的手套，揉了揉眼角。

"小宁同志，我来帮你吧——"

宁馥掘土豆的这片地挨着农场工人们下班要经过的小土路，此时有个小伙子停住脚问她。

宁馥直起身，趁机缓解了一下腰的酸痛，朝着对方礼貌地笑了笑说："谢谢，不过不用了，"她眼睛还有些难受，"我自己可以的。"

她说完，就继续埋头工作了。

只要她存心让人帮忙，结果就很可能打折扣。在找到更有效的途径之前，宁馥不得不珍惜每一次挖土豆的机会！

那小伙还要说什么，后面过来的同伴就用力地把他拉走了："走了走了！"他完全没有压低声音，"这女的就是那个倒贴高涵的……你可别傻了，离她远点！"

那名主动要帮她的小伙子刚来草原不久，对宁馥的名声还不怎么清楚。他隐约听说过有位离家出走的女同学对他们排的高涵紧追不舍，女追男追得尽人皆知，简直成了个笑话，却怎么也无法把那些事迹和眼前的这个女孩联系在一起。因为她看起来是那样年轻、单纯、漂亮，在夕阳的光晕中扬起脸的样子美得不可方物。

女孩鼻梁秀挺，唇角微弯，天生带了两分笑意，脸白得好像鲜羊奶，抬起眼的瞬间让人想到山野深处有灵性的鹿，眸子黑漆漆的、亮亮的。她的眼尾有一点点洇湿，泛着红，像要掉眼泪似的，声音却还平平静静的，说自己能行。

很难相信她是他们口中的那个人……

宁馥把一个土豆扔进筐里。

宁馥清楚,这不是长久之计。按照宁馥的经验,她完成的挑战难度系数越高,任务完成的速度越快。所以,她现在不但不能逃避劳动,还必须得积极主动地争取劳动的机会。

没看之前给她的成就都写得清清楚楚了吗——获得丰收献祖国!

爱情算什么啊,谁要和他们纠缠来纠缠去?!连地里的土豆都比他们有吸引力!祖国!我的心里只有祖国!

"场站排宁馥,场站排宁馥,请速到场部一趟!"

图拉嘎旗农场的支书是个高小生,对自己"有文化"这件事一向很得意,拉开做"思想工作"的架势,就要跟宁馥唠唠。

"小宁啊,现在畜牧排正是需要人的时候,场部决定,把你派过去——"他注意到宁馥还站着,忙不迭地道,"坐,坐下谈,我知道你一时半会儿不愿意……"

宁馥回答得非常干脆:"我愿意!"

支书已经做好了要和宁馥长谈一番的准备,正端起茶打算润润喉咙呢,险些没被宁馥这斩钉截铁的三个字给呛死。

"咳咳咳……你、你说啥?"

宁馥站着没动,重申道:"我服从安排!"

支书有点没反应过来,愣着盯了宁馥半天,准备好的长篇大论全憋在肚子里,计划一被打乱嘴巴就跟不上了:"啊?这、这挺好啊!那啥……你是怎么想的,说说?"

畜牧排可以算是图拉嘎旗农场里最艰苦的去处,去那儿的人要和本地的牧民一起负责整个农场的羊和马,冬夏转场时经常一走就是半个月,走到哪儿就在哪儿扎个简易帐篷,风餐露宿的,知道情况的都不愿意去。相比之下,宁馥目前在场站排干的活儿就要轻松许多,最脏最累的活儿也不过是挖挖土豆、喂喂猪,平时主要负责场站的通勤保障,帮着老乡们翻晒皮料,做些简单农活。

从场站排换到畜牧排,这可不是什么令人高兴的事。

如果是过去的那个宁馥,肯定早就开始抗议了。因为高涵也在场站排,她原本与心上人低头不见抬头见的,这一调换,没个十天半月别想和高涵碰上面。人们都说近水楼台先得月,她怎么也得牢牢霸占住场站排这个好位置,好好和高涵培养感情啊。

支书就是怕她在场部闹起来,预备了好几种方案,准备软硬兼施。

宁馥突然笑了。

就在她同意调到畜牧排的瞬间，任务进度条居然涨了。她对支书说："广阔天地，大有作为。最艰苦的地方就是我要去的地方。"

宁馥很清楚：面临的挑战越大，回报就越高。如果说和祖国"谈恋爱"就是她此次收到的任务，那么她就该到"恋人"需要她的地方去。

支书怔怔地盯着宁馥。

他知道，这姑娘是图拉嘎旗农场里大名鼎鼎的两朵金花之一，却从没注意过，她笑起来竟然这么漂亮。好看得……好看得就像闪电湖边盛开的金莲花，看见她笑，就仿佛能闻到那股香味儿。

挺好一个姑娘啊……不像高涵说的那样不知羞啊？她在农场那猫嫌狗厌的名声，到底是打哪儿传出来的？

宁馥还不知道就这儿分钟的工夫，场站支书已经刷新了对她的印象，但她很敏锐地察觉到对方了长舒一口气，于是很轻松地套出了自己想知道的信息：

排里的女生那么多，为什么偏偏挑她去畜牧排？除了她往日里轰轰烈烈地追求高涵还大吃飞醋换来的坏名声以外，是不是还有人在背后推波助澜呢？

场站排。

一群年轻人完成工作后，正蹲在院里烤苞米吃，一个青年慌里慌张地冲进院里。

"高涵，高涵，不好了，宁馥找你算账来了！"夸张的语气中带着看热闹的期待。

名叫高涵的男青年脸上露出厌烦的神色，他冷声说："我坦坦荡荡，有什么可'算账'的？"说话时他却没注意给手里的玉米翻面，就这一会儿工夫，玉米就被火苗烤焦了。

众人都露出心照不宣的笑容。

那名跑来报信的青年取笑他，道："行了高涵，谁不知道你刚和小梁好上，宁馥还能善罢甘休？"

宁馥追高涵的事在整个场站排都不是秘密——她今天给高涵织副手套，明天给高涵送袋饼干，听说还准备手抄一整套高中教材给高涵！

谁不知道教材的珍贵性？在这整个冬天都刮白毛风的大草原上，很多年轻人的心中都怀着一个上学梦，一本高中的数学教材，对他们来说几乎是圣典似的存在，借来看一次就要付出一把水果糖的代价！

即便宁馥没事就制造"偶遇"，天天缠着高涵，完全不知羞地往男生宿舍跑，大家也多多少少有点羡慕他。

不为别的，宁馥能给的实在太多了，而且人还漂亮。

只可惜宁馥眼里只装得下高涵，而高涵呢，是这群男生里头最心高气傲的一个，眼里只装得下他的女神梁慧雪。这不，他前两天埋头写诗，终于让梁慧雪接受了他——梁慧雪把手绢送给他了！

他们也是眼热高涵能得到全农场最漂亮的"两朵金花"的青睐，这两天没少拿他开玩笑，更是憋着坏想看看宁馥在得知这件事后的反应——她少不得在高涵这里大闹一通！

高涵不理他们的调侃，拍拍手上的灰站起身来。

他想好了，慧雪那么柔弱，自己既然决定和她在一起，就一定要保护好她！就算宁馥再怎么纠缠不休，他都要拒绝到底！

昨天收到慧雪精心绣的手帕后，他乐了整整一夜，后来慧雪又来找他，说很怕他们两个人在一起的事会伤害到宁馥。

她真是……太善良了！

就在这个时候，高涵听说场站要把梁慧雪调到畜牧排去，他一股热血冲上头：那地方那么艰苦，慧雪的身体不好，怎么吃得消？他要和组织申请，和慧雪一起去畜牧排！无论那里有多么艰苦，他都要和自己心爱的人相伴！（这句可以写进诗里送给慧雪，她一定很感动。）

可是当他站在场站办公室里，要说出自己的请求时，一个更"理性"的主意从他那装满诗歌的脑子里冒了出来——为什么……宁馥不能代替慧雪去畜牧排呢？

于是，这位高才生灵机一动，诉起了苦。

无非就是宁馥的追求行为严重影响了大家的工作和生活秩序，因为无端的争风吃醋欺负别的女生，还娇生惯养吃不了苦，等等。

他说完，就看到支书露出了若有所思的表情。

之后，整个下午高涵都心不在焉……直到听见场部用广播把宁馥叫了过去。

心中的石头终于落了地，却又升起了一丝不安——这是他第一次鬼使神差地用了这样……这样不太光彩的手段。他在心里一遍遍地告诉自己，是她纠缠在先，屡次对慧雪搞小动作，他已经无法再忍受下去了。更何况，让她去艰苦些的岗位上历练，提升境界，那是为了她好！

高涵给自己做好心理建设后，那一丝愧疚终于消失了。他微微扬起下颌问："小宁，你怎么又跑到我们宿舍来了？这真的不合适。"

宁馥穿过神色各异的众人，径直走向高涵。

大家还都不知道她要调去畜牧排，只以为她是听说了高涵和梁慧雪的事跑来兴师问罪的，于是有人起哄道："小宁，人家高涵都喜欢上别人了，你还来啊？"

也有平时和高涵关系好的同事，大都觉得宁馥天天纠缠高涵实在惹人厌烦，直接替他打抱不平道："小宁，你真的别这样了，不好！影响你自己的将来不说，也影响人家高涵和慧雪的感情啊！"

"就是，你说你这叫什么事啊，别再犯错误了。"

宁馥懒得理会，对高涵说："我来，确实是有事找你。"

众人精神一振。

"《高中数学》（下）我抄好了。"她笑眯眯地说，看起来并没有为高涵和梁慧雪的事儿而生气。

高涵听到她说的是教材的事情，愣了一下，语气生硬地说："我说了，你不用这样，书算我借你的，看完我就还给你。"

宁馥眨眨眼睛，看上去非常惊讶。

"我知道啊，所以……你什么时候看完？"她的神情又真诚又无辜，"我的下册抄好了，你能把上册还给我吗？明天我就要去畜牧排了，一套书拆开太麻烦……"

"噗……"不知道是谁在偷笑，像漏了气的气球似的。

高涵的后槽牙咬得紧紧的，腮帮子都凸出来一块。他的脸红了，他自己知道。血液好像突然失去了控制，全部冲上头顶。

一直以来，明明都是宁馥在自作多情，是她一直拿各种东西来讨好自己，是她一直被大家视作不自重的人！为什么今天自己反而成了被嘲笑的对象？！她为什么突然转了性？

有那么一刻，高涵甚至希望时间倒流，周围的人都消失才好。

宁馥也不废话，大大方方地站在院子里任他们打量，催促道："我还要回去收拾行李，麻烦你现在拿给我吧。"

她没兴趣和高涵纠缠。

这要是放在以前，扮演一个傲娇却一片痴心的小公主，让故作清高的恋爱对象因为失去她而追悔莫及，绝对是宁馥最擅长的手段，没有之一。但既然高涵不能让她完成任务，那么他在实用主义至上的宁馥这里，就没啥用了。

不但没啥用，还有点碍事。

她爱的是祖国！他还差得远呢。

对面男青年英俊的脸从猪肝色转为酱猪肝色，黑红黑红的，他僵硬地站着，上下牙关仿佛锁在了一起，好半天才开口道："书……书不在我这里。"

女孩皱皱眉，即使是灰蓝色的粗布工装，也遮不住她的美丽。而她身上仿佛有一种奇妙的变化，像一朵过于喧闹浮躁的花终于肯安静下来。人们突然间意识到她很美。

"那麻烦你去取了还我。"她在众人不可思议的目光中保持着笑容，耸了耸肩说，"毕竟好借好还，再借不难。另外，也谢谢你推荐我去畜牧排。"说罢，她转身离开。

好事者终于意识到事情好像有点大。

众人纷纷问高涵："她真的要去畜牧排了？不追你了？"

"宁馥说是你推荐她去畜牧排的，咋回事？"

"要去畜牧排的不是你和小梁吗？"

…………

高涵第一次知道了什么叫作"张口结舌"。

有个和他关系不错的男生帮他轰走了围观的人，高涵投去感激的目光，却听对方小声问："那本数学教材真的不在你这里？"

高涵哽住了。过了好一会儿，他才艰难地开口："我……我借给慧雪了。"

慧雪上进，一直想要好好复习参加高考，他又怎么能眼瞧着心上人因为没有教材而苦恼呢？可现在……整个宿舍的人都知道了教材是宁馥"借"给他的，他无论如何也要把书还上。

他把书给慧雪的时候，可没有说是宁馥抄的，更没说……是他借的。

宁馥离开宿舍之前的笑容是那么好看，却仿佛充满了嘲讽和轻蔑，如在眼前。高涵用力晃了晃脑袋，只觉得一阵眩晕，眼眶通红。

怎么办？

第二天，高涵带着嘴上的大燎泡把手抄课本还了回来。宁馥并不关心陷入困境的高涵是怎么度过这艰难的一夜的，她踏踏实实地挖完了最后一筐土豆，脑海中已有了大致的规划，心里也升起了一股激情。

何谓赤子？曰爱国、为民、忠勇、诚信、勤勉。

以往她精通如何让别人爱上她，现在她要思考的，是如何拥有一颗赤子之心。

到生产处把土豆交了，马家二婶这个屯最八卦、嘴皮子最碎的中年妇女一把拉住了宁馥，问道："小宁，你真的不跟高涵好了？"

宁馥笑起来，纠正道："是从来没有好过，我已经不喜欢他了。"

马二婶神神秘秘地问："那你是瞧上别人了？"

宁馥的眼皮微垂，目光掠过中年妇女苍老得好似六七十岁的手背，掠过那些沾着泥土、大小不一的土豆，掠过马二婶身后低矮的土房……

她的声音轻柔却坚定，道："我有很多其他的事情要做。"

[叮——

宿主达成成就：广阔天地，大有作为。

成就说明：年轻的人啊，心怀四方，不要耽于情爱，去建设祖国吧！

成就奖励：智力+10。

背包开启，当前获得任务道具：手抄高中数学教材（全套）。]

[是否开启第一阶段任务——金榜题名？]

·2·

草原上的冬天非常无聊。

恶劣的天气让大家不得不窝在屋子里，哪怕是一点点八卦都能让所有人兴奋起来。只要你消息灵通，能给大伙儿绘声绘色地讲上一宿屯东边二娃子他妈没出嫁前和支书的故事，你就能吃上全屋烤得最软烂的土豆。

至于烤地瓜，那是奢侈品，屯里开大会的时候才有！

这群外来的娃娃之间的那点"恩怨情仇"，更是图拉嘎旗生产大队的八卦重点。"宁馥突然放弃了对高涵的追求"，这条大新闻像长了翅膀一样，传遍了村庄。

谁不知道那个长得挺漂亮的女娃娃一门心思想和高涵搞对象，她怎么突然就转性了？

马二婶盘腿坐在炕上，面前摆着刚烀好的土豆和一缸子浓厚的奶茶。她喝了一大口奶茶，满意地舔舔嘴唇，在围坐左右的几个妇女急切渴望八卦的目光中开始讲——

"我那天一看宁馥那闺女就觉得她不对劲！"她故作神秘地说，"我本来以为她起码得伤心得两三天吃不下饭呢！

"要问我怎么知道的？姓高的那小子和慧雪那妮子俩人半夜不睡，在我家畜生棚后面又是看月亮又是看星星的，我就知道他俩……嘿，成了！宁馥一直把自己当成姓高的对象，那可不得难受吗！

"谁知道，那天人家天一擦亮就下地干活了，回来交工的时候精精神神的，就像变了个人似的！要我说，她一点儿不像当年二娃子他娘叫支书甩了那样儿！倒像——"一向嘴利的马二婶头一回觉得自己的词汇量有点匮乏，拉长音调吊大家的胃口，"倒像是——"

她猛地一拍大腿，把大伙儿都吓了一跳："倒像是喝仙风饮仙露，整个人的精气神都不一样了！"

有人插嘴道："你别瞎说了，那姓宁的姑娘可不像是能拎得清的。听说了没？咱场站要往畜牧排派个女娃，就是高涵把她推过去的！"

马二婶不屑地说："你是没亲眼看见。那宁馥是什么样，高涵又是什么样？"她用手比画着，"小高那嘴上少说起了三个大燎泡……啧，我看着都上火！他追着宁馥说话的那副样子……哎，看着怪可怜的！"

此时，"看着怪可怜"的高涵正在给梁慧雪赔礼道歉。

这位漂亮的女孩两眼噙泪地抱怨道："我不听！那是人家宁馥给你抄的书，你却拿来骗我！这些天她们都知道我看的复习资料是宁馥的了，你要我怎么做人？"

高涵心里苦，嘴里也苦，给自己恋人的定情礼物是"借"来的，现在被人家要回去了，他的头也抬不起来啊！

在高涵和梁慧雪凄风苦雨的时候，外头传来一阵锣鼓声。

两人面面相觑，谁也不说话。

他们都知道外面发生了什么，那是场站排的大伙儿在欢送宁馥。畜牧排离屯子很远，需要专门搭送补给的拖车去，宁馥是整个场站排第一个到艰苦地方的，于情于理场站排都要办个欢送仪式。

外面热热闹闹的气氛衬托着屋里的相顾无言，两个人都觉得，活了这么长时间，再没有比现在更难受的了。

"支书来了！"

"支书好！"

众人吵嚷的声音传进屋里，高涵和梁慧雪对视一眼——支书竟然来了！

高涵忍不住凑到窗户边，听见支书对大伙儿说："宁馥同志是我们的榜样！主动要求到最困难的地方去，这是一种什么精神？这才展现了我们劳动者的风采！"

下面的人跟着热烈鼓掌。

高涵听得脸发热，不想再听了。谁知道怕啥来啥，外面的人偏偏不放过他。支书瞧见屋里人影晃动，扯开嗓门喊道："大白天的谁躲在屋里呢？都出来，和榜样学习学习！"

高涵听到脚步声越来越清晰，心里一慌，连忙走了出去。他嘴上长着三个亮晶晶的大泡，这副尊容把正在兴头上的支书吓了一跳。

"你这是咋了？"支书的目光往屋里一瞥，瞧见了眼眶通红的梁慧雪。

他是看明白了，说人家宁馥倒追高涵，说人家乱搞男女关系败坏风气，小宁要真是他们口中的那种人，能一口答应去最艰苦的地方吗？说不定她就是被排挤了。再看高涵和梁慧雪俩人悄悄躲在屋里，还有什么不明白的？

无数道目光"刺"在高涵脸上，让他忍不住想低下头。此时，宁馥背着行囊站在拖车上，太阳刚好在她身后。

众人挥手送别载着宁馥的拖车，虽然还想看戏，却碍于支书的威严，只得纷纷离去。

这个皮肤黝黑的草原汉子看了看高涵，又看了看梁慧雪，叹了口气说："看什么星星、月亮，有那工夫整点正经事儿做做不好吗？"

赶明儿也得批评马家媳妇，总拿些乱八七糟的事情嚼舌头，高涵相个对象，弄得全场站的人都知道了。本不是什么大事，可这梁慧雪……哎，挺好的一个姑娘，怎么眼神不好！

他一边在心里嘀咕一边恨铁不成钢地走了。

茫茫草原一望无际，去畜牧排的路很远，拖车上午出发，经过几个补给点，得下午五点之后才能到畜牧排的驻地。

宁馥坐在车斗里，从背包中摸出了那本手抄的《高中数学》（上）。

说实话，高中的学习内容对于宁馥来说并不难。当她重新翻开这本手抄教材后，她的思路却前所未有的清晰，思维敏捷得就像所有的神经元都被激活了，在接受知识的一瞬间便架构起了完整的脉络。

把书读厚再读薄的过程变得如此简洁明了，宁馥甚至感到一种从未有过的对学习的饥渴。

智力点 +10 的效果这么明显吗？

系统很快给了她答案——

[金榜题名任务阶段，宿主的专注力提升 50%，记忆力提升 50%，学习热情提升 50%，爱惜青春，好好读书，请宿主在抓好生产建设，完成本职工作的同时高效完成学习任务！]

宁馥深吸一口气，问："那我需要付出什么？"

[为祖国工作 15 年。]

宁馥挑挑眉："也就是说，在我完成任务之后还要在这儿待15年？"

[是的。]

其实这不合常理，系统为了让她完成任务给她提供便利，让进度加快，那她完成任务即可脱离世界，但系统却要求她继续停留在已完成的世界中15年。但她并不介意，甚至还有些期待，多出来的那15年，她可以做些什么，又能做到什么程度呢？

"发什么呆呢？到地方了，要俺请你下来吗？"

宁馥的思绪被打断，她才意识到拖车已经停了。一个十七八岁的女孩正站在一人多高的草垛子旁瞪着她。这个姑娘的语气很不耐烦，她穿着一身土绿色厚棉衣，旧棉鞋，破棉帽下露出两条看起来挺长时间没洗的辫子。

见宁馥合上书跳下拖车，那姑娘一把拎起她的铺盖卷向毡房走去，膀子看起来粗壮有力。

"我叫徐翠翠，你跟我住一起。场站说了，你归我管。现在我们约法三章：第一，不许自己跑出去，我叫你干什么你就干什么；第二，不许乱碰羊和马；第三，睡觉的时候不许挤到我这边来。听懂了没？"

态度挺明确，她不喜欢宁馥。

徐翠翠恶狠狠地看着眼前这个细皮嫩肉的女孩，心想：城里来的大小姐，哼！她没好气地让宁馥自己收拾东西，转身"噔噔噔"地出去了。

不多时，宁馥刚拆开一半的行李，便有人风风火火地冲进毡房："徐大丫，徐大丫在不在？"

"她出去了，您有什么事吗？"宁馥问这个跑得一头汗的小伙子。

来人看到陌生的面孔一愣，缓了一口气才着急忙慌地说："茹娜要生了！"

原来徐翠翠是这里唯一的卫生员，畜牧排上下有个大病小情的都要找她。来人在毡房内看了一圈，没看见徐翠翠的身影，就伸手拉住宁馥："哎呀，你跟我来搭把手好了！"

宁馥被他拉着跑，连忙解释道："我不是医生！"一张嘴就被灌了满嘴的冷风。

对方仿佛完全没听见她的话，直跑到宁馥感觉自己的脸已经被风吹得麻木了，那青年才拉着她一路冲进了羊圈旁的小屋。

进屋后宁馥才意识到"茹娜"是谁——一只躺在铺满干草的地上的母羊。母羊身旁站着徐翠翠，想必是和跑来找她的青年错过了。

光线昏暗的屋子里还站着一个高个子的男青年，皮肤黑黢黢的，隐约能看见一个高挺的鼻子，看样子是牧民。

"怎……怎么样了？"一路跑过来的青年气还没喘匀，急切地问。

徐翠翠的语气不太好，一脸的焦急："难产，小羊出不来，茹娜没力气了。"

她现在也顾不上责问宁馥——她刚下了"三条禁令"，宁馥就已经打破了第一条。

在图拉嘎旗这个偏僻、生产条件落后的地方，村里的赤脚医生刚被普及了新的接生方法，产妇还在受产褥热的威胁，更别提羊难产了。这只叫茹娜的母羊很可能一尸两命。徐翠翠垂着头，心里很不好受。她其实没接受过多少培训，懂的那一点点医学知识全是小时候给赤脚大夫做学徒那几年积累的。

母羊茹娜在干草上喘息着，蹄子已经不动了。

宁馥忽然说："让我试试。"

没等徐翠翠反应过来，宁馥就已经把她挤开，跪到了母羊身边——反正已经束手无策，干脆让她放手一试吧。

观察了一番母羊的状态，宁馥吩咐道："给我找把剪刀来！"

一旁站着的那个蒙古小伙子动作很快，不一会儿就找了把大剪刀来。

"你要干啥？"

徐翠翠大叫着，伸手就要来抢剪刀。她的力气比宁馥大得多，几番抢夺，剪刀锋利的边缘，堪堪停在宁馥的脸颊边上。

牧民模样的青年见状，眼疾手快地制住了徐翠翠，将她手中的剪刀拿下来交给宁馥，示意她继续。

"你疯了吗？"徐翠翠嚷起来。

青年又把她拉得紧了一些，生怕她扑上去在宁馥的脖子上咬一口。

"请你安静，现在帮我消毒。"宁馥清亮的声音中带着一种抚定人心的沉着。既然产妇可以侧切，那么母羊应该也可以。

牧民青年没有动。

"放开她吧。"宁馥淡淡地说，仿佛没看到他不赞同的神情。

牧民青年犹豫了一下，还是松开了手。他警惕地站在徐翠翠背后，似乎随时准备冲上去将她按住。徐翠翠气得眼圈通红，骂道："赤那，你怎么向着她？"

虽然她心里不情愿，但在宁馥说完后，她还是乖乖地迅速给剪刀消了毒。

五分钟后，小羊终于生下来了。

小羊羔满身黏液，眼睛也没睁开，卷曲的、乳白色的毛紧紧地粘在身上，似乎……已经没有了呼吸。

一时间，屋子里的四个人都没有说话。

宁馥咬咬牙，俯下身去。她开始嘴对嘴地给刚出生的小羊羔做人工呼吸。小羊羔可能是冻僵了，应该还活着。

一次、两次、三次。

她心无旁骛。

终于在宁馥不知第多少次直起身来后，小羊终于轻微地动了一下。

徐翠翠惊喜地大喊："动了，动了！它还活着！"

她和另一名男青年忙不迭地取东西来清理茹娜和小羊。

宁馥累坏了，坐在地上还有些回不过神来。她怀里抱着小羊羔，前襟上都已经被粘上了污物，脸也脏了。

二十岁的牧民赤那站在屋门口，呆呆地看着她。

黑夜里一片昏暗，那个女孩浑身脏污抱着刚出生的小羊。

她就是月亮。

· 3 ·

[叮——恭喜宿主获得称号：动物亲和者。

称号描述：像童话中的公主一样，你将获得小动物的青睐，天生带有动物亲和元素，让男主角认识到你的美丽和善良。这绝对是做任务时的一大杀器。]

这个成就有点鸡肋。她的任务是报效祖国，要动物亲和元素干什么？

不过既然系统给了……收着就是了！

宁馥有收集癖，称号这种东西，只嫌少不嫌多，只要不佩戴这个称号的徽章，称号描述的那些效果就不会被应用到现实中。

等把母羊茹娜和她的第一只小羊羔安置好，宁馥和徐翠翠才离开。她们回到毡房时已经入夜，宁馥开始收拾自己拆了一半的行李。

宁馥刚把搪瓷缸子放在桌上……"哗啦"一声，徐翠翠拉过一张凳子，一屁股坐在上面。

她刚把两本《高中数学》整整齐齐地放在光秃秃的桌子右上角……徐翠翠端起自己的水杯，"咕咚咕咚"灌了一大缸子水，然后"哐"的一声把水杯放在桌面上。

她刚把新缝的军绿色枕套套好，平平整整地放在显得有点空的通铺上，右下角还有几朵用暗绿色的线精心绣的小花……徐翠翠猛地站起身来，"咚咚咚"地走到炉子边,把几块牛粪扔进快要熄灭的炉火里,盯着那儿冒出的红色火星,仿佛里面烧着的是某人那一张傲娇的脸。

很显然,徐翠翠正在生气,并且是越来越生气。

虽然对讨好女性没什么经验,但宁馥也算是阅人无数,她敏锐地从徐翠翠强健的体格和凶巴巴的言行中嗅出了一丝外强中干。这样虚张声势的恶意完全不用理会,只等她自己把想说的话说出来就行了。

"我警告你,来畜牧排就是接受劳动教育的,收起你的骄娇二气,别以为自己识字、长得好看就能少干活,思想态度不端正就给我去扫羊圈,扫一个月!"

虽然她给小羊接生的时候,看着倒不像个大小姐。但谁知道呢,对城里来的人绝对不能放松警惕,他们最会耍心眼儿了。要论谁的心最红,她徐翠翠可以毫不惭愧地拍拍胸脯,排第一!

宁馥当然不清楚徐翠翠的心理活动,但能猜得八九不离十。她露出真诚的笑容,一副虚心受教的样子,道:"我知道了,向你学习,翠翠同志。"

眼前扎着两根麻花辫、脸颊带着两块圆圆的高原红的女孩立刻跳脚:"谁允许你叫我翠翠了?"

"好,徐翠翠同志。"宁馥笑道。

她很包容,像大人对待正在闹脾气的小孩一样。这让徐翠翠一口恶气憋在胸口里发不出去,仿佛有一个棉花套子,正不由分说地把她包起来,拳打脚踢也无济于事。这个人太奇怪了,很狡猾,软和又霸道。

宁馥刚洗完脸,正在往脸上涂雪花膏。

这个还不到十八岁的女孩子,皮肤看起来又软又白的,徐翠翠站得很远,似乎也隐隐约约闻到了一股香味儿。

"我们虽然以同志相称,可你别以为我真把你当同志啊,城里来的娇小姐!"她嘀咕道。

听说那是上海的牌子,很紧俏!整个图拉嘎旗都没有这种圆铁盒上印着茉莉花的雪花膏。

徐翠翠在心里暗暗"呸"了一声。好看的脸上能种出大米吗?她很有骨气地看也不看那散发着幽香的铁盒子,径自上床睡觉,抖开被子的时候发出好大的声响。

宁馥默默地扬起唇角,钻进被窝。

这是一张足够睡四个人的通铺,两个人之间界线分明,三八线宽阔得能躺下一个人。毡房里没垒火炕,只靠着炉子带来的热气取暖,刚一躺上去就会让人忍不住把自己缩成一团,然后靠高频度的颤抖来获得一点点暖意。

大多数人认为身体距离上的缩短往往是出于心理上的亲密。而宁馥从无数应对像徐翠翠这样别扭的人的经验来看，对付他们，往往需要通过缩短身体距离来拉近他们之间的心理距离。

适时地当"牛皮糖"是个非常完美的方法，这办法有三个要点：第一是要软，第二是要韧，第三呢，当然是要甜。

宁馥为什么要在徐翠翠身上费这个心思？很简单，她喜欢令人身心愉快的学习环境。

她不是个怕吃苦的人，但是在条件允许的情况下，她还是喜欢让自己尽可能的舒适和愉悦，身体和心理上都是。而在图拉嘎旗，除了开始初步扭转她在他人心中的坏印象以外，她也需要朋友。

这也是宁馥能成为传说的重要原因之一。

她在做任何事的时候都会全身心地投入，当任务完成后，她不允许自己留在众人印象中的模样仅仅是一个面目模糊的空壳。

让宁馥泥足深陷的恋爱关系已经结束，接下来，让我们……开始建立新的连接吧。

房间里的煤油灯熄灭了。宁馥把自己蒙进被子里，深深地呼吸了两下。嗯，味道还挺香。下一步直接跨过鸭绿江，越过三八线！

夜里真的很冷，抱团取暖而已，不怪她。

徐翠翠半夜梦醒，觉得浑身暖洋洋的。在畜牧排的冬天，她很少有睡得这么香的时候。只是，身上的被子似乎稍微有点沉……紧接着，她就看见了重量的来源——原本隔着一道三八线的宁馥不知什么时候紧贴着自己，一条胳膊正结结实实地压在她的腰上！

大概是动作太大，宁馥的那条被子几乎有一大半都盖在了徐翠翠的身上，而她只穿着秋衣的肩膀暴露在外面。徐翠翠头痛而厌烦地从鼻子里喷气，然后用力地把宁馥掀到一边。只听她的手臂"啪"的一声砸在床铺上面，本人却没有醒。

黑暗中，徐翠翠不耐烦地闭上眼，试图让自己重新睡去。又过了几秒钟，她猛地睁开眼睛，然后更加暴躁地坐起身来，把散乱的被子重新给宁馥盖好，又动作极大地躺回去。

天啊，她就知道这个城里来的大小姐绝对会变成她徐翠翠屁股后面甩也甩不掉的麻烦！这家伙简直就是来讨债的！

5分钟以后，徐翠翠怒气冲冲地把"屡教不改"的宁馥推醒。

"和你说了，不许在睡觉的时候碰我！回到你的位置上去！"

她是怒火冲天，可被她推醒的人却是一脸无辜和迷茫。宁馥那双又大又黑的眼睛因为从睡梦中被叫醒而半睁着。

"可是挤挤更暖和啊……"宁馥仿佛对徐翠翠的愤怒毫无察觉，急着去会周公，"以前你一个人睡，冷也没有办法，但现在是我们两个人睡呀……"

她还没醒，语气中带着睡意，软暖得让人放松。徐翠翠一阵气结。她怎么不知道还有人能一边做梦一边说话来噎人的！

徐翠翠懒得再和宁馥费口舌（当然徐翠翠不可能承认自己会在口舌上输给宁馥），她直接用力地推了宁馥一把。看起来完全在状况外的宁馥裹着她的被子，磨蹭着退回到三八线后。

徐翠翠下意识地松了口气，天真地以为这场战争结束了。

20分钟之后，看着近在咫尺的那张脸，徐翠翠感到一阵深切的无力。

她真的凑得太近了，徐翠翠都能闻到她身上那股香得让人丢魂儿的茉莉花味，也清楚对方正因为没有被子而瑟瑟发抖。明天大小姐要是感冒了不能去工作，说不定还要怪到自己头上呢！徐翠翠愤怒地想着，然后翻了个身，把自己冷酷无情的后脑勺留给了近在咫尺的宁馥。

黑暗中，宁馥偷偷笑了一下，搞定！

第二天早上，徐翠翠一醒来就对上宁馥满是歉意的笑脸："不好意思啊，徐翠翠同志，昨天晚上太冷了，我也没注意，不知怎么就睡到你这边来了。"

徐翠翠算不上是个牙尖嘴利的人，没好气道："赶紧走了，工作态度要积极！"

她没想到，宁馥半点儿也没拖沓，反而先她一步站到了站房门口，问道："一起走吗？"

徐翠翠气呼呼地从她身边撞过去，不过没敢太使劲儿。

就宁馥这个小体格，自己要是认起真来，她连一下都扛不住！

在畜牧排，宁馥的主要工作是和徐翠翠一起负责生产队的一小群羊。

今年冬天雪多且大，这时候放羊可不太轻松。畜牧排的储备饲料消耗得很快，所以碰到晴好的天气，还是要把羊群赶出去，让它们自己嚼点草地里剩下来的草根子。放牧的人要做到手勤、眼勤、腿勤、嘴勤，得多走路多动手，时常吆喝，注意观察，不能让羊吃打了霜的草，喝带冰碴的水，小羊羔落到队伍后面不能丢，怀孕待产的母羊更要小心伺候。要知道在这个物质并不丰富的地方，每一只羊对牧民来说都是非常宝贵的财产。

徐翠翠虽然看着对宁馥无比嫌弃，但一路上还是很尽职尽责地给她讲了放羊的注意事项。

放羊这活儿宁馥还是头一回接触，完全不像她想的那样，找个阳光灿烂的山坡，把羊儿往那里一丢就可以。她和徐翠翠担任的基本上就是牧羊犬的工作，根本不得闲。

看来她带的《高中数学》（上）是没机会拿出来看了。

这一册书宁馥在来畜牧排的路上，已经看了半本。但这还远远不够，她还需要学习更多的知识，付出更多的努力。

远处，一个策马奔驰的身影渐渐靠近。

徐翠翠看了一眼就知道来人是谁，说："赤那送信来了。"

说话间，赤那已经到了她们面前，果然是昨晚在小屋里那个沉默寡言的牧民青年。

他的全名叫牧仁赤那，没有父母，在草原上吃百家饭长大，是个好小伙子。场站人人都知道他踏实能干，什么苦都能吃，就是话少。畜牧排的排长更是器重他，把最好的马给他骑，每年春天都要靠他带着马群出去找最好的草地和水源。

也有传言说他曾降服过野马，逃脱过狼群的追击。那天也是他最先发现母羊茹娜快要生产，才叫他的伙伴去喊徐翠翠的。

畜牧排在草原上，放牧的人没有固定的位置，路况又差，邮局的投递员从场站找过来又要坐车又要骑马，少说也要花费半天时间，后来干脆就把畜牧排的邮件交给了赤那。

宁馥终于听见他开口说话："你的信。"

是宁馥的父母寄来的。

她看了一眼信封，就将信放进自己的斜挎包里。徐翠翠一眼看到了她包里的数学课本，问道："你带了什么？"她铁了心要挑刺，想狠狠地训上宁馥一顿！

宁馥一笑，还没开口就被牧仁赤那打断。

"宁馥同志，今天晚上你能给大伙儿讲讲怎么给羊接生吗？"他相信那种办法是可以被普及推广的，也给排里做了汇报，排长同意了。

宁馥的第一反应是拒绝，毕竟她不是专业人士，有些方法可能并不完全科学和实用。

一旁的徐翠翠被转移了注意力，立刻又嚷起来："赤那，她只是运气好而已！你们让一个城里来的娇小姐讲怎么给羊和马接生，咋个可能……"

她反对的话还没说完，便听宁馥道："好。"

宁馥突然意识到，既然系统要求她在做好本职工作的前提下达成目标，那给大家科普畜牧养殖的知识应该也算是本职工作吧！

至于没有经验……

半小时后，宁馥在电子商城里兑换了国内外权威论文网站的链接权限，而以她现在的学习能力和记忆力，把相关内容整理出来不是问题。

宁馥很愉快。她把羊群带回羊圈里，又去看了小羊羔和母羊茹娜。那温驯的动物像通人性一样，用脑袋轻轻蹭着宁馥的手。

徐翠翠站在屋门口阴阳怪气地说："你不会真敢去给大伙儿上课吧？城里来的大小姐，到俺们这儿以前，你见过羊吗？骑过马吗？到时候大家听了你的瞎指挥，要是造成了损失，你就等着挨批评、被处理吧！"

她见宁馥不为所动，说完甩手走了。

宁馥的夜间"牲畜接生"小课堂还是办了起来。

刚开始只有零星的几个人来听，把她当个新鲜来看，即使人少，宁馥也踏踏实实地把她整理的知识拿出来分享。

牧民们一听，嘿，好像还真有那么点意思！

宁馥收集的文献都是有关畜牧业发展的实证研究，针对目前的很多实际问题做了总结，正是这里的人们所需要的，所以第二天来的人就比前一天多了不少。等到第三天，排长也来了，还坐在第一排。

整个畜牧排的牧民户基本上都派出了各家的主力军，一改之前不正经的消遣态度，各个摩拳擦掌，想着哪怕宁馥讲的他们记不全，也要拼尽全力往脑子里多塞一点。

牛羊是草原人生活的根基，马是草原人的魂，怎么伺候好这些宝贝就是他们每天都在琢磨的事。谁教他们让牛羊长得壮，让马儿跑得快，谁就是大伙儿心里的宝贝疙瘩。

于是，每一天知识小讲座结束后，宁馥都能享受到系统发出的那令人愉悦的提示音。这三个晚上，从短期看有助于提升图拉嘎旗畜牧初生牛羊的存活率，从长期来看，或许帮助了图拉嘎旗整个畜牧业的知识和经验轻轻地往前迈了一步。

这一步，能让许多人生活得更幸福。

这几天，徐翠翠的态度依旧是冷冰冰的，宁馥的知识分享小讲座，她似乎一次都没去。而且她每次都在宁馥回来之后开展一番重复性极高的"演说"，表示决不会去听她的讲座。

第三天晚上结束后，宁馥回到毡房，这次徐翠翠不在。

过了一会儿，毡房外传来一阵吵吵嚷嚷的声音。牧仁赤那和那天跑来叫人的青年一起扶着徐翠翠回来了。

那青年把徐翠翠扶到床上，一边叫她把脚腕支起来涂药，一边对宁馥解释道："不知道徐翠翠她偷偷摸摸的干什么，咱们都去听讲座，就她偏要抄近道跑回来，那儿黑咕隆咚的，她走得又急，这不，踩进草窠子里把脚给崴了。"

他扭过头又对徐翠翠说："你说你着急跑什么？听完讲座，和宁馥一起回来不好吗？"

气氛有些尴尬，特别是在毡房里还算明亮的灯光下，徐翠翠逐渐涨红的脸无可遁形。

"别瞎说，我只是顺路而已……"她虚弱地争辩着，声音越来越小。

"嗯，我知道。"宁馥微笑道。

又看到她脸上那种包容的笑意，徐翠翠慌张地移开眼睛，不敢和宁馥对视。她只觉得这屋里炉火烧得太旺，弄得自己的脸都烧得慌。

和牧仁赤那一起送徐翠翠回来的青年叫崔国富，是早几年来的，嘴巴很贫。闻言就揭了徐翠翠的老底："怎么说是顺路呢？虽然你每次都坐在后排，但是听得多认真啊，是不是？"

他撞了撞牧仁赤那的肩膀想寻求认同，顺手又从徐翠翠的外衣兜里掏出一个小本子来，在半空中抖得"哗哗"作响，展示给宁馥看。

"她还做笔记了呢！"崔国富背对着徐翠翠，完全看不见她那咬牙切齿、恨不得将他生吞活剥的表情，也不知道宁馥和徐翠翠之间的过节，见宁馥笑得开心，于是他更卖力地表扬徐翠翠学习认真、态度端正，竟直接将本子塞在宁馥手里。

"你看你看，她记得可仔细了！"

宁馥也无视了徐翠翠那双都快要冒出火星子来的眼睛，低头翻看起那本小册子。

小册子只有巴掌大，刚好能揣在兜里，一看就是精心装订的。这年头纸笔已经不是特别稀罕的东西了，可在畜牧排这成天除了打草料就是放牛喂马的地方并不常见。徐翠翠会写字，但结构复杂一点的字会写错，有的地方干脆用简单的图形替代，大约只有她自己明白是什么意思。

宁馥仔细看了一遍——这三天讲的知识点，竟然一个也没落下。

徐翠翠看宁馥垂着头，唇角却一直翘着，似乎还有越翘越高的趋势，只觉得心里涌起一股火，烧得她浑身难受！如果不是扭到的脚踝还在隐隐作痛，徐翠翠肯定早已经跳下床，把那个让她感到无比羞耻的小本子抢过来撕个粉碎了！

"行了行了，怎么还说个没完没了？我没事儿了，你们俩赶快回去吧！"徐翠翠大声道。

终于，喋喋不休的崔国富和一言不发的牧仁赤那一起离开了。

屋里一下子安静下来。

两个离开的人刚关上门，徐翠翠就有点后悔了。因为她发现自己完全无法面对宁馥。她浑身都别扭，看着宁馥脸上的笑意产生了一种落荒而逃的冲动。

"你……"

徐翠翠飞快地打断宁馥："我睡了！"

宁馥从善如流地将本子放到桌上，提醒道："你要穿着衣服睡吗？"

徐翠翠躺在床上，一把扯过被子胡乱地盖在自己身上，瓮声瓮气地说："我今天就想这么睡，你管得着吗？"

宁馥走过去铺被子，把自己的枕头直接放到了徐翠翠的枕边。

刚刚说自己要睡了的人立刻瞪大眼睛，问："你干吗？"

"你的脚现在不方便，我离你近些，晚上你需要什么可以叫我帮忙。"

她的语气是如此温和，她的动作是如此坚定，更何况还打着"关心同志"的旗号。

这几天相处下来，徐翠翠可算是知道这个可恨的城里大小姐是什么人了——所有人都被她骗了，她骨子里就是个霸道的家伙，而且特别会气人！第一天来，宁馥就违背了自己定下的三条禁令，不仅跑了出去，还擅自摸了茹娜，现在居然还睡到自己身边来了！简直是没把人放在眼里！

徐翠翠恼怒地翻了个身，不去看宁馥。

她是没脾气了。

她要是想给宁馥小鞋穿，分分钟就能让她叫苦连天地逃回场站排去——哼，不过是看城里大小姐这两天干活还算勤快，懒得较真对付她而已！

徐翠翠怀着满腔怒火，却在不知不觉中睡着了。

都怪这屋里太暖和，才让她失去了从艰苦生活中锻炼出来的警惕。

· 4 ·

至于醒来后的徐翠翠是怎样的懊恼，怎样暗自赌气发誓，要给处处让自己受气的宁馥好看，宁馥都不知道，她一大早就和畜牧排的采购员去图拉嘎旗场站了。

宁馥这两天在畜牧排科普牛羊接生知识的事儿已经传开了，场站的人让她回去，也给他们讲讲课。刚好，宁馥想要再找些复习资料，顺便到镇上的邮局去寄信。于是，一大早天还没亮，她就搭着去镇上的车出发了。

到了场站，支书把宁馥一阵猛夸，就差找朵大红花来给她别在胸前了。

据说隔壁村子因为冬天天气冷，接连冻死了好几只小羊羔子，把牧民愁得整天唉声叹气。后来碰上畜牧排的人，听他们讲了一番消毒和清理的重要性，那个牧民当下就愣住了，恨不得把那名队员的脑子掏出来，换到自己的脑袋里，好把这些知识都记牢。

这些照顾牲畜一辈子的牧民大字不识几个，平时恨不得离书本远远的，此刻也都迫切地想把那个从城里来的懂知识的女娃娃找来给自己好好上上课。知识这个东西，可真是了不得呀！

知道这事的人越来越多，好技术可不能藏着掖着，支书一合计，干脆把人找回来也给场站这边的人开个课得了。

就这么着，连附近的牧民户也跑来听课，场部空荡荡的院子一下变得热闹非凡，十几年前扫盲班用过的黑板又被重新搬了出来，还被人仔仔细细地擦洗干净，摆上了特地弄回来的粉笔。

虽然曾经轰轰烈烈的"倒追"的名声不是一时间就可以消除的，但自从宁馥离开场站排，有关她"伤风败俗"的传闻似乎越来越少了。人们更容易记住的，是在欢送宁馥时，场站支书那番颇为激昂慷慨的演讲。

过去的"宁馥"逐渐变成一个简单的名字，而现在站在他们面前的人，正在潜移默化地影响众人，在他们的脑海中勾勒出一个全新的形象。

高涵也听说宁馥回来的事情了。鬼使神差地，他也跟着人群到了场部，只是没有进去。

在大门外，听见院子里传来女孩清亮的声音，他的思绪也跟着越飘越远。

她曾红着脸，在下班的路上拦住自己，在众人惊讶的眼光里把一把水果硬糖塞进自己的手里。她也曾带着熬夜抄书弄出的黑眼圈，悄悄送来复习资料。那个时候，她的眼睛里全是他。她是多么期盼他成为一个优秀的人，更是全心全意地对他好。

但是……她怎么突然就变了呢？

高涵的心里五味杂陈，他想着想着，心里不由得生出一点悔意。

虽然他早已在心中发誓，今生今世只爱梁慧雪一个人，可现在不知道为什么，听着宁馥的声音，他脑海中不受控制地浮现出曾经的画面……他突然意识到，这个一直追求自己的女孩子也是那么优秀和美丽……

宁馥的分享讲座结束，院子里热烈的掌声将高涵从浮想联翩中拉回到现实。

他意识到自己在想什么，顿时浑身一颤。

爱情是神圣的，是不可亵渎的，他怎么能这样想呢？

院子里的人三三两两地走出来，走在最后的是支书和宁馥。高涵听见宁馥的声音越来越近，转身落荒而逃。

支书跟宁馥握了好一会儿手，往她包里塞了几个红薯，热情地说："拿回去吃，甜着呢！"

这是感谢她来给大伙儿讲课。宁馥道了谢,把这珍贵的"讲课费"揣了起来。

"正好今天有车去镇上,我叫人送你。"

宁馥谢绝了支书的好意,道:"我和畜牧排的崔国富约好了一起回去,还有点时间,支书你不用管我,我去宿舍一趟。"

站在宿舍的院子里,宁馥的声音在院落中响起:"我想借化学课本。"

来来往往的人都有些好奇地支起了耳朵,想知道宁馥是来干吗的,更有人四下张望,寻找高涵的身影。

"化学不行。"戴眼镜的男生断然拒绝。

与众人对宁馥好奇的态度不同,他很高傲,高傲里还带着一点嫌弃和鄙视,更显得居高临下。

"借了你也看不懂,叶公好龙,别骗自己了。"

杜清泉在这里有个外号叫作"书呆子",知识就是他的信仰。他曾经翻墙跳进废品处理站里去捡书,还真让他搜罗到不少宝贝。整个图拉嘎旗,只有他这里有全套的高中数学和化学课本,还找到了最珍贵的高中物理课本的上册,宝贝得跟什么似的。

宁馥早就料到了杜清泉的态度,毕竟借了人家的数学课本后没有按时归还,还在抄书时把墨水弄到了书页上,他怎么可能不生气。

不过杜清泉更恼怒的其实是,当时宁馥为了说服他借出数学课本,骗他说她觉得即使身处大草原,工作任务繁重,也不该忘记对知识的追求。就凭这句话,当时的杜清泉将她视作知己,这才把宝贝课本借了出去。

谁知道她居然是讨好高涵的!

这让杜清泉顿时觉得自己珍视的东西被玷污了,同寝的高涵也被他阴阳怪气了好几天,鼻子不是鼻子眼不是眼的。

宁馥笑道:"还是老规矩,一袋动物饼干换你借我三天书,这次我保证好好保管,按时还给你。"她顿了顿,迎着杜清泉写满拒绝的目光说,"况且,没有调查就没有发言权——我是不是叶公好龙,你不试试怎么知道?"

杜清泉没想到宁馥会这么说,倒是一愣。

"好一个没有调查就没有发言权!"他冷笑一声,眼睛隔着厚镜片鄙夷地扫过宁馥,嘲讽道,"不懂得尊重知识的人,不管披着什么样的画皮,都会原形毕露!"

好家伙,书呆子骂人也是一套一套的!这是说她最近的行为都是沽名钓誉,为了刷好名声搞的虚伪举动呢。

宁馥略收了笑容,淡淡地说:"想看画皮底下是不是狐狸,不妨我们来打个赌？"

陆清泉抬高下颌，道："赌就赌，你想赌什么？"他才不相信满脑子小情小爱的宁馥真的会像她说的那样热爱学习呢！

宁馥眨眨眼，说："你随便出道化学题来考我，我若答上来了，你就要把化学课本的上下册都借给我，我如果答不上来……"她见杜清泉盯着她看，故意话锋一转，反问道，"我若答不上来，你想要我怎样？"

宁馥的笑容里带着一丝狡黠，模样真的像一只狐狸。

书呆子杜清泉被宁馥这一笑晃花了眼，一时间，竟然"吭哧"半天没说出话来，过了几秒才有些悻悻地憋出一句："你……你要是答不上来，就给我的数学课本道歉！"

宁馥挑挑眉，认真地说："一言为定。"

现在宿舍院子里只要没去干活的人，基本上都围过来看热闹了。

杜清泉像捧出珍宝一样从屋里拿出了高中化学教材，先是轻蔑地看了一眼宁馥，然后才翻开前面几页——还是出一道简单的题目考她吧，宁馥是个绣花枕头，出道难的和出道简单的没什么区别，反正都是答不上来。

宁馥却命令道："往后翻。"

不就是化学吗？

杜清泉被这种狂妄惊呆了，他重新打量了一下眼前的姑娘，冷笑道："你可不要后悔，我看你是个女孩子，怕你面子上下不来！"

宁馥还了他一个真挚的笑脸，说："那我也谢谢你提前为我着想了，清泉同志。不如这样，如果我答不上来还请你赐教，到时叫你一声清泉老师，你看好不好？"

赌注加码了！

一旁围观的人看热闹不嫌事大，起哄叫好。有人大声说："杜清泉，你捂着你那几道破题干什么？"那意思是，还不挑一道最难的出来考倒宁馥，也好让大伙儿瞧瞧"拜师现场"。

有人腹诽，这杜清泉也真是不懂得怜香惜玉，到时候搞得人家真的下不来台，看他怎么办。也有人暗自慨叹，当初念书的时候怎么不知道知识还有这用处，要是能让宁馥同志喊一声老师，还不乐开了花。

对于围观者的心理活动，杜清泉既不知道也懒得关心。他盯着面前这个漂亮的女生，原先的轻蔑和鄙视已经不知不觉被燃起的好胜心替代。

杜清泉猛地将书翻到课本的中部，从中挑了一道课后练习题出来，说："就试试这道题吧。这些元素和符号你都认识吗？"

不是他瞧不起人，就算是大城市来的，也未必有好底子，化学毕竟是一门比较难的学科，临时抱佛脚可起不了什么作用。整本《高中化学》他都已经读过几遍了，但因为是自学，有些知识点理解还不到位，书里面的随堂习题还没有完全啃透，现在这道求平衡常数的题对他来说已经算是中高等难度了。

宁馥扫了眼题目，然后随手掰了根树枝，在地上画下答案。

那树枝的尖端在地上每画一道，杜清泉的眼睛就睁大一分。

她写出的竟然是完全正确的标准答案！这怎么可能？！

杜清泉那不可思议的神情让人群产生了一阵小小的骚动。

他们本来是来看热闹，听宁馥管杜清泉叫老师的。现在这情形可能得反过来了！众人惊奇而热切的目光汇聚在宁馥身上，只见她把手一背，微微歪头，朝杜清泉露出了笑容，说："下一题。"

她不问杜清泉这道题做对了没有。真正会做题的人从不怀疑自己的能力，就像剑术高手知道敌人的下一招将要刺向哪里，知道自己如何一剑封喉。

就算她穿着粗布袄子，背手拿根树枝，也不妨碍众人看她的目光像一群初出茅庐的侠客看到避世隐居、深藏不露，其实独孤求败的扫地僧。

宁馥需要化学教材，是需要根据教材去确定考试的知识范围和重点，去查漏补缺。从某种程度上说，以她的化学知识储备，她的确可以做杜清泉的老师。

"喂，书呆子，人家是不是做对了？快点出下一题啊！"

杜清泉回过神来，急赤白脸地把书往后翻了好几页，又给宁馥指了一道题。

这是他前两天刚刚弄明白的练习题，费了好大的功夫。

半分钟后，宁馥又给出了标准答案。

半分钟是什么概念？是普通人读题的速度。从接收信息到分析题干，再到理清思路，调动知识储备来解决问题，普通人的几个步骤，宁馥只用了半分钟。

虽然杜清泉不愿意相信，但在他心中，化学是门不会骗人的学科，更没有运气这一说。会就是会，不能靠蒙和猜。

"她……竟然是真的懂？"杜清泉看向宁馥，眼中燃起奇异的光。他猛地把书往后翻了几页，又指着一道题问，"这道你会做吗？"

这道题已经困扰他三天了。此时，杜清泉顾不上自己的面子，甚至连刚刚的赌约都被他抛到了九霄云外，他现在满脑子都是怎样从宁馥那里求得解题思路。

考验突然变成了求教。

几分钟前，宁馥在他眼里还是个满脑子男女之情、不配触碰书本的幼稚女生，而现在，对方却已经是掌握着通往知识圣殿大门钥匙的"女神"了。

宁馥不吝啬，把题给杜清泉详细地讲了一遍，两个人一问一答，竟在无形中忽略了周围所有人的目光。被忽略的围观群众可不是木头摆设，他们当然能看出来，宁馥可不是什么绣花枕头，没看那一向眼里只有书本的杜清泉激动得脸都红了，正用往日看宝贝教材的眼神紧盯着宁馥，简直称得上是"深情款款"。

"真没想到小宁这么厉害……"

"你那是有眼不识金镶玉！"

也有人小声嘀咕："谁知道她学习这么好！以前她整天往这儿跑不都是为了高涵吗，咱也没和人家聊过这些呀……"

他说的倒也对。宁馥之前在这里的名声并不好，毕竟大张旗鼓死乞白赖倒追一个对自己不假辞色、毫无情意的男生，确实容易让人指指点点。图拉嘎旗的这群小伙子们除了在好奇心发作时，会偷偷看两眼高涵和她的热闹，平常碰见宁馥时也不敢主动往前凑，生怕影响自己的名誉。

直到要和宁馥结伴去镇上采购的畜牧排采购员崔国富一路找到男生宿舍时，杜清泉和宁馥的"一对一高中化学辅导课"才结束。

这一章的内容还剩两道题没有讲完，学习进度和计划被打断的杜清泉很不愉快地看了一眼来人。崔国富有些尴尬又有些无奈，不好意思地说："不是，我……我不是故意的，但是我们真的该走了。小宁同志，你不是还要去寄信吗？要是再不走，邮局就要关门了。"

杜清泉恋恋不舍地看着宁馥，恨不得来个十八相送。

眼见宁馥要走了，意犹未尽的围观群众可不干了，有人大声提醒杜清泉："喂！书呆子，刚刚和人家打了赌，你不会假装忘了想抵赖吧！"

"就是！刚刚人家小宁可说了，如果她答不上来就叫你一声杜老师……"看热闹的男青年不嫌事儿大，"现在人家宁馥教了你这么多道题，半本书都快给你讲通了，你是不是也得叫人家一声小宁老师啊？"

杜清泉一愣，这才想起两人之前的赌约。再回忆起先前对对方轻蔑的态度，还有那些不好的揣测和评判，他的脸"腾"的一下红了，恨不得立刻找个地缝钻进去。

他吭哧了半天，终于在崔国富忍不住想催促的时候嗫嚅道："小宁老师，今天谢谢你教我。"不光是教他解了题，也教给他不要被自己的偏见和好胜心蒙蔽了眼睛。

但她弄脏书本还是不对的！

宁馥挑了挑眉，心想这书呆子倒是愿赌服输，是个坦荡人。她便也笑了一下，郑重地说："之前弄脏了你的数学课本，对不起，是我不对。"

杜清泉见她道歉如此真诚，反而有些慌了，手足无措地说："不……不用了……"他深吸一口气，然后鼓起勇气望向宁馥，"是我该道歉才是，不该……不该那么说你，请你原谅我！"他猛地给宁馥鞠了个躬，因为太激动，直起身后脸都憋红了。

"那个……以后我有问题，还可以找你请教吗？"杜清泉犹豫了一下，问道。

宁馥原本只是想小试牛刀，挫挫这个家伙的锐气，没想到最后会是这么个化干戈为玉帛的结果。她莞尔一笑，道："当然可以。"

虽然看得出杜清泉在努力控制着表情，但咧开的嘴还是暴露了他此时的心情。等宁馥拿着全套的高中化学教材走了，他还久久望着院门的方向。

有人拿树枝抽了一下杜清泉的屁股，嘲笑道："人家小宁老师人都走了，别看了，小心看到眼里拔不出来！"

杜清泉回过神来，伸手夺走那男生手里的树枝，转身就走。

"嚩！连人家拿过的树枝都不许别人碰啊？"

听完此言，杜清泉顿时觉得手里的树枝有些烫手，正想随手扔在门边儿，抬眼就看到了站在宿舍门口的高涵。对方一副失魂落魄的样子，不知在那儿站了多久。

想到宁馥就是为了他和自己借书，杜清泉忍不住多看了他两眼。

其实在宁馥和杜清泉打赌时，高涵就来了，他还以为宁馥是来找自己的。他站得远远地望着人群，意识到没有一个人注意到自己，心中有些失落，却也不由自主地松了口气。

宁馥让他心乱如麻。他忽然不知道该用什么态度去面对她。

幸好，幸好，宁馥不是来找自己的……

宁馥为什么不来找他呢？是真的像她说的那样，从此不再纠缠、不再喜欢他了吗？

就在这两股念头在心中翻腾、天人交战的同时，高涵听见了大伙儿的起哄声，也听见了他们在赞叹宁馥的聪明和学识。他又想到刚刚杜清泉看自己的眼神，仿佛连那个书呆子都在鄙视他，质疑他为什么会拒绝这么优秀的女孩。

高涵有些眩晕，不得不伸手扶住门框。来来往往的人在他的眼中，仿佛都正用同情而又轻蔑的眼光看他，都在嘲讽他——他配不上宁馥！

高涵突然发出一声大吼，拔腿从院子里冲了出去。留下一院子面面相觑的人，不约而同地决定以后离他远点。

[叮——

宿主获得道具：高中化学教材（全套）。

当前背包内容：全套高中数学教材（手抄）、全套高中化学教材（限时）、图拉嘎旗沙地蜜薯 ×1kg。剩余格子：4/10。]

　　坐在晃晃悠悠的小巴车上，宁馥在脑海中查看自己已持有的物品。这背包的功能有些奇怪，她之前获得的"草原之花""动物亲和者"两个特殊称号没有在其中显示，反倒是她随身背的挎包里装着什么被全部显示出来。

　　这有什么用？自己的包里有什么她难道不清楚吗，何必特别显示一遍？更何况她的挎包里不可能只装得下十样东西。

　　没有背包的使用说明书，宁馥只能自己探索。

　　她心念一动，按照自己的猜测在脑海中给出指令，随后，身上装着两斤红薯的背包便轻了许多。她立刻打开背包，发现蜜薯仍然在，分量却变得好似一根羽毛。

　　宁馥一挑眉，原来如此。

　　这样看来，背包的功能还不算鸡肋。有了这个背包，就意味着她可以随身携带很多大件儿，包括体积、重量超过自身承受力的东西。

　　她还有一个猜想。

　　任务结束后，她背包内的物品，是否可以跟着她一起离开呢？

　　想到这里，宁馥顿时觉得热血沸腾。

　　以往她可都算得上是"赤条条来去无牵挂"，她所获得的一切在离开时都无法带走，而这一次，她的收集癖终于可以得到满足了！

　　下了车，崔国富对宁馥说："咱们分头走，你去邮局把信寄了，我去供销社把东西买齐。"

　　采购员可是畜牧排乃至整个图拉嘎旗场站最令人羡慕的岗位。图拉嘎旗位置偏远，本地的货品数量和种类都少，不如镇上的好，崔国富身上几乎背负了全场站家家户户积攒许久的期待。

　　除了买场站卫生队的必需药品和畜牧排给牲畜用的东西外，他还要去买布料、零食、香烟……要往回带的东西还不少呢！

　　邮局里的人排着长队，宁馥在另一头的柜台处贴邮票。空气里满是油墨味儿，她用借来的钢笔在信封上写下家里的地址。

　　她是家里唯一的孩子。这回母亲专程来信，说是盼她早日回家，言语殷殷。

　　谁都知道在这茫茫草原上过的是怎样艰苦的日子。宁馥是家里唯一的孩子，本不必走这条路，可她母亲却不敢提高涵的事，只试探着问她愿不愿意回来。

　　一个故事里的配角，永远只为主角们的故事服务。没有人知道，在作者笔触未及的地方，她也是被人放在心尖上的。

等宁馥从邮局寄了信出来，崔国富还没买齐东西。他们要搭的车在附近有个站点，宁馥只能走到采购地的外面等他。

崔国富隔着柜台前攒动的人头，看见了宁馥，便大喊道："宁馥，快进来啊！"他看宁馥慢吞吞地走进来，一把就把她拉到了柜台前，"你在外面转悠来转悠去干什么呢？这里又没有狼，你磨蹭啥？"

宁馥的脸上难得地出现了难色。

货架上的商品琳琅满目。

这间商店很大，水泥地面被打扫得干干净净，屋子里有一股酱油和白糖混杂的气味，并不好闻，却很有氛围。售货柜台比成年人的腰还高，几个在人群中钻来钻去的小孩把额头和鼻尖压在柜台的玻璃板上，眼巴巴地盯着里面整包的大白兔奶糖和小轿车模型。

这些都是他们眼中的顶级奢侈品，能跟着大人来看看就能开心一整天，哪辆小汽车换了位置、哪包糖被人买走了，他们都格外清楚。

宁馥正对的是一面摆满了日用百货的货架。她的目光沿着那些货品扫过，一路描摹着那些崭新的搪瓷水杯，最后落在货架最上层——香皂，搭配着各种花色的包装，摆得满满当当、整整齐齐。

她好想全都……全都买下来啊！

选择困难症再加上收集癖，发作得非常不合时宜。

"小宁同志要带啥回去吗？快点吧，咱们的车一会儿就来了！"崔国富说。

宁馥深吸了一口气，问售货员："同志，请问，肥皂……有几种包装？"

她背包里的钱只够买两种，是宁馥的爸妈从城里寄给她的。

售货员答道："有三种。"

对方忙得没工夫多说话，就把三种都拿下来给宁馥瞧。一种是蜡梅牌的，包装纸上是烫金梅花，另外两种包装纸上分别是黄山迎客松和工农兵剪影。

宁馥觉得自己像只被掐住后脖子的猫，浑身僵硬……要了白玫瑰，就有了朱砂痣；要了红玫瑰，便有了白月光。谁能想到，能让所向披靡的宁馥的大脑陷入宕机状态的，居然是肥皂包装三选二的问题呢？

在最后时刻，崔国富一把从柜台上抓起两块香皂，将宁馥手中捏得紧紧的钱拽出来递给售货员，拉着她就去赶车了。

直到上了车，宁馥才缓过神来仔细看手里的肥皂。

是迎客松和工农兵的。还差一块烫金梅花的。

此时此刻，宁馥的心里痒得赛过被猫抓。

随着小巴车的车尾喷出黑烟，车外风景开始向后退，宁馥深吸口气，终于把丢失的理智找了回来。在崔国富震惊的目光中，她将两块肥皂仔仔细细地放进自己的背包中。

还有很多时间，她总有机会把那块蜡梅牌香皂买回来的。

五天后，B城。

"老宁！老宁！娇娇来信了——"

三三六部队医院的魏大夫以一种中年妇女不常有的敏捷，一路连跑带颠地冲进家门。坐在沙发上看报纸的军人眼都不抬一下，淡定地说："知道了。"

魏大夫——宁馥她妈正喜不自胜地扬着手里的信封："你不看？你不看我自己拆了啊！"

肩膀上扛着将星的军人——宁馥她爸十分冷淡地"嗯"了一声。看样子他是真的漠不关心，可是手中的报纸半天都没有翻动一下。

宁博远自然是希望闺女去当兵的。结果这个不争气的孩子竟然为了高涵跑去大草原，把他气得恨不得跟她断绝父女关系。他老宁家什么时候出过这样满脑子小情小爱、拎不清轻重的东西！

过了好半天还不见动静，宁馥她爸终于不耐烦地合上报纸，问："她都写什么了？"

妻子似哭似笑，眼泪吧嗒吧嗒地掉，脸上却并无太多悲色。

"娇娇……娇娇这个傻孩子……"

见妻子还是哽咽得说不出话来，宁博远哼了一声，然后一把将信夺了过来。他拿着信反复看了两遍，又仔细折好。

"哭什么哭？她不愿意回就不回，留在那儿锻炼锻炼也好。"宁博远道，"还是很幼稚！不过比从前好了许多。"

听闻此言，魏玉华——宁馥她妈的眼泪掉得更凶了："你……你就嘴硬吧！娇娇突然变得这么懂事，在那边得吃了多少苦啊……"

亲爱的爸爸妈妈（如果爸爸也在看这封信的话）：

我在图拉嘎旗一切都好。

回城的事，我深思过，还是决定留在这里。我会努力复习，参加高考。如果考上，那当然最好，如果考不上，我就留在图拉嘎旗，留在N省的草原上，一边生产，一边学习……

请爸爸妈妈原谅我的任性，但就像先烈瞿秋白同志说的：

"本来，生命只有一次，对于谁都是宝贵的，但是，假使他的生命溶化在大众里面，假使他天天在为这个世界干些什么，那么，他总在生长，虽然衰老病死仍旧是逃避不了，然而他的事业——大众的事业是不死的，他会领略到'永久的青年'。"

第二章
长生天的护佑

· 5 ·

收到信的父母心情怎样复杂，他们如何失眠，宁馥并不知情。她只知道回到畜牧排后，她已经被彻底接纳，成了这里的一分子，并且受到了热烈的欢迎。

至于其中有多少热情是给她与崔国富带回来的日用品的先不提，至少大家纷纷与有荣焉地觉得畜牧排给全场站做出了贡献。

我们有知识！我们不藏私！看看，全场站最艰苦的地方也能培养出优秀的好青年！

甚至还有个胆大的牧民小伙子，悄悄塞给她一小把牛肉干。她第二天吃早点的时候，就和徐翠翠吃上了牛肉干和奶茶泡炒米。

现如今，徐翠翠已经习惯了宁馥在畜牧排的人气和口碑，但还是对她收到牧民小伙儿的礼物的事儿拈酸带醋，不过热腾腾的一碗咸奶茶下肚，嚼着又香又韧又有滋味的牛肉干，再尖酸刻薄的话也只能闷在肚子里。

这个城里来的大小姐不知道从哪儿来的热情，好像姐妹似的挽住她的胳膊就往外走，把徐翠翠惊得直后退。

她意识到自己已经沦落成了纸老虎，面对着宁馥笑吟吟的脸，也实在抖不起威风了。

主要是前面发生的事儿太丢脸，每当她要摆开"老师""前辈"的架子训斥宁馥时，就能想起自己慌慌张张地从讲座上跑回毡房还崴了脚的那个晚上——那时候，宁馥也是这样笑的。

只听宁馥亲热地说："徐翠翠同志，前几天我去场站，咱们支书给了我两斤红薯，等今天晚上回来，咱们烤着吃，可香了！"

徐翠翠瞪着眼想要说些什么，宁馥已经拉着她打开羊圈的栅门，示意她看着点。徐翠翠只好将一肚子的话咽回去，用力咬了咬牙。

她气呀！

不过……不过宁馥这人，其实也没什么坏心眼儿，就算她办了讲座大出风头，也是她有真才实学；就算……就算畜牧排好几个小伙子为了争取给她送牛肉干的机会已经在私下进行了好几次摔跤比赛,那也是因为她……长得真的好看。

　　冬天放牧很不容易,要挑冰雪覆盖少的地方,还要靠近水源。两个人赶着羊群走出很远,徐翠翠一路都没说话,眉头皱得紧紧的,像是心里在做什么艰难斗争。

　　终于,羊群找到合适的地方,四散开来,纷纷从干枯的草皮下翻嫩茎来吃。

　　徐翠翠突然开口问:"你……你怎么不看书了?"

　　她知道,宁馥随身背着的军绿色挎包里放着书。有两本是高中数学,现在又有两本新的,叫化学。徐翠翠悄悄瞟过几眼,但看不懂,书上有许多笔记,整体却保持着干净整洁。

　　宁馥一怔,俏皮地笑着问:"翠翠前辈要指导我学习吗?"

　　徐翠翠一下子挺起胸来,说:"算你积极。"她十分霸道地从宁馥的挎包里掏出一本书,硬塞进她手里,命令道,"你看书,我看羊!"

　　宁馥笑起来。

　　此时距离高考还有不到一个月的时间,宁馥已经报名了。不到30天的时间里,要复习政治、语文、数学、英语和理化五门功课,宁馥几乎变成了一台学习机器,但复习的时间还是要精打细算。

　　不过完成任务的前提是做好自己的本职工作。在完成任务方面,宁馥向来是认真负责、一丝不苟的,只能谢绝了徐翠翠的好意。

　　"好心当成驴肝肺!"徐翠翠见她不识好歹,气得拔腿就走,恨不得离她远远的,眼不见心不烦。

　　宁馥正要将课本塞回去,一抬头,就见刚刚还在眼前的徐翠翠竟然凭空消失了!她顾不上掉在地上的化学课本,朝着徐翠翠消失的方向飞奔过去。

　　这不到百米的距离,宁馥跑得心都快跳出来了。她不禁暗自发誓,下次系统再有奖励,她绝对要增强体力!

　　徐翠翠的下半身已经陷在了沼泽里。

　　草原上的沼泽也叫水泡子,冬天很少见,但碰上了就是致命的。这里靠近水源,地表的水不易下渗,看起来完全正常的地表下却是冰冷的淤泥,如同一张险恶的巨口,随时准备将人吞进去。

　　徐翠翠就是没注意到那无人踏足过的水泡子,踩到了和普通草地没什么不同的表层,才一脚陷了进去。屯子里的老人们说过,一脚踩进水泡子,一脚踩进鬼门关。陷进水泡子里是极其危险的,特别是在冬天。

　　极度的恐慌和水泡子里的冰冷让徐翠翠面色惨白,她朝跑过来的宁馥大喊:"去喊人,快去喊人啊——"

宁馥语速飞快，道："来不及了！"等她喊来帮手，恐怕徐翠翠早就被这水泡子吞没了。

宁馥的心飞快地跳着，"砰砰"地将血液泵到四肢。她迅速四下张望，找到一根还算粗硬的枯枝，三下五除二地脱掉自己的外套，将这一节树枝缠裹起来。这样能最大程度保证树枝不在半途折断。

"放松，不要乱使劲！"宁馥一边嘱咐，一边将裹了衣服的树枝努力伸给徐翠翠，同时试探着自己脚下的土地是否坚实。

徐翠翠气得咬牙切齿，道："站着说话不腰疼！咱俩换换，你进来放松一个试试！"嘴上虽然这么说，但她也努力照着宁馥的话放松身体，减少无谓的挣扎。

生死关头，原先的偏见和小心思都已被徐翠翠抛在九霄云外。对方快而稳的语调和有条不紊的动作，让徐翠翠不可避免地、下意识地选择了相信她。

果然，她下沉的速度稍微减缓了一些。

徐翠翠努力伸手去够宁馥递来的树枝。

只差一点点了……

宁馥还要往前走，徐翠翠不由得大喊："别动！你找死吗？不要往前了！"

尽管脸上写满了恐惧，徐翠翠还是颤抖着说："我……我够不着，不能拖累你……你要也掉进来了，咱俩都是个死！"她绝望地说，"我要死了，你回去和我娘讲，我是为集体死的，是牺牲——"

从小，徐翠翠爹娘的眼里就只有她弟弟。她粗粗笨笨的，是个不受重视的丫头，家里的脏活累活都是她干，哪里艰苦她去哪儿，才15岁就自荐来畜牧排。她想证明给爹娘看看！早几年都说妇女能顶半边天，她就要做铁姑娘！铁姑娘不打扮，不穿花衣裳，铁姑娘比男人都强！

"都这种时候了，你走什么神？"

徐翠翠一怔，被宁馥唤回神来，便看见对方趴在地上，正一寸一寸地向前匍匐。

此时，宁馥的一只袖子已经沾上了水泡子里的泥浆，小半边身体也快要进入水泡子的范围，不过因为受力面积更大些，并没有明显下沉的迹象。

她奋力伸出手臂，徐翠翠终于够到了树枝的另一端。

宁馥将她训得不敢再走神也不敢再讲话，两个人都下意识地屏住呼吸。

宁馥缓缓挪动，终于退回到可以正常发力的位置。

感觉像过了半辈子那么久，两个女孩终于摆脱了可怕的水泡子。她们都精疲力竭，倒在地上大口大口地喘气，枯草根扎着她们的脸也都顾不上了。

千钧一发，宁馥拼尽全力，连嘴唇都咬破了两个口子，此时才尝到血的味道。徐翠翠更是浑身泥浆，冷风一吹，泥浆就快变成了一个泥壳子。

[叮——恭喜宿主因见义勇为,获得称号:草原巾帼。

　　称号描述:休言女子非英物,夜夜龙泉壁上鸣!助人为乐,见义勇为,瘦弱的身躯也能迸发出无穷力量!

　　注:佩戴时体力+10。]

　　想什么来什么,这个称号还不错,宁馥表示非常满意。她现在的身体素质实在说不上好,比起徐翠翠这些常年劳作的农村女青年,学生气的宁馥的确是肩不能扛手不能提的。

　　"你的遗言还是留着吧。"宁馥喘得上气不接下气,但话里带着笑意。

　　徐翠翠一得救嘴巴就硬起来:"怎么,你还嫌弃我的遗言吗?"

　　宁馥做沉思状,然后煞有介事地点点头,道:"确实少了两分豪壮。如果是我,我就说……我欲爱国,能吃劳苦,青山处处,可埋我骨。"

　　徐翠翠没太听明白,大概知道宁馥又说了一句很了不起的话,她"呸"了一声道:"快闭嘴吧,大冬天的哪有青山,这种时候显你有文采了?乌鸦嘴,呸呸呸!"说完,她挣扎着起身,"不行,得赶紧起来,咱不能在这儿躺着了,这样下去要冻死人的。"

　　她们的消耗太大,特别是徐翠翠,身上完全被水浸湿了,如果长时间待在野外,很可能会导致失温,被冻伤、冻死都是有可能的。

　　宁馥深吸一口气,她的心脏仍然在胸腔中疯狂地跳动。她舔了舔嘴唇上的裂口,在脑海中迅速选择了佩戴"草原巾帼"称号。

　　凭空拥有更多力气的感觉,就像在瑟瑟寒风中喝了一碗滚烫的奶茶,这股热意随着血流涌向四肢百骸。宁馥利落地爬起来,顺手将还在地上"蠕动"的徐翠翠也拉了起来。虽说不是能一把扛起牛的神力,但架起双腿酸软无力的徐翠翠,宁馥倒也还能支撑得住。

　　就这样,两个人相扶相携,胡乱收拢了羊群,踏上回程……

　　回到畜牧排,两个人狼狈的样子把众人都给吓坏了。

　　大家急急忙忙地张罗着,找来换洗的衣服,给二人取暖,检查有没有冻伤……都处置妥当了,宁馥这才简单地说了一下事情的来龙去脉。

　　徐翠翠盖着大棉被坐在炕上喝砖茶,直截了当地对众人说:"这次要不是宁馥,我就牺牲了……"她转身面向宁馥,"我徐翠翠向来是心直口快、恩怨分明,你连自己的命都不顾来救我,我……我之前那样对你,咳——"她顿了一下,脸上露出了惭愧的表情。

屋里的众人都清楚这俩人之间的过节，徐翠翠这是想跟宁馥道歉呢。

宁馥没有让徐翠翠继续说下去，她捧着茶杯抿嘴一笑，并伸出手说："鲁迅先生说了，渡尽劫波兄弟在，相逢一笑泯恩仇。"

徐翠翠听不懂这种文绉绉的话，迷惑地眨了眨眼，但看到宁馥伸过来的手，大概也明白了她的意思。

宁馥温和地继续说："但我们不谈恩仇，不拜把子。我们是'革命同志'。"

徐翠翠也被感染了，用力握住了她的手。

但这感动人心的时刻很快被打断了。脚步声杂乱，一个畜牧排的队员慌慌张张地跑进来，掀起门帘带入一股冷风……

"坏了！咱们的羊丢了五只！"那名队员跑进来后，说出这条"重大消息"。

"派人去找了吗？"排长立刻追问。

离群的羊一时半会儿还不会太过分散，但要是过了夜，还能剩下几只可就真说不准了。每一只羊都是宝贵的财产，可一下子丢了整整五只！

毛毡房里的氛围顿时变得严肃起来。

徐翠翠自责道："都怪我，要是我再注意一些……"

要是她不陷入水泡子，宁馥也不会因为要救她顾不上看管羊群。如果不是因为她浑身湿透，在野外待的时间太久会有危险，两个人也不会着急回来，以致没清点羊的数量……

宁馥给她披了披被子，站起身道："我也一起去，我知道羊丢失的位置在哪里，只要行动快，应该还赶得及。"

排长还在考虑到底要派谁去找羊。

宁馥转过头，安慰徐翠翠道："不是你一个人的错，是我们的错，"她的声音冷静而沉稳，在说"我们"时加了个重音，"既然有错就及时挽回。"

徐翠翠挣扎着想要甩开被子下床："我和你们一起去……"

宁馥按住她的肩膀，带着一丝笑意说："工作分工不同，你的任务是留下来，把这些搞定。"她朝放在一旁的两斤蜜薯努了努嘴，然后凑在徐翠翠的耳边悄悄说，"等我找到羊，回来一起吃。"

徐翠翠觉得自己似乎起了一身的鸡皮疙瘩，不是因为害怕或恶心，而是……而是感觉怪怪的，心脏怦怦直跳……如果有镜子，她或许会羞耻地看到自己红扑扑的脸。

朴实的徐翠翠没有意识到，自己竟然被这个城里来的大小姐给"蛊惑"了。

一出毡房就是一股扑面而来的冷风。

找羊小队分成三组,都骑马前去。对牧民来说,牲畜跑丢也是常事,因此一听说羊丢了,畜牧排最精干的几个小伙子都出动了。

"给我们指个方向你就回去吧!"有个憨厚的小伙说。天色黑,他面色也黑,因而只有语气听上去是紧张的,脸上却不算明显。

宁馥认出他是前两天送自己牛肉干的那名青年,便友善地冲他微微一笑。

所有人都认为宁馥在告知方向后,就可以回去了。毕竟她一个女学生,看起来是那么的柔弱,仿佛草原上的一阵风就能把她吹倒。

"我不回去。既然来了畜牧排,就应该为畜牧排献出一份力,大家能做的,我也能做。这次我们既是抢救财产,也是抢救生命!"

太阳已经落山了,只剩天边的铅云,被最后的余晖镀上金红色的边。众人看着她站在风中衣衫猎猎,顿时觉得热血沸腾。

外出找走丢的牲畜这样艰苦的活儿依然像一副重担一样压在肩上,但所有人都没了抱怨,只觉得责任重大,使命光荣。

"我不是逞强……"宁馥后面的话还没说出口,就看见几个青年都是一副激昂慷慨的模样,鞭子一抽缰绳一甩,嗷嗷地打着呼哨冲了出去。

宁馥不禁一笑。

"会骑马吗?"那名叫牧仁赤那的青年牵着匹高头骏马走到宁馥身旁,问道。

宁馥点头道:"会。"

青年没想到是这个答案,他愣了一下,又问:"会打枪吗?"

宁馥依然点头道:"会。"

牧仁赤那盯着她看了几秒,片刻之后,他给宁馥找来了一匹马,又将自己背的步枪交给她。

"晚上,危险,有狼。"他的汉语说得不好,只能一个词一个词不连贯地往外蹦,倒显得格外简洁。

牧仁赤那看着宁馥翻身上马。

宁馥粲然一笑,这个笑容,不同于往日,十分温柔。

"驾——"

茫茫天地之间,她纵马奔去。

在冬天的草原上跑马,实在是"风头如刀面如割",宁馥却觉得十分畅快。

在这个世界里,她不用在乎男人怎么想,不用为了讨好他们而费尽心思伏低做小,更不用明媚忧伤地将脸仰起45度角,用最美的角度等一个吻。

她工作一向尽职尽责，众人眼里的她温顺和善，其实……本质上，她桀骜不驯。

北风呼啸，渐渐下起了雪。宁馥放慢了速度，后面的牧仁赤那赶了上来。他的声音费力地穿过风声："再找不到，我们只能回去了！"

宁馥也清楚，如果拖到雪下得大了，即使是经验丰富的牧人，也可能在草原上迷失方向，到时，寒冷将是他们过不去的挑战。

两个人跳下马，仔细搜寻着羊群经过的踪迹。

在顶着风雪走走停停，四下寻觅后，他们终于找到了那五只羊。它们整整齐齐，正在寒风中瑟瑟发抖。

羊找回来了，可雪越下越大。宁馥正要对牧仁赤那说赶紧返回，只见对方的神色骤然一变。

虽然他的年纪不大，但已经是草原上的老猎手，只要带着羊群，就比最机警的牧羊犬还要敏锐。几乎同时，他们的马也开始躁动起来，这是危险逼近的讯号。

六只草原灰狼出现在风雪之中。

狡猾的它们已经围成了一个包围圈，逐渐逼近。

灰狼是非常聪明的动物，它们通常以野兔、旱獭等草原上的小型动物为食，它们知道人类手上武器的厉害，很少会主动攻击。

但在极度的寒冷和饥饿之下，例外。

宁馥看见牧仁赤那的手指正慢慢移到扳机上，一道灵光突然闪过她的脑海——之前不是因为给羊接生获得了"动物亲和者"称号吗！

宁馥往前凑近牧仁赤那，在他耳边低声道："先别动。"

青年的神经高度紧绷。狼群极善团队配合作战，分工明确，有的负责驱赶，有的负责偷袭。在野外遇到狼群时绝不能仓皇跑动，将后背亮给狼。经验丰富的猎人会用火把和巨响吓走狼群，但现在，牧仁赤那也不确定饿极了的狼群是否还会向恐惧屈服，他只能强迫自己直视着狼的眼睛，一动不动，让它们无法预料到自己下一步要干什么。

狼群中最大的一头体长接近一个成年男人的身高，少说也有一米八，它站在包围圈居后的位置，仿佛正在观察战局。

毫无疑问，那就是狼王。

它们都很饿。低低的咆哮声仿佛是狼群在交流，为了活着，它们打算冒险了。

来不及多做解释，宁馥默默地在脑海里挂上"动物亲和者"的光环。

当初嫌弃人家没用弃之不理，如今……

一秒。群狼间属于猎食者的低吼声渐渐低落下去。

两秒。滴答着口水的獠牙收了起来。

三秒。体形巨大的狼王绿莹莹的眼睛注视着两个人类和他们的牲畜，最终，转身离开。

毛发灰白的巨狼带着它的族群离开了。它们很快消失在风雪中，就连脚印，也将很快被雪覆盖。

宁馥长长地松了一口气。

遥远的地方传来狼的嚎叫。这片一望无际的草原之上，万物生灭，生命不息，让人的心底凭空生出一种敬畏。

·6·

[叮——

宿主达成成就：狼口脱险。

成就描述：拯救了生命的你，是否也明白了生命的可贵？

成就奖励："动物亲和者"称号升级为限定称号"动物密语者"。

注：佩戴此称号，你将拥有和动物交流的能力，时效5分钟。请小心不要被别人当成疯子哦。]

牧仁赤那松了口气，他转回头对宁馥说："我们，要找个地方避雪，尽快。"暴风雪要来了。他不知道狼群为什么突然离开，但他将这当作长生天的旨意。他们是被眷顾的。

这个女孩懂得怎么给羊羔子和马驹接生，懂得如何骑马如何使枪，还懂得那些书本上复杂的计算公式和化学符号。图拉嘎旗畜牧排的所有人都配不上她，就算举办一百次那达慕也一样。

两个人找到了一间背风处的小木屋，是畜牧排开垦菜地后安置夜里看守者的地方，冬天就没人住了。五只羊跟着他们一起进屋——虽然生了火，但这破屋子四处漏风，他们也只能和羊群凑在一起取暖。

牧仁赤那从背囊里拿出牛肉干来，然后和一直揣在怀里的水壶一起递给宁馥。

宁馥嚼着牛肉干。

这个味道——跟之前那个牧民小伙子送她的牛肉干的味道一模一样。

她忽然问："你摔跤输了？"

"打赢他们所有人了，我没输——"牧仁赤那下意识地摇头，然后才意识到宁馥问了什么。

在火光的映照下，他的脸突然红了。

"我……我没参与……"

牧仁赤那有些语无伦次，试图把自己不小心说的话收回。

他不但参与了，还把所有竞争者一个个都摔倒了。

这是草原上的规矩，最勇猛的汉子才有资格追求最漂亮、最聪慧、最能歌善舞的姑娘。竞争总是很激烈，一旦输了，就只能眼睁睁地看着打败你的人去追求你的心上人了。

牧仁赤那赢了，可是他没有采取任何行动。

在他心里，没有人能配得上宁馥。她是草原上最洁白的一朵月亮花，不应该被一大群追逐的蜜蜂打扰。

他莫名地有了一种使命感。

可惜畜牧排的其他小伙子少不了揣着一颗火热而急切的心，居然拿他做的牛肉干偷偷送给宁馥。牧仁赤那的嘴唇翕动着，不知道说什么好，心里想了千万遍回去要将那些偷肉贼揍一顿。

宁馥见他急得额头冒汗，也猜到了前因后果，便换了一个话题："刚刚，你不害怕吗？"就算是在草原长大的，他毕竟也只有20岁，能在草原狼的面前保持绝对的冷静镇定，这是很少见的。

见宁馥不再提及"摔跤和牛肉干"的事情，牧仁赤那松了口气，说："小时候，我见过狼……"

他用生硬的普通话给宁馥讲了个故事。

牧仁赤那的爸爸打猎遇到狼死了，在他7岁的时候。没过多久，他妈妈生了重病，他冒着雪去找赤脚医生，在路上遇到了一头狼。

那是一头母狼，已经在荒原上游荡了数十日。

猎人杀死了它的幼崽。它像一个伺机复仇的独行侠一样，离开了自己的族群。屯子里甚至还发布过关于这头狼的警告，因为失了崽的母狼最为危险。

在大雪夜里，7岁的牧仁赤那独自和失去幼崽的母狼对峙。

他们似乎一样地绝望。

最后，母狼奇迹般地离开了，没有伤害牧仁赤那一根毫毛。而当牧仁赤那带着医生赶回家中时，他却永远失去了他的母亲。

十几年过去，他越发笃信那一夜是母亲用自己的生命换了他的。这个世界上有一个生命活下来，就注定有另一个生命消失，牧仁赤那相信，这种守恒是长生天的规则。

"今天狼群也没有伤害我们。"牧仁赤那道，"长生天已经保佑过我，那么这一次，祝福在你的身上应验了。"

宁馥回过神来。

原来在这个世界里，不仅仅是宁馥，其他所有的人，都是有血有肉的，活生生的。每个人都有自己真实的故事、经历，以及未来。

她的目光停留在牧仁赤那身上仔细打量，用全新的目光看了他一眼。

为了让羊群跟得更紧些，在回去的路上宁馥没有关闭"动物亲和者"光环。紧跟着，他们遇上了不少碰瓷的动物——三只兔子、两只狐狸，还有一条傻乎乎的本该在冬眠的蛇。

牧仁赤那明显很兴奋，如果不是宁馥强调得赶紧回去，他恐怕要把这些冲着"亲和者光环"来的动物全都挂在马背上当战利品了。

"那是好皮子。"他反复跟宁馥念叨，"一个冬天也碰不上几只狐狸，打了做皮帽子，好看，能给你换香皂。"

宁馥压根不想追究他是怎么知道香皂的事情，只是明令禁止道："不能打。"

开什么玩笑！她现在和牧仁赤那算是队友，要是开了杀戒，她的"动物亲和者"光环恐怕得直接变成"动物杀戮者"了！

牧仁赤那不说话了，骑马跟在宁馥身后，一张英俊的黑脸没什么表情，但宁馥莫名读出了一丝委屈。

他好像怕宁馥生气，结结巴巴地试图夸奖她："你……你很厉害。"他顿了顿，似乎在搜肠刮肚地找寻更合适、更贴切的形容词，过了几秒，才道，"很了不起。"

宁馥猜想这恐怕是称号的缘故，便去掉了"草原巾帼"的称号，再问："现在呢？"

牧仁赤那一愣。他再度仔仔细细地打量她。

两个人骑在马背上，风雪渐停，月光透过云层的缝隙照在宁馥的脸上，却不比她的容颜更温柔。

这一刻，似乎有什么说不清道不明的变化发生了。

在遇到狼群的时候，他唯一的念头就是要保护羊群，保护宁馥。羊群是集体的财产，而宁馥是自己的战友和同志，为了这个念头，他可以流血，可以受伤，可以面对一切恐惧。但此时却不一样了，一根柔软的鹅毛正在轻缓地拂过他的心房，他的心脏随之感觉到一股热流。

牧仁赤那无法形容这种感受。片刻之后，他木讷地拿起水壶递给宁馥，说："多喝热水。"

他一直揣在怀里保温的。

牧仁赤那看着她扬起头喝水，露出修长的脖颈，深蓝色的毛线衣领上是一小截牛奶白的皮肤。

他慌乱地把眼睛转开了。

天快亮的时候，两个人才终于涉雪回到了畜牧排的驻扎地。

有眼尖的瞧见他们和那五只羊的影子，立刻就跑回去报信，大伙儿又是一阵忙活。

连着两天提心吊胆，畜牧排排长觉得自己简直一夜老了三岁，心有余悸地说："可算是平安回来了，他们说你们在外面可能遇上狼了，哎呀，真是不敢想！"

"你们俩都没事吧？快进屋快进屋，暖和暖和！"其他人张罗着。

"今天给你们放一整天假，都好好休息休息！"排长说。

毕竟出了这么大的事儿，还是要照顾一下。更何况小宁可是整个场站的宝贝疙瘩，万一真的累病了，图古力是要找他兴师问罪的。

众人的话还没说完，一个黑影突然从屋里扑出来，直冲向宁馥！谁也没防备，宁馥险些被撞个趔趄。她好不容易稳住身形，意识到自己是被人给牢牢地抱住了——这一双来自劳动人民的铁钳般的手臂，可真是牢不可破、不好挣脱啊……

好不容易给自己争取了一点空隙，宁馥这才看清了来人，竟然是徐翠翠！她比徐翠翠要高一个头，于是更加明晰地感觉到自己的肩膀处一片湿凉。

是徐翠翠的眼泪。

"你……这是怎么了？"

宁馥的话被徐翠翠更大的哭声完全淹没了："呜呜呜……呜呜呜……我以为你叫狼吃了呢……"

徐翠翠仍然抱着她不撒手。宁馥只好轻轻地拍了拍她的后背，柔声安慰道："我这不是没事儿吗？"她凑近徐翠翠的耳朵悄声道，"咱们的红薯烤好了没？我好饿……"

徐翠翠没有反应。

宁馥的声音带着笑意，还有一丝狡黠，说："咱俩悄悄吃，不让他们知道。"

烤红薯在图拉嘎旗农场里绝对是奢侈品，但宁馥猜测，徐翠翠此刻不会在意她们两个悄悄溜走去吃独食。

终于，徐翠翠松开了她，两条辫子一甩，一吸鼻子，转身跺着重重的脚步进毡房去了。

宁馥再转身，发现牧仁赤那已经赶着羊群去安置了。

"傻站着干什么，准备在外头被冻死吗？！"徐翠翠又从毡房里探出头来，声音还带着刚哭过的沙哑。

回到毡房，宁馥在炉子边不仅发现了烤好的红薯，还看到她从杜清泉那儿借来的化学教材。书页被泥水弄湿了，边缘不可避免地翘起来。

徐翠翠忐忑地看着她。

宁馥拿起红薯吃了两口，赞美道："好甜啊！"

见徐翠翠没动，宁馥只得放下红薯对她说："这不是你的错，事急从权，自然也就顾不上这本书了。"

徐翠翠迷茫地眨眨眼睛，问："什么是事急从权？"

宁馥笑道："是指事情紧急的时候要看情况有所变通，不可死守教条。"

徐翠翠恍然大悟地点了点头。

两个人吃过红薯后，徐翠翠铺好被子准备睡觉，还特意把宁馥的枕头挪到了自己枕边。她可是做了半天心理斗争，才准备开口邀请宁馥和自己挨着睡呢！结果一抬头，却看见宁馥拿着那本刚烤干的化学书，已看得入神了。

宁馥大概摸到了"赤子之心"系统的规律：越往后获得任务进度的难度就越大——最初她只需要挖几筐土豆就能推进任务进度，现在应该只有完成第一阶段的任务"金榜题名"才可能实现了。而她当前的系统加持——专注力提升50%，记忆力提升50%，学习热情提升50%，应该只在任务期间才有，也就意味着，除了其他成就给她带来的效果以外，这些加持都将在她完成第一阶段任务后消失。

等她"金榜题名"，随之而来的很可能就是"伤仲永"的结局，所以宁馥要趁自己所有状态都在黄金期的时候，尽可能地去吸收、学习和消化知识。

状态是可以被剥夺的，但学识不会。

如果给你一片时效是一天的记忆面包，在吃完面包的这一天内，你记住的所有东西在面包失效后都依旧铭刻在你的脑海，你会不会不眠不休地背诵？

因为不能影响分内的工作，她只能利用零碎的时间来学习。今天是难得的"特批休假"，当然要利用起来！

徐翠翠催促道："快点来睡吧，你那书什么时候不能看啊？"她们都度过了惊心动魄且精疲力竭的一天，哪怕徐翠翠自诩铁姑娘，都觉得有些顶不住了。

宁馥扭头，笑着对她解释了一句："一万年太久，只争朝夕。"又觉得伟人的话或许不够通俗，于是加上一句金句，"只要学不死，就往死里学呗。"

徐翠翠干脆搬了条板凳坐到宁馥旁边，感慨道："你可真有精神。考学就那么好？"

其实，徐翠翠一直都很好奇，眼前这个看似柔弱的娇小姐身上的这股强大的力量是从哪里来的，仿佛永远都不知道疲倦。

宁馥突然提议说："不然你也和我一起学吧。"

徐翠翠指着自己的鼻子，难以置信地问："我？"她把脑袋摇得拨浪鼓一样，"不不不，我可不行！"

宁馥言简意赅："先从识字开始。有什么不会的，你记下来，我给你讲。"

她的视线离开书本，注视着徐翠翠，郑重地说："靠经验，你只能给全排的人治小感冒。靠知识，你能救很多很多人的命。你自己决定。"

徐翠翠仍然想退缩，却突然沉默了。

过了一会儿，她翻开自己听讲座时带的"笔记本"，找了一支铅笔，将不认识的字一个一个地圈起来。

· 7 ·

[叮——

恭喜宿主完成隐藏支线任务：共同进步。

任务描述：报国之路并不意味着踽踽独行，帮助你的朋友成长吧！

任务奖励：开启动态画廊，宿主精神力 +10。]

随着系统提示音的响起，宁馥的嘴角禁不住上扬，在脑海中检视起了自己的属性——

[宁馥：草原之花（已佩戴）/动物密语者（未佩戴）/草原巾帼（未佩戴）

当前属性：

智力：120+10

体力：80

精神力：10

当前加成：专注力提升50%，记忆力提升50%，学习热情提升50%（限时："金榜题名"任务阶段）

当前成就：

①广阔天地，大有作为

②狼口脱险]

精神力一栏已经解锁，这进展让宁馥很满意。

江山如此多娇，自然有无数人为此赴汤蹈火、奋不顾身，但宁馥比他们更有野心。

既然要为祖国奉献己身，怎么能籍籍无名？

接下来的十几天，宁馥充分向徐翠翠展示了"只要学不死，就往死里学"并不只是说说而已。

父母知道她决意参加高考后很是支持，寄来了这里紧缺的高中语文、物理教材。宁馥则每天都挂上"草原巾帼"的称号，就为了那10点体力的加成。她几乎每天只睡3个小时，如果不靠这点体力撑着，恐怕过不了多久身体就要垮了。

至于精神力……看看徐翠翠看她那敬仰的眼神吧！

徐翠翠已经彻底服了，她还做什么铁姑娘啊？什么顶风割草、冒雪放羊，身体上再累、再难受，休息一下也就缓过来了，可是宁馥竟然能在一个又一个的晚上研究那些稀奇古怪、各式各样的符号和公式！而且兴致勃勃、精神奕奕！

简直是铁人！

别人是铁打的身体、铁打的意志，宁馥……宁馥是拥有一个铁打的脑子……

她甚至还有空闲问徐翠翠："有什么不会的吗？"

徐翠翠最近在自学小学五年级的课本，这些书原本在她家里已经压箱底了，没有被拿去填灶膛烧火实在是万幸，但她可不敢拿小学算数题打扰宁馥学习。虽然她不知道有个词叫"学霸"，但还是对宁馥保持了一种下意识的"敬畏"——请相信，没有人会想、会敢在她进入心流状态后，拿着"1+1等于几"的问题去打断她的思路。

然而，宁馥却非常自然地表示，解决小学五年级的数学题就当是帮自己放松了。这让徐翠翠也投入到了白天上工、晚上上学的疯狂生活当中。

又过去了7天，在距离高考还有3天时间时，场站给所有参加高考的年轻人们放了假。他们要到县城去看考场，接下来，就要住在县城，直到考试结束。

虽然图古力没读过什么书，却也理解这些年轻人。他知道，他们心里都憋着一股劲，一股如同战士上战场一样，要在考场上挥洒热血的劲儿。

在图古力的安排下，场站特地派了一辆汽车，专门接送今年这批参加高考的年轻人们。

梁慧雪早早地到了集合点。

她做了一个梦，梦中的她就像是灰姑娘，等待着零点的钟声。

只要她通过高考，就可以进入象牙塔，就可以奔向她所向往的一切。她爱小桥流水，她爱书香墨意，她爱李清照词里的愁绪，也爱《红楼梦》中的精致。

高涵轻声问："慧雪，你在想什么？"

梁慧雪也轻声回道:"一个童话。"

两个人都露出笑容,他们沉浸在一种无言的默契中。

没错,高涵和梁慧雪又和好了。

高涵说服自己忠于爱情,梁慧雪说服自己忘记高涵的失态,两个人都迫不及待地想要离开这里,仿佛结成了无形的同盟,将他们紧密地团结在一起。

当然,他们依旧管这叫"爱情"。

不过负责送他们的司机老卓尔琴可不是什么会读空气的人,他大声咳嗽着,腋下夹着一大卷皮料,踢踢踏踏地走过来,并且径直从这对小情侣的中间穿过,留下一股浓浓的旱烟味。梁慧雪不自觉地皱了皱眉,高涵安抚地拍拍她,然后把脑袋伸进车里看了一眼。

为方便多放东西,这辆小面包车的后座被拆掉了,并且已经堆了一半货物。

"这让我们怎么坐啊?"高涵说完后,不想显得自己太娇气,又补充道,"慧雪会晕车的!"

老卓尔琴翻了个白眼,不耐烦地说:"爱怎么坐怎么坐!"

见梁慧雪眼圈红了,高涵顿感心疼。最近慧雪很敏感,因为所有人都说她配不上"草原之花"的称号,所有人都天天"宁馥"长"宁馥"短,这让慧雪在高考复习的关键阶段承受了很大的压力。

在老卓尔琴再一次走过来的时候,高涵拦住了他,说:"我们可以上车了吗?"

这个老牧民自以为学了一手开车技术,就能在场站排倚老卖老横着走了。他斜着眼瞧了瞧高涵,道:"不行,我的东西还没装完。"

高涵着急了,大声道:"你对我们有什么不满意的吗?卓尔琴同志!这样拖下去,谁都别走了!"

老卓尔琴没好气地回道:"着什么急?反正你们盘算着要走,早一会儿晚一会儿有啥区别?"

高涵莫名其妙地挨了一顿说,急了:"你说话怎么不讲理?什么意思?是支书亲自让你送我们的,你耽误不起!"高涵的腰杆子硬了起来。

老卓尔琴浑浊的眼睛瞪了起来,骂道:"小兔崽子,你跟谁耍横呢?"说完,就要撸袖子。

高涵见状,下意识地往后退了一步。

老卓尔琴就是看不上他这副软弱的样子,得意地大笑起来:"瞧不上俺们草原,嫌这儿风沙大,地不肥,撅着个腚就想跑回你的富贵窝窝去,你是龙生凤养的吗?挖土豆时咋不见你这么卖力?"

眼见着两个人就要争执起来,梁慧雪连忙上前道歉:"对不起,卓尔琴大叔,您别和他计较，我们只是着急……"

转眼她便见老卓尔琴一张凶神恶煞的脸突然堆满笑容。这转变来得太突然，让他脸上的每一条褶子都扭出奇怪的弧度。

或许，女孩子的道歉可以换来一点的宽容吧……

"嘿，小宁来了，早上吃饭了没？"老卓尔琴热情地冲着梁慧雪的身后喊道，"书包里有热鸡子儿，你赶紧吃，讨个好彩头！"

老卓尔琴的变脸艺术显然已经练得炉火纯青，登峰造极。他朝宁馥招招手，特地跑到车前头拿鸡蛋，然后往宁馥跟前走："上次你给讲了课，俺们家老母猪一窝崽子全活下来了，现在长得又肥又壮！这是你婶儿特意给你留的，老母鸡的第一个蛋，吃了包你考上学！"他凑近宁馥，热情洋溢、满脸喜悦，仿佛宁馥是他自家闺女一样，"考个一百分，给咱图拉嘎旗争口气！"

梁慧雪和高涵都惊呆了。

刚刚看到他们时，老卓尔琴的态度就像看见两摊路边的牛粪，而看到宁馥就仿佛在放羊的路上瞧见了金疙瘩！

这是个什么状况？

宁馥接过鸡蛋，笑眯眯地装进自己包里，感谢道："谢谢您，我一会儿再吃。"说完，她没有片刻停留，动作利落地帮老卓尔琴把剩下的皮料全都抬到车上。

梁慧雪用力擦了一下眼睛，也跟着上了车。

车里，宁馥已经坐好，正窝在一堆皮料里剥鸡蛋，见她上来，就给她腾了地方。高涵上来后，坐到了两个人对面。梁慧雪一眼就注意到她刚刚从包里拿出来的书。

很眼熟，是那本手抄的数学教材。

她像被烫了一下，立刻转过头去。

颠簸了几个小时，车子终于到了县城。这里要比图拉嘎旗繁华得多，但大家都没什么心情闲逛，看过考场，他们就匆匆找到考场附近的招待所住下。这是县上的部队招待所，离考点很近，是远道而来的考生们暂时的居住点。

宁馥和梁慧雪住在一间，高涵和提前到县里的崔国富、杜清泉住在一间。

虽然都是高考生，大伙儿的心态却截然不同。崔国富完全没抱什么希望，他就像病号一样泡这几天"高考假"，拿着一张世界地图满楼道地转悠，里面兜着扑克牌和瓜子。他还没复习好呢，今年先试试，不行明年再来。

但杜清泉和高涵明显没有他这么轻松，两个人门一关就窝在屋里学习，连晚饭都没吃。

梁慧雪也很紧张。这种紧张表现在什么地方呢？她开始每时每刻观察宁馥，或者用"窥视后模仿"来形容更合适一些。

宁馥看书,梁慧雪也赶快拿出笔记本,翻阅以前记的笔记。

宁馥喝水,梁慧雪也默默倒了一杯。

宁馥闭目养神,这个她倒是没有模仿,只是放轻了呼吸,似乎打算让自己在房间里隐形,眼睛却依然紧紧盯着宁馥的动静。

宁馥睁开眼,果然对上了梁慧雪躲闪不及的目光。但她没有说话,像一个没有感情的机器人,任由尴尬的沉默持续蔓延。

梁慧雪没等到对方开口询问,在宁馥的注视下越来越坐立不安。耐不住尴尬,她终于开始开口解释:"我……我不是故意的,我只是太紧张了。"她小心翼翼地凑到宁馥身边,用清纯如小鹿的眼神看着她,"你……你真的不再看一会儿书了吗?我再看一会儿,不会打扰你吧?"

宁馥淡漠地说:"不会。"

大概每个人在学生时代都会遇见这样的同学。你抄题目她也抄题目,你靠前坐她也靠前坐,你看什么书她就看什么书,她永远要第一个了解你的作业进度、考试排名,给自己画成绩曲线时不忘了给你也画一份。这种行为说好听点叫关心,说不好听点就叫窥探。那"关切"的目光就如附骨之疽,永远在你背后紧紧追随。要说这些人有什么坏心眼吧,似乎倒也没有,最让人担忧的就是她会在什么时候起坏心眼。千日防贼还显得自己心思阴暗,那才叫堵得慌呢。

梁慧雪又卑微地说:"那……我有问题的话,可以问你吗?"

"可以。"

梁慧雪果真问了几个问题,宁馥一一讲了。但让她没想到的是,梁慧雪突然就哭了。

"……你好厉害,我好羡慕你。"她哽咽着说,"大家都喜欢你……你复习得也好。"

宁馥深吸一口气,在心里无声呐喊。

苍天啊。宁馥真想翻白眼——梁慧雪哭得是如此情绪到位,她甚至都不清楚自己为什么要做这些莫名其妙的事。

她的心理并不奇怪。现在她需要一个同情有爱的安慰,如果能顺便迫使宁馥出于愧疚让出"所有人的喜欢",那就更好了。当然,她或许也有那么一点小心思,想在考试前影响宁馥的复习节奏和心理状态。她不是故意的,她只是看着宁馥从样样不如自己变成样样强过自己,她……她心里委屈。

没错,就是委屈。

宁馥只是微微一笑,说:"真的吗?谢谢你喜欢我。"她拍拍梁慧雪的肩膀,

"你别哭，别着急，要继续努力，加油！"说罢，还附送一个奋斗加油的表情。

多么阳光，多么正能量！充满了革命的乐观主义精神！

没有什么能比直白的回应更能击中这样心思多的人的七寸了。

对方说"哥哥你女朋友好凶啊，我就不敢像她那么自信"，你说"自卑确实不好，要加油"。对方说"哥哥你女朋友好聪明好会为人处世啊，不像我，总是笨笨地得罪人"，你说"那你要向她学习，加油"！

比阴阳怪气更阴阳怪气的就是毫不阴阳怪气——让奋斗者真诚恳切的"加油"声时刻回荡在对方的脑海！

梁慧雪还沉浸在自己的委屈中，听见宁馥的话后一愣，哽住了。她努力地盯着宁馥，试图证明她们是同一种人，但她失败了，在宁馥的脸上看不到一丝的虚伪。

不妨让嫉妒你的人知道你毫不在意她。你诚恳、坦荡、光风霁月，和她根本不是同一类人，面对这样的人不需要愤怒，只需要真诚地和她说一句："要加油！"

这一次，梁慧雪是真的崩溃了，她泪流满面地从房间里跑了出去，正好撞上了来看她的高涵。

高涵立刻握住她纤瘦的肩膀，摇晃着咆哮道："你怎么哭了？是谁欺负你了？是不是宁馥！"他不等梁慧雪回答，就立刻给宁馥判定罪名，怒气冲冲地要往屋里闯。

梁慧雪将他拉住，直接戳破了残酷的事实。

"别再骗你自己了！"梁慧雪用哭腔喊道，"你根本就不喜欢我！她也永远不会喜欢你！"

高涵如遭雷击，僵立在原地，招待所的走廊上只剩下梁慧雪的哭泣声。

"过两天就要考试了，你……你早点休息。"他艰难地挤出这句话，转身落荒而逃。

第二天众人到楼下吃饭，才发现外面已是银装素裹。

县城就这一间招待所，凭介绍信可以免费用餐，否则就是自己买。梁慧雪和高涵坐一桌，谁也不理谁。宁馥和杜清泉、崔国富坐一桌，她买了半份菜和两个馒头，另外两个大小伙子就瞅着那馒头咽口水。都是半大小子吃死老子的年纪，平时肚子里又没油水，每顿饭都是吃个半饱，多一口吃的也难得。

宁馥正要把馒头给俩人分一分，就被人打断了："你自己够不够吃？"

几个人都是一愣，抬头看去，只见来人一身松枝绿军装，肩膀上将星夺目。

招待所的食堂里那几个在用餐的军人全都站起来了，来人一一还礼："解散。"

崔国富捅捅杜清泉，问："这人是谁啊？什么来头，这么大排场？"

杜清泉烦死他这惹事的性格了，但还是嘴唇微动："少将。"

崔国富"嚯"的一声吸了口气，就连一旁的高涵他们也听见了他的反应。大家都没见过这么大的领导，更何况还是部队里的首长，纷纷站起来，却不知道首长到他们这边做什么。

少将对这样的场景早就习以为常，只是淡定地对紧张局促的众人点点头，说："大家请坐吧。"他觉得自己不该太严肃，于是露出一个微笑，"只是路过这里，有点私事。"

紧接着，众人便眼睁睁地看见一直坐着的宁馥仰起头道："爸，我够吃。你怎么来了？"

宁博远脸上掠过一丝笑容，但他面相威严，平时不苟言笑，此时看起来依旧非常"吓人"，以至于杜清泉和崔国富准备接馒头的手都默默收了回去。

"我只是出差经过这里，刚好也住在这。"宁博远解释道，"也顺便看一看你。"

勤务兵跑过来，行了一礼，道："报告首长，饭好了！"

招待所一般都会给部队首长开小灶，宁博远点头，招呼着："娇娇，带着你的同学们跟我们一起吃吧。"

娇娇是宁馥的小名，平时宁博远很少这样叫她。

杜清泉第一个念头就是谢绝，但架不住崔国富一个劲地在背后捅他，也就跟着勤务兵走了。高涵也鬼使神差地站起了身，发现梁慧雪也跟在他身边，往小食堂走去。两个人的目光一碰，都像触电似的飞快移开，但谁也没停留在原地。

"宁馥她居然这么有背景啊！"崔国富悄悄跟杜清泉说，"而且她爸爸特意来看她，肯定很宠她。"

杜清泉说："首长说是顺路过来。"他不明白崔国富从哪得出的这个结论。

崔国富鄙视地看了他一眼："就你这不会拐弯的脑子，什么时候才能追上宁馥？"他压低声音，"首长女儿要去考试哎！他肯定是专门来看闺女，顺便才来出差的！你向宁馥请教问题，是真的为了学习，还是为了多和她在一起相处呢？"

杜清泉想也不想便说："为了学习啊……"

他忽然不说话了，在崔国富恨铁不成钢的目光中突然变得面红耳赤。

原来……还可以不为了学习啊。

和"大首长"在一起吃饭，连平时嘴最碎的崔国富也收敛了许多，不过大家的筷子还是频频夹着荤菜。

少将宁博远称不上和蔼可亲，即便是对宁馥这个女儿，他也习惯了像对待士兵一般对待她。

"吃这个，你太瘦了！"在宁馥吃掉第三块红烧肉，打算放下筷子的时候，宁博远又给她添了一大筷子炒鸡蛋，把她的饭碗再次堆得像小山一样。这边特产的胡麻油炒鸡蛋，放点盐和葱花就行，出锅时再淋一小勺醋，油汪汪的又香又嫩。

宁博远一生戎马倥偬（天天混在部队男人堆里），刚正不阿（性格火暴不会哄人），也不知道应该如何表达对闺女的关爱之情，只能以凶猛填鸭式地夹菜来表达一二。

宁馥觉得胃里的食物都快顶到嗓子眼了。她艰难地咽下两块鸡蛋，再次强调："爸，我真的饱了。"

宁博远还在夹菜的手一顿，只好把刚夹的红烧肉放进自己嘴里。

"吃得还是太少了，身体太单薄！"宁将军用审视的眼光看着他闺女的小身板，有点怀疑她在图拉嘎旗"参与生产，大搞建设"的话是不是说得过头了。

这是宁馥第一回与"父亲"相处，也有些拿不准他的批评是不是认真的。

崔国富发现气氛渐渐变得凝固，他们这些来蹭饭的外人实在没有在这儿看热闹的道理，立刻识趣地拉着杜清泉起身告辞。人家父女俩可能要说点什么，他们实在不方便留在这里，何况杜清泉这家伙实在是既不会看眼色又不会说话，谁知道会不会惹出什么麻烦来。

可杜清泉非常倔强地多站了两秒，在这两秒钟内，崔国富内心不祥的预感应验了。

这书呆子居然在临走前当着首长的面问宁馥："考完……考完试，我……还可以跟你一起学习吗？"

宁博远的脸当下黑如锅底。

杜清泉被崔国富拉着以逃命般的速度走了，梁慧雪和高涵也都跟在后面离开。

"这就是你喜欢的那个男生？"宁博远的声音更冷了。

宁馥一愣，头摇得如拨浪鼓般。

宁博远知道宁馥有个"心上人"。当初要不是她母亲心软，给被软禁在家闹绝食的宁馥开了门，让她真的离开家跑去了草原，他早把这不懂事的孩子塞上军列送到部队去当兵了。宁馥不愿意回城是因为在图拉嘎旗谈了对象，这点他们两口子早有猜测，再联想到宁馥突然一反常态，要认真学习参加高考，更坐实了宁博远心中的怀疑。

高考只是她逃避回家的借口。很明显，她做这一切就是为了跟她喜欢的人待在一起！

想到这里，宁将军更生气了。如果宁馥是他的兵，他早叫她滚出去跑个10公里负重越野清醒一下头脑了！可没办法，她是他的闺女。小女孩总是容易满脑子想着……叫什么来着……浪漫主义？对，浪漫主义！

宁博远不理解。大好青春，不思报国，天天惦记一个男人，有什么意思？但那是他女儿，闹绝食要自杀，就为了和这么个毛都没长齐的小男孩谈对象。他也不能真的看着她成天寻死觅活、郁郁寡欢。不是没打过，也不是没骂过，可这孩子偏偏在脾气上随了他，死犟！

当爹的总是先被折腾得没了脾气。

如果她真的能好好学习，从此走上正轨，谈对象的事……忍了也就忍了。

"你要是谈了对象，就和家里说。"他想伸手摸摸女儿的头发，最后还是没动，保持着威严，"你不想进部队，我也不逼你。"

说着说着，他禁不住叹了一口气。

宁馥自然是不知道她爹的心里已经认定什么高考、什么报国都是她为了和恋人双宿双飞而编出的借口，还认真地表了一下决心："我不搞对象。我会考上的，真的。"

她眼睛亮亮地看着她爹，心想，忠孝不能两全，将来女儿要"以身许国"，或许不能承欢膝下，支持下女儿搞事业吧。

果然，当爹的被女儿的模样击中了，心想，何必强求她一个女孩做什么大事业呢，只要她能过得好，自己也就睁一只眼闭一只眼，尽可能让她高兴吧。

两人的思路完美错过，一个交叉点都没有。

饭吃完了，宁馥也要回去复习了。

"谢谢您'顺路'来看我。"她说。

宁博远不在意地摆摆手："刚好有点事情来这里出差而已。我今天下午就走。"

他有点失望，但也算放心了。只要宁馥还愿意听家里的话就行，等她回了城，他豁出这张老脸找找人，把她安排在离家近的地方，平时多看着点，总不至于让她走岔了路。

然而，宁博远的这一口气，还是松得太早了。

他出了门正要上车的时候，就看见一个年轻人从旁边走过来。身边的勤务兵悄声汇报说，这名青年已经在这里徘徊了有一阵子了。

宁博远认出他是刚刚一起吃饭的人之一，于是停下脚步，用询问的眼神看着他。

"叔叔您好，我叫高涵。"青年额头冒汗，仿佛下定了什么决心一样，说，"我……我是宁馥的恋人。"

面对宁博远冰冷、审视的目光，高涵那发热的脑子终于冷静了点，他反复回想，他是怎么鬼使神差地把事情推向了从未预料过的方向？但事已至此，他没有退路，也不能再犹豫了。

机会，稍纵即逝。

"我是真的很爱她！她……她也很喜欢我！我们曾经在一起歌咏星星和月亮。我们确立了共同的目标以后，一直共同学习共同进步，小宁她还把教材借给我……"

他的话戛然而止。

高涵意识到自己不该这么说。没有哪个做父母的，愿意满怀欢欣地听旁人描述他们的宝贝子女是多么爱另一个人，以至于为他付出和牺牲。

对面首长的脸色从刚刚的平静和蔼转化为"电闪雷鸣"。他第一次直面这样的怒意，竟不由自主地有些腿软。

"不……叔叔，我是说，我真的……真的很喜欢小宁，想要和她在一起。我恳请您给我机会，让我好好地照顾她……"

宁博远的表情都扭曲起来。他没有再理会高涵，气冲冲地转身上了车。越野吉普车发出一声轰鸣，扬长而去，只留下在原地吃了一脸灰的高涵。

司机和副驾驶的勤务兵屏气凝神，半句话不敢多言。

他女儿是个好孩子，却也是个傻孩子！将来结婚了，什么风花雪月能当饭吃？饭桌上几个年轻人的挤眉弄眼，当他宁博远看不出来吗？！他虽然不懂得什么是"浪漫"，但他阅人无数，战场上什么人会当逃兵，什么人会叛变，什么人会流尽身体里最后一滴血也绝不后退，他一眼就看得透透的！找个聪明圆滑的投机分子，不如找个一心对她好的老实人！可小女孩儿哪能明白这些呢？！

越想越不放心，宁少将坐在越野车后座沉思几秒，又看了眼窗外不断朝后退的景色。

荒原连绵，积雪未消。

他这次来，其实就是想看看宁馥到底是不是认真备考，有没有做好万全准备参加高考。如果是，就放她去飞，去闯，去做那"永远的青年"；如果不是，那就办回城的手续，让她回城，去当兵也好工作也好，家里自然会将她的人生安排好。他一辈子为国建功，唯一的孩子却没管好，说不过去。

让娇娇回城，刻不容缓。她一个小姑娘，一步踏错，可就悔之晚矣！

宁博远虽然对自己的闺女到底长成了温室花朵而非参天大树这事感到失望，但他终究不愿让他的花朵儿就这么在草原上被雨打风吹。

已经坐在考场上的宁馥并不知道，和她想法南辕北辙的父亲已经做了等她考完就立刻把她带回家的决定。

宁馥正在写她的最后一道题，此时距离考试结束还有 1 个小时。

这一场考的是数学。

对于今天坐在考场上的很多人来说，这份卷子的难度并不低。

他们站在命运的十字路口上，而这薄薄的几张纸就将决定他们今后的命运。有些人可能只有小学文化水平，有些人已经在"广阔天地，大有作为"的锻炼中忘记了怎么拿笔。有人埋头奋笔疾书，有人急得满面通红抓耳挠腮，也有人面对一纸天书，无望地枯坐，眼中所有的光都熄灭了。

在这种场合这种情况下，总有人的心态崩溃得突如其来。

比如坐在宁馥旁边的一个考生。

没别的原因，只是因为宁馥答题答得实在太快了。

考试最怕的就是坐在像宁馥这样的人旁边，光是翻卷子的声音就能把脆弱的神经崩断了。但通常情况，常人只是心绪焦躁，而不会像现在的他这样——

"能不能不要翻了！"她旁边的男生怒吼道，整张脸都胀得紫红，脖子上青筋暴起。说罢，他重重地捶了桌子一拳，拳头都砸出血了。

这个变动如炸雷一般，考场的考生和监考老师都惊呆了。那名考生吼完便立刻后悔，脸色愈发难看。

监考老师反应过来，连忙走到他身边，示意他注意考场纪律。

他已经算比较幸运了，仅仅是被警告了一次，并没被赶出考场。他喘着粗气，尽力让自己的心情平复下来，重新握起笔，手却还在不停地颤抖，忍不住往旁边看了一眼，却发现宁馥也正在看他。

目光交汇，宁馥对他笑了一下以表歉意。

在接下来的时间里，宁馥没有翻动一次考卷，很安静地坐到了考试结束，安静到那名崩溃的男生都感到诧异，甚至生出了几分愧疚。

考试结束的铃声响起，监考老师挨个收起试卷。

那男生在离开之前有些不好意思地对宁馥说："对不起，我是太紧张了，不是冲你……你最后不翻卷子了，会不会影响到你的成绩？"

宁馥笑着摇摇头，挥手和他道别："祝你下场考试顺利！"

这场注定载入历史的考试才进行到一半，宁馥就已经在考生和监考教师之间出了名。

她就是那个提前 1 个小时答完题，只翻卷子检查就把同场考生给搞崩溃的奇葩！

这还不是最奇葩的。在别人崩溃之后，她就不翻卷子了，一直坐到考试结束！

她不觉得这会让人家更崩溃吗？

下场考理科，监考的是个老教授，前几年在县里的中学工作，调回城里的大学重新任教也就是这几天的事情。他打定主意见识见识那位"奇人"。

他踱步经过宁馥身旁，发现这份对于考生来说几乎是难度最高的理科考卷，她竟已早早答完。

这的确少见。

老教授忍不住又经过了她身旁一次。

又一次。

再一次。

监考老师频频经过，并且每一次经过时，在她身旁停留的时间越来越长。对此，宁馥稳如泰山，她甚至有些贪玩地把所有解题方法都列出来了。

老教授心想：不是奇人，是个狂人。

如果说卷子里的难题像是一大堆毫无头绪的毛线头，考验的是考生们能不能在两小时的考试时间内将它们重新理成一个个线团，那么这个学生则是在短短的1个小时里织了件毛衣出来！而在这场考试中，她也真如传闻中那样，写完卷子只看了一遍做确认，之后便不再翻动试卷了。

考试结束后，老教授忍不住叫住宁馥问了一句："为什么不多检查几遍？"

"频繁地翻卷子，可能会打扰到其他考生。"

老教授说："你知道这意味着什么吗？现在不是你为了照顾别人的感受而放弃自己前途的时候！"

他是惜才的。他不敢相信在这样重要和关键的考试中，会有人将这场考试当作寻常测验一般对待。

不检查，就是一种轻慢。

他看着眼前这个年轻的小姑娘，真不知她是太轻狂，还是太善良。

而她只是沉静地一笑，道："我知道，谢谢您，老师。"言下之意，如果不是在她能力范围之内的事情，她也不会去做。

老教授摇头叹气道："对于自己的前程命运，你太儿戏了。"

宁馥道："老师，相信我，我严肃对待我的前程命运，以及这个房间里所有人的前程命运。"她知道这位上了年纪的监考老师也是好心，补充道，"您别担心，只检查一次，我也考得出个状元来。"

宁馥觉得还是有必要做个有良心的尖子生，顺便嘴上爽一爽。

说实话，她在图拉嘎旗还真没怎么过足吹牛的瘾。

吹牛的重要法则：不要跟不懂行的人吹。

在图拉嘎旗的父老乡亲眼中，宁馥已经是绝顶聪明了，"大学生"对他们来说更是天方夜谭。就算她在5分钟内证明了"哥德巴赫猜想"，在老乡们的眼里也不如5分钟挖一垄地的土豆厉害。

宁馥对着监考老师狡黠又带点小得意地一笑。反正人家也不知道她姓甚名谁，又吹了一次牛，心满意足。

著名导弹发射研究者朱培青[①]后来在自传中回忆自己的得意门生时，他写道：

> 我们的第一次见面实在称不上愉快，但她给我留下了很深的印象。作为一个女孩子，她似乎有一种很深的叛逆精神，以至于当时我将她视为一个狂妄、幼稚，只是略有些才华的年轻人。
>
> 而在我们因缘际会的重逢后。她让我意识到，我最初对她的评判竟然没有一条是准确的。
>
> 她看起来游刃有余，实际上是拼尽全力而得来的结果。她是一个有趣可爱的女孩，同时也是国家最坚毅最忠诚的战士。她对祖国怀有深沉的、任何人不可替代的爱。
>
> 而她也不仅仅是有些天赋而已。
>
> 她是个天才。

这位年轻的天才科学家与恩师第一次相遇时发生的轶事和她当年的高考试卷都被挖了出来，吸引了无数目光。

令人瞠目结舌的满分理科综合成绩已经足够让大家震撼了，而朱培青教授对这位年轻天才的评价，不仅仅在数学和理科综合的试卷上得到印证……

那年的语文高考作文题目：一、在沸腾的日子里；二、谈青年时代。任选其一作答。

宁馥选的是题目一。在作文结尾处，她引用了一段话：

> 假如我们选择了最能为人民服务的，最能实现人类幸福的职业，繁重的负担就不会把我们压倒，因为这是为人民大众做出的牺牲，我们就不会享受那种可怜的、有限的、利己的快乐，我们的幸福乃是属于千千万万的人们的。

---

① 人物系虚构。

关于题目二，很多人说，她早已回答过——在那封决定放弃回城，决定参加高考，决定将她的惊才绝艳全部献给祖国的家书里。

那个时候她还不到 19 岁。

那仿佛是青年人说的大话，但她全都做到了。

为她做证的，不仅仅是时光，亦有史册。她的名字，被永远镌刻在国之重器上。

对国家这个爱人，她一诺千金。

第三章

"他,只是一个向长生天撒谎的罪人"

· 8 ·

考生们从考场上回来后就都被留在场站排了,宁馥和崔国富都不用回畜牧排去,徐翠翠他们也从畜牧排赶了过来。

新年就要到了。为了让这帮小年轻们感受到老乡们的热情和家庭般的温暖,他们都将留在场站排过新年。他们已经热热闹闹地排起了节目,这些来自这群年轻人的节目在整个屯里最受期待。

与此同时,一条流言在场站里飞快地传播起来。

"听说了没?畜牧排出去找羊那回,宁馥和牧仁赤那在外头过了一宿呢!"

"咳,大雪天的,听说哇,两个人抱得紧紧的!"

"牧仁赤那要是真能娶上宁馥这么个媳妇,那可算是赚着了!"

徐翠翠在院外头听着众人嚼舌头,气得脸通红。

就这么一会儿的时间,一句赶一句,这就从一起出去找羊快进到结婚生娃娃了?

紧接着,徐翠翠又听见一个声音说:"我也只是听说,这种事不好乱说的。"

"小宁同志清清白白的一个女孩子,可能是真的特别喜欢牧仁赤那,才会这么做吧……"

徐翠翠怒火中烧!她随手抄起放在院门边的一个箩筐和扫帚,一脚踢开虚掩的院门就冲了进去!

她看也不看说话的人是谁,猛地将那有半米多深的大筐往人脑袋上一扣,直接将这人的上半身罩住了,然后上手就是拿扫帚一顿猛抽!

"尖舌碎嘴子!打死你个长舌妇!"劳动人民的力气可不是盖的,徐翠翠放羊赶牛都是一把好手,抽人当然是小菜一碟。

那被套在箩筐里的人发出哀叫,连连求饶。

这下徐翠翠听出这人是谁了。她打得解气,抽得更用力,连嘴上也一点儿不放过:"想污蔑俺们同志的生活作风,先看看自己的酸心眼儿烂肚肠,配不配在背后讲人家的名字!什么脏东西也好意思装好人?我们劳动人民个个有智慧,不上你这大尾巴狼的当！你还有脸说清清白白，你嘴这么碎，老母鸡听了都得给你让位，癞蛤蟆知道了都要来衬你这朵红花！"

事情发生得太快，直到徐翠翠把扫帚上的竹枝都抽得掉了一地，院里众人才反应过来，手忙脚乱地把徐翠翠拉开。

被打的人站都站不起来，狼狈地倒在地上。她头上还套着箩筐，被里面的新鲜牛粪泼了一身。

马二婶心疼死了，骂道："徐大丫，没人管你了是不是？打就打，可惜了我们昨儿刚捡的粪！"

徐翠翠急中生智，想起宁馥教给自己的第一个文化知识，道："我这是事急从权！"

此时，院里院外已经聚集了一大群看热闹的人，徐翠翠毫不畏惧，抬头挺胸，神气地看着马二婶等人。

"事情紧急，就要看情况有所变通，不可死守教条！"她手持扫帚，仿佛擎着尚方宝剑一般，对地上的人一指，"这种小人想要挑拨俺们钢铁一般坚不可摧的友谊，必须打！用你个粪筐怎么了？"

她威风凛凛，众人一时也被她那"事急从权"的文绉绉的说法唬住了，竟没人想到要去将地上的人扶起来。

徐翠翠又放软语气对马二婶说："有空我再给您捡一筐就是了，但歪风邪气不能助长！"说罢，她走过去，动作粗暴地将套在人脑袋上的箩筐捡起来，又把地上散落的牛粪扫进去，还遗憾地看了眼那些泼在人身上的牛粪，嘴里念念叨叨，"晒干烧火可好使了，你们城里人就是会浪费好东西，真可惜——"

围观群众窃窃私语。

"是小梁啊——"

"哪个？哪个小梁？"

"哎呀，就是梁慧雪啊！当时和宁馥并称咱们图拉嘎旗两朵金花呢！"

"她跟人家小宁怎么比啊？"

梁慧雪一口气憋在胸口，只觉得天旋地转，粪沾满全身，周遭是窃窃私语的攻击和明目张胆的厌弃。她骤然抽泣着尖叫一声，踉踉跄跄地冲出人群……

等到黄昏下班的时候，宁馥才从得意扬扬地炫耀自己"神勇"的徐翠翠那里得知了事情经过。她振振有词："没有大粪臭，哪来五谷香？更何况她造谣生事嚼舌根，就该好好让她长个记性！"

她还神神秘秘地分享了另一件事。

"对了，牧仁赤那当时也在，他还发誓了。"

宁馥一愣，完全不懂牧仁赤那和这件事有什么关系。

"他说他绝对不喜欢你，不会和你结婚，你们之间的同志关系比刚出生的羊羔还要洁白。"

宁馥有些无语，也有些庆幸。

对草原上的人来说，誓言是严肃而神圣的。向长生天撒谎是非常严重的事，死后的尸骨鹰和狼都不会吃，因为撒谎会带来罪孽。

牧仁赤那是不会向长生天说谎的。

好吧，她还自作多情地担心过如果牧仁赤那喜欢她跟她表白，她该如何拒绝呢。现在这个好小伙自己想通了，她也好放心。

因为她目前实在没有精力处理这些事了。

她的专注力、记忆力、学习热情均提升50%的加成目前还未消失。她不知道之后的任务是什么，但目前的系统面板已经开启了下一阶段的选项——大学专业选择。

宁馥已经知道了自己的选择有哪些。

除了文史哲、数理化等基础学科，以及法学、农学、林学等学科外，最下面的一行选项拥有比其他学科更长的名称——飞行器设计制造与动力工程（实验班）。这是一个特殊选项，是那种打游戏时看到了必然可以开启特殊支线的选项。

刚好，宁馥从来不打安全牌，她像一个兴致勃勃的开荒玩家，在进入游戏前已经开始做功课了。

没错，趁着状态还在，她再一次连接了知识网站。

田间地头，到处都有宁馥写写算算的身影，书都在她的脑子里，她正在疯狂地消化吸收、融会贯通。大家搞不明白，怎么高考结束了，小宁同志反而比考试前还要拼命。她几乎连吃饭的时候都在想事情，眼睛直勾勾地盯着人，里面散发出一种光芒，整个人迅速地消瘦下去，看着着实让人心慌。

这段时间播种冬小麦，年轻人们都在期待着新年联欢，在地头上也是欢声笑语、热闹非凡的。只有宁馥是个例外，锄完分内的一垄地，她就蹲到一旁抓着一根树杈子写写画画了。她算得入迷，对周遭的声音充耳不闻。

在这段时间里，关于她的传闻实在不少。

先是有人说她喜欢上了畜牧排的牧仁赤那，要留在图拉嘎旗结婚、生娃娃了——这流言被徐翠翠的大粪袭击和牧仁赤那惊人的毒誓给击碎了。紧接着，宁馥在考试后依然沉迷于学习不能自拔的奇怪行径又引发了新一轮的猜测：

她是不是考砸了？是不是受到的打击太大，失心疯了？还是因为知道这次考试失利，已经开始为参加下一次高考而努力复习了？

更有传言说,她其实有个有权有势的父亲,马上就要让她回去享福去了!

说什么的都有。

"如果她真要走,何必还跟我们一块下地干活?又脏又累的。"有人不愿意相信这传言。

话题焦点本人就蹲在不远处演算着什么,对他们的话一点反应都没有。

有那早就酸声酸气的,觉得终于找着了话把儿,特意走到宁馥身边,直接对她说:"就是啊,何必还来做脏活累活,宁大小姐马上就要去享福了,还来泥巴里打滚做什么?干这些活,多不符合你一心学习的高洁形象啊!"

宁馥被打断了思路,冷冷地抬起眼来,就这一眼,将那男青年震在原地。

挺高个的大小伙子,一时间竟然愣在原地没说出话来。他意识到宁馥生气了,但更让他接受不了的是,他意识到自己竟然有些害怕。

多么耻辱!

对方还在搜肠刮肚地找词,宁馥已经站起身来,冷冷地说:"你的废话太多了。你想知道什么是高洁?"

女孩的眼中燃烧着熊熊火焰,气势逼人。

"不是书本,也不是身份。"她伸出手,手上还沾着刚刚播种时留下的泥土,然后将手上的泥土慢慢地、有力地抹到那男生的脸上,"这是高洁!"

不为个人,不为名利。为的是人民大众,为的是泥里的每一粒种。

为的是这样的目的,不论是扛锄头还是握笔,都高洁。

"好!"蹲在田埂上看热闹的老乡不知道是谁起头叫好。他们虽然听不懂宁馥说的是啥意思,但就是莫名地觉得爽快!

这些小娃娃就像来这儿过冬的大雁,早晚都要飞走,把冬天留在自己身后。他们懂诗歌和算术,但是他们不懂:

最脏的是泥巴,最干净的也是!

这年的最后几天,下起了大雪,并且把路封了。

勤务兵小吴心急如焚。少将让他留在县里赶紧把手续办好,立刻把宁馥接回家,他原本打算先找到宁馥,给她安排个招待所住下,再去图拉嘎旗办手续,没想到宁馥他们走得太快,考试一结束就人去楼空。后来又赶上办手续的高峰,一拖就是好几天,好不容易都办理妥当了,这该死的雪却连下几天,还越下越大,通往图拉嘎旗的路都没法走了。

终于,在年末的最后一天,雪停了。小吴开着车直奔图拉嘎旗。

一路上,他预想了很多困难,比如宁馥不愿意走、图拉嘎旗不愿意放人等,一颗心始终悬着——但就算是硬抢,他也得执行首长的命令!为此,他特地喊了县里的两个干部和他一起。人多力量大,而且他们手续齐全,可以先说理。如果还不行……只要能带走小宁完成任务,来硬的他也不怕!

小吴这头带着勇闯龙潭虎穴的勇气上路了。另一头,图拉嘎旗也有一支队伍出发了,是父老乡亲自发组织起来的扫雪队。

原因只有一个,他们要扫除路上的积雪,送宁馥去县里看成绩!

没错,在图拉嘎旗与世隔绝的这段日子里,高考成绩公布了。

这里放榜还是用一张红纸,贴在县中学的大门口。所有考生都得费尽九牛二虎之力,挤进人群里去从密密麻麻的名字和成绩里找到自己。有人失望,有人狂喜,有人热烈拥抱握手,有人大吼大叫涕泗横流——但这些热闹,图拉嘎旗的人都不知道。

他们只觉得等待太漫长了。

那群年轻人都以为宁馥没考上,但老乡们仍执着地相信这个"有知识"的女孩子是整个图拉嘎旗最聪明的,她怎么会考不上大学呢?既然因为大雪封路,县里教育局的人送不来成绩单,那他们就扫出一条路来,都去县里瞧瞧!反正这个时节地里没活,屯里的男女老少,只要没事的,便全都被发动起来,带着铁锹、锄头出动了。

他们热火朝天、没日没夜地扫雪,说什么也要让宁丫头上县里去看一眼。不过扫着扫着,就在路上遇上了两辆陷在雪里的吉普车。

那边车上几个人远远瞧见一伙人持着械,还有人举着火把,沿着一条蜿蜒小路朝他们涌来,一起紧张了起来。

怎么会有这么多村民拦路?!

车子陷在雪里直打滑,小吴的神经高度紧绷,赶快嘱咐车上的县里的两个人:"你们把好车门!如果他们冲上来,千万别硬碰硬!"

那两人如临大敌地点点头,坐在车里屏住呼吸,盯着越来越近的队伍。

小吴觉得自己重任在肩,眼睛直勾勾地盯着逐渐接近的、"明火执仗"的队伍,就连呼吸都变得粗重起来。

雪又开始落下来。

在高度紧张的气氛下,每一片轻飘飘的雪花落地时几乎都在车内几人的心脏上砸下重重一锤。

带领着扫雪队伍的老卓尔琴一马当先地走在队伍最前面,他眼尖,第一个看见了渐渐出现在风雪中的两辆汽车。

"估计是陷在雪里了,走,咱们正好上去帮个忙!"卓尔琴是老司机了,经验丰富,这就招呼着大伙儿,加快速度朝车子那边赶。

几分钟后,两拨人终于相会了。

老卓尔琴一挥手,乡亲们就你一锹、我一镐地开始除雪开路。小吴等人一看这情况,一颗悬着的心才缓缓下落。他降下车窗和老卓尔琴他们打招呼:"是咱图拉嘎旗的老乡吗?"

老卓尔琴一边指挥着一伙人干得热火朝天,一边朝他们大声道:"正是嘞!"他笑着说,"这不大雪封了路吗,咱心里着急啊,想着趁这几天没事儿先把路打通了。"

老牧民朝车里看了一眼,问道:"同志,你们上哪去?"

小吴松了一口气,一直紧绷的神经终于放松了下来,再看图拉嘎旗的老乡们这么热情,车内几人的脸上也挂上了笑容。

"我们正是要到旗里去呀!"小吴说,"我们想找咱旗里的一个女孩子。"

老卓尔琴是多么精明的人啊!他仔细一打量小吴,再一看车里坐着的两个办事员都夹着公文包,估摸着他们是从县里头大单位出来的,脸上一下就笑开了花,嘴角都快扯到耳根子了,赶紧问道:"是来找宁馥的不?"

小吴下意识地点点头,又想起不能把人直接带走——要先把县上办好的文件拿给支书看过,正式办个手续,于是赶紧补充道:"我们还得先见一趟支书才是嘞。"

老卓尔琴一边笑一边搓搓手,热情地说:"那当然了,那当然了!先见图古力去,咱再带你去见宁丫头,她就在场站排节目呢!到时候你们就留下吃饭吧,咱们现烤的羊,都是好肉好膘!"

这肯定是县里教育局的人来送喜报了!他就知道,宁馥这丫头,一准能考上!

路疏通好了,图拉嘎旗扫雪队今日的任务宣告完成。众人又帮着小吴他们推车,还顺路捎上了一个冻得瑟瑟发抖的邮差,终于顺顺利利地回到了屯子里。

回去时,两拨人都已经好得跟一家人似的了。大家热热闹闹、说说笑笑,涌进场站支书图古力办公室所在的院子里。

大家都想在第一时间参与庆祝!他们无比默契地交换着压抑着喜悦的眼神,仿佛在保守一个秘密——他们可是第一批知道小宁同志的成绩单来了的人。这绝对是新年前图拉嘎旗最大的消息,已经在无数家庭的饭桌上就着热奶茶和土豆炖菜被提起了,牵动着无数人的神经!

图拉嘎旗生产大队的队员们,对宁馥考上学的信心是前所未有的。

老卓尔琴在无比和睦的氛围下,带着据说有信要给支书的邮差和急着见完支书就要找宁馥的小吴一行人到了场站的办公室。他一进场站排的院子就大声嚷嚷:"嘿,图古力,老伙计,县里头来人了——"

支书图古力匆匆忙忙地从屋里跑出来，鞋都没穿好。大雪封路，天气不好，县里面在年根来人肯定是发生了大事情。

"你猜怎么着？我们两拨人正好在路上遇见了。"老卓尔琴用力拍着小吴的肩膀，朝图古力卖关子，道，"知道他们从镇上来干什么吗？"

"干啥？"图古力迟疑地问，心里倒是有了一个猜测。

老卓尔琴吊足了胃口，满意宣布道："人家是来找宁馥的！"

支书的眼睛一下亮了起来——他就知道，他就知道！宁馥这丫头绝对错不了！整个图拉嘎旗没有人比她更聪明、更努力、更配得上读大学的了！这……这必须好好招待！这可是县上来的贵客，是报喜鸟啊！

支书大手一挥，吩咐老卓尔琴道："告诉食堂，再加几个菜，把酒也整上，从县里面过来太不容易，今天晚上都得留下来，咱们好好给宁馥庆祝庆祝，高兴高兴！"说罢，就和小吴等人一通热烈地握手。

小吴整个人都蒙了。这……这是什么情况？见过生产队大大方方地放行的，但还没见过要热烈庆祝的。不过不管怎么着，总之，事情顺利得出乎意料，小吴一颗心终于揣回肚子里，第一次真切地感觉到胜利在望。

接下来的难题，就是如何让一心在乡下搞对象的宁馥接受必须回家的现实了。

既然现在路已经通了，生产队的态度又这么好，天色已晚，他们留下来待一宿也没什么问题。养足精神，第二天再上路也可以，不过手续还是要先拿给支书看。

小吴从自己随身携带的公文包里拿出了宁馥的调动文件。

支书图古力一脸郑重又掩饰不住喜悦地将文件接了过来。

他的目光落在了这薄薄的一页纸上，然后，那股子喜悦欣欣的劲儿从这位草原汉子朴实的脸上消失了，速度快得堪比川剧变脸。

"宁馥可没说要离开俺们图拉嘎旗啊？"他有些纳闷地对小吴说。

"这更像是一次人事调动，小宁同志会理解的。"小吴没想到支书居然还会进一步询问——通红的章盖在文件上呢！

支书图古力皱眉道："她还要考学呢。"

小吴道："那是那是，小宁回了城到了B城，也可以继续复习、考试啊。"她在城里的工作都给安排好了，什么阻拦都没用！

他还暗示了一下——小宁以前和家里是有些矛盾，但现在也是时候和解了。她不能再像个小孩子一样闹脾气，以准备高考的名义躲在图拉嘎旗搞对象了！

图古力把他的话在脑子里转了一圈，脸更黑了。老卓尔琴还在旁边傻笑呢，眼见支书的脸色变了，不由得问道："咋了？"

图古力干脆地朝小吴他们点点头，示意要回避一下，然后一把将老卓尔琴拉到旁边，问："你搞明白他们是来干啥的没有？"

老卓尔琴一头雾水，眨了眨眼，困惑又无辜地说："问了呀，他们是来找宁馥的！我就知道她肯定能考上，这不是县里给送喜报来了吗？"

"你就没问问他们找宁丫头干什么？"

老卓尔琴有了种不祥的预感，结结巴巴地说："没……没问啊，难道不是？"

支书的脸黑如锅底，声音里的怒气都快压不住了："屁嘞！你看这是啥？"他把手中的那页纸抖得"唰唰"作响，"他们是来办调动手续的！"

老卓尔琴大惊失色："啊？"

支书从鼻腔里喷出一股子气来："就算要走，也不能今天就走！"

什么酒啊菜啊，全都取消！

他对老卓尔琴说："你先去把他们稳住了，怎么着也得让宁馥同志在咱们这里把年过了！明天还要上县里去看成绩呢！"

等老卓尔琴再出来，小吴三人明显感觉到了他态度上的转变——笑容不再热情，说话也有点阴阳怪气，还把他们莫名其妙地请到了一间几乎是四处透风的房子，炉子都没烧。

老卓尔琴一点也不打算解释，只是说："小宁现在在忙呢，你们多等等，多等等啊……"也不再提吃饭的事儿了。

三个人互相看了一眼，都有种大事不妙的感觉。

小吴站起来说："这样吧，我们直接带宁馥同志回去，晚上车也能走，路我们熟。"

等的时间长了，容易生变故啊。

老卓尔琴见糊弄不住，干脆一转身，泥鳅似的溜出了屋子。他临走时，还不忘从外面把门给闩上了。

与此同时。

支书图古力在田野上跑得飞快，几乎和他年轻时跑得一样快。他冲进排节目的院子里，忽略了所有跟他问好打招呼的声音，直接把宁馥拽了出来："小宁，城里来人了，说要带你回去呢！"

屯子里的人都知道，小宁说过，如果今年没考上，她就留在屯子里带领大家共同富裕！

"那三个人鬼头鬼脑的，又急得跟什么似的，看着就不像什么好东西！"其实他知道，文件是真的，小吴等人的身份也是真的，带宁馥回去几乎是板上钉钉的事情，但图拉嘎旗的人知道好歹，只要宁馥不愿意走，他们说什么也要帮她一把！他们就当不知道，能拖一阵是一阵！

看样子，那个小吴根本不觉得宁馥是认真想要考大学，说不定她家里人也是这么想的！

可即便小宁今年没考上，来年也一定能考上！只要她不愿意走，不愿意回城，图古力就坚决要顶住压力，能帮小宁同志留多久就留多久。

宁馥一愣。又听支书说拿着文件领头来的人姓吴，穿着军装，就立刻猜到发生了什么，在心里无奈地叹了口气。

她爹还是不放心啊。就像所有家长第一次让孩子独自上下学一样，总有忍不住的，会悄悄跟在孩子身后，看他有没有顺利到达，看他有没有在路上遇见坏人。而办事的这位小吴呢……就是个有一腔热血同时又一根筋的人。给首长当勤务兵，是多少人羡慕不来的活儿，他却天天憋着股劲，梦想有一天能上战场建功立业，这次逮着"独立执行任务"的机会，不达目的绝对不会罢休。

宁馥说："支书，咱赶紧过去吧，到了我再给您解释好吗？"

图古力还打算多发两句牢骚呢，已经被宁馥抓着一路往外走了。

他有些摸不着头脑，问："咋了？"然后很豪气地一挥手，"我叫卓尔琴把他们先关起来了，你放心，咱们全屯子的人都是你的后盾！"

宁馥有些头疼："什么？您还把他们关起来了？"这百分百会出事啊。

事实证明：坏事发生时，总比你预感得要更严重。

小吴三人想办法从屋子里冲出来了，而且他们冲的架势可一点都不低调。

三个大小伙子，主要是小吴，直接撞破了屋门，冲到了院子里。

这是他第一次单独执行首长给的重要任务。他在心里把所有可能发生的极端情况全都预演了一遍，越想越害怕，越想越紧张，同时还觉得一股热血涌上心头——再多艰难险阻，他也要把宁馥带回去，不负首长所托！

图古力支书跑去找宁馥了，可刚刚那些扫雪回来的老少爷们还都在门口看着呢！这谁能忍得了？知道情况的、不知道情况的，一瞧这架势全都抄家伙上了。怎么，欺负我们草原人民？三个人就敢在我们场站排闹事，还想带走我们的金疙瘩？甭管你是干啥的，都老实蹲着，别想踏出院子一步！

就这样，两拨人对峙起来——谁也不敢先动手，但谁也不愿意示弱。

"弄啥呢！眼看着要过年了，你们弄啥！"支书一路狂奔，气都没喘匀，一见这情况就急了。

"他们啥也没说明白就要把宁馥带走！"

"他们说宁馥同志要走了，俺不信！"

"他们把二蛋家的柴房门给撞坏了！"

……

一时间，众人七嘴八舌、义愤填膺，嚷嚷什么的都有。

小吴他们被围在人群中央，仗着人高马大，一眼就看见飞奔而来的宁馥，竟还有工夫一个劲地给她使眼色，看上去脸像抽了筋。

他执着地示意宁馥赶紧往村口走。他们的车子停在那儿，如果宁馥悄悄溜过去，等他们想办法脱身后，就可以迅速离开。小吴还想了个绝妙的借口："乡亲们，请你们理解一下，宁馥同志这是因公调动！"

跑过来看热闹的闻言哗然。

混乱中，图古力一个头两个大。他转身求助宁馥："小宁同志，你看……这可咋办？"

宁馥挤进人群里，对小吴说："请你先不要说话。"

她语气还算客气，但脸色很不好看，小吴下意识地闭了嘴。

宁馥没离开家之前，就是个娇小姐的脾气，自命不凡还有几分泼辣，小吴其实有些怕她。这次再见宁馥，她好像变了许多，更温和也更成熟了。但宁馥刚刚的神色，成功让小吴同志回忆起自己被这位大小姐折腾的可怕记忆，让他下意识地选择回避。

大小姐余威犹在。

宁馥找了个稍高的土堆，站上去，大声说："我向大家保证，他们明天就会走，到时候大家可以在村口看着，看他们的车上有没有我。"

这话是对在场的年轻人们说的。在这种时候，任何委婉的表态都不能起作用，必须直白坦诚。

小吴急得出了一脑门子汗，几次想开口说话，但一看宁馥严肃的脸，又不自觉地把话咽了回去。

"你要是以后悄悄走了呢？"有人在人群中叫道，"你要是考上大学了呢？"

"做事情，要在太阳下做。"宁馥微微一笑，"人都有私心，我也有。但我也可以向大家承诺，如果我走了，只能是为了我最深爱的人。"

人群一阵窃窃私语，这几句话成功地唤起了人们对她曾经不事生产，轰轰烈烈搞"女追男"的回忆。但立刻，众人便听到那女孩清脆的声音响起。

"那个人只会是祖国。"

一时间，所有的骚动都安静下来，没人再说话。

天空中又纷纷扬扬地落下雪花。

徐翠翠哭了。众人中，只有她最懂，懂得宁馥的话。

曾经她也问过宁馥："考学就那么好吗？"

宁馥只告诉她一个道理：所学越深，能力越强；所知越广，责任越大。至少这份责任她从来不会推辞。

现在徐翠翠只学习了小学五年级的语文和数学的教材，她懂的东西和宁馥懂的大概差了一个喜马拉雅山的高度。

但她懂。

人可以爱自己，可以爱家人，也可以爱千千万人民大众。

虚荣的人注视着自己的名字，光荣的人注视着祖国的事业。

· 9 ·

"咳咳——"在这种莫名的沉默之中，一个非常不合时宜的声音冒了出来，打破了某种令人深思的气氛。

声音的源头一直躲在角落里，此刻终于慢慢地挪动出来。

是和扫雪队、小吴他们一起过来的邮递员。

他刚刚眼瞅着乡亲们不知为啥抄家伙就要和县里来的办事员干起架来，被吓得够呛，一直就没敢出声。现在大伙儿似乎都冷静了下来，他弱弱地清了清嗓子。

"图……图古力支书，我能……我能先跟您说两句话吗？"

所有人都是一副"关你什么事"的表情，目光都聚集在他身上，灼得邮递员忍不住缩了缩脖子。

"这种时候就别凑热闹了！"

"有什么事一会儿再说，没看要打架吗，你还不躲远点？"

"要么你当着大伙儿的面说，搞什么机密！"

眼见众人又你一言我一语地嚷嚷起来，邮递员欲哭无泪，不得不在众人的围观逼视下动作迅速地从斜挎包里掏出两页纸。

"这……这是县教育局让加急送来的。雪还没停，我就往这里赶了。"

支书很不耐烦地从邮递员手中接过那两页纸，随即，他瞪大了眼睛——是快要把眼珠子瞪出眼眶的那种。

虽然邮递员被这一遭吓得不轻，但声音还是很清晰的，足够让周围的人们听清。大家都听见了，他说他送的信是县上教育局给的，加急的。

难道……所有人的心几乎在同一个瞬间狂跳起来！

紧接着，便听见支书发出一声大喊："是成绩单！是咱们图拉嘎旗娃娃们的成绩单！"

乡亲们齐刷刷地发出"轰"的一声，仿佛千万只蜜蜂在同一时间出动了，嗡嗡作响。

参加了考试的年轻人们却都慢了半拍。一个千等万等的结果，突然间轻飘飘地落在眼前，一种不真实感油然而生。

过了几秒钟，终于有人发问："我考了多少分？"

居然是崔国富。最不在乎成绩的人，居然是最先反应过来的。他这一句话，终于将处于震惊状态的青年们唤醒，一时间问成绩的声音此起彼伏，更有人撒腿往宿舍狂奔，去喊没来看热闹的同伴。

人群中，杜清泉僵立着，大脑一片空白，心跳像是刚跑完 5 公里。他甚至感到这决定命运的几个数字，是如此令人生畏。

他的目光在人群中逡巡，下意识地寻找着那个人的身影。

宁馥。

她看上去也在状况之外，露出惊讶神情的脸上泛起一丝红晕。

最近的她像一台学习机器，所以这一点因为激动带来的血色，让她看起来又像个生动的人了，但对杜清泉而言，她依旧遥不可及。

杜清泉的心中有一种预感——虽然许多人都觉得宁馥考不上，但他们……恐怕要很快和她道别了。

狭隘的地方留不住雄鹰。这个地方不够她一展拳脚，注定会有一片更广阔、更辽远的天地，在前方等着她。

图古力没想到场面能乱成这样，不得不大喊几声，才让沸腾的人群稍稍冷静了点儿。

"安静！都安静！要看成绩的全都跟我到场站办公室来，排好队，一个一个来，听见没有？"说完，他捧着那两张纸，跟捧着宝贝似的一路小跑，回了场站排办公室。

宁馥还没回过神来，便有人一把捉住她的手腕，拉着她拔腿狂奔！

是徐翠翠。

她像一辆开路坦克，冲在前面挤开人群，拽着宁馥紧跟在老支书后头冲进了他的办公室。

"给，小宁，你先看！"图古力把门关上，将成绩单交给宁馥。

这份成绩单是县教育局从所有考生的成绩中摘录下来的，只记录了图拉嘎旗考生的各科分数。至于总体排名，还是得去县里才能知晓。宁馥的心跳也有点加速了，就像一个小心翼翼打开礼物的小朋友，她慢慢地将目光落在这两页成绩单上。

政治、数学、语文、物理、化学，以及英语加试，总共 500 分。

而图拉嘎旗考生——宁馥，在这场考试中得到了485分！这是一个没有学校会拒绝她的成绩！

图古力和徐翠翠都伸长了脖子站在她背后一起看，徐翠翠的嘴里还不停地念叨着："考上了吗？考上了吗？"

下一秒，宁馥的动作把她吓了个半死。

她猛地一回身，一把抱住了徐翠翠："考上了！我考上了！"

徐翠翠立刻愣在当场，她从来没见过宁馥这副模样。在她的印象里，宁馥一直都是冷静的、理智的，会讲道理又通情理，经常笑眯眯的，却从来没有做出过这样的"出格"举动。

虽然宁馥心里对自己的成绩大致有底，但这一刻的快乐依旧极其珍贵。

宁馥不是没扮演过成绩好的学生，也不是没考过第一名，但往日里这些都是为了实现其他目的，比如推进剧情什么的。她以前基本只做和攻略对象相关的事，考试这种事，基本靠的都是外力协助。

怎么说呢？就像从冰箱里拿出来再用微波炉"叮"一分钟的速食食品，和自己从厨师学校毕业后做的第一顿米其林级别的大餐相比一样。

"考上了！考上了！"徐翠翠也跟着她一起傻笑，大叫。

老图古力蒙了几秒，也加入庆祝的行列中。

徐翠翠喊着喊着就哭了，她也抱住宁馥，哽咽道："你要上学去了，我舍不得你……"

宁馥不得不花了几分钟安慰她。

等宁馥带着打哭嗝的徐翠翠离开场站排的办公室时，宁馥"考上大学"的消息已经在外面聚集的人们之间传开了。排队等着看成绩的都在窃窃私语，整个院子里充满着躁动的气息。

她俩一出现，就吸引了无数的目光，但没人敢问。

之前，他们几乎没人相信宁馥能考上。一个原因是她考试后的反应实在奇怪，看着就像是考场失意，行为失控；另一个原因是她从到图拉嘎旗起，身上可就没挂着"好学生"的标签。她的基础实在太差了，复习时间又短，从客观上来讲这本来就是不可能完成的事情！

宁馥知道大家好奇什么。但她还没开口，身旁的徐翠翠就扯住她的袖子，昂首挺胸地走下台阶。

院子里的人纷纷给她们二人让开路。

徐翠翠毫不在意那刚哭过的红肿的眼睛，傲然道："想知道宁馥同志的成绩，自己去看哪！"

那些没来得及移走眼神的都觉得尴尬，有人回击道："得了吧，我看你们是死鸭子嘴硬！什么考上了，考糊了还差不多！"

"你以为你是谁啊，大伙儿还要盯着你一个人的成绩瞧吗？优秀的人多得是，我们又不是闲得慌！"

徐翠翠气得咬牙切齿。这群家伙，他们……他们才是死鸭子嘴硬呢！

宁馥终于一脸高深莫测地开口："嘎嘎嘎。"

众人都蒙了，就连徐翠翠也一副"你是高兴傻了还是气糊涂了"的表情。宁馥却不解释，笑眯眯地学了三声鸭子叫，拉着一脸呆滞的徐翠翠走了。

"干什么呢？你们又不着急了是吧？"图古力支书的声音从屋子里传出来。众人这才想起自己最该惦记的事，对，看成绩！

排第二的人着急忙慌地冲进办公室，片刻后，又垂头丧气地出来。显然，他的分数离"考上"的标准还很远。

一旁有人凑到面前问："宁馥考得怎么样，你看见她的分数没？"那人显然不想多说什么，脸色难看，但还是点了点头，随后讳莫如深地走了。

大家的心全都痒痒起来，好似猫在抓一样。

第三个人进去，出来。

第四个人进去，出来。

出来的人无不脸色古怪，和外面的人对上一个心照不宣的眼神，神情实在是一言难尽……

所有人的成绩都看完了，图古力支书从窗口往外一瞧，喊："你们怎么都不走？在我院里发什么愣呢？"

没人答应他。大家只是还没回过神来罢了。

宁馥姓名后面跟着的那三位数此刻就像压在众人心上的一块巨石，没人愿意提起，但所有人都无法忽视。嘴上说着不在意、不关心、不相信，事实却如铁一般地摆在面前。每个人都忍不住去看了宁馥的成绩，光是憋住震惊的表情，就已经让他们筋疲力尽。

图古力脸上的疑问都快具象化出一个"问号"了。他扫了一圈，没看见宁馥，便问："宁馥上哪去了？刚刚在我门口学鸭子叫作甚？"

大伙儿还是不说话，只有耿直的杜清泉开了口："活鸭子才会嘎嘎叫。"

他们全是死鸭子，宁馥是笑话他们嘴硬。

她笑得对。

毡房里静悄悄的。宁馥盘腿坐在炕上，对着炉子边烘着的红薯出神。徐翠翠则拿着一本书，半天也没翻一页。

下班回来，徐翠翠就会捧上一本书看，这已经成了她的习惯，但今天她一个字也看不进去。过了好一会儿，她终于忍不住开口道："喂，你想什么呢？"

今天实在是太特殊、太值得纪念了。即使徐翠翠自认是个大大咧咧的粗人，也觉得心潮翻涌，遐思万千，更别提整个事件里最核心的当事人了。

485分啊！有了这个分数，所有的好大学都会为她打开大门！代入一下宁馥，徐翠翠都觉得，不哭一场都对不起自己。

坐在一旁的刚刚创造了图拉嘎旗新年奇迹的人缓缓转过头来，脸上还带着神游天外的茫然，说："我在想……咱们这里的地是不是特别适合种红薯？"

徐翠翠完全不明白，在心里疯狂呐喊：小宁同志，千万人做梦都不敢想的未来现在对你来说触手可及，你不想想要去哪所大学，不想着怎么庆祝，唯一关心的事情居然是红薯？红薯！

眼看着宁馥说完这没头没脑的话后又陷入沉思，徐翠翠无奈地叹了口气，丢开手里的小学课本，走过去把烤红薯拣出来。

土豆和红薯是图拉嘎旗种植范围最广的农作物。这里以畜牧为主，适合种菜、种粮食的地少得可怜，饥荒的时候，别说牛马了，就算是人也都饿死了不少。现在虽然不会担心饿出人命，但大伙儿吃菜仍然是抠抠搜搜的。

没办法，缺水啊！

牛羊牲畜多得是，他们不缺肥料，但种菜要浇水，这就是个大难题，所以种得最多的只能是耐旱、适应沙地的土豆红薯等作物。

"喏，吃吧，这块甜。"徐翠翠像个老妈子似的，从几个红薯里挑了一块烤得最好的，动作利落地剥掉外头的焦皮，想了想，还找了个大铁勺子，挖了一勺还在冒热气的红薯，递到宁馥嘴边上。

就这一次啊。徐翠翠在心里给自己的老妈子行为开脱，反正她就要走了，更何况……考了485分的人，配得上这个待遇。

宁馥毫不客气地侧过头把一勺子红薯吃了。吃完在嘴里咂摸咂摸，很没良心地说了一句："嗯……不够甜。"

徐翠翠气得够呛，把剩下的红薯硬塞给宁馥，说："这就是最甜的了，我给你挑的！"

太过分了，这是她从小吃到大的东西，她怎么会不知道啥样的红薯是烤得最好的？给宁馥剥的这个红薯外皮儿焦黑，一搓就是一手黑灰，但里头的瓤子软烂得粘嘴，都要烤出糖来了！怎么会不好吃？

宁馥没接红薯，而是快速地说："给我找纸和笔来，快！"

徐翠翠更生气了，从炕上跳起来，斥道："惯的你是吧？不去！"

宁馥回过神来，笑着摇晃着徐翠翠的手，好言好语地说："好翠翠，好同志，给我拿吧！"

徐翠翠打了个寒战，甩开她，骂道："肉麻不肉麻啊！"说罢，她找来纸和笔，递给宁馥，之后便站在一旁好奇地看着。

说真的，如果今天考了485分的人是她徐翠翠，她早就喝上一瓶闷倒驴，站在房顶上给全场站唱歌了！成绩都出来了，她为什么还要学、要记呢？

此时，宁馥完全进入了对外界一无所知的状态，只顾奋笔疾书。

1. 沙地红薯关键种植技术；
2. 沙地作物节水要点；
3. 草原地貌主要农作物的生长周期及病虫害防治；
……

宁馥不是农学专家，也不是基建能手，她只是知识的搬运工。

她没有时间再去消化吸收，只能将这些经历数十年才总结提炼研究出的知识交给图拉嘎旗的老乡们。她把自己当作一台人型打印机，竭尽全力将她能检索到的现代化草原农作物种植方法和知识要点全部写下来。

徐翠翠看不懂她在写什么，但经过这么长时间的相处，她已经习惯了宁馥的这种"癫狂"，静悄悄地退了出去。

她在外面找到了坐在台阶上闷闷不乐的勤务兵小吴。

对于小吴来说，今天是大起大落、刺激且挫败的一天。

宁馥不愿意离开这里，说要考大学，竟然是认真的，而且她好像真的考了个还不错的成绩。小吴被急着知道分数的年轻人们挤在了院子外面。别看支书图古力人高马大，外表是个糙汉子，实际上也会耍心眼儿呢！他特意说了，今天要处理娃娃们考学看成绩的事情，天色已晚，还请小吴等人先在场站住下，有什么事明天再说，可谁知道明天他又会找出什么理由来应付他们。事情发展到现在，小吴的一腔热血早就冷得结冰了，只是发愁明天该怎么办。

徐翠翠在他旁边蹲下，肯定地说："她肯定不会跟你回去的。"

小吴说："那是她家里人为她好。"

"真好。"徐翠翠很羡慕宁馥，但她话锋随即一转，"但是她觉得不好。宁馥肯定能上大学，你看着吧，她不光能考许多个第一名，还能做许多你根本想都不敢想的事。"

小吴叹了口气，无奈地说："我知道，首长给我的任务我恐怕是完成不了了。"

徐翠翠给了他一块红薯，安慰道："实话和你讲，她是干大事的料子。你们首长要是真想要个有出息的闺女，听说她要去上大学干大事，说不定鼻涕都笑出来了！"

为了具象自己所说的"大事"，徐翠翠还像模像样地用双手在半空中比画了一下。

从来没有人这么接地气地形容过首长，小吴想象了一下那样子，也忍不住笑了出来。

徐翠翠知道他是因为没完成首长的交代而发愁，于是出主意说："这样，你不如先给他回信，就说小宁要留下来查高考成绩，等过了新年待两天再走。到时候她带着喜报回家，她爹高兴还来不及，怎么会追究你没完成任务呢？"

小吴自从入伍之后，一直都是服从命令听指挥，从来没想过"糊弄"首长。

徐翠翠看小吴呆愣愣的，不由得挺起胸膛，倍感自豪，道："死脑筋了吧？这叫作事急从权！你不知道这是什么意思？我给你讲……"

就这样，小吴竟然被说服了。

徐翠翠喜滋滋地一挑棉门帘进了屋，看宁馥还在抄抄写写，忍不住凑到她身边说："你歇会儿吧，当心毁了眼睛！"

宁馥朝她讨好地一笑，道："翠翠同志，那你帮我把灯弄亮一些吧。"

图拉嘎旗场站排已经通了电，但是灯泡的瓦数不高，夜里伏案抄写，还是需要再多点一盏煤油灯才行。

徐翠翠最受不了她的这种笑，只好认命地给她添了灯。之后，她有些犹豫地开了口："我……我和小吴说，让你在这里过完新年再走……"

宁馥精神集中无暇他顾，只"嗯"了一声。

徐翠翠的声音中透出那么一点心虚："我……我是有私心的。"她抓住宁馥的胳膊，"你……你可不能怪我啊！"

宁馥这才抬起头来，一脸茫然地问："什么私心？"

徐翠翠结结巴巴地说："对不起！我……我就是想多跟你学几天，我也……也舍不得你走。"

有了小吴带的文件，再有那份成绩单，宁馥离开图拉嘎旗只不过是时间问题。而徐翠翠没问过宁馥，就擅自"解决"了小吴。她的脸一阵红一阵白，生怕宁馥生气，再也不理自己了。

她悄悄地做了，也没人知道，但偏偏面对宁馥，她总感觉自己会轻易被宁馥的目光看透，于是前脚刚搞完小动作，后脚就忍不住来坦白了。

宁馥还沉浸在众多农业知识中，眨了两下眼睛，才慢慢地说："哦。"

宁馥没有想象中的气愤，也没有失望和难过，这让徐翠翠有些难以置信。

"这不叫私心。"宁馥温和地说，"这叫作——友谊。"

这个语气，和她第一天到畜牧排半夜挤进徐翠翠被窝时说的话一样。

徐翠翠后知后觉地反应过来，问："你是不是故意的？"那些故意打破她"三条"戒律的行为，那些让她仿佛一拳打在棉花上的笑，是不是……是不是都是故意的？

然后，徐翠翠便见宁馥脸上露出一个笑容。似曾相识。

"你也是我的第一个好朋友，翠翠同志。"说完，宁馥又埋头去写她的东西了。

她说"也"。徐翠翠气死了。

她"咚"的一声跳下炕，"哐"的一声踢开凳子，把炉子里藏的最后一个红薯拿出来，道："本来预备留着等你夜里饿了吃，哼，想也别想！"她气呼呼地把红薯吃了。当然，她半夜还是起床给饿了的宁馥煮奶茶，好让她泡炒米吃。

第二天，图拉嘎旗的老老少少们按原计划出发了，目的地县城！

队伍由三个部分组成——准备去县里看排名的考生们、准备去县里看热闹顺便买东西的老乡们和小吴一行人。

宁馥和杜清泉依旧坐老卓尔琴的车。上了车，他们就看见外面几个老乡还在拉拉扯扯，其中也有老卓尔琴的身影。

过了好一会儿，老卓尔琴才回到车上来。

"卓尔琴大叔，大伙儿还有什么事吗？"杜清泉问。

老卓尔琴道："咳，没事，没事。就是放点东西，他们已经'扯巴'好了。"

"扯巴"的胜利方正在悄悄地把锣鼓和鞭炮装进车子。

"你咋知道小宁就不能考状元？学生娃们都说她那个分很高很高！"

"那也太过了……哪有去人家学校门口放炮仗的，再把别人给吓坏了！"

"咱想给小宁庆祝庆祝吗……那好吧，那好吧，至少把锣和镲都拿上！"

"万一她不是第一名咋办！"

"不是的话就藏起来，别叫她发现不就行了！"

于是，在县中学的大红榜前，迟到了许久的全省状元尽管错过了学校给所有考生放的庆祝鞭炮，却收获了突如其来的锣鼓喧天。

这是专属于宁馥的。

·10·

[叮——

第一阶段主线任务：金榜题名已完成。

当前任务积分：70/100。

任务奖励：智力+20，精神力+20。

获得称号：女状元。

称号描述：考状元不为把名显，考状元不为做高官，只为祖国建设谱，有我一笔赞红颜。

注：佩戴此称号可获得气场加成"书生意气，挥斥方遒"。]

宁馥关闭了脑海中的页面，这才意识到自己已经处于一片庆祝的海洋里。

当然，说是"海洋"可能有点夸张，但簇拥着她的人群也的的确确把县中学门口的路堵上了。

敲锣打鼓的老乡们成功地把一场图拉嘎旗的独家庆祝变成了小范围的集体狂欢，路人、正在县中学门口看成绩的其他考生、教师们，甚至路边小餐馆里的客人全都加入进来。

人生四大喜，"金榜题名时"排最后一个，却是"最喜"。

大家都想瞧热闹、蹭喜气，看着这一群老少乡亲各个笑出牙花子，他们也不由自主地跟着美。跟着一起来的考生们，仰着脖子盯着红榜看，看得眼睛都酸疼了，终于将沉沉的一颗心装回肚子里，加入欢庆的人群。

看来宁馥是注定成为他们之间的一个传奇了。

但传奇存在的意义，不就是为了勉励后来人吗？

不知道谁给宁馥的胸前挂了一朵大红花。她低头去瞧，唇角也翘了起来。

一滴血落在红色的花瓣上。

"宁馥，宁馥，你怎么流鼻血了？"

宁馥只觉得头眩晕了一下，随后就是如潮水般汹涌而来的疲惫感。像是全身的力气都被抽走了，让她只想立刻躺下来，好好地睡上一觉。

她用手一抹，鼻子底下全是血。

站在宁馥旁边的杜清泉脸都吓白了，一个劲地说："咱们去医院吧，咱们去医院吧！"

宁馥摆摆手，拦住了惊慌失措的众人，说："我没事儿，可能是上火了。"

杜清泉着急。这哪是什么上火啊，上火会让一个人的脸突然惨白如纸，整个人的神色都透出一种虚弱来吗？

但他做不了宁馥的主。

好说歹说，最后协商的结果是先回图拉嘎旗，但宁馥必须好好休息一天睡上一觉，如果还没有好转，就得立刻去卫生所。

其实，宁馥心里清楚这到底是怎么回事。无他，身体加成被收回了而已。

记忆力、理解力、学习热情全面提升50%的效果，只存在于"金榜题名"任务阶段，现在任务完成了，身体素质上的提高自然也就不存在了。就好比一台原本64G超大内存的主机，现在突然缩小到8G，它却依旧试图保持原有的CPU运行速度，处理器的负荷当然会瞬间增大。

只是流了点鼻血而已，这已经很不错了。

回了图拉嘎旗，听说女状元病了，众人一窝蜂地跑来探病，送来的东西把毡房里的小桌子都堆满了。

支书图古力是第一个来的，他很豪爽地一挥手，表示这两天宁馥都只要好好休息就行了。

去县里看成绩，让不少人错过了元旦节，于是场站决定，图拉嘎旗的新年联欢会推后几天再举行。

"大家都想热闹热闹呢。"图古力满脸是笑。自从得知宁馥考了个全省第一后，他整个人都是飘的，兴奋之情溢于言表——这精神头让他十几年的老寒腿都好了。

虽说宁馥取得优异成绩和他们没啥关系，但这也从侧面说明图拉嘎旗的水土到底还是养人的！要不怎么没见别的地方出个状元呢？

全省第一！知道全省第一什么概念吗？

整个图拉嘎旗有2000多户人家，将近1万人；整个自治区四盟16个县27个旗，有2500万人，在这所有人里，宁馥考了第一名！

这得是多大的脸面啊！

这两天，只要碰上别的地方的人，不管人家有没有问高考的事，图古力都必须假装淡然地提上一嘴："欸，前两天也没什么大事儿，我们去县里看那伙学生娃娃的成绩了，真没想到，这第一名呀——竟然是我们图拉嘎旗的！就是上回给你们屯讲牛羊接生的那个姑娘！嘿，别光看人家漂亮，聪明着呢！"

看到对方震惊神色的时候，那种美滋滋的感觉拿什么都不换！

说实话，宁馥过于冷静的态度，反而让大家决定非得找个好日子，认认真真地庆祝一下。对于草原人民来说，还有什么比围在一块开个联欢会，唱歌、跳舞、烤只羊更适合表达欢乐的呢?

后来来探病的还有杜清泉、崔国富,以及马二婶那群老乡。杜清泉和崔国富俩人凑了凑钱,给宁馥买了一个黄桃罐头。马二婶他们则带来了一大筐晒干的蒲公英,嘱咐徐翠翠泡水给宁馥喝。

"这东西最下火了!"马二婶拍着胸脯保证道。只要宁馥喝了她的蒲公英泡的水,等到去联欢会上唱歌,那嗓子保准比黄鹂鸟还动听!

等来探病的人都走了,徐翠翠坐在炕上翻着宁馥的收获,半是抱怨,半是八卦地说:"牧仁赤那来没来,他现在可真是躲你躲得远远的啊。"

宁馥半躺在床上,懒洋洋地说:"这叫作避如蛇蝎。"

徐翠翠闻言咧了咧嘴,不太明白:"你这么漂亮,哪里像蛇和蝎子了?"

宁馥一挑眉,笑道:"原来你真的觉得我漂亮啊,这还是你第一次承认呢。"

徐翠翠气急败坏地一跺脚,跑出了毡房。

坏心眼地调戏够了徐翠翠,宁馥捏了捏隐隐作痛的眉心。她在脑海里查看了自己的属性面板。

[宁馥·草原之花(已佩戴)·动物密语者(未佩戴)·草原巾帼(未佩戴)·女状元(已佩戴)

当前属性:

智力:140

体力:80

精神力:20

当前加成:无

当前成就:

①广阔天地,大有作为

②狼口脱险]

下一阶段的任务已经开启了。

[阶段任务:有志报国,有智报国。

任务描述:为祖国贡献出你所有的天分和智慧吧!学习永无止境,却该有崇高的目的。青年人,为中华之崛起而读书!]

宁馥翘起嘴角。以她现在的实力,不搞点什么事出来,都对不起她那天流的几滴鼻血。

她脑海中大学的专业方向选项都已经亮起，是可选状态了。宁馥毫不犹豫地点了最后一个——飞行器设计制造与动力工程（实验班）。

"小宁同志，好点了没？"崔国富撩开门帘从毡房外探进脑袋来，"咱们商量商量联欢会节目的事？"

他不等宁馥招呼，猴似的蹿了进来，搬个凳子在炕边坐下，然后仔细瞧了瞧宁馥的脸色。

"那天真是吓死大伙儿了！"崔国富道，"不过你这待遇也实在是让人眼红啊，大状元！"

宁馥瞥了他一眼，说："怎么，你也想吃病号饭了？"

崔国富缩了缩脖子。不知道为什么，平日里从不见宁馥发火，可只要她想，即便是和和气气的语调和那张比花朵儿还和善漂亮的脸，仍然有一种非常强的震慑力。

"又不是我嫉妒你！罐头还是我跟杜清泉一块给你买的呢！"他给自己辩解道，"我说的是别人……"

这位仅次于马二婶的图拉嘎旗八卦大王神秘兮兮地压低了音量，凑近宁馥说："梁慧雪也病了！"他看一眼宁馥，仿佛宣布什么重要机密一样，略带得意地说，"那天叫徐翠翠好一顿打，回去就躺下了，有人说是气的，也有人说她就是没脸见人了，反正好几天没见到她了。"

见宁馥没啥反应，他感慨地点了点一桌子的病号慰问品："你说说，都是生病，这待遇区别，她能不嫉妒吗？心里酸得能泡腊八蒜了！"

宁馥耸了耸肩，表示自己并不在意。

"以前，梁慧雪是咱图拉嘎旗年轻人里的文艺尖子生，你又不是不知道……"崔国富摊了摊手说，"咱们这儿的联欢会负责人本来是她呀！是因为她说病了，图古力支书才叫我接手的。支书可说了，你这个状元一定得出个节目！"

他扯了半天，终于说出了自己来这儿的目的。

宁馥也不扭捏，说："那我唱首歌吧。"

崔国富松了一口气。他生怕宁馥读书读傻了，不乐意参加这种看上去没啥意义的联欢晚会。毕竟在整个图拉嘎旗都处于热烈的欢庆状态下的时候，宁馥这个考上了状元的当事人也显得太冷静了一点。

宁馥笑着斜睨他一眼，说："我又不是机器人，有血肉、有感情。要我写一首歌颂爱情的诗歌，来给你证明一下吗？"

崔国富这才意识到，自己刚才竟然没留神把心里想的都当着宁馥的面说出来了！他假模假样地打了自己一巴掌，随后就溜之大吉，反正任务完成了！

多年以后，在饭桌上，企业家崔国富被人问起他的青葱岁月："你们那会儿是不是很苦啊？有没有发生什么浪漫的事？"

这位逐渐变得油腻的中年男人松了松勒住啤酒肚的裤腰带，又喝了一杯白酒。宴请他的人投他所好，知道他年轻时的经历，特地弄来了特产烈酒闷倒驴。

其实吧，崔国富一直觉得那段日子挺没意思的。

他心眼多、嘴巴甜、办事机灵，其实也没吃多少苦头。大伙儿都复习准备高考的时候，他就知道自己不是学习的料。后来他想办法当了个技术工人，后来又赶上好时机下海经商，现在也是个略有身家的商人了，勉强称得上成功人士。

他其实也很少和人提在图拉嘎旗的那段日子。今天不知怎的，或许是喝酒上了头，或许因为这酒是草原的酒——崔国富开始回想起以前的很多事情，就像电影那样，一幕幕地浮现在脑海。

但最后他只是感慨地回答："浪漫的事儿倒真没有。不过倒是有幸见过一位真正的浪漫主义的人。"

他说完将酒杯一丢，眼里有光。

黄桃罐头吃了，蒲公英水喝了，宁馥也不上火了。图拉嘎旗延迟的新年联欢会隆重地拉开了序幕。

这里的"隆重"，是指联欢会的规模和参加的人数都是前所未有的。

毕竟这些娃娃们考学的考学，进厂的进厂，往后留下来的人肯定也越来越少。虽然图拉嘎旗的乡亲们平时瞧不上这些城里来的娃，但他们排演的节目还是很招人待见的。

年轻人懂的新鲜玩意儿多，更有以前在学校就是文艺骨干的，能歌善舞懂乐器，联欢会正是他们大展身手的时候。

篝火点起来了，羊肉的肥油"噼里啪啦"地滴在火堆里，脂肪被烤焦的香气弥漫了整个场站排的院子。大伙儿把苞米穿在棍子上烤，小孩子像过年一样在人群里蹦来跳去，直到踢到马扎摔倒，才被家长摁回到座位上。

整个屯子只要是家里没要紧事儿的，基本都挤来了，后来的只能趴在院子的墙头上看，就连村里的傻蛋也来了。有众人看着他不至于被火堆烫着，也就任由他在院子里玩耍。

热闹的气氛和食物的香味，让傻蛋陷入迷惘。他还以为是在过春节呢，逢人就喊"过年好"，因为这样，他能像其他小孩子一样得到一小块红薯，或者几粒花生。

在老卓尔琴的二胡演奏之后，主持人崔国富上台，道："下面，请大家用热烈的掌声,欢迎我们的状元——宁馥同志!"

为了应新年的景,宁馥今天穿了一件红毛衣。毛衣是新的,应该是原主压箱底的宝贝。她一上场,底下就发出了好一阵起哄叫好声。小伙子们的目光更是像热化了的蜜糖一样粘在她身上直拉丝。

这段时间,宁馥像个传奇一样震惊了所有人。

"状元"是一个听起来就很让人敬仰的头衔,会让人想起那种画在宣传画上,脸蛋红红,保持着冲锋姿态的女拖拉机手。而宁馥,是更难形容的另一种美。他们竟一时忘了,图拉嘎旗的状元同志还是这么漂亮的姑娘,毛衣那鲜艳炽热的颜色,也仅仅是衬托了她。

她是如此美丽且生机勃勃。

宁馥表演的节目是一首歌。当她开口后,悠扬的歌声流淌而出,大家安静下来,只有篝火发出毕毕剥剥的声响,反而显得她的歌声是那样悠远。

宁馥唱的是一首草原的歌。

> 在那遥远的地方
> 有位好姑娘
> 人们走过了她的帐房
> 都要回头留恋地张望
> 她那粉红的笑脸
> 好像红太阳
> 她那美丽动人的眼睛
> 好像晚上明媚的月亮
> ……

在热闹的新年联欢夜里,火热的气氛似乎短暂地停顿了。望着安静的月亮,大家仿佛都有了心事。

爱祖国的人,都是极致的浪漫主义者。他们歌颂故乡的月亮,歌颂美丽的姑娘,歌颂爱情和自由——因为这些是他们的爱的动力和源泉。

火光照亮了牧仁赤那那轮廓分明的年轻的脸。

他的手揣在衣兜里,摩挲着一块印着烫金梅花的香皂。

他听崔国富提起过,上次去省里时,宁馥一直盯着这个,眼睛都挪不开。从没见过她特别喜欢过什么,从没见她要求过什么,肯定是很想要才会一直盯着瞧。

他买了,下雪天出去打了两只狐狸,都是好皮子。可是他不敢送。

如果她真是一个放羊姑娘，牧仁赤那可以变成一只羊，变成一匹马，像歌儿里唱的一样跟在她身旁。

可惜她不是。

她将离开这里，踏入一个与图拉嘎旗截然不同的世界。

而他，只是一个向长生天撒谎的罪人。

牧仁赤那停下了手上的动作，轻轻跟着宁馥哼唱起来。

> 我愿抛弃了财产
> 跟她去放羊
> 每天看着她动人的眼睛
> 和那美丽金边的衣裳
> ……

月光真好啊。

· 11 ·

过完新年，宁馥离开图拉嘎旗的事已经提到了日程上。

去畜牧排的路程太远，一来一回地折腾也不值当，于是她就留在了场站排，这几天的工作主要包括帮老乡们晒皮料、看护待产的牲畜，以及告别。

宁馥给每个人都准备了礼物。

给杜清泉的是两册新抄的化学课本——原来的课本在她从水泡子里救徐翠翠时弄脏了，所以除了抄好的课本，还加上了她从B城大书店买到的考试大纲。这东西在小县城里根本没有卖的，就算在大城市也要排长队购买。

杜清泉今年没考上，他说了，明年还要再试一次。

给徐翠翠的是一盒新的雪花膏，装在精致的小圆铁盒里，桂花味，香得不行。

徐翠翠的嘴都撇到天边去了，嫌弃的话一个劲儿地往外冒，什么"好看的脸上种不出大米来"，什么"我要坚持艰苦朴素的作风，决不被糖衣炮弹侵蚀"……但宁馥发现，她非常小心地把那只小圆铁盒压在铺盖底下，用最干净、最好看的一块手绢（还是评生产先进时排里发给她的奖品）严严实实地包着，隔一会儿手就不自觉地往那儿摸摸。

还有一份礼物是给整个图拉嘎旗的，交到了老支书图古力手上。

中年蒙古汉子拿着手上的小本本，非常慎重，非常珍惜，但也非常迷茫地问：

"这……我看不懂啊……"

宁馥没想到他看不懂,问:"您……您不是'高小'毕业吗?"

如果念过小学五六年级,只要没有特别难的生僻字,基本的阅读应该没什么问题吧?她在抄写的时候已经尽量简化了。

图古力羞赧道:"其实我念的是蒙授……"

蒙授,即蒙语授课,蒙语书写。

宁馥深吸了一口气,问:"屯子里还有多少蒙授的乡亲?"

图古力想了想:"一多半吧,"他自豪地一拍胸脯,"不过他们都读了二三年级就不念了,离我还差得远呢!"要不是他阿爹生病去世了,家里缺不了顶梁柱,他怎么也得继续读下去啊!不过好歹也是小学毕业,这也是他能当支书的原因!

宁馥盯着自己在属性加成消失的最后时刻疯狂摘抄下来的农业知识小册子,第一次感受到了什么叫作"干瞪眼"。

图古力也觉得气氛有点凝滞了,迟疑地看着宁馥。

但宁馥很快笑起来,让图古力支书大松一口气。不过,这口气只松了一半,因为他随即便听到宁馥说:"这样吧,支书,不如我们办个汉字扫盲班吧。"

自从知道宁馥成了高考状元,很快要走了后,徐翠翠很是不舍。又是每晚给她留最甜的烤红薯,又是怕她上火天天给她煮清火茶——她也暂时没回畜牧排,因为宁馥盛情邀请她担任汉字扫盲班的"助教"。

左一天,宁馥没走。右一天,宁馥没走。

这一天天地过去,徐翠翠当"助教"当得头都快炸了,对宁馥的那份依依不舍之情飞速被消耗。原因无他,宁馥让所有参加扫盲班的老乡们有问题都去问她!

徐翠翠同志第一次被叫"老师",很是受用了几天,但后面就从受用变成了受不了。她也只有小学五年级的水平,好多东西自己还没学会、记牢啊!可乡亲们都问到眼前了,她只好狼狈地搪塞过去,再跑去宁馥那儿问出答案,努力记在脑子里,转头给那些用崇拜、赞赏的眼神望着她的"学生们"答疑解惑。

终于,徐翠翠忍不住了,问道:"你啥时候走?"

宁馥正在写教案,闻言抬起头来,想了想说:"你把大伙儿教会了我才走。"

徐翠翠气得捶床,一下子捶到了她藏在被褥下的雪花膏,心疼得差点没跳起来。她小心翼翼地把那小圆铁盒拿出来反复看了看,见没有凹痕,这才放下心来。

"你怎么不用?"宁馥问。

徐翠翠嘴硬,不愿承认自己舍不得用,狠狠心咬咬牙道:"今天就用!"

等到扫盲班办得卓有成效,宁馥终于要回城了。

大家最近都被扫盲班折腾得够呛，本来是清闲猫冬的时候，却不得不聚在一起盯着小黑板上的一个个方块字，实在令人头疼。

　　但人也不能好赖不分，人家宁馥对他们是掏心窝子地好啊！浩浩荡荡的队伍从村口一直送到公路上，大伙儿恋恋不舍地说了好多话，把宁馥的背囊塞满了干货、皮子、奶豆腐。

　　终于，老支书图古力叫停了打算"十八相送"的队伍。

　　"行了行了，咱们再送就要送到B城了！"他笑着挥了挥手，"不论她走多远，也是从咱们图拉嘎旗飞出去的金凤凰！"

　　徐翠翠学着她的腔调，说："小宁同志，广阔天地，大有作为！"

　　宁馥强忍着不舍，也和大伙儿挥手，一边上车一边说："你们回去吧！我会写信来的！"

　　大家站在路边目送她的车缓缓开走，村子里的几个小娃撒腿追车，徐翠翠也跟着一起追。人跑不过汽车，没多久就被甩在后面了。

　　徐翠翠终于忍不住哇哇大哭。

　　宁馥轻吸一口气，强忍住眼眶中的眼泪，正要坐正身子，听见开车的小吴突然说："你看，那是谁？"

　　她转头看去。车子开在公路上，两边是茫茫的草原。

　　远处，一个身影策马狂奔，遥遥而来。

　　只身打马过草原，高骏的大马旁跑着一只黄狗。

　　宁馥将手贴在玻璃窗上，朝他摇了摇，叫他回去。

　　而牧仁赤那却狠抽一鞭，始终追在公路一侧。

　　马蹄翻起土块，渐渐落在后面，只剩他喊的一句话，在风中传过来——

　　"同志，再见！"

第四章
"特殊人才"的试炼

· 12 ·

自从知道宁馥要回来了,魏玉华就开始数着日子等。

离娇娇回来还有一周,先去供销社把布料子都扯好,眼下 B 城女孩们最时兴的衣服样子也瞧好了,先不做,等闺女回来再量量个子,肯定又长高了!

离娇娇回来还有三天,先把过年才会买的什锦酥糖来上一斤!

离娇娇回来还有一天,狠狠地割上两斤五花肉!菜还没挑,要等娇娇回来那天现买,看谁家里有自留地,在他家悄悄买点,更新鲜!

宁博远冷眼看她像花蝴蝶一样上下翻飞地折腾,时不时地发出一声冷哼。

他还生着气呢。

等宁馥回了家,他要做的第一件事就是狠狠教训她一顿,别想让他有什么好脸色!哪怕是小吴在回信上说宁馥考了全省状元也不能让他消气!长辈吃的盐比她吃的米都多,她就是不听话、不让人省心!还说什么考了状元,怎么不惦记着赶快回家?怎么不主动和家里报喜?

小吴也是,回信怎么惜字如金,恨不能一个字能包含千言万语!

宁博远先把自己气个半死,再把自个儿关进书房里消气——消气的方法就是从抽屉里拿出半个月前小吴发来的那封言简意赅的信,一个字一个字仔仔细细地读上一遍。

喜 娇考试第一

宁博远觉得跟做梦似的。他以为她是一个注定营养不良的花骨朵,没想到,居然噌噌地蹿成木棉树了。去图拉嘎旗看她时,难不成她当时说的都是真心话?

"算来算去,娇娇也该回来了。"魏玉华喜滋滋地在日历上圈上一笔。一大早,她就开始坐卧不安,隔上一时半刻,就忍不住跑出去到路口瞧一瞧……午饭的饭点都过了两个小时了,去接宁馥的车还没回来,魏玉华忍不住又出去看了一趟。

宁博远嘴上嫌弃她瞎操心,但桌上的饭菜他根本就没怎么动,那都是特意给宁馥准备的她爱吃的菜。

宁家在部队大院里，是个两层小楼，书房在二层。宁博远习惯在午休后去书房眯一会儿，然后继续处理公务，今天却一反常态，午觉也没睡，书房也没进，就心神不宁地待在一楼。

终于听见门口有动静，宁博远飞快地起身走到门廊，一把拉开门。

站在门外正要敲门的两个男人都是一愣，站在前面的年龄稍大一点的男人率先反应过来，问："您好，请问是宁馥同学的家吗？"

宁博远颇为失望，禁不住皱了皱眉，他在部队待的时间长了，身上自有一股威严："是。她还未回城，二位有什么事吗？"

来者是客，宁博远将二人迎进屋子。他们随着主人进了客厅坐下，先客气了两句，然后说明来意："我们是航空大学的老师，这次过来，是要对宁馥同学进行政审……"

宁馥家就在部队大院里，大院门前是个大上坡，坡下面才是大街。等得焦急的魏玉华魏大夫在坡上来回转悠，认识的人路过都忍不住问："大周末不在家歇着，在这儿转悠什么呢？"

魏玉华平时文静内敛，此时见人就笑，露出上下两排牙，那高兴劲儿能从头发梢里透出来："我们家娇娇要回来了！"

终于，下坡的尽头看见车了，魏玉华立刻小跑着迎上去。

只见汽车靠边停下，从车里跳下一个姑娘。她穿着朴素的棉衣、棉裤，胳膊肘处有两块新打的补丁，踩着厚羊皮靴子，扎着两个小辫儿，下车的动作干净利索，腿一撩，就跳下来了，手一伸，就把后座上放着的大背囊背上了肩。

魏玉华有点儿不敢认，颤抖着嘴，几秒钟后才挤出声音："娇娇，娇娇你回来啦？"

那个姑娘转过头来，瞧见她一下就笑了。她笑起来还是天真烂漫的样子，可走的时候脸颊上还带着点肥肉肉呢，现在全没了，瘦得下颌骨的线条都出来了。

这样更好看了，但当妈的只想看自家闺女珠圆玉润。

"妈，我回来了。"她走上前，扑进妈妈的怀里。

魏玉华抱住她，眼泪还"吧嗒吧嗒"地往下掉呢，手上已经把她身上有几两肉都摸清楚了。

"娇娇啊，你可受苦了！"她哽咽道。一想到当年闺女有多么不懂事，闹死闹活地要跑到大草原上去，为了一个男生和她爸几乎翻了脸；想到闺女一个还没成年的小丫头，独自到了那么艰苦的地方，没人照顾没人心疼，还考上了大学，中间不知道经历了多少曲折苦痛……

当妈的心如刀割，哭得停不下来。宁馥却不能瞧着她妈这么一直哭。

魏玉华泪眼蒙眬，看她家姑娘突然放下背包，掏出一朵大红花顶在头上，又将一串干蘑菇像围巾那样在脖子上绕了两圈，原地摆了个芭蕾的姿势，紧跟着远远跑开，挥舞着垂下来的蘑菇扭起秧歌，嘴里大喊道："妈——妈——你看我——"

她欢跳着，朝魏玉华跑过来。

在母亲蒙眬的视线里，只有那朵一跳一跳的大红花，如此热烈活泼，生机勃勃。

魏玉华破涕为笑："刚回来，耍什么宝？"

宁馥来回大跳几下，笑嘻嘻地说："回家了，我高兴嘛！"

魏玉华瞪了她一眼，抹掉眼泪，说："赶紧的，回家吃饭了！"

宁馥却叫住她："等等，妈，包你先拿着，还有东西在车上呢。"

魏玉华一怔——娇娇离家的时候是悄悄跑的，东西拢共装了一个小背包，现在哪来的那么多行李？

只见宁馥从后车座上一样一样往外搬东西。小吴也下车跟着帮忙，对魏玉华解释道："您是不知道，小宁她在图拉嘎旗可有名了，那真是人见人爱！"

魏玉华将信将疑。自己的女儿是什么性格脾气，她还不清楚？

小吴笑道："您是没看见，我们走的时候，老乡们一直送出好几里地呢，快赶上当年乡亲们送红军了！"

魏玉华看他们左一包山货右一筐皮子地往外拿，总算是信了。对小吴嘱咐道："你回去，把娇娇受欢迎的事好好跟老宁汇报汇报！"

她的丈夫比驴还倔，若是自家人说这话，他肯定不信，得小吴正正经经像汇报工作那样，他才可能听得进去。小吴跟着首长多少年了，岂会不知他的脾气，便连忙应下。

三个人走到家门口，正碰上两名航空大学的政审人员出来，宁博远在后面送，笑容可掬，半点没有往日的领导架子。

两名政审老师一见宁馥，均是一愣。还是年长的那位，或许是见过大场面，沉吟片刻道："这位……就是宁馥同学吗？"

"真是……真是别具一格啊。"另一位政审老师挤出一句干巴巴的"赞美"。

宁博远也有点蒙。他看到宁馥头顶上的大红花、脖子上的干蘑菇"围巾"。

这是在干什么？

宁馥赶紧把头上的花摘下来，没地方放，只好拿在手里，解释道："这个……这个是老乡们送的，我带回来当个纪念。"

魏玉华看丈夫的脸都黑了，赶紧帮女儿说话："她是见我想她想得哭了，逗我高兴呢。还是小孩子脾气。"

政审老师也赶紧搭腔:"可以理解,彩衣娱亲,彩衣娱亲嘛。"这么幽默的女青年,招到学校后没准还是个文艺骨干呢。

宁博远见状也只好挤出一丝笑容,说:"这孩子一向有孝心。"

魏玉华和宁馥都没想到宁博远居然会说这话,均是一愣。

两名政审老师还有其他工作,也就顺势告辞了。

宁博远这才"哼"了一声,板着脸一甩袖子进屋去了。

看什么看,我给你擦屁股擦得还少吗?人家来政审,我也只能说你的好话!

宁馥明白这是他下不来台,硬撑着摆父亲大人的谱呢。她笑嘻嘻地靠上去说:"我给您带了N省当地的烟叶子,听说劲儿可大了!"

宁博远许久没有和女儿亲近了,想起她小时候也这样晃着自己的手臂嚷嚷着要"骑大马"的样子,他让她骑在自己的脖子上,指哪去哪,让往东不往西,她还得意地一个劲喊着"驾——驾——"。

想着想着,心就软了。

不知谁教的她,小时候惯会骄横耍无赖,现在却知道撒娇了。

他伸手夺走了宁馥手里的那朵滑稽的大红花,解下那串干蘑菇,训道:"行了,放行李去吧!"

宁馥耍宝地敬了一个礼,赶紧招呼上小吴上楼放东西。

魏玉华正要再劝两句,便见丈夫珍重之地抚了抚那朵红花上细微的褶皱,仔仔细细将它摆在了客厅显眼的地方,哪怕这大红花跟家里的摆设一点都不搭。她正露出一丝笑意,宁博远已转回身来,将那干蘑菇往她手里一塞,道:"把这个做了,加个菜。"

魏玉华很是惊讶:"咱们都有四个菜了!"

宁博远将脸绷得紧紧的,威严地说:"我想吃蘑菇了,快去!"

魏玉华没忍住,"扑哧"一声笑了出来,在宁博远真的生气之前进了厨房。

吃完饭,喝完茶,宁馥眼观鼻鼻观心地坐着,听小吴给首长"汇报工作"。

小吴在图拉嘎旗住了挺长时间,老乡们也乐意跟他讲宁馥的传奇故事,给羊嘴对嘴做人工呼吸、从狼口下夺回集体财产、给大伙儿讲课、开办扫盲班……宁博远倒是神色如常,当妈的在旁边听得一会儿心疼一会儿后怕,紧紧搂着宁馥。

小吴说得口干舌燥,宁博远打断他说:"行了,把你们魏大夫吓坏了。"

魏玉华擦擦眼睛,嗔怪道:"就是!"她摸摸宁馥黑而亮的头发,"幸亏我们娇娇囫囵个儿地回来了……"她嘴上这样说着,心里却也骄傲。

宁馥自然知道魏玉华的复杂心理，只好乖巧地坐着……

宁博远发话了："上书房来说吧。"说完，他率先起身上楼去了。

魏玉华有点惊讶。在家里，宁博远从不摆"首长"的架子，不过是有点大男子主义好面子罢了。但书房从来不许她们娘俩进去，工作上的事，不许任何人掺和。

换句话说，在这栋房子的其他地方，他都是一个丈夫、一个父亲，但进到书房里面，他就是B城卫戍区的副参谋长。宁馥能进他的书房，这说明老宁已经把她当个大人看了，而且是有远大理想的成年人。

魏玉华轻轻地叹了口气。

当年生了宁馥后，她身体不好，不能再生了，心里颇为遗憾。老宁抱着孩子说："谁说女子不如男？咱们的女儿，将来我也一样教她，'飒爽英姿五尺枪'！"说是这么说，转头又给孩子取了小名叫"娇娇"。

这就是做父母的纠结之处。想她做雄鹰做苍松，成龙成凤海阔天空，又想她一辈子平安顺遂有人疼宠。

不过现在，老宁当年说的话呀，说不定真的要应验了。他们的孩子，名虽为娇，人却渐渐长出傲骨。

书房内，宁博远坐在书桌前半天没说话。宁馥也不急躁，在旁边默默给他卷烟。

宁博远喜欢抽卷烟，这是行伍留下来的习惯，平时都是自己卷——这玩意儿没耐心的新手是卷不好的："行了，你放着吧。"说罢，他走过来一看，想不到女儿竟然卷得像模像样，整整齐齐。

宁博远略略惊讶，忍不住拿起一支点燃。烟雾升起，过了好一会儿，他才说："你是长大了，办事冷静了。"然后他又想起刚刚宁馥被政审干部看见的那乱七八糟的形象，到底又加上一句，"还要再稳当些。"

宁馥点头应下。

宁博远又沉默片刻，道："你想好了？这一门专业，要想学精不易，要想钻研很苦。未来的路不好走啊。"

宁馥肯定地说："想好了。"

一支烟吸完，宁博远拍了拍宁馥的肩膀："好好学习。"

他只是这样嘱咐道，还有半句话没有说。

让我为你骄傲吧。

宁馥这一届考生，开始陆续走进他们渴盼已久的大学校园。

B城航空大学里，一间教室里挤满了人。系主任站在讲台前，对着一双双闪着渴望之光的眼睛，道："实验班开学的第一课，由朱培青教授来讲！"

台下的一双双眼睛带着茫然和懵懂。"朱培青"这个名字，在业内是如雷贯耳，但对于这些刚走进校园的青年来说，却是闻所未闻。他们选择了这个专业，但还不知道选了这个专业意味着什么。他们还都年轻，不知道国家将要委以他们怎样的重任。

朱培青在大家不算热烈的掌声中走了进来。他已经年近六旬，却精神焕发。重新回到校园只是第一步，很快，他要争取回到科研的岗位上。

他还不算老，还能再为国家"烧一烧"。

朱培青感慨万千地望着讲台下一张张年轻的面庞，突然，他的目光顿住，这个女孩子，怎么有点眼熟？

他清了清喉咙，道："我们可以先认识一下，点个名。"

系主任递上实验班的花名册，特意附耳道："前面这几个都是好苗子，特别是这个，从大草原考上来的，理科成绩全满分！"他满怀期待地望着朱培青，有种夸耀自己挖到金矿的感觉。

朱培青目光一扫，嗯，怎么看着像个女孩的名字？

他开始点名，名册是按高考的成绩排序的。

"宁馥。"

"到！"

朱培青听见一个清脆的声音。

回想当时的那个场景，她信誓旦旦地说："我就算只检查一遍，也保管考个状元出来。"他摘了老花镜一瞧——还真是她啊。

一时间，教室里陷入安静。底下的学生不知道发生了什么，让这位老教授只念了一个名字就停了下来，都有些好奇地等待着。他们不熟悉朱培青，却看出来系主任对他很尊敬，因而也在心中重视起来。这位已经鬓生白发，其貌不扬的老人，会给他们讲一堂怎样的第一课呢？

系主任也有点摸不着头脑，走上去轻声提醒："朱老师？"

朱培青的目光在那个女孩的脸上停留几秒，终于慢慢地重新落在花名册上，接着他念出了下一个名字。

这年轻的女孩子，胆子还真不小呢——见他瞧她，竟毫不畏惧地将目光迎上来。

他不知道宁馥心里想的却是：这位朱教授怎么看着有点眼熟呢？我再仔细看看……

点完名后，朱培青将花名册放在手边，掌心覆在上面，郑重地说："欢迎大家。你们每一个都是好苗子，现在正是国家需要你们的时候。"

这节课，朱培青并不打算讲专业知识，也不会讲学科背景，而是打算讲故事。

他祖籍福建，青年时代正是战火连天的时候。

"那时候都号召捐资捐物保家卫国，我年纪尚小，整日幻想——既然已有了大炮弹，可以将那些侵略者的飞机打下来，那为什么不能有飞得更远、个头更大的炮弹，一直飞到侵略者的老家去，让他们闻之色变胆寒，不敢来犯呢？"朱培青笑道。

"当时有些国家已经有这种大家伙了，但我们的国家没有。"他停顿了一下，反问道，"你们说，这怎么行呢？"

祖国虚弱，他年幼时便立下志向，要学有所成，造出这个"大家伙"来。

26岁留洋归来，祖国像母亲般张开怀抱迎接了朱培青。他也将自己毕生的光阴、才华、心血，奉献给了建造"大家伙"的事业。

国之重器的打造，需要有一群铸剑人，而他只是其中的一个。

朱培青曾是意气风发的归国高才生，当过挥斥方遒的导弹发射总指挥，也做过高中校门口扫地、看大门的传达室大爷。他大半辈子历经波折，却从来都没有忘记自己是个航天人。

但这些他都没有讲。

辛酸苦痛，隐姓埋名，这些对于他们来说，都已是稀松平常的事情。他只讲火箭腾空而起时因狂喜而流下的热泪，讲弹道导弹掠过天际时发出的呼啸声，讲导弹命中目标时火光惊人的刺目……

讲波澜壮阔，讲壮志凌云。

教室里鸦雀无声，大家全都听得入了迷。哪怕朱培青讲故事的方式平铺直叙，毫不夸张，更没有过度的修辞，但这平平淡淡的叙述让所有人从心底里涌出一股让人寒毛直立的热流，冲刷过每一条血管，在胸膛中喷涌激荡。

每一个人都忍不住幻想，如果自己生在那个年代，要如何报效国家，如何以身许国。他们如何成为叱咤风云的英雄人物，研制出高精尖的导弹，形成战略威慑……

朱培青看着这群摩拳擦掌的年轻人，露出一个笑容，说："国家期待你们做出成绩。你们有没有信心？"

底下众人齐声道："有！"

见众人已经热血沸腾，朱培青乐呵呵地宣布下课。

系主任在他身旁，担忧地问："老师，一上来就给他们这样的鼓舞，行吗？"

现在让他们全都兴奋起来，成天幻想着自己建功立业做大英雄，往后这专业学习上的沟沟坎坎还多着呢，到时候凉水一盆接着一盆，只怕热情熄灭得太快啊。

朱培青毫不在意地笑着说:"他们都还年轻。当年倘若我和你讲,我们的主要工作就是无休止的计算、看成堆的图纸、日日夜夜在发射场里吃沙子,你可还愿意跟着我?"他停顿了一下,说,"初生牛犊不怕虎,怕的是平淡。"

系主任恍然大悟道:"您这是先把他们骗上了贼船,然后再……"

朱培青淡淡地瞥了这位口无遮拦的学生一眼,对方立即改口道:"您说得对,倘若真的坚持不下来,也的确不是干我们这行的料。"

"宁馥,你留一下。"同学们陆陆续续地离开教室,系主任突然走过来对她说。

宁馥认出这正是去自己家政审的老师之一,那个夸自己"彩衣娱亲"的。

"这个小宁同学呀,是我亲自上门去政审的,不但成绩出众,性格也活泼开朗,"系主任拉着她向朱培青热情地介绍,"肯定能成为班上的文艺骨干。"

系主任对自己挑中的好苗子很有信心,像献宝一样把宁馥推到朱教授面前,道:"快来,朱教授想单独和你说两句呢。"

宁馥同情地看了一眼系主任,深觉他的话并不会让朱培青高兴。

"文艺骨干?她是声乐专业还是舞蹈专业?"朱培青不咸不淡地说。

果然如此。宁馥心道。

可怜的系主任心有不甘却又不敢顶嘴,只得讪讪道:"是我不对。"

天知道,他只是想强调下,在这整个系快能成"少林108罗汉"的男学生里,有个优秀又活跃的女孩子是件多好的事啊!

朱培青把自己的得意门生堵得说不出话来,转头和宁馥说话时语气倒还算温和:"我们又见面了。"

宁馥赶紧开口道:"朱教授好。我现在道歉还来得及吗?"

朱培青饶有兴趣地问:"你错在哪儿?"

错在不该在不知道底细的人面前逞能,谁知道你个平平无奇的监考老师居然是导弹发射研究的顶级专家呢?

宁馥心里这么想,但不敢这么说。她老老实实地说:"错在不该口出狂言。"

朱培青笑了:"你根本就不觉得自己错了。你只是担心给我留下了不好的印象,是不是?"

一旁的系主任也看出不对来了,低声问:"你们以前见过?"

朱培青没回答他,只对宁馥说:"这你大可不必担心。我不是凭第一印象就去判断人的品性的人,更不会对你怎么样,我没有那么大的权力。只要你勤勉认真,通过你应该通过的考试和答辩,还是能顺利毕业的。"

宁馥老实巴交地点点头。

朱培青语重心长地说:"行了,没人会为难你,你要像你当时那样自信才对。"

见他说完了,系主任赶紧摆摆手,对宁馥说:"回宿舍去吧。"

宁馥微微一鞠躬后便离开了。

见她走后,朱培青扭头就对系主任吩咐道:"以后所有的考试,她的卷子上你至少给我加一道附加题。"

系主任脸垮下来了:"没有这样办事的啊。"

朱培青笑眯眯地说:"特事特办,你自己挑来的特殊人才,当然要特殊对待了。"

B城航空大学成立至今也只有二十余年,前身叫B城航空学院,后来由8所强校的航空院系合并而成大学,是全国第一批开始招收研究生的高等院校,也是国内最早设立了航空核动力、航空工艺和工程物理、飞行器自动控制等专业的高校。

宁馥读的是实验班,又称飞行器设计制造与动力工程班,设在王牌院系内。顾名思义,他们既是飞行器设计制造专业的学生,又是飞行器动力工程专业的学生。实际上,这已经算两个专业了。

前者要学固体力学、流体力学、飞行力学、机构设计、总体设计、飞行器气动力估算、外形设计、结构强度设计和实验力学、飞机维修;后者要会动力装置原理及结构、动力装置制造工艺学、动力装置测试技术。

总的来说,就是既要知道怎么制造导弹,又要知道怎么把导弹打出去。

这个班一共30个学生,他们考进来之前都经过了严格的政审流程,每一个都是学院的宝贝。

这个领域,实在太需要人才了!

朱培青他们这批"老航天人",几乎是从地基开始建高楼,白手起家,硬是创造了一个奇迹。无数人在一次又一次的试验中耗尽了青春和心血。

而宁馥,从骨子里就喜欢投入到这样的事业当中去。

想想都好兴奋啊!是那种抱着被子在床上滚来滚去,皮肤和大脑里的每一个细胞都在快乐地叫嚷的那种开心!

于是,403宿舍的其他人走进房间时,看见的就是一个裹着被子正在上铺来回翻滚的人,像一只癫狂的大毛毛虫。

"同学,你没事吧?"有人小心翼翼地问。

过了好一会儿,从被子卷里慢慢探出一个脑袋来,闷闷地说:"我没事……"宁馥看着站在原地正用奇怪目光望着她的三个人,只好尴尬地开口,"你们好。"

唉,今天,可真是形象崩塌的一天……

B城航空大学宿舍的条件还不错,三张上下铺,一般住五个人,留出一张床来放行李。一张长桌，放在宿舍中央，可供大家看书、学习和日常使用。

403这一个女生宿舍就包含了飞行器设计制造与动力工程班的全部女同学，一共四个人，刚刚在课堂上宁馥还没来得及和她们相互认识。因为被系主任留下谈话，宁馥回来得晚了一些。

一个年纪看起来挺大的女生将手中的书本放在桌上，友善地说："刚刚老师叫我们去领书了，这份是你的。"

宁馥赶忙从床上爬下来说："谢谢！"

那位女同学友好地朝她笑笑，开口道："我们都自我介绍一下吧。"

目前，403宿舍加上宁馥只住了四个人。年纪大一点的女孩叫钱桂芝，已经25岁了，以前她在工厂工作，却从没有放弃读大学的梦想，准备报名考试时她刚刚生完孩子，还没出月子就开始复习，考试前硬生生瘦了10斤，靠着基本功扎实，考上了。

另一个女生和宁馥一样，是从大西南考过来的，名叫宋真。她那地方条件极其艰苦，干活时被刀子割掉了一根手指，因此沉默寡言。讲完这段经历，她就不说话了，但也友好地朝大家点了点头。

第三个女生很害羞，个子小小的，说话软软的，叫杜鹃，她脸红红地说："我……我没什么故事。"她是这宿舍里唯一一个应届高中生。

四个人正说着话，门又被推开了。一个个头高挑的女同学走了进来，手里也拿着刚领到的书。宁馥想要和她打声招呼，杜鹃却悄悄扯了扯她的衣角，摇摇头。钱桂芝和宋真也没说话，那女生竟也对奇怪的气氛视若无睹，将书放下略整理了一下，就背起挎包出门了。

杜鹃这才小声对宁馥说："她是数学系的，怪人一个！"

原来，那名女同学是数学系调过来和她们拼住的，脾气古怪，似乎不爱搭理人。人家一来就说了，不打算和大家交朋友，用一种"你们都是庸才"的目光打量她们。

得，都是奇人！宁馥想。哪怕是自称"毫无故事"的杜鹃。

在时空定义上，宁馥使用赤子之心系统连接的文献库是这本书所能触及的"未来"。

之前宁馥读的文献里，第一作者署名是"杜鹃"的有不下二十篇。如果她的人生不发生转折，她将会成为B城航空大学的终身名誉教授、流体力学专家，桃李满天下。

不过，其他人的名字她就没有特别的印象了。

但这也正常，因为宁馥只顾着看文献，从来没关注过这位流体力学专家的个人报道。

其中有一张照片，是杜鹃教授学生时代与同学、友人的合照。黑白的老照片里有五个女孩。左边第一个个子高挑的是后来攻克世界级难题、获得沃尔夫奖的陈芸。

流体力学专家杜鹃与我国著名女数学家陈芸的友谊一直为人津津乐道。杜鹃曾在采访中说，她第一次见到陈芸时很不喜欢她。两个人时有摩擦和矛盾，是另一位舍友经常从中调和，像哄小孩一样哄着两个幼稚的女孩，最终让她们建立了牢不可破的友谊。

很多人好奇，这个"舍友"是不是就在照片上的另外三个人当中。

也有人八卦地分析，正是因为杜鹃和陈芸都是天才，都有幼稚的一面，所以才需要一个略显平庸、脾气温和的舍友从中调和。

这位"舍友"就像一个颜色极淡的影子，在人们谈到两位天才时被偶尔提及。没人知道，她们的那位舍友性情桀骜不驯，天赋奇才。直到一些档案解密，读者们重新翻出了那张老照片，才知道站在右手边的两个女孩是钱桂芝和宋真——两位航天工业女杰。

大家惊呆了。

只有最中间的一个女孩依旧没有名字，没有身份。

杜鹃在访谈节目中这样说："她是个把自己献给国家的人。"

大家越来越好奇，只能去搜索相关人员的只言片语，试图弄清楚她是谁，她做过什么。但最后只知道：她叫宁馥，是个搞"大家伙"的。

她的身份，她的成就，她的牺牲和付出，都要时间来见证，慢慢揭晓。

·13·

入学后的第一场考试来得很快。

这是一场摸底考，主要是为了测试大家的水平。从消息正式公布到考试，只有两个月左右的时间，所以考试的题目也以基础测试为主，学生们来自五湖四海，素质、水平也必然参差不齐。

大家对这场摸底考也极为重视，都很紧张。谁也不知道自己的水平在如云的高手中到底能排第几，到底配不配得上这个有着复杂繁多又严苛的要求的专业。

宁馥倒不算紧张，但拿到试卷后却不由得一怔。前面的题目都还属于基础性的，但最后这道附加题却已经远超"基础"水平了。她飞快地把前面的题目一扫而过，翻到最后，一边咬笔头一边做附加题。

这一场是系主任监考，转到她身后的时候宁馥听到很重的一声呼吸，仿佛松了口气的样子。

紧赶慢赶在考试结束前写完试卷，宁馥一看，笔杆子顶端都秃了一块。

这题太难了吧！

等成绩出来，班上有五个人满分，包括宁馥。

众人倒是都知道她是以第一名的成绩考进来的，并不意外，反而是宁馥心中绷紧了弦。

能考进这里的，果然都不是普通人。那道附加题自己几乎是拼尽全力调动了所有的知识储备外加灵光一闪才完成，班上竟然还有四个人和自己水平相同！她只能夹紧尾巴努力学习了。

接下来的一个学期，六次考试，宁馥全部满分。但她的确狼狈，每次的附加题都难得要死，仿佛紧跟着她的知识极限，每当她掌握一部分知识，下一次的附加题就会更难。

每次都有四五个人考满分。

与此同时，朱培青找到系主任，淡淡地问：“这次她没咬笔头？”

自从宁馥入学后，就一直亲自负责实验班监考的系主任回想了一下，摇头道："没有。"

老教授忍不住笑了："她可学得够快的。"说罢又看了系主任一眼，"你这回题出得简单了。"

系主任有些无奈，每次都增加一道附加题，他出得也挺难啊。

朱培青道："把你们现在正在搞的那个项目，子课题的攻坚部分出到试卷上去。"

系主任犹豫了一下："这样……行吗？"他对老师一向信任，但实在怕次次考试都这么难，宁馥这孩子信心受挫。

四十多年了，系主任就见过这么一个奇才，惜才的心藏都藏不住，每场考试看宁馥坐在那里咬笔头冥思苦想都心疼，但是他又怕自己的老师还不满意。

他的老师大笑着拍拍他肩膀，肯定地说："行，你大可放心！她可是你挖出来的金矿、富矿！我都要佩服你的眼光了！"

期末考试，宁馥再次上演头脑风暴。不出她所料，又有附加题，而且是前所未有的难，在考试时间内几乎不可能完成的那种难。她骨子里的那股不服输的劲头又上来了：就算不及格，我也要将这块骨头啃下来！

前面的题全部空着，直接翻到最后一页，奋笔疾书……

办公室里，整个飞行器设计系的讲师教授几乎全都围在一张办公桌前，桌子上放着试卷，是宁馥的。

试卷末尾的附加题要画设计图稿和整个力学原理图,她不得不附上一张草稿纸才完成,看起来有些潦草。

有人难以置信地问系主任:"你真就把咱们最新的项目摘出一块来给她当考试的附加题做?"

系主任也晕晕乎乎的:"我简化了。朱老要求的。"

但没有人能想到,她真的做出来了!

众人一阵感慨——江山代有才人出啊!她刚入学,原理才学到哪儿啊,竟然就已经上手入行了!他们在场的有一个算一个,十八九岁的时候,没有人能达到这种水平!

听见一个3岁稚童突然能熟练做反三角函数题时有多惊讶,飞行器设计系的教师们看到宁馥的这张卷子时就有多惊讶。

朱培青老先生惊讶的时间最短,他只是平静地收起试卷和成绩单,让人把宁馥叫到自己办公室。

"考得不错。"他褒奖道。

这话是真心的。

宁馥一副乖巧老实的样子,真诚地说:"只是普通。"

对于习惯了"独领风骚"的"学神"来说,和其他四五个人并列第一,的确只能算是"普通"。

人外有人,天外有天,强中自有强中手。没有身体素质的提高,她能做的只有在之前打好的基础上努力,再努力。

朱培青用"孺子可教"的眼神看她,接着意味深长地说:"科学是一门不断向上攀登的艺术。每走一步,你遇到的阻力就越大,也越可能将你送上更高的地方。"

宁馥虚心点头。现在她没有狂妄的资本,高考时狂,是因为她百分之百确信自己可以取得什么样的成绩,但现在她不确定了。

学习!要更快更多地学习!如饥似渴地学习!

送走宁馥,朱培青端起茶杯,美滋滋地啜饮一口,然后哼起了最爱的豫剧唱段。

"辕门外三声炮响如同雷震,天波府里走出来我保国臣,头戴金盔压双鬓,当年的铁甲又披上了身……"

……

"我的小女儿,她的箭法高,她箭射金钱落在了埃尘……"

从朱培青的办公室回到宿舍,刚推开门,宁馥就看见宋真正坐在屋里哭,满脸的眼泪来不及擦。

正是吃饭的时间，想必她以为舍友都在食堂打饭，一时半会儿回不来，才放任自己痛痛快快地哭一场。

四目相对，颇为尴尬。宋真赶紧抹了一下脸，背过身去，瓮声瓮气地道："你没去吃饭啊。"

宁馥反手关上门说："咱们一起去吧，听说食堂今天有烧排骨。"

无论在哪个年代，学校食堂都是人头攒动，"抢饭"是学生们永恒的生活主题。但是红烧排骨这种硬菜，贵得很，能消费得起的学生还是少数。宁馥心想：现在去，说不定打饭阿姨还能多给一两块排骨呢。

宋真哑着嗓子，听得出来在强压着哭腔，道："你先去吧，我不饿……"

宁馥不好勉强她，转身出门了。过了一会儿吃完饭回来，她顺手给宋真带了饭，配的是土豆炖白菜，这是食堂里最便宜的菜了。

宁馥把饭盒放在桌上，也没多说什么，示意宋真带了饭后便去图书馆继续和书本死磕了。她这两天拼命看书刷题，就怕下次考试再来一道自己搞不定的附加题。

刚开学时，老教授的话言犹在耳："只要你通过所有的考试和答辩，没人能为难你，一定可以顺利毕业的。"——如果她通不过呢？那可真是难堪啊！这就好比在老婆面前夸下海口，功成名就衣锦还乡后就给她一场盛大的婚礼，结果没走到一半呢，就穷得要当裤子了。

她要攻略的可是祖国！连大学文凭都拿不到，她拿什么去攻略？

宁馥离开后，宋真还是走到桌前，拿起饭盒开始吃午饭。吃着吃着，她竟然从米饭和土豆白菜下面翻出块红烧排骨来。

宋真忍不住夹起来闻了闻。

真香啊。

她犹豫了好半天，才小心地咬了一口。肉汁和肥油鲜美的味道在嘴里迸发，让人几乎忍不住想连舌头都吞下去！

宋真只咬了一口，就重新把它埋到饭菜底下，时不时地翻出来吮吸一下排骨上的汤汁。晚上，她也没再去打饭，就着这块排骨又吃了一个棒子面窝头。

晚上十点图书馆关门，宁馥背着包回来，在宿舍门口碰见了宋真。对方坐在女寝楼外的台阶上，看起来是专门等她的。

"宁馥，谢谢你的红烧排骨。"

宁馥挠挠头："不用谢，心情不好就吃点肉，能好一些。"

宋真抿嘴笑了："钱我会还你的。"

宁馥本想说不用，本来她就怕宋真有负担，只从自己那份里夹了一块排骨给她，但转念一想，还是应了下来。

宋真来自大城市，但家境并不富裕。据说她上大学也是和家里闹崩了来的。她身上有一股狠劲儿，平时寡言少语，但对自己很严苛。这样的人往往自尊心特别强、特别骄傲，他们的骄傲是软肋也是铠甲，没有交心的时候最好不要轻易碰触。

宋真突然说："下一次考试，我会赶上你。"

宁馥一怔。

只听宋真认真地说："我会成为你的对手的，宁馥。"

她本来想和宁馥解释下自己为什么哭，可突然发现根本不知如何开口。

她嫉妒宁馥，还恨自己不够聪明。她们都是在最后一段时间拼命复习，从旁人眼中艰苦得鸟不拉屎的地方考上实验班的，但宁馥的考试成绩优异，很受老师重视，她却只是停留在班级的中游，任凭如何努力，总是弥补不上那段差距。

她几乎要发狂了。

宋真是个有点偏执的人。她从未跟别人讲过，她在乡下割稻子时割掉了一根手指，其实并不是意外。

她是故意的。

镰刀是那么的锋利，一刀过去，瞬间她就看见自己的小指掉在地上，鲜血喷涌。剧痛之下，她却在心中松了口气。

她样样争先，到边疆三年，年年劳模评选都有她。家里终于盼到她说要回去，高兴地左邻右舍都报了一遍喜，给她相了一个钳工，只寄来一张照片，说等她回去就安排结婚。

于是，她咬牙把自己的小拇指割掉了。

人家钳工本身又和她没感情，得知她突然成了残疾，婚事自然就告吹了。工作的地方怕她闹，给她放了一个月的长假，她靠着这点时间考上了大学。

只要她给自己设定了目标，就一定要达到。她永远要做最优秀的那个人。但来实验班仅仅一个学期，这种争强好胜就成了重负。宋真将宁馥视为自己的对手，却发现事实上她根本无法匹敌。

红烧排骨真的很好吃。

她只恨自己考不过宁馥，人家即便次次考第一，也依旧像焊在图书馆的椅子上似的，每天学到寝室关门才回来。要战胜你的"敌人"，得先向她学习才行。

钱桂芝从楼上宿舍的窗子里探出脑袋，提醒道："你们两个快点吧，有什么话明天再说行不行？马上就要熄灯了！"

宁馥和宋真赶紧朝楼上跑，宁馥跑得气喘吁吁的，仍然不忘开玩笑鼓励宋真：

"井无压力不出油，人无压力轻飘飘，欢迎你迎头赶上，做我的压舱石。"

宋真大笑。

隔音效果不好，两人在门口说的话屋里人都听得清清楚楚。

钱桂芝一直知道宋真有心结，她是宿舍的大姐，对室友的生活和思想一向关心，此刻翻身起来笑道："你们两个呀，硝烟味干吗那么浓？做俞伯牙和钟子期不好吗？"

还没等宁馥和宋真答话，就听见另一头的上铺冷冷地"哼"了一声。

陈芸，数学系那位十分高傲的姑娘，似乎对这话不屑一顾。

她是数学系的高才生，很有几分恃才傲物的味道，人缘不怎么样。不过她一副不在乎的样子，每天独来独往，眼高于顶。

或许是她们回来得太晚，影响了人家的休息。钱桂芝朝宁馥她们使个眼色，示意她俩赶紧洗漱、上床。

她阴阳怪气不是一两回了。睡在下铺的杜鹃忍不住开口质问："陈芸，你什么意思？"她气不打一处来，"是宋真惹你了还是宁馥惹你了？你甩什么脸子啊？"

陈芸平时都不怎么搭理她，这下也不知道从哪上来的脾气，口齿清楚语气认真地说："她们谁也没惹我。但是我不喜欢宋真，也不喜欢宁馥。"她突然披头散发地从床上坐起来，"特别是你，宁馥。你是一个伪君子。"

说完便猛地躺下，拽过被子翻了个身，睡了。

寝室里鸦雀无声。

宁馥慢慢地说："先睡觉，明天我想我们得谈谈。"

杜鹃打了个寒战。宁馥的声音像往常一样温和柔软，可她怎么突然觉得有点可怕呢？一定是错觉吧！

第二天，还没等宁馥跟平时不怎么打交道的陈芸"谈谈"昨晚的"伪君子"事件，她就又被朱培青召唤到了办公室。

"你的附加题做得不错，"老教授端着茶，"这有道题，拿回去想想。不会就来问。"

宁馥接过写着题的笔记本，准备走人，朱培青却突然又道："数学系的那个陈芸，跟你一个宿舍吗？"

宁馥一愣。陈芸最近的存在感怎么突然变强了？

朱培青却没有再问，只是摆了摆手，示意她可以走了。

接下来的一个星期，宁馥都在和这道题死磕。不会，真的不会。她尝试了各种方法，各种思路，每一条路径走到最后似乎都是一条死胡同。

第八天，她去朱培青的办公室找他，却被系主任在门口给拦住了："朱教授最近不在学校，小宁同学有什么事吗？"

宁馥说明来意，并表示朱老不在，您看着给点思路也行啊！

"朱老这是在为难你，也是在为难我啊！"系主任只看了一眼，便笑着说，"这道题涉及太多复杂运算了，我建议找数学系的问一问。"

宁馥揣着题回了宿舍。宿舍的人都在，只见她大步走进来，直奔独自坐在桌边看书的陈芸。

钱桂芝担忧地望向两人——那天宁馥没找陈芸谈话，大家还以为事情就这么过去了呢！

陈芸也紧张起来，眼睛虽还在书上，精神却已集中到了宁馥身上。钱桂芝火速清场，拉着宋真和杜鹃躲了出去——都躲在门外，以防两个人吵起来她们好进去拉架。

隔着薄薄一层门板，三人只听宁馥道："陈芸，你帮我看看这道题。"

屋外众人面面相觑，屋里的两人也是大眼瞪小眼。陈芸愣了半天，过了几秒才缓缓开口道："你说什么？"

宁馥说："我会向你证明我不是伪君子，你先教我证明这道题。"

陈芸的目光忍不住落在她手中的笔记本上。

题目很难，像一团缠死的毛线，看起来毫无思路。她的脑子已经忍不住开始转了，但她还有条件，说："你求我给你思路，就要为我办件事。"

宁馥很干脆："你说。"

陈芸要她去买本书。

学校里的书店一年365天都挤满了人，特别是有新书到店的时候，学生们简直能把不到10平方米的空间挤到爆炸。很多人省吃俭用，连最便宜的菜都要分两顿吃，却舍得在书店"一掷千金"。

宁馥径直开门出去，一秒钟也没耽误，杜鹃等人都没来得及拉她。

"陈芸，你这样就过分了！"杜鹃冲进寝室，说。

然而陈芸根本不理她，她不喜欢对任何人解释。

但对宁馥倒的确是个例外。

天才就应该是曲高和寡的，天才注定要忍受孤独，她不能理解宁馥为什么要和一堆平庸之辈混在一起，好显得她鹤立鸡群吗？即使天才要有朋友，也应该是另一个天才，而不是那些连反三角函数都不知道怎么算的人！她想让所有人都喜欢她，不是虚伪是什么？

不过这道题⋯⋯确实难解，她只有一个模糊的想法，却不知该怎样推进下去，或许该试试这样……

403宿舍的其他三个人瞠目结舌地看着陈芸埋头演算——不像你啊陈芸,你真的不再多拿一会儿乔吗?

与此同时,朱培青坐在自己的办公室里,本该"在外出差"的他,正慢悠悠地喝着茶。

系主任忧心忡忡地坐在一边,问:"您为什么要这样考她?"

朱培青放下杯子,说:"她是金矿,是璞玉,这我们都知道——"

系主任下意识地用力点头。这是他的原话。

朱培青继续解释:"天才总有些通病,高考时,她为了不打扰别人,竟然放弃检查……"

系主任露出惊讶的神色,他并不知道这件事情。

"当然,最后她考了满分。但并不是所有问题都在她的能力范围之内,如果继续这样下去,她会被这种狂妄摧毁。"

系主任忍不住为宁馥辩解道:"您每次让我将她卷子上的附加题换成更难更深的题目,她已经感到压力了,并且在压力下成长得很快!"

"那是第一关。时常面临困难,永远向上攀登,她要不气馁。"朱培青顿了一下,说,"但科研并不是一个人的工作,她需要放下骄傲,放下个人的情绪和意见,哪怕是去请教她最不想请教的人。这是第二关,不骄。"

系主任神色复杂,喃喃道:"您真是费心了,还特意嘱咐我跟所有数学系的教师打招呼,不许给她讲思路……"

数学系的学生里,只有陈芸一人能有这个能力了。

朱培青拊掌一笑:"你啊,还是不够了解她。她却已经能猜到我的想法了。"他像说绕口令一样说完这句话,还俏皮地一眨眼,"你见她去请教数学系的老师了吗?"

天才各有各的拔尖之处,却容易有一个共同的毛病——对自己的同类,往往要求更高。让一直考第一的宁馥去向陈芸请教,不仅是让她放下第一的骄傲,更是放下这个学科的身段。

海纳百川,有容乃大。

有容,才能贯通。

又过了三天,宁馥带着答案来了。

朱培青要她讲一遍,宁馥依言照做,其中很多思路跳出了力学常规的逻辑,寻求了最优解。

朱培青听完，问她："学懂了？"

不就是放下身段打开思路吗，她懂了！但宁馥还是有点不满，于是加了一句："不管猫放屁有多臭，能抓住老鼠就要养。"

陈芸那个脾气实在是臭，徐翠翠与之相比都差得远了！

朱培青大笑，笑到一半赶紧递给宁馥，问："怎么流鼻血了？"

宁馥堵住鼻子，瓮声瓮气道："上火了。"这是精力加持的后遗症，精力透支后就会流鼻血。这是第二回，她已经能把握好度了。

朱培青打量一遍她的小身板，说："你还是太单薄。"老教授大手一挥，"明天开始跑步吧。早晚都出去锻炼，身体是革命的本钱。"

科学家又不是整日只待在实验室里燃烧大脑，特别是他们这一行，到时候上实验基地吃沙子搞定位和制导，没有体力是万万不行的。朱培青在外留学时就是网球高手，回国后没有条件，就坚持打乒乓球和游泳。

他的要求看起来都没什么大不了的，却是冲着将璞玉打磨成美玉去的。

她必须是一个不馁、不骄、不懈的天才。她必须比普通人能钻研，比普通人能包容，比普通人能坚持，才对得起她的才华。

这是朱培青出给宁馥的第三题。

不就是锻炼身体吗？她可以！

宁馥一口答应，也真的照做了。体力一直是她在这个世界的短板，眼下仅靠"草原巾帼"的体力加成是不够的。

每天早上五点和晚上熄灯前，操场上多了一个实验班的女生，从每次跑一圈，慢慢升级到每次跑十圈。不论寒暑，从无间断。宁馥跑出了腿上的肌肉，也再没流过鼻血。她的基础体力值已经从 80 增加到了 100。

肌肉的力量啊！肌肉的力量就是在图书馆通宵磕书本后起身不头晕；就是在金工实习单手拿模具；就是全天 24 小时大脑无休啊！

精力充沛的宁馥觉得她可以靠一身肌肉勇攀科学高峰了！

宁馥天天泡图书馆的事在同学之间根本不是秘密，但她天天跑步锻炼身体的事大家却并不清楚，也只有天天寝食同步的几个舍友了解。

宁馥心想：我要悄悄努力，然后惊艳所有人！

于是，她报名参加了全校学生运动会。

飞行器设计制造与动力工程的实验班里只有四名女生，在校运会的女生单项上很吃亏。她们也被系里的同学戏称为"四朵金花"，是男生的重点保护对象，大家都不强求她们参加太多项目，有些实在报不上人的，干脆就放弃了。

万万没想到，报名名单一出来，大家就在各种跑步项目上看到了宁馥的名字。

她一个人就报了三项：400米、800米，还有5000米长跑。

"重在参与，重在参与啊。"班长给宁馥发参赛的号码牌，提前安慰她，"你能有这份给集体争光的心，就是咱们大伙儿的骄傲！"

可谁能想到她居然能跑进前五呢？

哨声一响，体育系的女生们人高腿长，宁馥居然也死死地咬住了！虽然最后没拼过专业的同学，但也创造了整个飞行器学院女同学在校运会上取得的最好成绩！

经此"一役"，宁馥在同学间得了个外号，叫"小核弹头"。

耐力，有！体力，有！意志力，有！爆发力，也有！

人中核弹！

这个外号一直流传到日后的泉酒基地。不过第一次当着宁馥的面提及这个称号，却是在两个月后的一场重要会议上。

重回国防部五院的朱培青竟然带学生参加了，并且这样介绍了他日后最得意的门生——"来，都认识认识，这是以后要和你们做同事的，我们航空大学飞行器学院的'小核弹头'！"

第五章
新的征程

· 14 ·

转眼入夏。

杜鹃像一只活泼的鸟儿一样从宿舍外跑进来,她手中扬着一沓信和明信片,给宋真和钱桂芝一一分发后,把剩下最厚的那一摞递到宁馥手里。

宁馥忍不住露出笑容。她一一看去,信封上大多都戳着 N 省的邮戳,有杜清泉的,有徐翠翠的,甚至还有崔国富的。

其中徐翠翠的信来得最勤,几乎每个月都有一封。也没什么特殊的话,就是跟宁馥这个"小老师"汇报汇报她的学习情况,讲讲图拉嘎旗发生的新鲜事,说母羊茹娜又新添了一个小崽子,等等,偶尔也写点图拉嘎旗乡亲们和同学们的现状。

扫盲班没有停办,在宁馥走后就转交给了仍留在图拉嘎旗的杜清泉。

他一边复习,一边带着老乡们学习。

好多老乡都觉得上课实在是麻烦,他们的年纪也大了,脑壳也"锈"住了,只想着能认识几个字儿,会写自己的名字就得了,于是,渐渐地就不去上课了。不过,他们还是会让自己的娃娃都去听课。有哪个敢偷偷跑出去玩,不跟着老师好好学的,回家少不了会挨顿打!

图拉嘎旗平淡的日子在徐翠翠的信里似乎也透出了柴米油盐的烟火气,变得生动活泼起来。

有些事情变了,有些事情,要改变却并没有那么容易。

但希望在生根发芽。

至于徐翠翠自己……她骄傲地在信中说,自己现在已经快要赶上初中的文化水平了!现在她可是图拉嘎旗少有的文化人了!就连支书偶尔要写个什么东西,都要来问问她的意见呢!

她也问乡亲们有没有什么话要捎给宁馥,不过这个时候大家往往会显得很羞涩,只有图古力支书憋了半天,才说:"让她好好学习,别忘了咱们大伙儿!!!"

前段时间,县里的卫生所组织全旗的卫生员技术骨干去参加培训,徐翠翠也被畜牧排推选上去了——她到县里的第一件事,就是跑去看宁馥心心念念的那块烫金梅花的肥皂还有没有的卖。

"售货员说暂时没有了，不过总有机会，你放心，只要我去县里，肯定帮你去看！"

宁馥都能想象出徐翠翠拍着胸脯许诺的样子。

这次培训的机会很难得。对于那些文化水平不高的技术骨干，县里还给他们办了夜校，让他们白天学技术，晚上学文化。

"遇到这种千载难逢的机会，我必然要像一块海绵，如饥似渴地汲取知识，"徐翠翠用整齐工整的方块字写道，"不过更千载难逢的，是遇见你。"

好家伙，真是学习进步了，一下子就用了"千载难逢"和"如饥似渴"两个成语！平常不见她这样大方，连赞宁馥一句都不愿意，在信里反倒这样热情奔放起来了。

宁馥"久经沙场"，却也被徐翠翠最后一句吹得有点脸红，赶紧把信折了折，放到专门腾出来的小铁盒里。

杜鹃忍不住好奇地问："宁馥，你说说呗，你人缘怎么那么好啊？每次给你的信最多了！"

宁馥笑眯眯地说："那是因为我人好，所以人缘好。"

大家还没来得及说什么，一旁看书的陈芸发出一声冷笑，甩下书本起身出去了。

别看杜鹃个头小小，平时说话也温声细气的，但实际上是个仗义执言、性如烈火的人。她冲陈芸的背影狠狠翻了个白眼，大声道："有些人就是嫉贤妒能，说别人是伪君子，其实她自己才是阴阳怪气的真小人呢！"她转而对宁馥说，"你别理她，谁知道她又发什么疯呢！来，吃瓜子！"

每个周末，她们宿舍都要集体改善一下伙食，美其名曰"茶话会"。大伙儿凑钱买些平时舍不得吃的东西，鱼皮花生、五香瓜子，还有奶香味的动物形状的饼干等。除了杜鹃这个自称没有故事的女同学以外，就连沉默寡言的宋真，也免不了挑出一两件在大西南水稻田里劳作时的事给大家讲讲。

"唉，好羡慕你们啊……"杜鹃被宁馥外出找羊遇到狼群的故事震撼得半天才说出这么一句话来。

宁馥用手指戳戳她的脑门儿："别说这么不懂事的话，当心宋真再也不理你了。"

这也就是钱桂芝和宋真两个人挎着篮子去公共澡堂洗澡了，不在屋里。否则，杜鹃这话可是会得罪人的。

宋真的断指，她从来不提。想来也是一个心结。

那伤口意味着身体某一部位永远的缺失，意味着她从此不再像任何一个普通人一样。伤口的背后有多少苦痛辛酸，只有她自己知道。宋真绝对不会想自己这样的经历，被冠以"羡慕"两个字。

杜鹃吐吐舌头，低声说："我只是……我只是觉得……"

只是觉得别人的人生都这么波澜壮阔，她自己却顺遂得有些平淡。

杜鹃甚至忍不住生出一种羞愧感——她和宁馥一样，都是高干子弟。可人家宁馥在草原上跑过马，给老乡找过羊，给屯子里开过扫盲班……人家做了那么多事情，还考了个状元！而自己……只是按部就班地读书、高考，然后上大学。在别人燃烧热血奉献青春的时候，她却什么苦也没有吃，像一个还没长大的孩子。

宁馥摸了摸杜鹃的头发。

有人要经风历浪披荆斩棘，有的人却是高枝啼鸟小溪游鱼——但从来没有谁对谁错。苦痛只是经历，并不是值得羡慕或者夸耀的勋章。

不曾经历过这些，未必不是一种幸福。

杜鹃一脸向往和佩服地看着宁馥："哇，宁馥，我原来只知道你成绩好，还不知道你说起话来还一套一套的呢！"

宁馥笑了，特意高深莫测地微微一笑，道："那我这一套，有没有说服你呢？"

杜鹃赶紧点点头，转眼就见宁馥转身往宿舍外走去。

"欸，这么晚了你还要去哪儿？"她在背后问道。

宁馥语带笑意地摆了摆手："记得给我俩留个门就行了"

现在啊，她要拿另一套话去忽悠另一个幼稚的小朋友了。

杜鹃暗地里嘀咕道："谁俩啊……"

宿舍楼的天台上，晚风微凉，中和了夏日的炎热，温度很舒适。同学们晾在楼顶的床单被罩在晚风中轻轻摆动。

宁馥绕过几根晾衣绳，果然看到坐在天台边缘的陈芸。

陈芸听到身后的脚步声，扭头看见宁馥，冷冷地问："你来做什么？"

"我来给你讲道理。"宁馥走过去，将陈芸脸上别扭的神情看得一清二楚，她唇角一翘，"如果你不喜欢这个说法，那么换一个……"她顿了顿，"我来给你讲故事。"

宁馥在陈芸身边坐下了。她给陈芸讲起了图拉嘎旗，讲了那里人们的贫穷和淳朴，讲徐翠翠的努力，讲劳动者们的辛酸。

陈芸刚开始很不耐烦，但听着听着，她脸上不耐烦的神情到底消失了，只是沉默着，一言不发。

宁馥讲完了，陈芸问道："你为什么要和我说这些？"

宁馥反问她："你为什么要来读大学？"

为了跨进这座遥不可及的象牙塔，宋真在一个月的病假里忍着断指之痛复习准备高考；钱桂芝刚出月子就坐在了考场上，答完卷子，乳汁都浸透了秋衣。她们都有自己的野心，也都有自己执着追寻的意义。

那么陈芸，你是为了什么？

陈芸笑了笑。这是她第一次对宁馥露出笑容，这笑容也让她看起来，更像一个活生生的人。她说："我只是觉得，数学很有意思。"

有的人追求个人成长，有的人追求报效国家，而她追求的，只是那些复杂的数字和符号背后的单纯。对于陈芸来说，数学就是她人生追寻的至高殿堂，就是她的艺术。

"那你又是为了什么？"她反问道。

宁馥长出口气，道："为了我一腔爱国的热血要洒在最需要它的地方啊。"

陈芸直愣愣地看了她半天。虽然现在大家都是这么说话，但不知为什么，她觉得宁馥是一个经历更多也更成熟的人。她不像那种会喊着口号，把豪言壮语向全世界宣布的人。

因此，她觉得宁馥虚伪。

但看着宁馥的眼睛，陈芸发现，宁馥竟是认真的。

"你所见越多，就越想要改变。"

一个人哪怕受时代的磋磨，受命运的捉弄，也该有一颗初心，该有一颗赤子之心。

纵使饮冰十年，亦难凉我热血。

这是爱国者对祖国的真诚。

"你和我讲这些，对你又有什么好处？目的何在，意义又何在？"陈芸忍不住问。

宁馥淡淡地说："其一，因为你是个天才，我不想在你心中，我始终是个伪君子。

"其二，因为你是个天才，我不想你的心中只有学术这一件事。

"我不想强求你理解我走的道路，也不会奢求你改变自己的行事风格和信仰。我的使命是服务于这个国家，服务于大众。但我在想，无论一个学科多么高深奥妙，它的根基永远在地上。"

陈芸道："我以为你不是在意别人看法的人。"尽管前不久她还大声叫她伪君子。

宁馥也笑了："对，我不是。我知道你也不是。但我想如果这所学校里的另一个天才不能理解我，那将会是一件很遗憾的事情。"

陈芸用一种奇怪的眼神看了宁馥许久，然后默默地朝她伸出了手。

倒是宁馥一时没反应过来，怔了两秒。

在夏夜飘满各色床单的女生宿舍天台上，两个天才，一个真诚，一个幼稚，郑重其事地握了握手。

随着那不为人知的"天台世纪握手"的发生，403宿舍一直以来因为陈芸而有些紧张怪异的气氛为之一缓。

甚至她们五个人还一起去书店排队抢书。

书是最新版本，要从半夜就开始在书店门口排队，才有可能在第一时间买到。现在的学生们能获得的最新资料，只有极少的几个渠道。除了老师那里的第一手资料和报纸上刊登出的只言片语，就只能靠书店了。

因此，当时的大学生对书店的热情和现在大家抢偶像演唱会门票的热情一模一样，可能还要更身体力行一点。毕竟那会儿只能亲自去排队，还没有黄牛这一说。

书店也忙不过来，找了一个学生和一位图书馆的老师来帮忙。

队伍自凌晨就排起来了，到早上八点书店开门的那一刻，大家都不约而同地激动起来。

整条队伍像一枚被压缩到极点的弹簧，突然往前缩了一大截。

"别挤，大家别挤！"负责维护秩序的那名男同学正好是实验班的，没到中午呢，就已经忙得满头大汗，声嘶力竭了。

喘口气的工夫，他一抬眼，就看见挤在人群当中的自己班级的"四朵金花"，便打了声招呼："宁馥、杜鹃，你们也来了？"

随着队伍被推到书店的柜台前，杜鹃费力地朝男同学挥了挥手："欸——我们几个在这儿呢！"

大家都无比急切，攥着钱的手臂从四面八方伸进窗口里，伸到店员的鼻子底下。从图书馆过来帮忙的老师想必也已经又累又烦了，她紧皱着眉头，大声训了实验班那男同学一句："大家都排着队，你乱喊什么？"

其实哪里还有队呀！只要挤到窗口前，大伙儿都怕买不到似的，一个劲地往前冲，早就没了队形。毕竟架子上面的书眼看着一本本少了，排在后面的还不知道能不能买上呢！

那名男同学即便有点向"四朵金花"献殷勤的小心思，也被图书管理员的这一句训斥给说得无影无踪了。

这位火力全开的管理员转身冲窗口前用力向前挤的人群喊道："挤什么挤，挤什么挤，还都是大学生呢，你们就这点素质？"

"那几个，就是你们实验班的女生？"管理员老师又问道。

这女老师年纪不大，也就三十来岁，一把头发紧紧地扎成一个小圆髻固定在脑后，梳得半分不乱，额前没有一丝碎发。

她长得不丑，看起来极为严肃，一双眼睛炯炯有神，像一只在白天也睁着眼睛的机警的猫头鹰。在这样目光的逼视下，那男同学赶紧老老实实地点了点头："是，是我们班的。"

"你们四个，往后退！"图书管理员厉声道，"重新排队！"

明明她们已经排在最前面了，只是队形略微乱了一些而已，好多本该在她们后边的人都还挤在窗口前呢！杜鹃这小暴脾气当即就要炸。

宁馥想息事宁人，拉了她一把，往后让了让。

"凭什么啊？"杜鹃嘟嘟囔囔的。

大家一见这架势，赶紧规规矩矩地恢复成一列纵队，谁也不敢往前挤了。一个个交钱拿书，秩序井然。

只不过这么一来，宁馥她们前面又多出了四五个人。

眼见那管理员不再说话和斥骂她们了，实验班的男同学总算松了口气。

杜鹃买了书，气鼓鼓地从窗口前走开。接下来就是宁馥，她拿着钱的手伸进窗口，那男同学就扭头去给她从架子上拿书，一边说："宁馥你的运气可真不错，这应该是今天的最后一本书了。"

"最后一本不卖！"还没等男同学把书递出去，图书管理员突然极为生硬地说道。她猛地把窗口上方的栓子一拧，挡窗口的玻璃板"啪"的一声落了下来。

那带框的窗玻璃，正重重地砸在宁馥来不及收回的手上。

一阵剧痛袭来，宁馥忍不住闷哼一声。后面还在排队的学生哪想到会出现这一幕，不约而同地倒抽一口凉气，发出"嘶嘶"的声音。

"最后一本为什么不能卖啊？您砸到她的手了！"

"最后一本书要做样书，不卖就是不卖！"

玻璃隔音，只能隐隐约约听到那男同学和图书管理员争辩的声音。

"宁馥、宁馥，你怎么样？"

"快给我看看，被砸疼了吗？"

"怎么伤得这么重！我们去医务室看看吧……"

宁馥疼得眼泪都淌出来了。她用没受伤的左小臂搭着右手，右手已经不能自主活动，手背上肿起一道乌青的印子。

"什么怎么样？伤得这么厉害没看到吗？"杜鹃急了，小小的个子嗓门还挺大，已经开始无差别攻击人了。说完宋真，她几步就冲到书店的窗口前，也顾不得那图书管理员老师的身份了，径直大声道，"怎么回事啊？不卖就不卖，干什么突然把窗户放下来！砸到人了你知道不知道？"

那图书管理员似乎也没有想到窗框会砸中宁馥的手，惊慌了一瞬，有些色厉内荏。

陈芸个子高，二话不说，走上来推开正在跳脚的杜鹃，猛地一巴掌拍在那扇窗玻璃上。

这个举动把图书管理员吓得不由自主地往后一跳。

"行了，你们现在别胡闹了，我们带宁馥上校医院那儿去，快点！"钱桂芝成熟稳重，忙出来主持大局。

"你们别着急，我……我自己过去就行。"宁馥道。

"闭嘴吧你，"宋真说，"我知道有多疼。"

宁馥疼得冷汗涔涔，嘴唇都已经发白了。四个人一路把她送到医务室，瞧着校医把宁馥的手包得像个木乃伊。

"切忌沾水，少吃辛辣的食物，不要提重物。注意定期观察伤处，如果一直不好就要去拍片了。"

宁馥乖巧地听校医的嘱咐，脑子里却转个不停。

"马上就要去金工实习，她的手该怎么办？"杜鹃一脸的焦虑担忧。

陈芸却皱着眉问："那老师为什么突然针对宁馥？"

杜鹃因为她刚刚砸玻璃窗的举动，头一回对她生出些好感，于是便接话道："谁知道呢，听说这位高老师是因为教学不行，最近刚刚退居二线被调到图书馆的，也许就是看咱们宁馥不顺眼呗。"

钱桂芝觉得奇怪："那这和宁馥也没关系啊？"

她们说话的当口，宁馥举着包好的右手出来了。众人跟对待保护动物似的将她团团围住。

"怎么样了？还疼得厉害吗？"

"快快快，回宿舍躺会儿，休息一下。"

刚刚那阵剧痛过去，宁馥整只手似乎都感觉不到疼了，只感觉火烧火燎地烫。

那位高老师和她无冤无仇的，或许真是一不小心失了手？她正想着这件事，就见班上一个同学急匆匆地跑来，说："宁馥，宁馥，外头有个人找你！好像很着急，都等在咱们班门口了！她说她叫徐翠翠。"

徐翠翠怎么这个时候来了？宁馥眉头微蹙，对还不放心她的钱桂芝等人说：

"我去看看出了什么事，你们不用着急，先回寝室去吧。"

时隔一年半再见，两个人都有许多变化。

可见了面却来不及叙旧，更来不及询问彼此的现状，徐翠翠看到宁馥就像看到了大救星，一把抓住她的胳膊，大喊："宁馥，不好了，出大事了！"

她赶了很远的路，一路上控制着自己的情绪，此刻见到了宁馥，就仿佛突然见到了自己的依靠，突然间找到了主心骨，忍不住声音发颤，说话都带上了点哭腔。

什么大事，能让本该在县里学习的徐翠翠，千里迢迢地跑到B城来找她？

宁馥心中升起一种不祥的预感。

徐翠翠也看见了宁馥的手，急了："你的手怎么了？"

宁馥摇摇头道："你先说，什么事情这么着急？"

徐翠翠眼圈一红，她抓住宁馥没受伤的那个手臂，凑到她耳边低声道："杜清泉出事了！"

宁馥一怔，杜清泉？

在徐翠翠的信里写着，他不是好好地在图拉嘎旗带着乡亲们上扫盲班吗？难道是……

徐翠翠的答案印证了宁馥的猜测："是他高考的事！"

今年是杜清泉的第三次高考，也是他背水一战的一次。前两次他都失利了，这次他在心中暗暗发狠，誓要这一把就考上。功夫不负有心人，这一回，他真的考上了。

分数超过了录取分数线，他离梦想中的B城大学化学系，只有一步之遥。

成绩出来的时候，徐翠翠他们目睹了这个平时木讷的书呆子有多么快乐，他甚至抱着院子里的老母鸡转圈跳舞，还狠狠地亲了它一口。没有什么比终于实现一直以来全力以赴的目标更让人幸福的了。

分数出来后，要做的就是填写志愿，二次体检，等待最后那一张录取通知书。这一切都进行得很顺利，图拉嘎旗的老乡们都已经开始广泛宣传"我们旗又有一个考上大学的了"的时候，杜清泉的体检结果出来了。

他被检查出色弱。

色弱，是不能读化学系的。

杜清泉一心要读化学专业，就好比那忠贞不贰的烈女，宁死也不改志愿。

徐翠翠嘴笨不会劝，只能反复地和他说，这不是他的错，要怪只能怪老天爷。这是没有办法的事啊。天生色弱，无法医治，无法改变。这个问题从来没有影响过杜清泉的生活，在前二十多年的人生中，他甚至根本没意识到自己对颜色的辨别不够敏感。

他一直以来全力奔赴的目标，其实根本没有实现。往后，也没有可能实现了。

明明它近在咫尺，触手可及，但杜清泉只能眼睁睁地看着 B 大化学系的录取通知书从自己的指尖溜走，甚至……连它的颜色都无法分辨。

徐翠翠、崔国富等人劝了他好几天，都以为他认命了——今年既然都能考上，明年当然也可以，只不过换一个专业罢了。

结果，就在体检结果出来的第七天，杜清泉自杀了。

他想得很周到，悄悄躲在村头没人的荒地里，喝了整整一瓶药。

割腕太脏，上吊不吉利，他不想祸害了宿舍，毕竟大家伙还要在那里住呢。

要不是村头的大黄阵阵狂吠又冲进场站排的院子，见人就叼着裤腿往外面荒地的方向扯，杜清泉这一条命就没了。

徐翠翠这才知道，他竟然存了寻死的心。大伙儿都吓坏了，火速把杜清泉送到县医院洗了胃。图古力支书给徐翠翠他们下了死命令，一定要把这杜清泉从死亡线上拉回来。几个人天天轮番地做他的思想工作，可杜清泉存了死志，任谁说什么，都听不进去了。

谁都怕，他这一次自杀不成，会不会再来第二次、第三次。

给宁馥写信至少要半个月才能送到，大家实在是没有办法了，六神无主之下，也不知是谁嘟囔了一句"要是宁馥在就好了……"

徐翠翠和宁馥关系最好，义不容辞地承担了上 B 城来寻求帮助的重任。

但也有人犹豫："人家宁馥早就离开图拉嘎旗了，为了这个事跑那么远去找她，合不合适啊……"

一是人家早就进入人生的新阶段了，二是这远水……能救得了近火吗？

但徐翠翠和崔国富等人都坚持了这个选择——也不知道为什么，和宁馥关系越好的人，就越容易对她有一种信赖。

也许大家都做不到的事，她来就可以做成呢？也许常人都不愿回来掺和的事，她就会选择千里迢迢地奔波而来……为一条年轻的生命呢？

两天以后，宁馥走进图拉嘎旗县医院，杜清泉的病房。

她跟系里请了事假，和徐翠翠连夜坐了最近一班绿皮火车，又转大巴，才终于到达。饭也没顾上吃，直奔县医院。

杜清泉躺在病床上，了无生趣地望着房顶。天气很热，他却脸色苍白，整个人看起来都缺乏温度，直到徐翠翠热切地说："杜清泉，你看看谁来了——"杜清泉的眼珠才缓缓地转动了一下,朝宁馥的方向瞄了一眼。

"好久不见。"宁馥笑眯眯的,把一网兜为了探病特地带的苹果放到他的床头上。

杜清泉突然把眼睛闭上了,牙关咬得紧紧的,仿佛再多看宁馥一秒,都会让他感到烧灼般的痛苦。

他觉得羞耻。

连宁馥都特意回来了。大家都怕他再自杀,怕他因为一件无法改变的事去死,他们甚至为了"拯救"他,千里迢迢地跑到 B 城,把本应该在大学校园里读书学习的宁馥拉了回来。

他是一个懦弱的失败者。

大学——这个词仅仅是在他的脑海里掠过,都让杜清泉觉得难以忍受,仿佛一把火点燃在他眼眶里,让他发出无声的哀号,却连一滴眼泪也无法流下。

杜清泉知道,这事是他做错了,是他想岔了。可是他不想改了。

在图拉嘎旗的日子里,化学就是他的一个秘密乐园,在生活的艰苦让人难以忍受的时候,他可以在这座乐园里获得短暂的安宁和慰藉,关于"未来"的一道光,也逐渐透进他的心中。

现在,光熄灭了——他从来就没有获得过乐园的入场券。

宁馥使了个眼色,徐翠翠担忧地看了一眼杜清泉,退出病房。她拉过凳子,坐到杜清泉床边:"大家都让我来开解开解你。不过我倒觉得,其实也没有什么必要。"

杜清泉紧闭双眼,一动不动。

宁馥拿出一只红苹果,然后慢条斯理地拆开自己的绷带,开始给杜清泉削苹果,疼得龇牙咧嘴还时不时吸气。

杜清泉听她一个劲地"嘶嘶",忍不住看了她一眼,就看见宁馥右手整个肿了,手背上一道黑紫黑紫的印子。

"你手疼,别削了。我也不想吃。"

宁馥笑了,这杜清泉平时就是个呆子,这时候却还知道顾及她的手受伤了。

他心地好,即使自己受煎熬,也不想辜负别人的好意。

"别看我这只手现在不好使,但我削苹果的技术还是很好的!"她自豪地说,"我给你削一个不会断的苹果皮。"

杜清泉不再说话。他只觉得疲惫,他知道宁馥一定是有什么话要说,要劝他重新振作,或者至少让他放弃轻生的念头。他不想解释,更不想辩驳,于是静静看着宁馥用她夸耀的"技术"笨拙地削那个苹果。

第一个苹果削到一半时，苹果皮断掉了，宁馥放到一边，拿起了第二个。而第二个苹果刚削一圈，皮就断掉了，于是有了第三个、第四个……以及好多个。

宁馥的头上都冒汗了。

杜清泉已经不自觉地盯着她的动作看——最后一个苹果没准有什么魔力呢？这个也的确是宁馥削得最好的一个，细细的苹果皮一直垂到地上，已经削到最底端了。还剩最后一圈，宁馥的手一颤……苹果皮断了。

杜清泉也忍不住跟着一颤，哑声道："别浪费东西了。"

宁馥很是懊恼："我本来很会削苹果的。你觉得……这是浪费吗？"

桌子上已经摆满了削到不同程度的苹果，它们都是鲜艳而健康的，只是参差不齐地裸露出果肉，看起来有点惨。

杜清泉隐隐约约预感到她要说什么。

"那你吃一个。"宁馥拿了最后那个只差一点点就削完的苹果，递到杜清泉嘴边。

杜清泉于是咬了一口，苹果清甜丰沛的汁水涌进嘴里。

"你不必再开口劝我，我知道你想说什么。"他咽下嘴里的苹果，情绪低落地说，"一个苹果，不会因为皮削得不完整就失去存在的意义。我还有很多事可以做，很多种可能可以选择，对吗？"

说得很对，正是她想讲的道理，也是杜清泉心里清楚的道理。

但宁馥只是无辜地眨了眨眼："我只是想问问你甜不甜。"

杜清泉一愣。只见宁馥随意拿起一个苹果咬了一口，满意地眯起眼睛，看起来很是愉快。

"做一个合格的人和做一个合格的苹果，有什么不同呢？你自己都懂得的道理。苹果要甜，要多汁，人要认真地活，做有意义的事。苹果有没有被削得完整和人有没有被命运捉弄，都不妨碍事情的本质。"

"你想要读化学系，是因为什么呢？"

因为擅长，因为喜欢，因为想成为更好的人。

因为他所设想的未来，全部和化学系有关。

宁馥慢慢地说："这些苹果，个个都甜。只因为我想要送你一个最好看的，它们就都成了残次品。"

杜清泉听见"残次品"三个字，忍不住抖了一下，但他没有移开目光。

"你若是不自己找死，少说还要活三四十年。也许这三四十年你都懊丧、绝望、不快乐，永远想着你到达不了的地方，但是，如果不给这三四十年一个机会，是不是也有点浪费？"

"给倒霉的苹果一个机会，万一它甜呢？"

不是要你否认你的痛苦，只是要你看清，你愿不愿意做一个不好看的甜苹果。

杜清泉慢慢地把那个苹果吃完了。

他忽然问宁馥："这些……是什么颜色的？"

宁馥微笑道："红色。很好看。"

宁馥从病房里退出来。

徐翠翠眼巴巴地望着她，问："他……他说什么？"

宁馥笑着摊摊手，道："什么也没说。有一堆苹果呢，你待会儿拿几个吃，别浪费了。"

虽然徐翠翠还是不明所以心急如焚，但只看宁馥脸上的笑，心中一直紧绷的弦就稍微松了一松。

宁馥淡淡地说："他应该不会再寻死了。"她略略一顿，唇角翘起个狡黠的弧度，"等他出了院，事情还多着呢。"

"我留的小本子，要他至少教会学生一半的字，图古力支书是不是到现在还不知道什么叫压力灌溉？咱们办的扫盲班，除了你和小军、狗蛋几个孩子，还给谁扫了盲？老乡们种红薯还不懂选苗育种，让他给大家讲明白。"

徐翠翠恍然大悟道："对！让他两眼一睁，忙到熄灯！看他还有没有劲儿去自杀。"她用佩服的目光看着宁馥，道，"还是你厉害。"

宁馥咂咂嘴。

徐翠翠笑道："支书叫崔国富给你捎了一筐鸡蛋呢，都是腌好的，你带回去吃。"她心里也是放下了一块大石头，干劲满满，挽着宁馥的胳膊道，"以后我要是也能去B城去念书，就能给你带各种好吃的了！"

她笃定地认为B城里没有图拉嘎旗这么甜的红薯、这么香的奶皮子！宁馥想吃但吃不上，肯定馋坏了！

说完，她小心地看看宁馥的表情。

对于徐翠翠这样嘴硬又要面子的姑娘，能把自己藏在心底的梦想和人讲，也是豁出去了。特别是在她一个只念了几年小学的农村丫头，说要去大城市念书的时候。

在图拉嘎旗，大伙儿虽然都知道她学文化特别积极，是当地少有的几个能读书识字的，但要说起考学深造这种事，谁也不会往徐翠翠身上想。

但她觉得宁馥不会笑话她。

果然，宁馥一点也不跟她客气："那我要牛肉干、奶皮子、奶豆腐……"

她一口气说了好几样，徐翠翠笑得像向日葵一样灿烂，一点不觉得烦，也认真地说："没问题，都没问题！"

说到牛肉干，徐翠翠想起来了什么，对宁馥说："牧仁赤那，你还记得吗？就是你走时骑马送你的那个。"

宁馥在记忆中提取出这个名字，点点头："记得。"

"他去年去当兵了。"她不无遗憾，"整个畜牧排，就数他弄的牛肉干最好吃了。"

宁馥倒不在意牛肉干的口味，只有些感慨。

置身于这个世界，所有人在她眼中都是如此鲜活，很多轨迹虽然依旧沿着既定的脉络缓缓延展，但她知道，未来不会有个被困在草原深处难产而死的女孩，不会有个一心想着"妇女能顶半边天"却大字不识的徐翠翠，不会有个很可能在第三次高考后因为色弱而选择去死的年轻人。也希望牧仁赤那，这个以河流和狼命名的蒙古族小伙子，能像他的名字一般拥有坚韧的生命力。他必然会有属于自己的故事，而不再是一个面目模糊的工具人。

只盼她的微薄之力，能让那些书本里三言两语就简叙一生的人物，更鲜活地过一生。

或许过于天真了些。

以往宁馥从来没在意过其他人的喜怒悲欢。可是，现在她要攻略的恋人换成了祖国，这片土地上的人，善或恶，智或愚，都不再与她无关。

她带着"赤子之心"系统进入这个世界，必将把这一颗心毫无保留地交出来。

又是两天一夜的行程，当宁馥挎着一筐腌鸡蛋回了学校，就敏锐地感觉到气氛不太对。

宿舍里人都在，宁馥把腌鸡蛋分了一圈。杜鹃这城里孩子一边就着从食堂剩下来的大饼吃鸡蛋，一边对宁馥说："你爸爸妈妈前两天来了。"

宁馥一愣。

杜鹃咕咚咕咚喝了几口水，把食物顺下去，道："原来你爸爸是将军哪！"

宁馥问："他们为什么过来？"

杜鹃笑道："你慢慢听我讲，你是不知道你走以后的事有多精彩！"

她说到兴头上，两眼闪闪发亮，连吃到一半的鸡蛋也顾不上了，坐直了身子绘声绘色地给宁馥讲了一个"朱教授震怒为爱徒讨说法，宁将军携妻要恶人食苦果"的故事。

原来宁馥被砸了手的事还是被传开了去。

毕竟围观者太多,当时宁馥受伤的过程和那青紫肿胀惨不忍睹的手被排队还没领到书的学生们全看见了。她包扎好伤处拍拍屁股就跑N省去了,流言却不管当事人在不在场,飞也似的传开了。

这个时候,师生矛盾是一件严重的事。渐渐地,不知怎的就传成了老师恶意针对他们这一届的学生——不光找碴,甚至还伤人!

学校也极为重视,但还没等系里商量好怎么处理这件事,飞行器专业的大佬朱培青教授先在办公室里拍了桌子。

据说,当时连系主任来劝都没劝住,朱教授直接上校领导那儿告状去了。又据说,当时朱教授说宁馥是他最看重、最爱惜的学生,早已当她是自己的门生,并断言她是国家导弹事业的栋梁之材,别说是一双手了,她从脑子到毫毛都是国家的!

当时没同学在场,不过朱教授越来越激动,声音越来越大,让全楼道的人都听见了。

"随便你们怎么说,我就是护犊子!"

护犊子是一方面,更重要的是,学校里绝不能有这种风气。

学校调查事因,在场人全都言之凿凿,是图书馆的高老师将小窗口放下,砸中了宁馥的手。而宁馥完全是按照规定排队,没有任何过失行为。那图书馆的高老师也被教务处喊去,问了半天没问出个所以然来,她只说是当天心情不好,外加不小心。

陈芸杜鹃她们越想越觉得——她就是故意的!她们一合计,就把全班的学生给联合起来了。

知识至上,还算不算话?他们的小核弹头还没发威,就被砸了,要是影响她将来在试验场上大放光芒,岂不痛悔国家失一栋梁?

说干就干,他们给学校写了联名信:

图书馆高秀梅老师,请向被你误伤的宁馥,和被你伤害了感情的飞行器设计制造与动力工程实验班同学道歉!

杜鹃说到这儿,骄傲极了,像是一场斗争取得了胜利,眼角眉梢都带着笑。

这可是她第一次亲自参与的一件"大事"!

宁馥深吸一口气。

……这是不是有点夸张了?

杜鹃笑道:"你别紧张。后来不是暂时联系不上你吗,学校就说把这件事通知到你家里,你爸妈就来了。

"你爸爸妈妈和高秀梅面谈了。说了什么不知道,但她直接被停职了。"她对宁馥说，"她承认了，不是她那天心情不好，也不是她对我们这届学生有什么意见，她啊，完全就是公报私仇！"

"她那个什么侄子造你的谣，她根本不了解事情原委就迁怒于你！"杜鹃继续说，"你爸妈肯定是把她的谎言戳穿了！"她又转而感慨道，"班上好多人都在议论呢，说你从来不摆架子，虽然次次考第一，但是一点儿都不傲，都说你这是'出淤泥而不染'。"

"不过这次见了你爸妈，才知道你这是'蓬生麻中，不扶自直'啊。"杜鹃说完，一见蛋黄里的油都渗出来了，赶紧抄起筷子把那咸沙沙的蛋黄送进嘴里，"你等着吧，也就这两天，她得给你当面道歉呢。"

宁馥莫名有点不敢回家，她怕一回去就要惹她妈哭上一顿，于是跑到外面往家里打了个电话。

是魏玉华接的。

"知道你要问。你爸爸的脾气你还不清楚吗？"她妈轻叹口气，"他往那里一坐，不发火也吓人。是那高秀梅自己竹筒倒豆子似的说了，不过就是信了一些子虚乌有的事情，把气撒在你身上了。

"咱们只是摆事实讲道理，停职不是冲你爸爸的身份，是冲她携私怨泄私愤，伤了一名学生，都是这样的处理。"

"你现在就和你爸爸一样，整天就想着什么大局。"魏玉华突然哽咽了，"我倒宁愿你还任性。你心里头要是委屈，和妈妈说，别憋着忍着。那讨厌的高秀梅跟你道歉，你不想接受就不接受，想骂她就骂她，妈妈给你兜着。你被砸了手，多疼啊……"

她说着说着就在电话里哭了。明明在一个城市里，女儿却天天忙于学业，连家都顾不上回，受了欺负也不和家里说……

一股酸涩的滋味从宁馥的鼻腔中涌出，直逼眼眶。

这种不计因果，毫无保留的爱，实在太满了。

她撒娇道："我骂她，您不许和爸爸告我的状，说我不顾大局小心眼啊！"

魏玉华破涕为笑："你从小娇生惯养，我和你爸从没教过你骂人，你能骂出什么来啊！"听起来还颇担心宁馥吃亏。

在魏玉华心中，自家闺女骂人的样子，大概与小奶狗强装饿狼差不多。她哪里知道狼只有在妈妈面前才是撒娇的小狗狗呢。

不过宁馥没骂高秀梅，她甚至还接受了高秀梅的道歉，让对方免于被继续停职。

宁馥只是平静地对她说："高涵或许没和您说过，他曾发誓要和梁慧雪一生一世一双人。"

他自己毁誓动春心，是他朝三暮四。

"他或许没和您说过，他在我父亲面前撒谎，说他是我的恋人。"

他自己捏造谎言，是他自私自利、贪慕虚荣。

她言简意赅，甚至没有去解释在草原的那段时间里究竟发生了什么。

一些人追根究底、日夜萦怀的心结，对于现在的宁馥来说，只不过是一件无足轻重的小事，甚至不比一道难题、一场考试更重要。

宁馥说："学高为师，身正为范，您是做老师的，该多教教高涵。"

宁馥说得高秀梅的脸一阵红一阵白。她张口结舌，望着宁馥起身离开，半天才想起来喝一口水，却手抖得拿不住水杯。旁人唤她"高老师"，她便忍不住打一个激灵，想起宁馥那平静的语气。

铁一般的事实，如重锤般砸在她的心上。

从此竟不敢被称老师。

因着手伤，宁馥的金工实习去不了了。

朱培青把她叫到小办公室关心了一下，便说暑期给她安排了另外的实习，要去外地，但目的地未定，让她回家先说一声，顺便收拾行李。

宁馥自从知道这老头在校长办公室跳脚大吼"我就是护犊子"后，就感觉无法直视他，见到他一副严肃严谨的严师风范就忍不住想笑。

朱培青想也知道她次次忍得辛苦，只淡淡地说："去实习不要丢我的脸。"

宁馥生出几分好奇。

不过是实习而已，一帮学生每次假期都要来上一回，大家早就习以为常了，何至于这么郑重其事、神神秘秘？

直到被系主任送到火车站，宁馥拿到了自己的车票，才知道了本次实习的目的地——甘南，泉酒。

· 15 ·

宁馥带着行李上了车。40个小时的路程，绿皮火车在一片嘈杂声中驶离月台。宁馥望着窗外，轻轻地呼出口气。

她自然知道"泉酒"背后的含义。

那里的沙漠深处，有一个发射基地。

基地其实位于N省，但因为地处荒凉，距离最近的城市就是甘南的泉酒。

将这里作为发射基地，一是因为这儿地形开阔，方便工程建设和火箭、导弹发射，二是出于保密考虑，更有利于防谍防泄密防监视（当时各国发射场地为了保密，几乎都不使用真实的地名、地址）。

等宁馥下了火车，周遭街景已是西北风貌，出站口有一名士兵，举着张上书"宁馥"两个大字的纸牌子。

"您好，我是宁馥，B城航空大学的学生。"

士兵敬了个礼，拿起宁馥的行李，带着她绕过车站小广场上的人流，走向停在路边的吉普车。车是越野车，上面还缠着一些伪装用的迷彩布条，这种车子在市区里并不常见，宁馥心中的猜测基本上就落实了。

车上除了来接她的士兵外，就只有她一个人。

"别的同学呢？"她问道。

士兵发动车子，并不奇怪地答道："没别人了，就接你一个。"

车拐入出城的公路。

"路上还要挺长时间的，累的话可以先休息。"士兵贴心地提醒道。

宁馥笑着说了声"谢谢"，身体虽然略感疲惫，但精神无比振奋——甚至大脑里已经有个小人儿在欢歌乱舞了。

泉酒啊，这里是泉酒！

城下有泉，其水若酒，这只是泉酒得名的传说。然而在所有航天人的心中，"泉酒"两个字，象征着另一种传说——第一枚近程地对地导弹在这里发射成功；第一次导弹核武器试验在这里试验成功；运载火箭载着第一颗人造地球卫星在这里发射成功。

车窗外的风景渐渐变成了荒漠，夏天的戈壁滩仿佛能将人融化，景物仿佛也被按了复印键似的，连绵不绝、清一色——全是沙砾，间或有那么一两株骆驼刺顽强地生长在烈日下。

这样的景色，宁馥却看得目不转睛。她心跳很快，不由得将手盖在胸口上轻轻压了压，试图压住那跃跃欲试的亢奋和激动。

她即将走入历史。

历史，会以怎样的面貌迎接她呢？

迎接她的是五院二分院的马主任。

马主任一张长脸，瘦得两颊有些凹陷，只有一双眼睛闪着灼灼精光。他身材精瘦，动作利落，伸手从士兵手中接过宁馥的行李，道："宁馥同学吧？边走边说。"

马铁军目前主持弹头室的工作，忙得焦头烂额。朱培青手写的推荐信已经早一步寄到了他手上，对于这个信中被元勋泰斗描述为"天才"的女大学生，他还是决定亲自来接，以示重视。

顺便，也摸摸她的底。

他给宁馥简单介绍了一下二分院的情况。

地地导弹型号归一分院管，地空导弹型号归二分院管，三分院负责管理海防方面的飞航式导弹。一分院和二分院，分别就是后来的航天科技集团和航天科工集团的前身。前者偏重航天器技术、空间技术、运载火箭技术。后者……总之，一个是送人上天，一个是送人上西天。

马铁军走路大步流星，说话也快，领着宁馥进了一栋二层的办公楼，不等她熟悉环境，就推开了一间办公室的门，说："这是你的桌子。"他把宁馥的行李放在门口，"晚上吃完饭，我叫人带你去宿舍。"

还没等宁馥回答，这位雷厉风行的马主任转身看着宁馥，用听起来不容分说的语气"询问"道："现在开始工作，没问题吧？"

好在宁馥跟上了他的"速度"。

"没问题。"她也言简意赅。

马铁军一扬眉，喊人给她搬来一摞将近半人高的档案盒："把这些先过一遍。"说完，又语速飞快地跟她说了走廊上卫生间的位置，告诉她晚上六点开饭，跟着大家伙走就知道食堂在哪儿。交代完这些，他就走了，小门一关，整个屋里就剩下宁馥一个人。

她给自己打了一壶开水，搬过凳子，打开档案盒。

几乎都是弹头的设计图纸，有些数据被涂黑了。这是她无法触及的，毕竟能进入场站不代表能阅读涉密内容。

一整天，宁馥除了去卫生间和吃饭、打水，就没有踏出过房门一步。第二天，她看完了将近一半的设计图纸。接下来的十天，她都是早上五点起，晚上一点睡。

小房间里没有风扇，也不能开窗（外面太热，酷暑会把热浪送进屋里），没两天就给她热出一身痱子。食堂的伙食算不上多么好，晚上七点以后有误餐饭，大多是一个馒头配酱豆腐，有时候配小咸菜，把宁馥吃得直上火。

食堂外头刷着两行大字标语：窃密必被抓，被抓必杀头；泄密就是犯罪，卖密就是叛国！

她成功地看完了所有卷宗。

其间，马主任一次都没有出现过，除了一两个好心给她指过去食堂的路的工作人员,也没有任何人和她交谈。

马主任在第十三天来了。他走进暂时分给宁馥的那间窄小的办公室,眯着眼睛打量一番,发现档案盒被分成了两堆,没有按照序号排序,问道:"看得怎么样?"

宁馥看出他的疑惑,道:"左侧是未执行过的设计草图,右侧是可执行的。但有一些问题,即使上马,也会出问题。"

马铁军略有些惊讶,问:"都有什么问题?"

"水冷装置的绝热防涨材料落后至少十年。除了燃气排导系统和弹箱下部,安全控制门的安全系统也不完善。"

"不愧是朱培青看中的苗子。"马铁军向来严肃,日常就是板着一张脸没个笑模样,但此刻语气中满是赞赏,"给你的资料确实是十年前的。你在学校参与项目的密级也够得上了,有问题的地方你可以尝试想想解决办法,有任何想法都可以跟我提。"

宁馥在沙漠中的试验基地里度过了二十天的暑期假。

没想到的是,她居然还变白了。原因无他,天天坐在室内无休止地看图纸、算公式,她都没怎么晒太阳。

马铁军亲自送宁馥到的车站,不无遗憾地说:"要不是老朱三天两头打电话来催,说你们要开学了,我是真不想放你走啊。"他顿了顿,"你来了快一个月,还没来得及带你看这里的风景……等以后吧。"

他伸出手来和宁馥握了一下:"我们会再见的,宁馥同志。"

宁馥也郑重地点了点头。

"真是的,去实习这么久,也不说给家里来个信。"魏玉华等在军区大院的门口,一眼看见闺女从公交车上跳下来,几步抢上前去,抱怨道。

"妈,我饿了,给我留饭了没?"

"饿了?走,快回家,都等着你回来,排骨还在锅里温着呢!"

等宁馥吃得肚皮溜圆,魏玉华才反应过来刚刚没说几句话就被自家闺女给岔开了。她重新捡起话头,问道:"娇娇啊,走的时候那么匆忙,学校安排你们在哪儿实习啊?辛不辛苦?"

当妈的关心这些无可厚非。孩子在学业、工作上有些什么变动和进展,都少不得要和家里面知会一声的,更何况从宁馥念大学以来,回家跟工作述职一样和她爸"汇报"学业,已经成了家里的惯例了。

谁知道宁馥叼上一个苹果,"吧嗒吧嗒"地跑楼上去了,上了楼,才拿下口中的苹果道:"不能跟您说,保密!"

魏玉华一愣，自家闺女已经一溜烟跑了。她忍俊不禁："这丫头，还学会'保密'了！"她瞪了坐在一旁的宁博远一眼，道，"我是管不了了，你也不管管她！"

宁博远跟着妻子笑了。但他并没有去追问女儿实习的地点和内容。

军人的直觉让宁博远本能地感到，宁馥说的"保密"，或许并不是在开玩笑。

转眼就开学了，宁馥也回到了大学。她的行李刚放下，就被朱培青喊去了办公室。

宁馥一进门，就见老头儿正听戏，端着个大茶缸子，看起来心情很不错。他关掉正播着《穆桂英挂帅》的广播，对宁馥说："有件事想要征询你的意见，事关你自己的前途，想好再回答。"

宁馥点点头。

朱培青道："现在是马铁军一天三个电话和我要人了。"

几天前他还真怕以马疯子那个性格，会直接把宁馥扣在基地不让她回来，所以他连着去了好几个电话，催着他把人送回来。

已过半百的老人看着宁馥，并不掩饰欣慰和自豪："他那里正缺人，极缺。他也承诺了，只要你能到他那里去，他会尽全力支持青年同志的发展。"朱培青顿了顿，有点不情不愿地为泉酒基地的马主任背了书，"马铁军我和他共事过，他是个拼命三郎愣头青，工作上是很负责的，做上级也有心胸。"

宁馥有些惊讶。

短短几天的相处，的确能看出那位马主任为人直白坦率，但她也没想到对方居然能点名让她一个还未毕业的学生到他的麾下。

朱培青哼了一声："受宠若惊了？"

宁馥赶紧说："老师教导了，要宠辱不惊。"

朱培青受用了，把后面的话说完："你可以考虑着，因为这里还有另一个选择给你。愿意跟我读研吗？直接参加工作，在岗位上有你放光的时候，不过能不能真的做出成绩，要看你自己的本事。继续跟着我读书，研究生毕业再进入行业，我这个名字多少都会给你些光环，你的起点高些，包袱也会重些。选择这份事业，无论你选哪条路，总是一样要坐得住冷板凳吃得了苦。这个我不担心，只看你是愿意冒险还是稳扎稳打。"

朱培青笑着看向宁馥，顿了一下接着说："好好想想，你不用着急。"

叫那马铁军先心焦去吧！

和宁馥谈过一回后，朱培青就没再提起这个话题。反正他招学生不着急，倒是马铁军来来回回打了有不下二十个电话，有点急眼了。

"朱老,您这就不厚道了吧?"

你叫人来晃了一圈,显摆你的宝贝疙瘩,人家动了心,你却又来打马虎眼,说什么尊重她的个人选择,要综合人才培养的各方面考虑……就好比那饿汉看着大肥肉吊在眼前,香味直往鼻子里钻啊!

呸!

他早给他们弹头室把人相好了!宁馥出了学校就得进二分院,没商量!

什么,读研?读研岂不是又要等上三四年?他们现在正缺人,等三四年黄花菜都凉了!

马铁军也是耿直,一般人是不敢这么和朱培青说话的——即使朱培青现在只是一个普普通通的大学教授。

他不等朱培青再说什么"官方辞令",在电话里径直道:"你下周不是有个会吗?你把宁馥同志带来,我和她说!"

宁馥后背上的痱子还没好利索,朱培青就叫她跟着去开会。

她跟朱培青坐一个车,是会议方亲自派车来接的,车没进校园,停在了学校门口。这待遇对于朱培青这样的大佬来说并没什么特别,甚至已经算低调了,但对于宁馥这么个普普通通的学生来说,可就不一样了——这一般是大导师最倚重的研究生才有的待遇。

宁馥坐进副驾驶。朱培青坐在后面,嘱咐她说:"去了好好听、好好学。"

他也没说是什么会。

车子一路驶出B城航空大学,驶进市郊的一处两层楼的小院。

她看见院门前有荷枪实弹的士兵站岗。也不知是什么级别的学术会议,气氛竟然这么严肃。再跟着老师上楼,推门进入会议室,宁馥倒抽一口凉气。

这哪里是学术会,这分明是工作会啊!

会议长桌,一边是学术界的大佬,另一边是将星。马铁军坐在科研人员那边的最末一个,已经充分说明他有多么受器重。他看见朱培青眼睛一亮,目光却根本没冲着朱培青这位学术界的大佬去,而是直接绕向他身后。

看见宁馥,他满意地点点头,算是朝宁馥打了个招呼。

朱培青坐到前排去了,宁馥在会议室后排找了个位子,坐下的时候就觉得有道目光,在死盯着她。

这马主任不至于吧,一直盯着她看吗?

宁馥抬起头,正准备跟马铁军对个眼色,瞧瞧他到底有什么话要说,然后就意识到,一直盯着她看的人并不是五院二分院的马主任……

而是坐在对面一排将军中的宁博远少将。

四目相对。

宁馥觉得自己的大脑停摆了一秒。随后，她试图解读自己父亲目光中的含义。

太过复杂，解读失败。

宁馥深吸一口气，尽力让自己的注意力转移到已经开始的会议上。

至于她爸的心情……发现曾经追着心上人跑了的女儿考上大学估计已经锻炼了宁少将的心理素质，那么……再突然发现上了大学小名娇娇的闺女出现在核心工作的涉密会议上，应该没突破上限吧……

宁馥有点不确定，她又小心地看了她爹一眼。

她爹淡淡地回了一个眼神。那是大脑处理器正在重启，并对亲闺女进行重新扫描评估的眼神。于是，宁馥露出一个傻乎乎的笑。

宁博远面无表情地把目光移开了。

会议用的是时下最先进的幻灯片放映机。像放电影一样，一张张弹头的内部构造图纸和功能简介被映在会议室内的白墙上，旁边有专人讲解。

大家聚精会神地听。宁馥盯着那几张图片，越看越觉得熟悉，这个思路……越听越明白。

这……这不是她当初做过的附加题吗？至少是附加题中的一部分！虽然换了数据、模拟环境和动力系统，但是她认得她的脑回路啊！实验班这么丧心病狂吗？竟然把重点军工项目中的核心技术问题拿来当平常考试给学生出的附加题？

饶是宁馥经验丰富，也没见过此等操作。

她还沉浸在怀疑与自我怀疑之中，只听朱培青清了清嗓子，道："航空大学的项目组只负责其中的一部分工作，其中关键问题的思路主要是我的学生宁馥完成的。她啊，在我们学院有个外号叫'小核弹头'，来，小宁同志——"

宁馥反应过来，赶紧站起来跟大家做了一个简短的自我介绍，然后接过话头把思路讲了。

来的时候，没人告诉这会议还有她的戏份啊！在大佬云集的重要工作会上，以她的身份不是当个拎包小妹、速记员什么的就可以了吗？就……有一种跟着台柱子出去唱堂会，她就是个捧锣鼓的，结果现在让她粉墨登场给大伙儿唱一出！

赶鸭子上架也得上啊！

正讲着，宁馥就感觉三道目光落在自己的身上——说实话今天她已经被人瞧得免疫了。

一道眼神是老师朱培青，是欣赏。

第二道眼神来自马主任，有点瘆得慌——听说这设计的主要思路来自宁馥，他看起来像现在就要把宁馥打晕套麻袋带走。

第三道眼神来自她爸爸，反正挺复杂的，还有点不高兴——宁馥对她爹的情绪还是比较敏感的。

她爹在嫉妒。

什么小核弹头，什么宁馥参与重要项目，这些统统都是他不知道的。一日为师终身为父什么的，亲爹在场，恩师的亲切赞许就有点别扭。

宁馥后背上有点冒汗，痱子痒得她都快坐不住了。

上午的会议结束，午餐就安排在这栋小楼的一层食堂里，三张大圆桌。

大佬们的"聚会"当然不是她挑位置的时候。虽然现在宁馥非常确定，此刻最好还是识相点，别往她爹那桌凑才是上策。

她准备跟在朱培青屁股后面凑到学术大佬们那一桌，毕竟她是朱老带来的学生，大家也都默认朱老想将她引荐给学界，都对她表现出了善意和热情。就冲刚刚会议上朱老的那几句话，这女大学生就前途无限啊！她坐到学术大佬们那一桌，不跟她爹凑热闹，也算是顺理成章。这样，她爹也说不出什么来！

谁能想到斜刺里杀出个马铁军来呢？

他的手跟铁钳子一样一拉宁馥的臂弯，直接带着她就坐到了另一桌。他和将军们熟稔地打了招呼，显然都是熟人了。

"那边人挤，坐这里，刚好我们谈谈。"他对宁馥说。

凳子上的刺在宁馥的眼中已经具象化了，但一切已经来不及，马铁军一把把宁馥摁住，自己跟着在旁边坐下来。

"我想朱老已经和你说过了，弹头室欢迎你。"他不容分说，低声飞快地说道，"你来了，就可以直接参与设计。这会是未来十年，不，二十年，我们最重要的任务。"

他双眼紧盯宁馥，仿佛其中闪着火光。

"来来来，都动筷子啊！"

没等宁馥回答，菜已经都端上来了，大伙儿招呼着吃饭、吃菜。宁馥的左边是马铁军，右边就是宁博远。从上桌起，父女俩就没说话。

"来，宁馥，吃虾。"

如果弹头室的研究人员看见他们的铁面马主任此刻略显笨拙地献殷勤，不知会不会惊掉眼镜——人家毕竟还是个小姑娘呢。

马铁军心里是这么琢磨的，除了使劲儿把这份工作的诱人之处摆出来，当然自己也得表现得更平易近人和蔼可亲一些，不能把小姑娘吓走。于是，他很热情地给宁馥夹了一大筷子虾。

这也就是会议人多且级别高，这年头，B城想吃上新鲜虾也难着呢！

宁馥客套地说："谢谢马主任。"

但是她对虾过敏啊！

宁馥正琢磨怎么不动声色地把这虾掉桌子底下呢，斜着就伸过来一双筷子，把她碗里的虾夹走了。

"不要浪费。"宁将军嘴里嚼完虾头，对宁馥淡淡地说。

一看这丫头眼珠乱转就知道她在打什么鬼主意！

"马主任，别费心了。她不吃虾。"这是对马铁军说的。

马铁军一愣，筷子半道上拐了个弯。

他有点吃惊，目光在旁边的宁馥和宁少将之间打了个来回。

马铁军是多聪明的人啊。

宁馥和宁博远……"宁"这个姓氏并不常见，不是随便在哪个百货商场里一抓抓出一把的，更别提在一场会议中。更何况，啥关系能让一个少将把别人碗里不吃的东西吃了啊？

马铁军顿感头痛。有这样显赫的身世，即使宁馥自己愿意，也极有可能无法选择这条路。

宁少将从帮宁馥吃了两个虾之后就没再开口说话。

宁馥悄悄拿椅子角蹭后背。她后背痒，又不能自己拿手抓，在饭桌上反手够后背实在太惹眼太不礼貌了。

过了一会儿，宁博远看不下去了，伸手在她后背上挠了两下。众人都在谈兴上，竟也没人注意。

宁馥一下子美了，悄声说："您没生气啊。"

宁少将冷淡地说："你有本事，我高兴还来不及。"

宁馥假装没看出她爹写了满脸的"我生气了"，顺水推舟道："我会继续努力的！"说罢扭头，跟马铁军交头接耳。

"马主任，咱们航天城哪里风景好？"

马铁军双眼一亮，这就"咱们"了！他立刻说："你去了就知道了。"

宁馥笑眼如弯月。

生怕宁馥反悔似的，马铁军紧紧地握住宁馥的手，充分表达着他的喜悦："就这么说定了啊，你可不能反悔！"

宁馥跟她爹是前后脚回的家。

怎么个"前后脚"呢？具体来说，就是送宁博远的车和送宁馥的车前后错一个车位，停在大院的门口。

会议结束,就到了教授专家和军队高层们"各回各家"的时候。勤务兵兼司机小吴十分尽职尽责地将车停在小楼门口,动作利落地为宁少将拉开车门。紧接着,他关门的手就顿了一下。

他没看错吧?后面的那个女孩……怎么看起来那么像首长家的娇娇?

小吴用力眨了眨眼,然后又朝宁馥挥手,他有心等宁馥上车的,宁博远却径直坐进车里,道:"开车。"

小吴只好服从命令。

在路上,他几次欲言又止,弄得宁博远不得不跟他解释了一句:"送她的车在后面。"

两个系统的人,就算是一家人,该分开走也得分开走。

等两辆车都停下,宁馥从后头那辆车上跳下来,一副犯了错误的小可怜儿模样紧跟在宁博远身后进了家,小吴这才后知后觉,更加疑惑起来——首长去开会,是有保密性质的工作安排,娇娇怎么也在那里?难不成现在开会……还能带孩子?

父女俩一起进了家门。

魏玉华惊喜笑道:"你俩怎么在门口碰上了?"

宁馥之前说今天和导师出去学习,晚上正好回家吃饭,宁博远则是例行开会,晚上照例回来。魏玉华想着娇娇又有很长时间没回家了,比她爹还忙,必须得好好补一补,便张罗了一大桌子好吃的,本做好了准备,如果两人不一起回来就多等一会儿的,没想到竟然这么凑巧!

小吴在后面进屋,闻言摸摸脑袋,默默去厨房盛饭去了。

根本就是从一个地方一起回来的,"凑巧"到这份儿上了,能碰不上吗?

吃完饭,宁博远放下筷子就上楼进了书房。

魏玉华不知道这爷俩又在闹什么别扭,瞧着却也不像是生气的样子,不由得疑惑地看向宁馥。只见她闺女火烧屁股一样从椅子上弹起来,扔下一句"妈,碗先放着,我一会儿洗",便飞快地追着她爸上楼去了。

两个人都是一头扎进小书房。

魏玉华叹了口气。都说女儿是妈妈的贴心小棉袄,她却有种预感,以往跟自己最亲、最爱和自己撒娇的闺女,很快就要从她的小棉袄变成她丈夫的军大衣了。

唉……

书房内,父女俩这才算是开诚布公。

"整个假期……你都在马铁军那儿实习？"宁博远问。

宁馥老老实实地点点头。不但在那儿实习，工作也已经定在那儿了。

宁博远不能问，她也不能说，毕竟这仍旧属于机密。但宁馥知道，她爸很清楚她会去哪里。

"要放弃读研？"宁博远不知道从哪知道了朱培青给宁馥递橄榄枝的事，"你的老师在行业内的地位很高，你跟着他会学到很多，将来再到工作岗位上也不耽误。"

宁馥抿了抿唇，道："我想冒个险。"

她不需要名师高徒的光环，不需要什么高起点、大平台。在实践的岗位上，她才有用武之地。说实话，这三四年，对于她的人生来说或许不能算"耽误"，但对于国家的事业，三年已经意味着很多很多。而且，今天的会议只是个开始。目前还在B城航空大学做"教书匠"的朱培青，今年就会正式回到五院了。再过两年，他就会分管地地导弹未来十年内最重大的一个项目。

宁馥有自己的野心。

老师对学生，永远要更宽容些。而作为地地导弹项目组总负责人，对他自己的同事的要求可就要高得多了。

马铁军也的确说服了她。攻坚克难……谁说辛苦之外，没有趣味呢？她就要在最难的时候来，在最苦的时候上，这样才有意思，这样……祖国才看得到她的心。

宁博远沉默了一会儿，道："好好干。"

他又顿了顿，仿佛有什么话要说。宁馥做好了被感动得热泪盈眶的准备，感情都酝酿到一半了，只听她爹感慨地说："你保密守则执行得不错，是个做保密工作的苗子。"

大三大四这两年过得飞快，宁馥被某单位提前特招的事情实验班里有不少人都知道了。毕竟大伙儿不瞎不傻，两年里，宁馥在学校的日子也就只有期末考试的时候了。

有人向403宿舍的几个人打听，但她们也不了解宁馥到底去忙什么了。

这年，B城航空大学飞行器设计制造与动力工程实验班第一届学生毕业。但照毕业照的时候宁馥也没回来。杜鹃和宋真在中间悄悄地给她空了一个地方。

全班30个人，不能没有她的位置。

403宿舍的四个人，数学系的陈芸被分配去了研究所。实验班里，杜鹃因为成绩优异留校任教，钱桂芝被分配到了七机部第六研究院，宋真考上了朱培青教授的研究生。

宁馥的那份毕业照交给宋真保管了。大家各奔东西，但宁馥总不能不再出现、不回来看看老师吧？她跟着朱教授，到时候也有机会将纪念照转交给她。她自己也想再见宁馥一面。工作再忙，拍毕业照那天赶不回来，后面总要回学校来办手续吧？

　　宋真等了好几个月，然而宁馥仿佛忘记了她交好的同学和师长，就这么杳无音讯，始终没有再出现。

　　她消失了。

第六章
如血青春

·16·

毕业三年，没人知道宁馥去了哪儿，在做什么。

这或许已成了永远的谜题。

经常有来自 N 省的特产按时令寄到她的家里，有时候是干菌子、奶豆腐，有时候是一箱子红薯。

徐翠翠还不知道，这些宁馥都没吃上。她只知道她的小伙伴被分配去了很忙的单位，很少回家，因此，每次她都寄最好保存、保存时间最长的好吃的给宁馥。

宁馥的同学们渐渐放弃了打听她的下落，就连始终惦记着想当面将那张没有宁馥的毕业照转交给她的宋真，都已经不再抱有希望了。

然而，"重逢"就喜欢开这种出其不意的玩笑——三年后的夏天，宋真在061基地的发射场看见了她阔别已久的同学。

作为朱培青教授在 B 城航空大学带的最后一个研究生，已经有许多家单位给她递来了橄榄枝，希望朱培青的高足能到自己这里来。宋真有些许自豪，但并不得意。

因为她的参照系消失了。

她无数次在梦中惦念，当她坐在图书馆里苦学、在试卷上奋笔疾书的时候，宁馥在干什么呢？她不相信那么优秀的一个人，会这样凭空消失，默默无闻。

朱培青问到宋真毕业分配的意向。如果回家乡，她可以到当地的大学任教，如果服从分配调动，也可以去七机部第六研究院。空气力学研究所正缺人，已经催问过很多次了。

宋真一向要强，此刻却突然迷茫。她不知道自己想要什么。

朱培青从来不催。他不紧不慢地把宋真的名字加进项目组里。

"你毕业之前，也该去沙子里滚一滚。"导师这么说。

当时宋真没意识到"沙子里滚一滚"是什么意思——直到她的脚踩在沙漠深处，那片滚烫的土地上。

这里几乎是与人烟隔绝的神秘之地，绵延数百公里，除了这座"航天城"外，再无其他的建筑。白惨惨的刺目阳光下，黄沙漫漫，尘土蔽日。一年365天，高温的炙烤、夜里的严寒，以及随时可能袭来的大风沙尘，都可能致命。

"宋真同学，到了。"送她来的士兵介绍道，"朱副总指挥让你先到发射场，那里有人接你，会带你去宿舍。"

这次的发射任务，朱培青任副总指挥。他已经离开了B城航空大学，重新回到了他最渴望的工作岗位上。

宋真依言，跟着士兵走向发射场。

她敏感地觉察出气氛的严肃。比起学校，这里更像是真刀实枪的战场，随时随地都面临着严峻的考验。

那士兵见她紧张起来，不由得笑了笑："你别怕，今天的试射肯定能成功！"

他带宋真一路上了发射看台，大风猎猎，吹得人头上脸上都是沙子，但最前面依然站满了人，好几个拿着望远镜。宋真望过去，没有见到导师朱培青的身影。

宋真的心也"怦怦"地跳起来。

虽然在正常情况下，接待实习人员的人绝对不可能出现在飞行器的发射看台上，更不可能让她一个实习生等在这里，但宋真已经顾不上思考这些不太合逻辑的地方，她紧握双拳，随着倒计时的声音，屏住了呼吸。

10、9、8……3、2、1——

点火！

远处，先闪过一阵光，随后才是大地的震颤。紧接着，那光亮越来越强，令人下意识地闭上眼睛。

即使安全距离已足够远，那巨大的轰鸣声仍然令人心悸。庞然巨物远看如同一柄利剑出鞘，穿空破云！

宋真这是第一次实地观看导弹发射。

发射看台上一片寂静，所有人仿佛都停止了呼吸和心跳，在默数着，等待结果出炉。

5分钟。时间凝固了5分钟。

看台前面，有人的手持步话机中传出带着电流"嗞嗞"声的观测报告。

"报告指挥，报告指挥，发射成功！重复，发射成功！"

时间解冻了，人群在一刹那沸腾！

看台上的人们欢呼起来，乱舞着手中拿着的任何东西，一种快乐的气氛像湍急的河流一样在人群中奔腾穿行，卷起欢笑的浪花。这些人有的已经年过半百，有的正值中年，有的还很年轻。男男女女，有穿工作服戴袖套的，有穿中山装口袋夹钢笔的，有穿军装戴领章的……但不分年纪、性别、身份，他们都在互相拥抱、击掌、握手、大声祝贺。

这条欢乐的河也席卷了宋真。她几乎是下意识地咧开嘴，自己都没注意到自己在笑。

她忽然有点明白，老师为什么要让她先来看发射了。

正暗自感慨，有人从那欢庆的人群中挤出来，朝她大声喊道："宋真，走，我带你上食堂吃饭去！"

宋真一愣。周遭的声音太多太嘈杂，她听不清对方说了什么，只看见一张熟悉的面孔。

女人穿着一身深蓝色工作服，戴着袖套，看上去几乎像个纺织厂女工，腋下却不伦不类地夹着个军用望远镜。她的脸被晒得有点发红，脸上带着畅快的笑，一双漂亮的眼睛闪闪发光。

宋真一时竟说不出话来。

还没从导弹发射瞬间的震撼中缓过神来，这出其不意的重逢又将她镇住了，直到那人飞快地拉着她的胳膊往楼下走，宋真才喃喃地叫出对方的名字——

"宁馥？"

宁馥的声音里也带着笑："你来得正好，赶上了，这是今年夏天的最后一次发射。"她越走越快，"今天这一发打得好，食堂要加菜，我们得快点，不然要被抢光了！"

宋真迷迷糊糊地，不知怎么就跟着她跑起来。

宋真反复设想过很多次和宁馥重逢时的开场白，觉得"好久不见"四个字深刻隽永，很合适在老同学握手拥抱以后讲。但面对宁馥殷勤地将一大饭盒焖羊肉摆在她面前，气氛实在不太适合煽情。

"我和打饭的大姐熟，给咱们的都是大块带筋的羊肉，快吃，趁热乎！"宁馥递给宋真一个馒头，见她仿佛憋了一肚子话却不知从何说起的模样，忍不住笑道，"老师批了，你在这儿就和我住一个屋，晚上我们有很多讲话的时间呢。"

她还是和以前一样，在吃饭这件事上非常认真。

宋真总算找到一点真实感，也不再纠结迷茫，抄起筷子吃起焖羊肉来。

饭吃完，宁馥带她到了宿舍。她住一人间，临时加了一张床。屋里有个小桌，地上摆了一张凳子两个马扎，两个大衣柜一个装衣服、被褥，一个装书，塞得满满当当的，再没有其他地方了。

"条件一般，将就一下。"宁馥跟宋真说，"我们刚来的时候住的都是半地下，夜里冷得厉害。"

她把各种生活事项都和宋真讲了，然后道："下午是保密培训，到这里来都要上这一课。"

东一榔头西一棒槌地讲了许多话，宋真突然问："你见到老师了吗？"

在陌生的环境里，她忍不住想寻找学业和人生路上最信赖的导师。她心潮澎湃，面对陌生又熟悉的宁馥，不知该从何讲起。

然后便见宁馥一愣。

宋真突然意识到，自己问了一个蠢问题。老师从来不跟大家提起宁馥，是出于保密守则吧。他们在同一个基地工作，今天甚至是宁馥来安顿她，这三年来，宁馥和老师必然是有联系的。

下午的保密培训的地点在基地保卫科。宁馥正好要到对面的楼里开会，便顺便带着宋真过去。她还是穿着她那身深蓝色的工装，换了一副干净袖套。

"在发射场衣服都不耐穿。"她一脸可惜的样子。

宋真盯着她看，过了一会儿，道："我以前没有好好了解你。"

宁馥笑着跟她挥挥手，无所谓地说："记得我爱吃红烧排骨就行了！"

宋真目送着她走进对面的标写着"1号"的二层小楼里，自己转身进了对面的楼，保卫科就在这里。为了防卫星监控，基地的楼房都不高，一般是二三层，看起来都灰扑扑的，一切似乎还停留在过去，墙上依旧用红漆刷着标语：

"向祖国和人民负责！"

财富带来的一切优越条件、物质享受，都还没有流向这沙漠深处的砺剑之地。

"这些是严格保密的地区，没有上级许可，不能进入。"保卫干事给了宋真一张基地局部地图，楼宇全部使用数字代号，"标红的是绝密区域，擅闯后果自负。"

宋真用手指轻轻划过那标红色的"1号楼"，那是宁馥开会的地方。

她忍不住问："什么级别的人才能进去呢？"

保卫干事看她还是个学生，放缓了语气："你只要在指定区域内活动就行了。这里只有基地负责人、项目总指挥和总工程师才有密级进入。"

宋真轻轻地吸了一口气。她忽然觉得，不是自己从前没有好好了解宁馥，而是她从来没有正确地估计自己。

她的参照系虽然回来了，但她也发现，她们几乎已经不在同一个测量单位里了。

办公室里，朱培青看完数据报告，摘下老花镜，道："新年过后，遥测就可以上了。"

宁馥露出惊喜的神色。

"让我上吧，保证完成任务！"她挪着凳子凑近朱培青，"弹头触地少不了人上，遥测我也行的。"

朱培青所说的"遥测"，是导弹飞行试验的眼睛、耳朵，是导弹各系统和仪器设备在飞行过程中运行情况的观测和诊断系统。

宁馥馋这件事好久了。

她的支线任务"有志报国，有智报国"已经完成了80%，就差最后一哆嗦了。这一哆嗦，必须得哆嗦在点上。

朱培青不搭理她，换了个话题："小宋到你那儿了？"

宁馥点点头："安排好了。"

朱培青又道："你带着她我放心，别把她带偏了就行。"

宁馥无辜地眨了眨眼："什么叫带偏了？"她知道老师没生气，跟朱培青笑，"我不是您最根正苗红、茁壮成长的学生了吗？"

朱培青瞪着她："别叫她看见你这副没正形的样子！成天嘻嘻哈哈的，看见任务就不要命！"

宁馥耸肩："我上回吓着您了？我道歉！"

朱培青抄起桌上的笔筒作势要砸她，宁馥赶紧一溜烟跑了。

老教授干瞪眼，最终还是笑着叹了口气。

早前，他以为宁馥身上是有些狂妄骄傲的脾气，哪想到实际是一股子悍勇无畏的疯劲儿。宁馥说的上回就是两个月前的全系统试车，发射出了问题中断，安全系统自动连接开启喷淋灭火模式。发动机都还没停，宁馥就一个人冲上去了。

她亲自去找起火点了。两个跟着她的勤务兵都没拦住她，事后有一个算一个全挨了处分。

起火的原因找着了，宁馥自己也吃了警告。

后来，朱培青才知道她遗书早就写好了。

老教授不是不喜欢这股子投入的劲头，可看着学生这么拼，又生怕她年纪轻轻真的拼出个三长两短来。她也是人家的孩子，是祖国宝贵的人才。朱培青希望她能成为长明灯，而不是火炬。

晚上回去，宋真很消沉。

宁馥不知道她怎么了，逗她道："我给你唱一段？"

宋真不想袒露自己的心事，她总觉得在宁馥面前有些羞于启齿，于是便抛开脑海里纷乱的念头，对宁馥应道："好。"

两个人都已经洗漱上床了，黑暗中响起宁馥哼曲儿的声音，是朱培青爱听的那一段豫剧。

宋真忍不住笑了："你这哪像是唱戏啊，这调子跑到天边去了！"

宁馥有些懊恼："我不太会嘛！"

她唱歌很好听的！只是唱戏这事，实在是一门功夫又深又精的活，一时半会儿学不出个模样来。

宋真问道："你唱这个做什么？"

宁馥兴致勃勃地说："再过几天就是元旦了，今年你也留下过新年，到时候一起参加我们基地的新年联欢呗！这是我准备的节目。"她非常直白，"专门为讨好老师的。"

宋真笑道："你这怕不是马屁拍在马蹄子上，朱老师那样的戏迷，能忍得了你玷污他心中的经典名作吗？"

宁馥嘴硬，辩解道："我可是文艺骨干！当年我的新年节目是最叫好的！"

到联欢会那天，宁馥果然还是倔强地选择唱她那荒腔走板的《穆桂英挂帅》。宋真坐在人群中，就听大伙儿笑谈："宁副主任唱歌挺好，怎么这唱戏，一开口好像五音不全似的？"

宋真下意识地摩挲着自己的手。

她的参照系已经是弹头室的副主任了。她需要那个已经愈合的伤口来提醒自己，她还有多么长的一段路要追赶。但这点沉重的心思很快被大家的笑声打散了。

宁馥在台上又是唱腔又是表演身段的，虽然戏唱得难听，但表演不可谓不精彩。朱培青坐在第一排，哭笑不得地给她鼓了鼓掌："你还要再努力。"

宁馥在朱培青的身边坐下："您还要多指导。"

老太君为国把忠尽，她命我挂帅平反臣。
一不为官，二不为宦，为的是大宋江山和黎民……

她坐在那儿还意犹未尽地哼着。

朱培青感觉耳朵快穿孔了："穆桂英五十三岁，你二十五岁，不一样。"

宁馥又唱："此一番到在两军阵，我不杀安王贼我不回家门……"

朱培青叹了口气："行了。开春遥测飞机，我叫他们给你留个位置。"

宁馥住嘴了。她冲朱培青抱拳一拱手，出口还是戏腔："多谢老太君！"

· 17 ·

"低弹道飞行试验前，我们准备了15个遥测点，所有设备要提前安装到遥测地面的站点上。"

会议室里拉着窗帘，没有开灯，一片昏暗，只有宁馥在前面手动操纵的幻灯片发出荧荧光亮，照得她脸上半明半暗，下巴尖得明显。

预计半年时间内，遥测组要带工程队挨个儿安装遥测设备，但在这之前，各项目领域要派人先做遥测飞机试飞。特别是弹头室，要获得弹头触地的数据，最大限度地保证科学准确不出偏误，必须要结构、电路、机构的设计和改装人员分批上遥测飞机进行试验。

马铁军沉吟片刻，道："可行性，我们已经反复论证过了。但是——"他停顿两秒，"首要的困难，就是要克服遥测站建设的地形、自然条件的问题。"

朱培青坐在会议长桌的最前头，喝了一口茶，然后，平静地扔出一句惊雷："凡人力可及，我们就必能取得胜利。"

他看了眼宁馥，宁馥便迎着老师的目光笑起来。

拿到遥测的项目，她激动啊！胜利在望的兴奋在她胸中反复激荡，喝仙风饮仙露也比不上这样的感觉，就算绞尽脑汁天天流鼻血她也认。

这段时间，宁馥不仅要负责弹头设计工作，更要把一半精力分在遥测试验的设计和安排上，若是换了旁人，恐怕早已经心力交瘁，任是铁人也撑不住了。没想到的是，她竟然还精神焕发起来——就像那二十来岁的青年，正处于热恋之中一样。

只不过别人是花前月下心动情牵，她是左拥发动机右抱安全阀，沉迷于导弹不能自拔，要么趴在图纸上蹭得一手铅黑，要么在发射场地里滚满身的沙土……整个人看着灰扑扑的，只有两只眼睛炯炯有神。

这样的人在基地有很多，在我们的国家有很多。

这就是我们的底气。

再繁重的工作，总要有人去做。再硬的骨头，也要有人把它啃下来！

在这一行内的人时常会讲：光荣在于平淡，艰巨在于漫长。

因为大多数时候，他们的工作是枯燥的、高强度的、不为人所知的。隐姓埋名，默默无闻，一个项目要历经反复的设计、理论论证、实验论证，成型后还要反复试车，要面临无数来自技术、自然，乃至运气的考验。

惊心动魄时有，漫长艰苦更多。

大家都已习以为常。

有了朱培青的拍板，宁馥就正式拿到了工作"通行证"，每个人都成为"齿轮"的一部分，严丝合缝地运转起来。

首区的遥测试飞的全功率试验开始了。

两架飞机变成了两个遥测飞机站，但根据规定，所有改装飞机都必须进行起落试飞。

改装的飞机机舱是不密封的，受气流的影响非常大，而项目组成员的工作不仅仅包括对结构、机构、电路设计等改装效果做观测，还要对各系统以及记录所用的磁记录器、数字磁记录重发器做预测试，观察各系统设备工作的运行情况并记录数据。

因为保密需要，他们只能在军方场地做有关飞机遥测站性能检测的全功率试验，以防频率泄露。

宁馥带着测试组到了军用机场，队伍里包括多个系统的设计员四人，高级技工两人，勤务保卫两人。

飞机起飞。

飞行高度3000米，飞行速度190公里/小时。

更形象点说，就是飞得又低又慢。

几乎人人都出现了不良反应。眩晕、恶心、呕吐，严重的甚至有血压下降和眼球震颤的症状。

宁馥也是脸色苍白，好在撑着，没用人扶就下了飞机。同机的保卫吐得一塌糊涂，站都站不起来，把大伙儿都吓了一跳。

得益于她数值达到30的精神力和"草原巾帼"的称号，她的状态竟然比牛高马大的保卫干事还要强一些。

第二天接着测。

机测组的每个位置都有两三个人的替补，怕的就是身体顶不住，无法达到正常的工作状态。那名呕吐的保卫人员夜里竟然出现了脱水症状，被紧急送往野战医院了，不得不换个人来。同样被换下来的还有设计人员和技工。

只有宁馥没有后备人员。因为她是总负责人，能给她当替补的只有马铁军。但马铁军还有别的工作要做，凭着"小核弹头"的称号，宁馥成功说服了马铁军，自己上了。

她从来说到做到，没有食言过一次。

换来的保卫人员是刚调到基地的新面孔，听说从前上过前线，还立过功。他个子高大，穿着迷彩服，身姿挺拔，过来跟组长宁馥报道："报告，牧仁赤那随时可以出发，请首长指示！"

宁馥一抬头，顿了两秒，笑了："别叫首长了，走吧。"

这一测又是连续六个小时的飞行，直到黄昏，飞机才开始返回机场。颠簸之下大家都已经有些昏沉了，好在数据都已收集完毕，只待回去进行运算测定了。

宁馥一边忙里偷闲地朝飞机外看，一边对坐在她旁边的牧仁赤那说："放松点，别绷太紧。"

"你看，外面多漂亮啊。"

斜阳西下，他们的飞机正披着夕阳的橘光飞行。往下看，是连绵的山野，纵横的河流。绿的禾稻，黄的土壤，蓝的江河，千万种色彩与生机，都被阳光镀上了一层金色，蔚为壮观。

山河万里。

牧仁赤那在飞机上从始至终正襟危坐，能感觉到他浑身上下几乎每一块肌肉都紧绷绷地进入了临战状态。

虽然他的职责只是保卫宁馥的安全。

宁馥叫他看，他就探头朝下望了一眼，随即十分谨慎地回到原位。

宁馥忍不住笑了："还不知道你什么时候到的基地，有时间叙叙旧啊。"

她还记得离开图拉嘎旗时牧仁赤那送她的情谊。小伙子看样子成熟了不少，但还是那样沉默寡言。

果然，牧仁赤那只挤出一个字来："好。"

他还是很紧张。在战场上都不如现在这么紧张。

宁馥看出了牧仁赤那的苦恼，但现在她没法当个善解人意的好人了。她移回视线，不再看机翼之下的风景，将突突直跳的太阳穴靠在有些冰冷的机舱内壁上，试图获得一点清凉。

没人注意，宁馥悄悄嘱咐牧仁赤那："你休息一下，保存体力。等会儿下飞机，得要你扛我。"

女人说得轻描淡写的，但这话听在牧仁赤那的耳朵里却犹如晴天霹雳。

"我的腿动不了了。"她说。

半小时前发现的，宁馥心里也是"咯噔"了一下。考虑是晕动症或长时间飞行导致缺氧造成的，预计恢复时间两到三天。

她给自己做了诊断，反而稍稍放松了一些——就当是休个短假了。

在别人面前她是整个项目组的负责人，是标杆是旗帜，倒了是要吓坏人的。动摇军心，是为不祥，但牧仁赤那多少有些不同，他们是有点交情的。宁馥觉得如果要示弱，对方是比较好的人选。

昏暗的光线中她瞧见牧仁赤那的眼睛一下子睁大了，仿佛受惊的獐子。

她闭上眼，拍拍对方紧绷绷的手臂："别害怕。"

她想跟牧仁赤那解释解释情况，但脑袋却渐渐变得昏沉起来。

牧仁赤那想说"我不害怕"，但是张了张嘴，到底没能出声。

枪林弹雨他都没有害怕过。

但是现在……他忍不住默默向长生天祈求，让奇迹再一次降临在宁馥的身上——如果长生天能够听见一个说谎的罪孽者的心声。

漫长的轰鸣声终于消失，飞机降落，牧仁赤那轻轻推了推宁馥，发现她毫无反应。

那一瞬间，他觉得自己的心跳停止了。

宁馥睁开眼，发现自己已经在医院了。消毒水的味道萦绕在鼻端，她眨了眨眼睛，视线渐渐聚焦。侧头看看，手背上扎着针头，正打着点滴。

牧仁赤那正坐在床头，手里削着一个苹果。他的手很稳当，刀刃紧贴着果皮，薄薄地一圈一圈旋转着削下来，露出的果肉光滑平整。

"你削苹果的本领可比我强多了。"宁馥哑声笑道。

牧仁赤那稳稳当当地削完那个苹果，先放在一边，拿水杯给宁馥兑了一杯温水："先喝，润嗓子。"

宁馥喝完水，又吃了一个苹果："我什么时候能走？"

牧仁赤那现在说汉语字正腔圆，就是说长句子的时候语气尚有些奇怪，他道："你昏迷了39个小时。这是很不好的，你应该休息。"

宁馥笑眯眯地说："那再来一个苹果吧，吃完再走。"

她已经能感觉到自己的腿了。只要好好休息一下，她的身体是绝对没问题的，再来一个苹果，纯粹是为了安慰被吓坏了的牧仁赤那。

牧仁赤那不善辩，刚刚那句话几乎是他言语长度的极限了。他只能坐下，挑出一个比别的苹果都大的开始削。

宁馥看着那削得断断续续的苹果皮和坑坑洼洼的成品，忍不住嘴角直抽。

"你真可爱啊少尉，用削苹果来拖延时间？"她已经拔了针头跳下病床，自己穿衣服了，头也不回甩牧仁赤那一句，"苹果自己吃吧，太丑！"

他们比大部队延后了两天回到基地，马铁军带着人站在基地大门口等他们。

车一停，宋真先从后面冲了上来，顾不上打招呼顾不上把门拉开叫人下来，趴在车窗上就问宁馥："你没事吧，啊？好点没有？"

弄得宁馥都有点脸红了："没事，只是缺氧反应，现在活蹦乱跳的！"

宋真大松一口气。

马铁军看脸色倒是看不出什么，等宁馥下了车，他走上去和她握手："没事就好，你辛苦了。"但是他手握得很紧，抓着宁馥的手连晃好几下。

要知道，费尽心思把宁馥争取到弹头室以后，马铁军就没做过这么感情外露的事了。

值得好好珍惜。

但还没等宁馥感动几秒钟，马铁军便又加了一句："恢复好了就尽快投入到工作中去吧，现在项目组少不了你。"

宁馥心想，对了，这才是马铁军。

马铁军还有要紧事，见到宁馥发现她的确没什么事，就着急忙慌地带人走了，剩下宋真不尴不尬地杵在那。

她也是不善表达感情那一类的，更何况宁馥还是她一直以来追逐和较量的目标。回想下刚刚自己的反应，面子上多少有点过不去。

宁馥突然说："我饿了。"

宋真赶紧接话道："食堂有饭。给你留红烧排骨了！"她把这一点牢牢地记住了。

宁馥突然笑起来，她扭头向牧仁赤那道："你觉不觉得这场景似曾相识？"

牧仁赤那猝不及防，愣了一下。

宁馥正要同他解释——这场景不正是当初他俩找羊遇见狼后，回生产队时的场景吗？

牧仁赤那却在她开口前飞快地说："是。"

青年战士看样子不打算和宁馥回忆往昔，公事公办地说："宁副主任、宋同学，你们先去食堂，我去停车。"

他说完转身，开车走人。

宋真笑话宁馥："这就是你在图拉嘎旗的旧相识？你不是说那会儿老乡们人人喜欢你吗？"

这位看起来可够冷淡的啊！

宁馥叹了口气，假意道："等闲变却故人心！"

牧仁赤那把车开到停车场，在驾驶座上坐了一分钟。刚刚的每一个场景都在脑海中慢放一遍，他终于放心了。

他不敢和宁馥提"过去"。

在前线战场上的日日夜夜，在那些泥泞、鲜血、毒虫、硝烟之间，他所记住的只有那一段记忆，在心中反复回放。别人都有家人的照片，有书信，哪怕是故乡的一把土，而他，只有脑海中的宁馥。

羊儿围绕在她身边，火光微微映红她的脸。

他太珍视她，因而口不敢言，怕泄露心声。

吃完红烧排骨，宋真也向宁馥道了别。她的实习期结束了，很快要回学校去办毕业分配的手续。她已经知道自己将要去往何处。

"谢谢。"宋真突然开口道。

宁馥正帮她打背包，闻言转身询问："谢我做什么？"

宋真笑了："谢你这段时间照顾我。"

谢谢你做我的参照系。

她想起了什么，把背包从宁馥手里夺过来："今天我见到老师了，他让我和你说一声，回来以后上他那里一趟。快去快去。"

宁馥到的时候，朱培青正戴着老花镜在办公室里写东西。她余光瞥见了稿纸，上面的字整整齐齐的。

朱培青从办公桌的抽屉里拿出一个盒子，递给宁馥："上次试射成功，总部给全体项目组颁发了嘉奖令，这个是基地给大家准备的纪念品。"

宁馥好奇地接过来。盒子就是普通的纸盒，里面垫了一层软塑料，装的是一只保温水杯，深红色的，上面是镏金的一行字：试射英雄组。

虽然样式土了一点，但很有特色。更重要的是，这杯子可是对她数年心血的褒奖啊！

宁馥爱不释手地摸了又摸。

朱培青见她这稀罕的样子，不由得笑道："头一回？以后还有你的份呢。"

宁馥赶紧打断老师的话："您可别说了，您要是说了，我非得把所有的奖励都集齐了不可。"

一个水杯集五年，项目要是推进得慢点，她再集个奖章、绶带什么的，这辈子没准都闭不上眼了，还不如肥皂呢！

朱培青不知她这是什么毛病，于是摆摆手："忙去吧。"他看着爱徒眼睛底下的黑眼圈，想想这姑娘上学时候鲜花一样的面庞，多嘱咐一句，"什么时候不忙了，把你的个人问题也解决解决。"

他是宁馥学业上的老师，工作上的领导，在她的个人问题上也忍不住操起心来。

师父师父，一日为师，终身为父。

宁馥没想到老师提起这一茬来，只能笑道："我不忙了就谈。"

跟祖国谈恋爱多香啊，一直忙一直香！

朱培青看出她的敷衍，叹口气，语重心长："注意休息，注意身体。"

宁馥点头应是。

后来061基地的大伙儿都注意到了宁副主任随身带的那个水杯。别人都当个荣誉拿回家好好收藏起来了，就她，天天不离手，开会也端着，去发射场也带着，都快起包浆了。

"物尽其用嘛。"她总是笑嘻嘻地说。

杯子里常年泡蒲公英水,据说是因为她容易上火,老流鼻血,喝这个管用。

宁馥跟着遥测的队伍走了很多地方。

从祁连山到天山,遥测点几乎都准备好了,只剩下落区(低弹道落点)的最后一个点。落点站在库尔勒郊区。

项目进入攻坚阶段,所有人吃住都统一在宿舍大楼里,不许回家,不许和家里通电话、通信,与外界的联系基本上被全部切断,他们甚至也被要求不能够写日记,所有带字的纸不允许带离办公楼。几乎人人连轴转,每天晚上都有几个通宵亮着的办公室。宁馥大方地分享了她的下火秘方,蒲公英泡水大受欢迎。

她现在是弹头方面最年轻的设计师,史无前例。

发射指挥是她爹。

知道他们是父女的人不多,但不是没有,大家却并不多么惊讶。更何况宁馥……要说她是凭着关系坐到现在的位置,整个061基地都没人能信。

打虎亲兄弟,上阵父子兵。这是好事,以后是美谈。

出发前有个动员会,因这次进南疆路途遥远,万分辛苦都可以预见,更有可能遇见难料的危险。

宁博远作为发射指挥,动员会上要做重要讲话。

所以,他晚上出现在宁馥宿舍门口的时候,反倒将自家闺女吓了一跳。

"这么晚了,您怎么来了?"她连忙把父亲请进宿舍里。

宁博远一进来就觉得冷飕飕的。沙漠里昼夜温差极大,即使中午热得沙地上能烫熟鸡蛋,夜里也要盖厚被子才敢睡觉,宁馥的宿舍在一楼,格外阴冷,供暖也不好。

她腿上常年绑着她妈给她做的护膝。

宁博远把手里的东西给她放桌上:"东西带好。不要嫌多。不要逞年轻。"

桌上有手电、电池、厚毛袜子、皮靴、翻绒的帽子和护耳、两包蒲公英,还有一些野外常备的药品。

宁馥眨眨眼:"您这是提前给我送行?明天不是还要见一面吗?"

宁博远沉着脸:"明天我是指挥,你是设计师。我给你饯行,是——"

他突然不说了。

明天,是送壮士。

今晚,是别女儿。

宁馥挽着宁博远的胳膊："我肯定全须全尾地回来，您放心吧。"

宁博远伸手摸了摸她的头。

什么"上阵父女兵"的传奇和美谈，都敌不过做父亲的担忧心疼。但他到底还是骄傲的。

"早点睡。"

宁馥乖乖点头应了。送走她爹，在桌上那一大堆的东西下面，翻到一罐水果硬糖。

前往库尔勒的队伍出发了。三天两夜的火车，又转汽车走了整整一天才到目的地。工程建设和遥测设备的调试同时开始，宁馥忙得脚不点地，连她身边的保卫干事什么时候换成牧仁赤那了都没注意。

一个半月，任务马上就要完成了，宁馥在她的工地旁边的临时帐篷里接到了马铁军的电话。

"马主任，有何指示？"宁馥声音微带笑意，这两天的工程进展顺利，她的心情也稍稍放松了一些。

马铁军却并不是要说工作上的事。

"朱老病了。"他一句话就如扔下一颗重磅炸弹。

马铁军平日里也不是话多的人，此刻仿佛更加惜字如金。

"他不愿大伙儿操心，一直保密。"他的声音也变得艰涩了，"但我想应该让你知道。"

宁馥整个人僵住了。不知过了几秒，她才说出话来："老师他……严重吗？"

她知道问也是徒劳。如果病情不严重，如果不到瞒不住的地步，马铁军根本不会知道这件事，更不会给她打这个电话。

宁馥一向聪敏，口齿伶俐，但此时，竟一句多的话也说不出来了。

"我立刻回去。"她在电话中对马铁军说。

马铁军沉默片刻："朱老说过，谁也不许因为他住院的事情耽误工作。"

他心里……也不好受啊。

宁馥发狠地咬了咬唇："那是他没听过一句话，将在外，君命有所不受。"

她在这里的任务已经要收尾了，她不能再多等一分一秒。她也知道马铁军的沉默意味着默许，哪怕他事后一样要给她擅离岗位定性。

"主任，您转告老师。"哪怕任务积分清零，哪怕上级处分——

"万里迢迢，我也要回来看您。"

宁馥放下电话就准备收拾东西返回。

马铁军在电话里说，朱老病情严重，从基地送医院后，又转到了 B 城的大医院。他年轻时参与了几个保密项目，身体透支，又受过辐射，胰腺癌，发现时已经是晚期，癌细胞已经扩散了。

前段时间病情恶化，送到 L 州的军区医院，结果军区医院也是束手无策。马铁军给宁馥打电话的时候，转到 B 城医院的朱培青已经放弃了手术。他自己神志尚且清醒，替家人们做了决定。

知道他身体出了问题的，也就只有马铁军等项目组的骨干。

朱培青自己要求的，不要惊动太多人，不要影响项目组的正常工作。

马铁军给宁馥打电话，是因为他知道对宁馥来说，朱培青这个老师意味着什么；同样，作为朱培青晚年培养出来的最得意的弟子，更是他后来的左膀右臂、最欣赏的同事和最器重的下属，在自己病重的时候，朱老怎么可能不惦念那个孩子？

宁馥身在库尔勒，这儿连火车都不通。她要立刻赶往 B 城，先要坐汽车到最近的县城，才能坐上火车，路上至少要四天的时间。

她心急如焚。有一种强烈的预感不断侵蚀、撕扯着她的理智——如果此刻她不立即回去，可能……可能连老师的最后一面都见不到了。想到这里，她就恨不能背生双翅！

"你要去哪儿？"牧仁赤那站在临时帐篷的门口问。

宁馥低声反问："你要拦着我吗？"

牧仁赤那沉默了。

宁馥转身面对他："让开。"

一小时后，就有前往县里执行任务的车，是目前最好的选择。

身材高大的男人一动不动，他几乎将帐篷里的光线都给遮住了。他也不说话，就像一尊雕像般那么站着。

宁馥咬咬牙，她不想说伤人的话，牧仁赤那也只是尽他的职责，更是为了她好。她只说："你让开。让我出去，所有的责任我会承担。如果不去，我会后悔。"

牧仁赤那微微动了一下，但他很快又站稳了身形。

这次他开口了，声音紧绷，因为字斟句酌而显得生硬："这样，是不对的。"

他自己是军人，最明白什么叫"以服从命令为天职"。他也明白宁馥，对她重要的人和对她重要的使命，她现在要做个取舍。

无论选择了哪一项，她势必要为这取舍而痛苦。

宁馥闭起眼睛，又睁开。

"你的原则说服不了我，赤那。"她轻声道，"让我去吧，求你了。"

牧仁赤那注视着她的眼睛。那是一双含泪的眼睛。他害怕下一刹那眼泪就要落下，烫在他的心脏上。

他最终让开了，说道："我去开车。"

他不放心，只能自己去送宁馥。

宁馥在他身后道："谢谢你。"

从严格意义上讲，宁馥是牧仁赤那的上级。整个遥测组是在她的统筹下展开工作的，牧仁赤那负责的保卫工作自然也包含其中。她只要命令他，他是不能质疑，只能执行的。

只是他为她的请求，最终违背了他的原则。

宁馥在脑海中调出了系统面板。

[阶段任务：有志报国，有智报国，当前进度85/100。]

她很清楚评判标准。

即使现在遥测任务基本在她的主持下完成了，但只要没有宣布结束，她就对任务负有责任。现在擅离岗位，遥测项目就不会给她的任务带来任何进展。

真见鬼！

胸中烦乱，她一拳打在帐篷上，厚重的帆布无声地吸走了她的力气，只轻微地摇晃了两下。

赤子之心，爱国是怀着赤子之心，爱人就不是吗？

车子发动了。牧仁赤那开车，他们在当天下午到达县城。

火车是夜车，他们只能暂时停留在县城唯一的招待所里。像一只雨天来临前的蚂蚁，宁馥在她的房间里来回地转。

她无法保持平静。

牧仁赤那敲响了她的房门，说："有电话，是朱老。"

宁馥接起来，里面却传来一个苍老且熟悉的声音："宁馥，给我老实在库尔勒待着！"

宁馥突然掉下眼泪来："对不起，是学生不省心。"

朱培青在电话那头笑了，他的笑声没有往日那么中气十足了，有些衰弱的味道，但依然透着爽朗和愉快："你一向不爱听话，自己的主意大，这也是老师最喜欢你的一点。不过，这次要听话，你好好工作，好好把咱们的'大家伙'造好，我才高兴啊。"

宁馥深呼吸了一下，但还是依旧道："老师，让我回去看你好不好？我想见见您，还买好了香梨，给您带过去，您尝尝，很好吃。"

朱培青的声音很温和："这次我病得比较厉害，你回来时应该也见不到我了。"

电话那边不知是谁发出一声抽泣。

朱培青却依然如旧，道："见一面能给我安慰，但你好好工作，已经是我最大的欣慰。"听得出老人有些累了，慢慢地说，"你不要觉得自己在两难的境地里，不要愤怒。选这条路是很难走，但是很愉快。你想着我是快乐地离去，也该没有遗憾。我现在还是你的老师，你就要做个好学生，听老师的话啊……"

宁馥慢慢地说："我听您的话。"

老师在病中，还要来安慰她这个不懂事的孩子。

宁馥清清嗓子："老师，我的戏学好了！"

朱培青道："快，唱来听听！"声音里也带着笑意。

这一次，她不再荒腔走板了，只是唱到音高的部分，禁不住哽咽。

字字含泪，句句带血。

长途电话带着刺耳的电流声，她却越唱越激越高昂，岔了音也浑不在意。

老帅重披甲，整旗再出征。

她的老师这一辈子，永远是不言颓丧，振奋精神——

辕门外三声炮响如同雷震，天波府走出来我保国臣，头戴金盔压双鬓，当年的铁甲又披上了身。

帅字旗，飘入云，斗大的穆字震乾坤，上写着，浑天侯，穆氏桂英，谁料想我五十三岁又管三军……

·18·

宁馥最终还是没有走。

挂断电话，她回去工作了。牧仁赤那开着车，她坐在副驾驶座，看着漫天黄沙。胸中的烦闷消失了，只有深切的悲恸。

电话里，就是告别了。

15个遥测点，最后一站终于在五天后竣工，所有遥测设备全部试验完毕，可以正常运转。

遥测组在两个月后，终于返回了061基地。

马铁军没提给她处分的事，毕竟她没离岗太久，整个项目工程也顺利完成了。

他只是问她，要不要放一天假，休息一下。

宁馥只是摇摇头说："不用了，主任，弹头方面还有很多的工作要做，争分夺秒。"

休息是她此刻最不需要的东西。

五天前，项目组总设计师、发射副总指挥朱培青去世。遗体火化和追悼会在三天前进行。

马铁军伸手按在她肩膀上，用力地停留了一会儿。

"朱老……那天很高兴。"他顿了两秒，道，"家人说，那是从他住院后，他最高兴的一回。

"朱老……其实两年前就查出来这个病了。但他谁也没说，甚至他家里也不知道他的身体出了这么大的问题。"马铁军道，"那个时候，他就开始动笔写自传了。他啊，这一辈子的故事，也是我们干这一行的缩影。朱培青的'自传'，不像是那些'成功人士'著书立说，标榜自己成就自娱自乐的产物，更像是……更像是他留下的，给大家的最后一份礼物。"

宁馥想起在朱培青的办公室里看到的稿纸——已经挺厚一摞了。

马铁军道："他留白了。"

宁馥一怔。

"咱们这次的项目，他也写了，但只写到遥测。还剩最后一个章节，叫'发射成功'。"

留待后人。

朱培青这一生扑在导弹事业上，有多少功业不为人知，自传若要付梓，还不知道要等多久——等经历的那些惊心动魄的事都不再是秘密，等那些艰辛漫长发酵成传奇。这次的项目是他最后的心血，他却未能亲眼看着导弹发射成功。

马铁军轻声道："他的遗憾，就由我们来弥补。"

宁馥的密级还不够看到朱培青的书稿，甚至马铁军也无法读到全文，他只是将朱培青嘱咐他的话，原原本本地转达给宁馥。

"朱老弥留之际多次提到你。他担心你，知道你重感情，怕你难受，为他的事情耽误工作。

"他说，我们的事业，是要求最精密、最严格、最谨慎的。工作的时候，情感是次要的，自我感受是次要的，你要做到绝对的冷静、理智、敏锐，要有大局观。人迟早要死，死了就是没了，就消亡了，但我们是唯物主义战士，要以大无畏的精神去面对走向死亡的自然规律——

"也要勇敢地接受，亲近的人的死亡。"

你可以悲伤，但是不要悲伤太久。

宁馥眼中有泪，她问马铁军："主任，我能哭一分钟吗？"

一向不苟言笑像个工作机器的马铁军默默地点了点头。宁馥趴在办公桌上，把头埋在臂弯里。马铁军轻轻地拍着她的后背，像在哄孩子。

他们都淬炼出一身无坚不摧的铜皮铁骨来，但心肠依然是肉做的，血仍是热的。

宁馥果真只哭了一分钟。

"老师留下来的文章，我们会写完的。"她抬起头来，像在鼓舞马铁军，也像在鼓舞自己，"会写完的。"

马铁军也嘴唇发颤，低声重复道："一定会写完的。"他紧紧握住宁馥的手。

对方有力地回握了他。她慢慢走出脆弱而悲伤的状态，重新变回一个战士。她很快振作起来，悲伤无法击垮她，只会让她更坚定。

她的老师果然很了解她。

赤子之心，坦荡如砥。

年复一年。

宁馥在基地过了她的29岁生日，春节也过去了。

冬去春来。但对于061基地来说，这个其他地方万物复苏的季节在这里并不多么讨人喜欢。

因为沙尘暴也跟着来了。

要说基地的大伙儿最烦什么，沙尘暴这东西必须和实验数据出问题、试车出意外并列第一。造"大家伙"的工作，让他们见识了人力所能打造出的最凶悍的力量，然而，在自然的威力面前，还是不得不退让。

061基地周围有大小近20个气象监测站点，时刻紧跟气象变化，任何气象异常都会被迅速传送到基地总部。

果然，怕啥来啥。

宁馥、马铁军等人正开着会，一个紧急电话就把马铁军叫走了。5分钟后人回来，已经是一脸的严肃阴沉。

"预计两天后到达基地的沙尘暴突然提前了，今天下午就会过境基地，我们的响应预案现在就要安排下去，散会。"

别看他们平时防谍防泄密，再早几年更要防敌特渗透破坏，但真正的大规模进攻和破坏还是要数那平时最不起眼，遍地都是的沙子。

正因为遍地都是，真发作起来，那才叫遮天蔽日。

整个基地如临大敌。

好在这样的情况几乎年年开春都要来上一回，大家也算有条不紊，分工明确，火速下去布置。

首先，发射台所有精密仪器要撤回室内，无法移动的，要用一层毡布、一层防雨布，再加一层特殊塑料制成的专门的防沙布密密实实地遮盖起来，并做特殊加固措施，否则大风一刮过来，任你包个十层八层也是分分钟被掀飞的事。

其次，重要厂房门窗全部保证密闭，窗户缝门缝全都要再三检查，厂房里绝对不容许进一粒沙子。

最后，就是对个人和宿舍的防护。这边的沙尘暴一刮起来，能见度不超十米，而且推进的速度极快，几乎能赶上在高速路上行驶的汽车。

现在是条件改善了，住人的房间关好门窗，沙尘暴过去也就是窗子外全是灰土。换作是宁馥刚来的那年，大伙儿住的几乎都是半地下的宿舍，一场沙尘暴过去，半个窗户都得被土埋住，屋里、地面上都要积上厚厚一层沙子。人在风里想站稳都够呛，如果不戴护目镜不绑防沙面巾，眼睛和嘴绝对都是张不开的。

在这工作几年以上的人，很多肺部都有些毛病，就是因为吸入的尘粒已经超过了呼吸道和肺本身的净化能力，日积月累最后就容易有呼吸系统的问题，一换季开会的时候咳嗽声都快此起彼伏了。

户外设备全部遮盖完毕，风已经起来了。地面上的沙子被风吹得滚动着、打着旋，几棵骆驼刺可怜兮兮地抖动着。

宁馥戴着护目镜、绑着防沙面巾，声音在风里艰难地传播："来个人，跟我上发射台！"

大家都带着加固工具，两人一小组，对所有的遮盖物进行检查和最后的固定。宁馥和马铁军作为负责人，要将全部点位都检查一遍。

两个人顶着风上了发射台。

沙子现在已经刮起来了，宁馥都能听见那些沙粒被风吹在自己护目镜镜片上发出的声音，细碎而密集，不断剐蹭摩擦着，令人牙酸。

远处地平线上，沙尘暴已经集结。

黑云压城。

风力渐强，设备上覆盖的防风保护层也被吹得猎猎作响。突然，在没人注意的地方，右下角一颗固定用的螺丝骤然弹出！

螺丝钉横飞，有了风力的加持，几乎像一粒子弹般急射而来！

宁馥还未来得及反应，身后一股大力将她扑倒在地，那螺丝从她的头顶上射了过去，打在发射架上，发出一声金属碰撞的锐响。宁馥掀开将她按倒的人，扑上去压住已经被吹起来的防护层，回身冲后面刚刚救她一命的同伴大喊："把扳手给我！"

面巾作用寥寥，风几乎是立刻带着沙尘灌进她的嘴里，一瞬间几乎再难发出声音。幸好对方及时领会了她的意思，也扑上来压住，两人合力，这才赶着在最短时间内将防护层重新固定牢靠。

由沙粒组成的巨大风暴已然席卷而来，两人已经来不及再找避风所，只能紧紧抱住发射塔底端的钢架结构，任由风沙从自己身上掠过。

这场巨大的沙尘暴刮了整整两个小时。

风终于缓下来，两个人这才松开手。此时他们身上均已积了厚厚一层沙尘，头发都看不出原本的颜色了。

宁馥"呸"了几下，吐出嘴里的沙子，只觉得呼吸间都带股血腥味，嗓子也哑了。她一撒手，整个人"扑通"一下倒在一旁，全身紧绷的肌肉终于得以休息。

还没缓两口气呢，一旁的同伴猛地扑过来，动作飞快地托起她的头放在膝盖上——

他这是以为宁馥晕过去了。

宁馥有气无力地伸手拍拍对方的胳膊："喘着气儿呢。"

对方停下了动作，然后有些僵硬地移开了。

宁馥的脑袋"咣当"一下子磕在地上，她疼得一阵眩晕："你是哪个部门的愣头青啊？"

对方极慌乱，看起来手脚都不知道往哪放了，又蹭过来想给她检查伤势，被宁馥胡乱地摆了摆手止住了："没事，死不了。这鬼沙暴，年年不停，什么时候种上防护林就好了。"

种他个成千上万棵梭梭、胡杨、樟子松，不信这沙暴还能再兴风作浪！

她拍拍身边的空地，又说："歇会吧。"

那蒙着脸、戴着防风镜的牛高马大的愣头青就在她旁边躺下了。

风呼呼地从他们身上吹过去，远处的地平线却已渐渐得见天光。

残阳如血。

马铁军带着一队人急匆匆地搜索过来，见到发射台上肩并肩躺着俩人，身上都盖上一层沙子了，目眦欲裂："宁馥！"

一群人抬着担架就冲了上来。

再定睛一看，发射台上的两个人都撑着地坐起来了，马铁军悬着的一颗心堵在嗓子眼儿差点把自己憋死:"吓死我了你!"

他回去一点发现少了两个人,再次确认后发现是宁馥没在,简直是火烧上房了,生怕这好不容易锤炼出来,正值当打之年的大宝贝给交代在这沙尘暴里。

宁馥爬起身:"走,回去吧。"

一旁几个保卫处的士兵也冲了上来:"队长,队长你没事吧?"

宁馥扭过头。刚把她磕得不轻的愣头青感觉到她的目光,自以为不着痕迹地往别人的身后躲了躲。

宁馥正要开口,马铁军却一拉她的胳膊:"没事就赶紧回去收拾收拾,第六研究院的人被沙尘暴耽误了,三小时后到!"

宁馥依言转身,愣头青在她后头望着她的背影。

"哎哟队长,你这衣服后面怎么豁这么大一个口子啊!"

宁馥没听见。

她紧赶慢赶地回了宿舍,在门外把鞋脱了,在门框上"咣咣"地磕。

这是沙尘暴来袭时大伙儿从外面回来的基本操作。

鞋子是最能灌沙子的地方了,只见黄沙跟一小股水流似的从高筒靴里漏下来,在门口积了一小堆。

外衣和面巾也都脱了留在外面,不然一进屋就是一地的沙子。面巾裹得再严实,去刮得正起劲的风里转上一圈,吐出口水来也都是泥巴了。

宁馥争分夺秒地拿上东西跑到楼里的公共洗澡间里洗了个战斗澡,流下来的水都是黄色的。等宁馥好不容易把脸从姜黄色重新洗成白的,从浴室回到自己屋的时候,才发现她放在宿舍门口的衣服外套没影了。

也不知道是哪个勤快人当垃圾给收走了。

情有可原,不过宁馥还是小小地心疼了一下。她那外套还是新的呢,实在是可惜。

等宁馥头发干得差不多了,第六研究院的人也快到了。她穿戴整齐,和马铁军亲自去接人。

很快,最后一次试射就要开始了,这是整个基地当前工作的重中之重。参与最后一轮论证的不仅仅有整个项目组的专家,还有七机部各研究院的中坚骨干。

第六研究院是专攻制导雷达研究的。

等了好半天,六所的车"灰头土脸"地停到了门口,下来几个人,脸上无不带着劫后余生的喜悦。他们是走到半路上遇见沙尘暴的,紧急避险,差点就到不了了。

宁馥打量半天，才认出专家当中的两个熟人。

"大姐、宋真？"

队伍中只有两个女同志，闻声都扭过脸来，叫宁馥好一阵大笑。纵使有纱巾围着，两个人也是灰头土脸，一副刚刚在黄土里打过滚的模样。

六所的来人中，包括了宁馥大学时的舍友宋真和钱桂芝。

钱桂芝是他们宿舍中年纪最大的，性格温和会照顾人，所以平时都被叫作大姐。宁馥跟钱桂芝从毕业后就没见过面，此时都有些不敢相认了，倒是宋真率先走上来抱了抱宁馥，道："我就知道咱们会再见的。"

她重回061基地，此时心中也是感慨万千。

"大家别站着了，快，都到屋里休息一下。"马铁军招呼道。

实际上留给六所专家的时间也不多，他们只来得及洗把脸，上食堂吃了一顿掺着沙子、嚼起来十分费牙的晚饭，就立刻被关进了"小黑屋"里看材料、看图纸、做论证。

"跟熬鹰一样。"宁馥关上门，转头对马铁军道。

弹头室的主任看了她一眼："当初你不也熬过来了吗？"

时光弹指一挥，往事如在眼前。

等宁馥这趟折腾完已经是深夜了。

她正困得睁不开眼，摸索着把钥匙捅进锁孔里，余光一瞥，瞧见自己的窗台上放着个防雨布包——平时大家帮她拿了寄给她的信件、包裹，就放在那儿。

打开一看，居然是她下午换下来的那件外套和防沙面巾。

都已经洗干净了。

宁馥拿起面巾来闻了闻，还有一股双喜牌香皂的香味呢。

不但洗得干干净净，连她面巾上磨破的一个小洞洞，都被仔细地缝补了。用了同色线，一点都看不出来破损了，还用五色线绣了朵小花在上头。

包里还躺着一瓶红花油。

宁馥弯起唇角。原来不是哪来的田螺姑娘帮她洗了衣服，而是那愣头青的田螺小伙给她赔礼道歉呢。

她把面巾拿在手中欣赏了一会儿，觉得牧仁赤那实在是个不可多得的人才。套马扛枪的汉子会绣花，这才叫"秀外慧中"。

第六研究院的人在"小黑屋"里待了好几天，总算给放出来了，一个个两腮凹陷，眼睛都熬得通红。

"目前，在之前试车时出现过一次雷达故障。"会议室里，马铁军介绍道，"也就是导弹在发射后出现'目盲'的情况。飞行姿态和弹道都正常，但雷达失灵。请大家来，也是想给我们的制导系统做一次会诊。"

　　六所的专家个个脸色严肃。

　　从现有的资料来看，制导雷达本身的设计和运行系统是没有问题的。为什么会出现这种情况，他们私下也开过小会，但没能得出确定的结论来。基地负责制导雷达的专家脸色格外凝重，他也在基地工作近20年了，以前从来没遇见过这种状况。而在之前的几次试射中，雷达的运转也完全正常，眼看要到最后一步了，却出现这种让人头痛的问题……

　　这个问题从发现到现在已经有两个多月了，雷达室有一个算一个，都没怎么好好睡过觉。

　　宁馥思忖片刻："有没有可能是发射架动作与导弹动作发生共振的缘故？"

　　共振状态下发射导轨晃动，可能会使制导雷达失灵。

　　她话未说完，被宋真打断："我认为更有可能是温度的原因。上一次发射是在冬季，太冷也会导致目前的雷达系统发生短暂的紊乱和失灵。"

　　钱桂芝悄悄拉了一下宋真的衣服，宋真却假装不知道。

　　六所的专家们都有些惊讶。毕竟他们私下讨论时意见尚且无法达成一致，宋真的语气未免太过确定了一些。

　　"这是我的预判和解决方案。"宋真语速极快，将自己的设想和预备方案讲了一遍。

　　六所的专家，除了她和钱桂芝，都不年轻了。他们太保守，即使觉得办法可行，也不敢直接讲出来。那么，就由她来讲！

　　宋真知道"大姐"钱桂芝正用担忧的眼神望着她，但一股意气充斥着她的心怀，让她忽略了钱桂芝的目光。

　　她说完，下意识地看向宁馥。她的老同学、参照系听得很认真，正眉梢微蹙地思索着。

　　不知不觉地，宋真的心跳加速了。

　　一时间，会议室内安静得出奇。六所的专家正面面相觑，不知谁给了宋真这样一个中级研究员勇气，在这样重要的场合下定论，061基地的几个负责人则都在思索这方案的准确性。

　　这个项目就是目前国家给他们的最重要的任务，无数人的心血和汗水才换来了如今的进展。在这个关节点上，必须慎之又慎。这也意味着——没人敢先开口肯定，也没人敢先开口否决。

马铁军把雷丢给宁馥："宁副主任，你怎么看？"

目光齐刷刷集中在宁馥的身上。

坐在一旁的钱桂芝暗捏一把汗。她这两个舍友，还真都不是圆滑世故的人。宋真是自尊心强，爱钻牛角尖，宁馥呢，看着软软糯糯再温柔不过了，实际却是外圆内方。

宁馥果然迎着众人的眼神开口道："我不赞成。方案需要再论证，雷达出现问题的原因我倾向于是共振。"

宋真抿了抿唇，移开了目光。她也说不清自己心里是什么滋味——愤怒？难受？还是失望？

宋真自己都没注意到，她竟隐隐期盼着得到宁馥的支持和认可，而当宁馥说不赞成的时候，反激起她不服输的劲头。她偏就要争个高下！

会议没有讨论出结果来。目前的两种主要意见背道而驰，宋真主张对雷达系统进行温控，而宁馥则认为要从发射架和弹体振动方面着手研究。

两人各带一组，分头论证。

回了临时宿舍，钱桂芝把宋真拉住了。

"你轴劲儿是不是又上来了？"她下意识地压低了声音，"咱们所的专家都没有确定意见，你怎么敢直接把你想的提出来？"

宋真板着一张脸，道："我觉得我是对的。"她顿了顿，"你也觉得宁馥才是对的吗？"

"你想到哪里去了？"钱桂芝平素温和，也了解宋真的脾性，又软下声音来劝她，"刚才在会上，宁馥她也不是否定你，现在不是意气之争的时候……你们是钟子期和俞伯牙，不是周瑜和诸葛亮啊！"

宋真猛地把手抽出来："我会证明的，向你，也向宁馥。"

钱桂芝急了："这是你和宁馥较劲的时候吗？你不是要向我们证明，你是要向国家、向人民负责的！"

但宋真没再回应她，把自己关进了房间。

钱桂芝叹气。

时间就这样又过了3天。

宁馥和基地雷达组、发射组的人也拿出了一套方案——将发射导轨缩短！通过调整导向梁末端底板的弯度和角度，把可能产生的共振减小到最低范围。

两套方案同时摆到了总指挥的案头。

上级同时组织了一批专家对故障原因进行研究，最后拍板的结果是缩短导轨，赶在气温未达零上前发射导弹。经过严密的论证，雷达的问题不在于天气冷不冷。

"大家还有什么异议吗？"马铁军在会上宣布了上级的决定。

钱桂芝看到宋真脸上的表情，就知道大事不妙。果然……

"马主任，我有问题。"她突然开口道。

宋真紧握双手："我认为应该对宁副主任提出的运算结果再做进一步检验！"

马铁军看向宁馥，宁馥平静而坚定："我坚持自己的观点。"

马铁军对宋真道："我们已经请了数学方面的专家，专门对运算方面做了重复演算和验证。"他将一份文件放在桌上推给宋真等六所专家，"这是他们那边出具的报告。"

经我系演算论证，运算方面结论无误。供参考。
中国科学院数学与系统科学研究院，副研究员，陈芸

宋真半晌没有说话。她下意识地摸着左手的伤口，那永远无法再恢复生机的疤痕似乎又在隐隐作痛。

她听见自己声音艰涩："我保留我的异议。"

她不愿意退让。

发射试验定在2月4日，上午九点。

时间一秒一秒地过去。

"点火"的命令也下达了，导弹也发射了。所有人不约而同地有了一个感受——终于知道了什么叫作"度秒如年"！

1分钟，就像过了一辈子那么长。监控室里，所有人都在盯着雷达反馈装置，1秒，2秒，3秒……

终于，一个亮绿色的点，出现在屏幕上。

"报告指挥室，报告指挥室，推进良好，弹体状态平稳，制导雷达运行平稳——"

宁馥猛地攥住了一旁人的手。

屋里有一种憋着劲的紧张——因为现在还不是欢呼的时刻。现在，他们或许攻克了目前最难的、最容易出问题的难题，但整个发射过程还没有完成，就不能算是成功。

终于，过了1个小时，观测站的报告来了。

发射成功!

整个指挥室,整栋大楼,都爆发出一阵欢叫声!庆祝的热烈气氛几乎形成一股快乐的气浪,煮沸了061基地上空冬季的冷空气!

"成功了!成功了!"不知道是谁,在用带着哭腔的嗓门大叫。

马铁军第一次当着大伙儿的面手舞足蹈,热泪盈眶。

所有人,都在狂欢中被幸福和自豪包裹着。

宁馥不知道拥抱了多少个人。

宋真有些尴尬地伸出手。导弹发射的成功,似乎终于让她意识到自己进到了死胡同里。

科学可以有争论,学术可以有派别,但做人不可以挟私。她太迫切地想要成为能与宁馥比肩的人,以至于……以至于被这种急切冲昏了头脑。

在狂欢庆祝的人群中,她觉得自己竟像个格格不入的外人。

宁馥和她握了手。

宋真突然道:"对不起。"她没头没脑地说,"我质疑你的数据,不是因为数据有问题,而是因为气不过你永远是对的。"

"我狭隘、自私,我是不及你的。"

过于骄傲的人,往往在自我剖析时也过于直白。

宁馥把她拉过来抱了一下:"没有谁永远是对的,也没有谁不及谁。我们都是老师的学生。"

朱培青像她们共同的父亲。

老师平生的心愿,在此刻达成。这一章节里,都是我们的笔迹。

宋真突然泪如雨下,哽咽道:"我不配啊……"

老师教他们要冷静,要清醒,要顾全大局。可她没有做到。她还有很长的路要走,很多功课要学。

· 19 ·

导弹发射成功了。庆祝持续了3天,全基地狠狠吃了3天的手抓饭加红焖羊肉。

抹抹嘴,又要出发了。

马铁军坐镇后方,宁馥带队,前往导弹的落区搜索。弹头弹体的测量定位和残骸回收,是他们此行的目的。

他们乘坐军用飞机重返库尔勒,在飞机上,宁馥才想起来这半个多月都没顾得上和牧仁赤那同志说上一句话。

飞机上人多，宁馥本想夸赞一句牧仁赤那的手艺好，但怕他害羞闹个大红脸，于是作罢。只是在塔克拉玛干沙漠的无人区，四下都是黄沙时，宁馥掏出面巾绑上，轻轻一吹气，那朵五颜六色的小花就鼓起来一点。

同队的人就开玩笑："哟呵，宁副主任到底还是精致啊，面巾这么漂亮！"

宁馥："哪里哪里。"

牧仁赤那整整一天都没敢看她。

前往落区的队伍缓慢地行进在公路上。

这里的路极不好走，盘山绕岩，爬坡时直让人觉得被惯性和重力死死地摁在靠背上。地面坚硬，全是下过雪后的冻土层。山道根本算不上什么公路，有的区段年久失修，路上有残损的碎石，车开过去就是一阵接一阵的颠簸，人的脑袋"咣咣"地磕撞在车厢壁上。

从车窗望出去，一侧是山体，另一侧就是陡峭悬崖，前车已经开始向下行驶了，后车还在爬坡，整个车队穿梭在怪石与云雾之间，逶迤前行。

"宁副主任，这次找落点，回去咱能休假吗？"有人问。

"我闺女出生一年半了，我还只在产房外头抱过她一次呢。"

宁馥一瞧，是弹头室的，这个她能做主："能休，回去你写假条，我给你批。"

对方一个三十多岁的大高个子笑得见牙不见眼，收获了车内众人一致的羡慕嫉妒。

他们中有好多人攒了不少的探亲假，可总是腾不开手，走不开。若是家属也跟着来基地工作了，倒也还好，平时不忙的时候能回家吃上一口热乎饭，夫妻睡睡热炕抱抱娃。最苦的就是两地分居的那些同志，时常自嘲，虽然个人问题解决了，但和单独一个人过日子实在没啥两样。

路上走了4个小时，队伍终于到达了之前建立的库尔勒遥测站，和留守的同志会合。队伍当天休整，准备补给，第二天一早，前往塔克拉玛干沙漠无人区。

这次队伍人不少，浩浩荡荡的一大队。包括061基地的专家、保卫部队的一个排，还有向导、司机、报务员等。

落点已经精确到了方圆20公里，剩下的，就要靠大家用眼用腿去"人肉搜索"了。深入戈壁，车队缓缓地向着落点方向行驶，四下茫茫，放眼所见全是沙丘，荒无人烟。

进入落区，每五人为一组，携带望远镜、指北针，每人带两壶水、一袋干粮，开始搜索。

"找到了！找到了！"

远处传来惊喜的叫喊声，宁馥等人拔腿就往声音传来的方向奔去。

金属的光泽，在戈壁滩落日余晖的映照下分外醒目。保卫排的几个小伙子欢呼着，跟一只只活泼的黄羚羊似的，一整天的奔波似乎都影响不了他们此刻高兴的心情。

经过近7小时的徒步搜索，终于在太阳落山之前找到了目标。宁馥当即拍板，原地扎营，所有小组返回营地休息，明天一早，一半人留下测量弹坑，挖掘陷入沙中的弹体残骸，其他人则继续出发，去找散落在附近的二级残片。

篝火熊熊燃起。

就着水吃干粮，压缩饼干噎得大伙儿直翻白眼。

远处突然传来一声枪响，军人们几乎同时"噌"的一下站了起来，拉动枪栓的声音令人心惊。

牧仁赤那低声道："警戒。"

宁馥也站起身来，周围几个061基地的专家也都面色凝重。

即使现在的环境已不像十来年前那样严峻了，但那些惊心动魄、带着血火气息的故事还在大伙儿中流传着，谁也不敢保证这次他们是不是撞上特情了——带一个排的兵，除了要为弹体残片挖掘出人力，也有这方面的考虑。

牧仁赤那飞快地安排了警卫保护弹坑，转头对宁馥几人道："你们紧跟保卫，我去看看。"

弹头室的几个人一瞧这阵仗，个个紧张，拳头都攥紧了。

"我们不用保卫！给我们枪，我们也要保护弹头！"说话的是那个之前在车上和宁馥请假的专家。这时候他也顾不上惦记老婆和闺女了——他们的心血，谁要是想来搞破坏，谁就得先从他的尸体上踩过去！

牧仁赤那看了他一眼，转头又看看宁馥。

宁馥默默把"草原巾帼"的称号挂上了。

牧仁赤那摘下自己的配枪递给宁馥："注意安全。"说完从另一个兵手里接过一支步枪，带人往枪声传来的方向去了。

篝火毕毕剥剥地燃烧着，大家伙儿却丝毫没有享受温暖的兴致。天上一轮银月初升，光芒洒下，也无人欣赏。远方传来狼的嚎叫，更令人胆战心惊。

漫长的20分钟过去，篝火光亮照不到的黑暗中，终于远远地走出几个人来。打头的是牧仁赤那。

大家都大松一口气。

几个兵搬着东西，旁边跟着他们的维吾尔族向导，大叔肩上背着猎枪，束手束脚，看着挺不好意思。

闹了半天，是向导大叔在大伙儿忙着扎营架篝火的时候脱离了队伍，仗着自己熟悉地形了解戈壁滩，跑去打猎了。

"那个干，你们吃点这个！"小伙子们把他们抬的东西放到篝火旁边——那是一只个头不小的羊，正是向导大叔的战利品。

"你们辛苦了，我也帮不上忙……"大叔不好意思地搓着手。

宁馥将保险合上，递还牧仁赤那。

专家们都还心有余悸呢，保卫排的小伙子们已经个个眼睛放光，全用渴望的眼神望着领导。

宁馥妥协了："你们有人会弄吗？"

这可绝对超出061基地专家们的能力范畴了。

不用征求志愿者，早有动作快的和向导要了刀子去旁边处理那可怜的羊去了。

"不会把狼招来吧？"宁馥悄悄问。

牧仁赤那摇摇头："我们人多，狼不敢来的。"他看了宁馥一眼，突然说，"你不用怕。"

宁馥就笑了："因为我是长生天保佑的人吗？"

牧仁赤那"嗯"了一声，转身走了。

他负责烤肉，递了一圈，最后才给到宁馥手里。有人起哄："赤那排长怎么回事啊，宁副主任可是咱们这儿唯一的女同志，你都不懂得怜香惜玉！"

牧仁赤那讷讷道："都是一样的。"

他那意思是肉串先烤后烤都一样。

宁馥还没说话呢，就有弹头室的帮她还嘴道："刚才你怎么不怜香惜玉挡在副主任前头？还要靠咱们副主任拿着枪保护你啊？"

"我们宁副主任这叫文武双全，妇女能顶半边天，香啊玉啊的，比得上吗？"

宁馥听着，抿嘴笑了。

牧仁赤那一呆。

他想起在图拉嘎旗的时候，整个畜牧排的小伙子都盼着能和宁馥说上一句话，大家管她叫"草原之花"。她是漂亮的、聪明的、温柔的，像一朵盛开的金盏莲，吸引所有蜜蜂献殷勤，可她从来没有说过，她希望像花朵一样被保护。

她会打枪，马骑得又快又好。她既善良，又勇敢。

她是在危险到来时保护别人，挺身而出的那一个。

她会很多深奥的知识，她带领着一群科学家，人人都服她，尊敬她，听说新招来的研究员都把她当偶像。她为祖国工作，做的是惊天动地的大事业。

现在她周围的人，已经不会，也不敢像图拉嘎旗的牧民小伙们一样，试图博得她的芳心了。她依然美丽、温和、观之可亲，但有一种强大的气场，让人不敢在她面前越过界去。

越是这样，越显得他私心可耻，念头虚妄。

最后一串烤好的肉撒了他揣在怀里的一小包孜然粉，去腥的。

向导大叔带来的一场虚惊过去，气氛重新活跃起来，人们围着篝火，少不了拉歌、跳舞、表演节目。宁馥这尊大佛往边上一坐，笑看那些初生牛犊子一样的兵们去哄他们排长。

"排长来一个，排长来一个！"

"咱们排长是少数民族呢，能歌善舞！"

牧仁赤那被人硬拉到大伙儿中央，被逼无奈地唱了首歌，这也是他唯一会唱的一首。

唱完获得了大家的热烈掌声，大伙儿都觉得逗他更有意思，纷纷起哄。

有的问："在老家草原上真有你惦记的姑娘吗？"

有的问："老大不小了，什么时候请个假把婚结了？有目标了没？"

牧仁赤那被问得满脸通红，最后硬是憋出一句斩钉截铁的"我……我不结婚"！

众人哄堂大笑，又听他道："我的爱人是祖国！"

沙漠的夜晚和中午简直差了两个季节，生火要取暖，更要防野生动物，因而夜里也不能熄火，大家需要轮班值守火堆。

快天亮的时候，宁馥钻出帐篷。

天边蒙蒙一线光亮，夜色已开始褪去。牧仁赤那正坐在篝火堆边。

宁馥朝他点点头。

两个人都没有说话，看着一轮鸭蛋黄色的太阳慢慢、慢慢地升起来。

看过日落，也看了日出。

宁馥站起身，拍拍屁股上蹭的灰土："走吧，还有工作。"

他们将弹坑测量完毕，将散落的二级残骸全部收集装车，车队启程。

脑海中，系统发出"叮"的提示音。

[恭喜宿主，阶段任务：有志报国，有智报国，进度100/100。

当前积分：100/100。

当前世界任务状态：已完成。

请宿主继续履行系统合约，为祖国工作15年，谢谢！]

宁馥微微地笑了笑，关闭了脑海中的系统页面。

车队在荒芜的戈壁滩上前行，朝阳升上天空，照耀前路。

话外篇 /

驯火者

"欢迎大家来到本期特别节目——《驯火者：宁馥》。

"有这样一群人，他们或在荒漠之中或在大山深处，为我们祖国的导弹事业鞠躬尽瘁，奋斗终生。他们将生命中最好的年华、最杰出的才智，全部交付给了'为国铸剑'的事业。他们，是隐姓埋名之人，做的，却是惊天动地之事。

"在这样一群人中，有一位大家好奇已久的传奇，就是我们今天的主人公——宁馥。

"相信大家已在许多资料中发现过她的身影——她是我国这一领域著名专家朱培青教授的得意弟子，随着她身份的揭晓，当年B城航空大学飞行器设计制造与动力工程实验班的女生403宿舍，也成了被众学子膜拜的"学霸宿舍"。

"大学毕业后，宁馥经特招进入泉酒基地。30年间，她隐姓埋名，做了大量的科研工作，取得了重大成果。

"目前，她的许多工作成果仍然无法对外公布。但我们能知道的是，在一些我们耳熟能详的重大项目的设计和试验过程中，宁馥做出了不可磨灭的贡献。

"接下来，我们就跟着摄制组的镜头，去寻访这位铸剑女杰的足迹吧！"

N省，图拉嘎旗。

村口几只黄狗朝摄像机跑过来，把镜头吓得一阵晃动。

"图拉嘎旗是宁馥上山下乡的地方。如今，这里已经依靠沙地红薯的种植技术，让屯子里人人过上了好日子。这些，得益于一位'农民教授'。"

这位"农民教授"考上农林大学，学成后本有大好前途，却选择回到了图拉嘎旗农业技术局，继续他考学以前有人交给他的"任务"。

他不嫌脏不嫌累，天天在田间地头教大家怎么种植，怎么致富。比起学者，他更像个脚上沾着泥巴的、地地道道的农民，哪怕他已经在自己的领域内著作等身。

"农民教授"名叫杜清泉。他曾三次参加高考，因为天生色弱而被化学系拒之门外。

图拉嘎旗镇上，有一位名声在外的妇产医生。

她足足考了八年，才就读了 B 城的医疗技术专科学校，现在还被当作励志传说。她原先给牛羊接生，后来，成了迎接新生儿第一声啼哭的圣手。

她救了很多人。

她叫徐翠翠。

泉酒。航天城。

现在应该叫航天旅游城了。

"这里，见证了老一辈航天人的艰苦奋斗，见证了他们的青春和汗水。现在，我们依旧可以看到他们曾经居住的半地下宿舍。这样的宿舍白天酷热，夜里严寒，而宁馥就是在这样的环境下，忘我地投入到她的工作中去。当时的她，不过是一个刚刚毕业的女大学生。

"这是当时他们的食堂。导弹试射成功的日子，就是全基地的节日，食堂会给大家加菜。宁馥最喜欢的是红烧排骨。

"每一次导弹发射的壮观振奋，背后都是无数科研人员日日夜夜的辛劳付出，和燃烧青春的无怨无悔。"

食堂外墙上刷的标语已经褪色：

向祖国和人民负责。

"这是宁馥曾经的办公室，目前也已被列为景区的重要展馆。在这张办公桌上，她伏案 30 年，解决了无数难题。

"当年 061 基地的年轻人都将宁馥当作自己的偶像，而现在，他们都在各自的岗位上做着隐姓埋名的英雄。

"在那个时代，导弹像一条来自地狱的火焰之龙，它的力量强大、危险、神秘，而宁馥那一代导弹人，就要为那火焰巨兽套上龙头，配上鞍鞯。他们掌控火焰，驯服火焰，驱使着巨龙成为威慑敌人的利剑，成为万家灯火的捍卫者……"

纪录片采访了很多人。

农民教授、妇产医生、数学天才、大学教授。

故事讲了很多。

她爱吃，最爱红烧排骨和烤红薯。

她经常上火，常年拿着泡着蒲公英的杯子。杯子是第一次导弹试射成功后单位嘉奖的纪念品。

她性格开朗，会唱歌，会唱戏，看着温和，实则胸有丘壑。

她一生短暂，经常笑着。

她是导弹弹头方面的设计师，工程师。

拼图一块一块地合拢。

宁馥——她是一个爱吃、喜笑、温柔而强大的，甘守清贫和寂寞、对导弹事业满怀热爱的天才。天才要像陨石一样，燃烧自己，去照亮她的时代。

她是以身许国的驯火者。

关于宁馥的故事要结束了。

节目的终点在烈士陵园，她的墓前常摆着柏枝。

"拍完了吗？拍完咱们再补一点空镜。"摄制组二十多人，忙着转场。

摄像机镜头一转，陵园外是一望无际的戈壁滩。

有游客在悄声讨论："061基地当时出过许多奇人，种树将军，听说过吗？"

摄制组的导演听见了，拉住人："怎么说？"

他想看看这个故事和宁馥有没有关系，能否构成更完美的素材。

游客面对摄像机镜头有些紧张，但还是尽量将自己知道的故事讲了出来。

听说，有一位061基地出身的首长，一路做到了军区的领导，后来年纪到了，就在基地退役了。他一生没结婚，没生子，一辈子就驻守在这边陲之地，守着导弹，守着造导弹的这群人。

将军退休后才有了"种树将军"这个别号，在这茫茫戈壁滩上，他日复一日，种下了将近万棵树苗。

人们问他原因，他的回答总是很质朴："风沙大，所以要多种树，种上成千上万的梭梭、胡杨、樟子松，有了防护林，就好了。"

人们说他这是对这片土地爱得深沉。

"他认识宁馥吗？"导演追问。

游客茫然地摇摇头。

导演略感失望。故事虽然感人，可与主人公没有关联啊，剪辑的时候，只有将这段略去了。

摄制组结束工作，上车离开。

有个穿松枝绿军装的男人，六十来岁，拎着铁锹从陵园外走过。

远处，树苗都已长起来了。

话外篇 /

花海子

"我打赌,连长绝对没有我这么浪漫!"

警卫连一班的班长王二岗得意地对着宿舍里的军容镜照了又照,仔仔细细地抹平衣领口一点点不起眼的褶皱。

"俺今年都二十五岁了,当兵走的那年小芬说了,多久都等着俺!"王二岗美滋滋地向同班炫耀,"今天她来看俺哩!俺和家里都商量过了,等休假的时候,就回家和小芬把婚事办了!"

战友们羡慕的目光,让王班长的腰杆挺得更直了。

"班长说说,怎么个浪漫法?"

这传言也不知是从什么时候传起来的,传得有鼻子有眼,说他们连长牧仁赤那在老家有个放在心尖尖上的姑娘,但谁也没见过这传说中的"心上人",甚至连一张照片、半封信的影子都没有。

看看人家王班长这进度!对象都特地跑到这鸟不拉屎的地方来瞧他了!

这样真心实意的好姑娘,再怎么浪漫都不为过!

王班长笑出一口大白牙:"俺早准备好了。"他吊足了胃口,这才冲大家炫耀道,"女孩儿的浪漫,就是喜欢个花嘛!"

"俺给小芬送过吃的、用的。"王班长掰着手指头数道,"可小芬她是个过日子的好姑娘,总说不喜欢那些花里胡哨的,实用才最要紧。不过呀,以前俺俩都在村里的时候,下田的路上她都要在辫子上别朵花呢!"

好看的姑娘总要有漂亮的花戴。人对美丽事物的追求是一种本能,精神层面上的满足,很多时候超越了贫苦的生活和困窘的现实。

浪漫也一样。

为了这次"约会",班长王二岗破天荒地学起了养花。

每次巡逻,他都会仔细地找寻那些会开花的野草,连根挖来种在盆里,每天精心松土、浇水,白天搬出去晒太阳,夜里搬进屋保暖。

就这样,他终于在约会的这一天,攒出了一小捧野花,花朵虽不大,但都鲜艳漂亮。

　　一个班的大小伙子都围上来看，惊叹看起来五大三粗的王二岗，居然不知从哪淘换来一根头绳，把这些野花仔仔细细地扎成了一捧。

　　王班长就带着这捧"浪漫"，去和他的小芬约会了。

　　这件事作为警卫连在训练、执勤之余为数不多的"重大新闻"，连着一星期都是大伙儿讨论的焦点。一班长王二岗已经成了大家又羡慕又眼红的人物，最近俨然一副恋爱专家的模样，春风得意，满面红光的。

　　连长牧仁赤那都听说这件事了。

　　不懂"浪漫"的连长同志，被迫听王班长讲了好几天的恋爱心得，讲小芬接到花时的神情是多么惊喜，笑起来是多么美丽。

　　从巡逻路上讲到训练场，从宿舍讲到饭堂，终于在弹头室主任宁馥走过来和他打招呼时停下了。

　　宁馥在基地很有名气。

　　因为她年轻、强悍，是个天才。这也让好多没怎么和她打过交道的人，对她有些敬畏。她刚往牧仁赤那他们的桌子边上一站，喋喋不休的王班长就立刻打住，一声不吭地往嘴里塞包子。

　　一个刚出锅的羊肉馅大包子被放进牧仁赤那的碗里。

　　"今天下午遥测，多吃点。"

　　大家都知道连长和弹头室的宁主任关系不错。在战士们看来，宁主任虽然是知识分子，还是领导，但特别接地气。这种"不错"的关系，就是单纯的，隔壁领导和自家上级之间的交情，没有任何风花雪月的成分。就连班长王二岗都在宁馥走后跟着道："就是，连长你自己多吃点，每个人就两个肉馅包子，你甭老是给新兵们留着，今天要坐一下午的飞机呢。"

　　牧仁赤那只是点点头，拿起包子咬了一口。

　　她光风霁月坦坦荡荡地送了警卫连连长一个包子。因为下午要工作，要补充体力和营养。好像她不知道他爱吃这个，好像她也不是什么浪漫的人。

　　他却吸着被肉汁烫痛的舌尖，没来由地一阵脸红。

　　下午的行程果然累人。

　　飞机越过高原荒瘠的地貌，冷风不断灌进机舱，除了发动机隆隆的噪声，就是测试仪器在"嘀嘀"响个不停。

　　宁馥这样的专家需要时刻注意遥测数据，而机组和保卫人员的神经也必须时刻紧绷——他们飞得太低了，要时刻注意高度，避免撞山。

牧仁赤那专注地望着机舱之外。

飞机终于越过山巅。

在颠簸而昏暗的遥测机舱里，他拍拍身旁的女青年，用最大的声音压过噪声："你看，往下看，是花！"

宁馥随着他的话，探头往机身下望去。在一片山峦中央，湖泊澄澈得几乎透明，如同一颗上等宝石。

这是"花海子"。

陡峻的山峦环抱着一汪蓝绿色的海子。湖面碧透，映衬着无云的天。

果然，他在她的脸上看到了喜欢。

"好漂亮的'花'！"她笑着说。

以山为瓣，以湖为蕊。

在这个国家，这片热土上，造物天成，河山如画。

这是她追寻的浪漫。

他就知道，她会喜欢这样的花。

第二卷
PART 2

仗剑人间

第七章
出错的《二泉映月》

· 1 ·

[叮——

恭喜宿主完成本世界任务，达成成就：以身许国。

成就称号：驯火者。

称号描述：为国砺剑者，赴汤蹈火，无畏无惧。

称号加成：佩戴本称号，即可获得气场"科学大佬"，逢考必胜，享受莘莘学子的膜拜吧！

成就奖励：体力+10，智力+20，精神力+10，金手指商城抽奖券一张。

现开放系统结算。]

[人物面板]

[宁馥·草原之花（未佩戴）·动物密语者（未佩戴）·草原巾帼（未佩戴）·女状元（未佩戴）·驯火者（未佩戴）

当前属性：

智力：160；体力：90；精神力：40

当前加成：无

当前成就：

①广阔天地，大有作为；②狼口脱险；③以身许国。

当前积分：100+50+50+50，本世界评级：S

附加的三个50分分别对应宿主完成的阶段任务一：金榜题名；支线任务：共同进步；阶段任务二：有志报国。

当前系统商城已开启。]

宁馥飘浮在黑暗中。

或者说，她的意识正飘浮在虚拟的茧形舱内。

这是局内给员工配备的保护措施，很多感情太投入的业务员在脱离世界的时候不得不消除自己的记忆，并在茧形舱内修复精神力，通过局里的心理测评后才能投入到下一个世界的工作。

宁馥戳了戳系统主面板上与上层联系的通道，毫无反应。

她原本的系统已经不知哪儿去了，这个赤子之心系统的适配性还很低，毕竟是局里新研发出来的，再加上她在乱流中彻底和局里失去联系，目前的系统中很多功能都无法使用。

她只有靠着这半吊子系统完成所有世界的任务，才能返回。

[宿主是否需要清除本次任务的情感记忆？]

宁馥挑挑眉："不用。"

动态画廊就悬浮在她的一侧，像魔法世界中的动态照片。

她站在书记的办公室中，说"广阔天地，大有作为"；

两个女孩从满是烂泥枯草的水泡子中死里逃生，浑身湿透，相扶着走过冬天苍茫的草原；

燃着火堆的小窝棚，被小羊围绕的牧羊青年和女学生；

……

导弹发射一瞬间升腾的白色气浪和欢庆的人群；

日日夜夜，不变的办公桌和摞在一旁的图纸材料，戈壁夜里，从窗外照进来的月光；

沙漠里蜿蜒而行的车队，朝阳在后，希望在前……

这些记忆，不是负担。

人或许会被过度的悲欢拖垮，却不会因为信仰而失去力量。

宁馥演过许多偏执型的人，也见过许多为了执念发疯发狂的角色，她此刻所拥有的感情和爱情相似，却与爱情不同。

宽厚、包容、海纳百川，上下求索，虽死未悔。这种执着，不是为了得到，而是为了看着千万人过得更好。

经历这一遭，什么霸道总裁、师尊、小狼狗、大明星，全都变得索然无味。宁馥思忖着，要是她真的要爱上一个人，便也只要这赤子之心。

否掉了系统选项，宁馥又掰了一块奶豆腐扔进嘴里——哦，她现在没有嘴，只能说享受。精神体没有实体，但却拥有几乎与常人无异的感官知觉。

嗯，香浓醇厚，发酵带来的酸度也刚刚好，是图拉嘎旗出产的。

是她的背包带出来的。

目前背包里还有高中全套教材、DF-5导弹试射英雄组金字保温水杯一个、宁父送她"出征"时偷偷给的水果硬糖一罐、"双喜牌"香皂两块。

一块是印着工农兵剪影的，一块是印着黄山迎客松的。

宁馥看见这两块肥皂就浑身难受。

她到死也没集齐！

本来梅花包装的就卖得快，还生产得少，她从图拉嘎旗离开后，徐翠翠几次帮她打听，结果得知厂家停产了！她心心念念的烫金梅花香皂就这样成了永远的遗憾。

呜呜，也不知道哪个坏蛋把最后一块烫金梅花香皂给买走了！

宁馥戳开商城漫不经心地看了一眼，眼睛顿时睁大——货架格子里的一样商品如有吸力的磁石，牢牢吸住了她的目光！

是那块烫金梅花包装的香皂！是她生命中缺的那一块！

必须立即马上立刻拥有！

宁馥果断付了五十积分买下，把烫金梅花的和另外两块香皂放在一起。

啊，看着舒服多了，这才叫快乐！

刚刚还在心中吐槽这系统建设得不完善不靠谱的宁馥迅速改弦更张，将这非常人性化的系统赞美了一遍——然后淡定地选择进入下一个世界。

[叮——

系统提示：宿主尚有"金手指"抽奖待兑换，是否抽取？]

宁馥运气一般，这种抽奖活动她有时都懒得参加，别人刮彩票都能刮中冰箱、电视、洗衣机，她顶多就是刮出两袋洗衣液或者冰红茶再来一瓶。

抽取。

[恭喜宿主，抽中"金手指"——随机翻倍。

宿主进入下一世界时，"金手指"立即生效，宿主的智力、体力、精神力三个基础属性中，会随机有一个属性的数值翻倍。]

系统！你可真是我的亲系统！

宁馥乐歪了嘴。

什么叫"金手指"，这才叫"金手指"啊！她已经开始畅想了：要是变成学生，智力翻倍轻松搞科技强国；要是成为军人，那就体力翻倍直接奏响强军战歌！要是遇到世界末日……精神力翻倍分分钟拯救人类！

然后……然后她就被传送到了下一个世界。

《假千金她是团宠万人迷》

当然了，宁馥不是标题里的"团宠万人迷"。

假千金名叫林越越，是个货真价实的"傻白甜"，人生的前二十年都是豪门大小姐，被父母娇宠着养大，从来没吃过一点苦、受过一点委屈。只是在林越越21岁生日那天，她的身世突然来了个惊天大转折——她竟然不是父母的亲生女儿！二十年前，因为医院的疏忽，她和另一个女婴被抱错了！

被抱错的那个"真千金"，就是宁馥。

豪门父母自然要将亲生女儿找回来，却难以割舍二十多年的亲情，于是提出两个孩子以姐妹相称，依然生活在同一屋檐下。他们本是铆足了劲想要对亲女儿好的，却渐渐发现，这个被找回来的孩子，身上实在没有多少美好的品质。

她刚回来的时候装足了可怜，换来全家人的愧疚与疼爱，实际上却剑指林越越，手段百出，各种阴谋诡计下三烂的招儿都使出来了，就为了让林越越将欠她的二十年还回来。

她觉得所有人都欠她的。

而当她发现父母的爱永远不可能只给她一个人，当她发现自己爱的人永远只会将温柔的目光给林越越的时候，原本就敏感自卑、心思阴暗的她彻底绝望了，继而变得很疯狂。

她给林越越下了药，设计让已经成为家喻户晓的大明星的女主被几个混混侮辱，最终却被一直提防她的男主——林越越名义上的哥哥林逸江，宁馥的亲哥哥识破了阴谋，自食苦果，反落得个疯疯癫癫、自杀而亡的下场。

自卑、偏执、恶毒、疯狂，宁馥就是这么个人。

——你是谁？！

宁馥睁开眼。

她坐在一辆看不出什么颜色的二手捷达车驾驶座上，车里只有她自己。

嗬，这可有意思了啊。

你是谁？！

那声音又响起来了。

这一次宁馥找到了声音的来源——她的脑子里。

那她就明白了。

这次时空乱流带来的影响可能比宁馥想象的还要大，凭空给她增加了任务难度，不仅要完成任务，还要与这原本世界里的宁馥寻求共存。

好家伙，她要报效祖国，"她"要"报销"林越越，这身体只有一副，怎么分？！更何况，宁馥也不能看着她真走上违法犯罪和自我毁灭的道路啊！

她试着动了动胳膊——目前身体的控制权是属于她的。

不管你是谁，不管你想干什么，求求你，从我的身体里离开，可以吗？

脑海中的声音带上了哭腔。

这女孩很聪明。这是她给宁馥的第一印象。

竟然这么快就判断出自己所处的境地，还能装委屈示弱于人，充分说明她足够敏锐和冷静。只是她的经验还不足，面对这样难以想象的情况，她想出的办法暂时也只有哀求。

宁馥没有与她对话。

如果大脑的空间具象化的话，此刻"她"的灵魂已经被宁馥的精神体挤压到了一个极小的角落里，可怜兮兮的。

宁馥不仅有身体的控制权，对于"她"曾经干了什么、现在打算干什么，都可以毫无保留地读取。鉴于对方此时正处于违法未遂并打算勒索的状态，宁馥目前不打算同情她。

宁馥眯起眼睛，从脏兮兮的挡风玻璃望出去。

街的对面，是一家看起来普普通通的会所，门口只有两个保安，却都目露精光，仔细检查核对了每一个来客手背上的戳记后，才放人进入。五分钟前，林越越刚刚走了进去。

林越越刚进娱乐圈，单纯得像一张白纸，有人垂涎她的容貌，不知她家大业大，以为她只是来娱乐圈里玩票的，还当她是只可以随意豢养的小白鸽，就把眼睛盯在了她身上，只骗她说这会所是圈内人聚会的地方，想要融入，工作之余就要多参加这类活动。

而"宁馥"……此时还是大学生，还没有被豪门认回。但她已经在几个月前，确认了自己的身份。

从知道了自己其实是林氏报业集团真正的千金大小姐以后，灰姑娘宁馥终于看到了希望：她不再是那个被该死的"原生家庭"嫌弃还被后妈虐待的小可怜了！她马上就可以拥有新的家庭，拥有富足的生活，拥有视她如珍宝的父母了！

前提是，眼前这个鸠占鹊巢的家伙不能再获得父母的怜惜！

只要跟在林越越身后，拍下她在这里的照片，将照片公之于众……这么一来，一个让家人失望的假千金，和一个一直以来在外面受苦，清清白白勤勉努力的真女儿，林氏报业的总裁和总裁夫人，总应该知道选择谁了吧！

她的算盘是打得很好。

只不过，她不知道林越越本就无辜，更有人保驾护航，这一次，她想拍到"劲爆"的照片，只会是徒劳无功，甚至反而会害了自己。

不！你……你要干什么？！我不是想害她，我只是……我只是想拍些照片，卖给报社，换下个学期的学费。

宁馥叹了口气，在脑海里响起的委屈的哀求声中拿起电话："喂，110吗？我要举报，南华路23号，这里有人聚众淫乱。"

你为什么要这样做……

哀怨的哭声仍然没有让宁馥理会她。她开始猜测宁馥是否不知道她的存在，在内心策划起如何重新夺回身体的主动权，并决定先默默观察宁馥的举动——现在敌强我弱，不能让宁馥察觉到自己的存在和意图。

宁馥默默读完对方短时间内迅速变化的内心想法——让这位狡猾而且坏心眼儿的姑娘想去吧！

故事真正开始，还是在几个月后林越越二十一岁生日那天。

其实被抱错的"宁馥"，从前也有个幸福的家庭。她的父亲是个小老板，母亲是老师，家里也算略有薄财。父亲赚钱，母亲顾家，虽然父亲对家事过问不多，但对老婆孩子不错，母亲更是从小宠爱这唯一的孩子。只可惜，这种几乎再普通不过的平凡的幸福日子，她没能享受多久。

在她八岁那年，母亲患急病去世了。父亲在两年后另娶，继母带着两个比她大一些的女儿住进了家里。俗话说得好，有了后妈，就有了后爹——"宁馥"就与童话中的灰姑娘一模一样。

父亲的不闻不问，继母或明或暗的嫌弃和虐待，两个姐姐的冷嘲热讽，日常欺凌……这一切让"宁馥"的心渐渐长歪了。

她开始觉得什么真诚、善良，都是为己谋利的幌子。正如她那口甜心恶的后妈，刚开始也曾一口一个"小阿香"地叫她,给她买和姐姐们一样的衣服、鞋子,让她那个忙得根本顾不上"明察秋毫"的父亲以为自己真的娶了个贤妻良母。

她当时还总在半夜哭醒,因为想念亲生母亲。但所有人都告诉她,这位新妈妈和善可亲,一定会对她像亲妈一样好。

没人知道,她穿的是和姐姐们一样的鞋,尺码要比自己的大上一码还多,只上了两节体育课,她的脚就已经被磨得尽是水泡。

她知道,她只是后妈拿来博取名声和父亲好感的工具。但她没有去妈妈的坟前哭诉,因为她心里明白,永远不会有午夜的南瓜马车来接她,不会有水晶鞋送到她面前,更不会有王子只因为她善良真诚、柔弱无助而对她一见钟情。

永远不会。

她必须自己争取。

她谨慎地扮演着人畜无害的样子。后妈拿她赚名声,她就更要博得左邻右舍的同情。姐姐们嫉妒她,她就巧妙地装作自己学习不好,考试成绩总是停留在班级的中游。

她已经没有妈妈了,只能自己保护好自己,不让自己受罪。

直到她考上了大学,远走高飞。

原本这是个挺励志的故事,哪怕她并不是传统意义上的"好姑娘"。

命运跟她开了个大玩笑。当然,她目前还觉得这是命运给她的转机——她去献血时验了血型,发现自己不是父亲的亲生女儿。

用了三个月的时间,她通过各种渠道,找到了当时她出生的医院,找到了她出生那天新生婴儿的记录。只有一个女婴与她同年同月同日生——林氏报业的大小姐,林越越。

她去林氏报业的楼下等了很多天,终于,她看到了林氏总裁夫人。不用照镜子,她也知道,她们长得很像。她意识到,那个刚刚进入娱乐圈、被称为"神颜"的林越越,占据了本该属于她的幸福人生。

从那天开始,她就开始策划起"相认"的情节。她要让自己回归"正轨"的开端无比完美,这变成了她的执念。

她静静地等待时机。

作为国内知名大学新闻专业的大三学生,她很容易就找到了一份在娱乐小报当记者的工作。这样,她可以名正言顺地接触娱乐圈,着意寻找关于林越越的消息。而今,她知道林越越今晚要到"夜线"来"玩"的消息。于是,她租了辆二手捷达,带了相机,准备抓拍林越越。

她才不管林越越是否是自愿的。

如果是，那就是她作风不正，如果不是，那就是她愚不可及。

无论她是哪类人，都只能做自己"复仇"之路上的垫脚石。

这计划里的每一个步骤，她都在心中反复排演过很多遍了，几乎所有可能出现的问题，她都已想出相应的方案，却没想到被一个不知从哪里来的灵魂，占据了自己的身体。

还一来就毫不客气地打了报警电话！

宁馥坐在驾驶位，摆弄那部单反相机。里面已经拍了不少东西，包括那位觊觎林越越美貌的"圈内大佬"。

相机里的照片还没翻两张呢，警察们就到了。

称赞出警神速的人民警察！

宁馥伸手捞过相机，立刻就挺直了身子，聚精会神地看向前方。只见那门口的两个保安还想阻拦，但身着制服的警察叔叔一亮证件，就乖乖退到两旁，眼瞧着一队警察鱼贯而入。

若敢阻碍警察执法，就等着吃牢饭吧！

过了不到二十分钟，原本安静的"夜线"大门口一阵嘈杂，一连串人被警察叔叔带了出来。这些客人们可能没想到会在高级会所里受到这种待遇，一个个都狼狈不堪，神情也茫然而惊慌。

宁馥从相机镜头里看着那一群颇有些奇形怪状的人，目光一顿——嗬，想什么来什么，这不就是那位"圈内大佬"吗？！只见他光着膀子，畏畏缩缩地按照警察的指令靠墙站着，手中举着手机，大概正在疯狂给经纪人打电话。

被揪出来的人中，并没有林越越。

她被骗来参加一个子虚乌有的聚会，还被一群早被或明示、或暗示过的人灌酒，林越越一个被宠大的小公主，喝到最后已迷迷糊糊，认识的不认识的全都分不清了。而此时，林越越早已被刚好也在会所的她的哥哥林逸江看到，紧急带走了。

警方这次是雷霆出击。

原本这种行动是不至于把他们全都拉到外头来罚站的，大多时候都是警察进屋，然后登记身份证信息让人等待处理结果，顶多让人在家人面前"社会性死亡"，毕竟，处以行政拘留的话，是要通知被处罚人家属的。

但这次不同。

无论这地方装潢有多么精致，摆设有多高雅，都掩盖不住灯红酒绿下的罪恶——在某个包厢的玻璃桌面上，警察们发现了使用过的锡纸和可疑的白色粉末。

这事件的性质一下子就不一样了。

宁馥没有错过这个他们全是正脸的好机会，拍完照，默默开车走人，深藏功与名。

第二天出现了两个热搜。

"艺人郑某被抓"和"郑飞云大尺度照片流出"。

大家忍不住好奇地点进去一看，只见打满营销号水印的图片也遮不住"圈内大佬"的高清正脸照。他脸上的妆残了，神色惊慌，巨大的眼袋透露出浸淫酒色后的虚弱，旁边是一身警服的干警。

粉丝感言：从来没有塌房塌得这么糟心的。

不管粉丝怎么悲痛欲绝或是恶心干呕，观众们却是个个掏出八倍镜，以搞科研的精神研究这惊天的娱乐圈法制八卦。

【注意到了吗小伙伴们，这张正脸照点开以后有高清大图哎！跟以前那种超级模糊的绯闻图完全不一样！】

【我有一个可怕的设想……娱哥不会就在现场吧……还能拍到照片，太强了！】

【可以啊，没想到娱哥还有替天行道为民除害的时候！】

与此同时。

留着两撇小胡子的中年男人刷着微博主页下的评论，十分满意。

李宇，《天南都市报》娱乐版的资深记者。"@娱哥"，这个大名鼎鼎，经常被娱乐圈各家粉丝辱骂却又不得不关注的微博账号正是他运营的营销号，算是个小小的副业。

"欸，说说，你这高清大图怎么来的？你怎么知道警察要去突击检查？"他问宁馥。

宁馥把车钥匙还给他："我也只是碰碰运气。"又问道，"放高清大图没关系吗？不会给你惹来麻烦吧？"

李宇大笑道："你放心，小老妹儿，我怎么着也在这行混了十来年，既然敢这么干，就知道怎么自保。"他非常欣赏地看着面前这个才二十出头的女大学生。

"运气好，也是干我们这行的重要资质啊！你嗅觉也不错，不愧是新闻专业出身的，照片拍得也好，手稳。怎么样，有没有兴趣毕业后跟着我做？"李宇将一个信封递给宁馥，"别看那些主流报纸啊，电视台啊，好像挺风光的，你要真有什么新闻理想，就等着过苦日子吧！不如跟我锻炼两年，这个圈子里有肉吃啊！"

宁馥接过信封，暗中一捏，厚度惊人。

这是李宇买断她拍到的照片付的酬劳。

李宇算是比较厚道的，银货两讫，冲着这个惊天大八卦的热度，没少给她报酬。这样，下学期的学费就有了，顺便为民除害，荡涤下娱乐圈，为追星女孩们切掉一颗毒瘤。

但她是不准备在这圈子里长久地干下去的。

人活着，要比动物多一些追求，不能仅仅是为了"吃肉"。

宁馥委婉地表达了下个学期不能再继续过来实习的意思，李宇还颇为惋惜："你这么好的条件，就非要挤破了头去当个严肃正经的大记者？想针砭时弊啊？这时弊多了去了，光是郑飞云这样的人，这天底下就有成千上万个！你一个小姑娘，何必给自己找这个罪受？铁肩担道义，哥告诉你，靠你自个儿啊，担不住！"

宁馥耸了耸肩膀："这也不算受罪。"

她笑嘻嘻的，不去在意李宇关于"时弊"的牢骚。

"我肩膀硬，扛一下，试试。"

·2·

[叮——

已开启任务：我生蓬蒿里，欲竞松柏高。

任务描述：即使是灰姑娘，也可以拥有远大前程。就算无枝可依，也能为理想展翅高飞！成为记者的道路上困难重重，请披荆斩棘，一往无前！

任务进度：0/100。]

宁馥揣着买断照片的钱回了学校。

她刚走到宿舍门口，半掩的门缝中就传来几个女孩子叽叽喳喳的讨论声。

"……嗨，人家哪儿有那闲工夫好好弄作业，说不定，正在哪个片场里泡帅哥呢！"

"哈哈哈，得了吧，她那个水平，接触的怕不都是什么一百零八线的小明星吧！不过话说回来，就算那样，人家也看不上她啊……"

"你们可别瞎说，人家可是心比天高呢，到时候说不定真的麻雀飞上梧桐树，变成金凤凰了！她目的性那么强的一个人，没好处的事，她可不会干！"

几个人说到开心处，发出阵阵笑声。

她们口中的"她"，指的自然是宁馥。

宁馥推门进屋。宿舍里的笑声戛然而止，几个女孩子互相看着，都从彼此的眼神中看到了一丝忐忑不安。

——她听见了没？

——不知道啊！她不会爆发吧？！

——我就说别在背后议论人吧？！就她那种小心眼的敏感性格，说不定她已经在心里把咱们都记小本本上了！

没人开口，几个人的交流都在眼神里了。

——这三年同住一屋，相处下来，她们多多少少知道宁馥是个什么样的人。

她跟所有人都客客气气的，却从来不见她真的跟谁特别要好，仿佛和所有人都隔着一层什么。她还有一股不达目的不罢休的劲儿，看起来文弱安静，甚至让人觉得她有点好欺负，但实际上，她永远都能通过各种手段拿到她想要的。无论是年度评优，还是奖学金，抑或是一份好工作。

她可以一边做三份兼职，一边熬夜通宵复习，也可以为了通过自己不擅长的课程，去找老师哭诉，用自己的家庭情况来博得同情。她刻苦学习的目的，就是获得奖学金和以优异的成绩毕业，而当有更重要的目标摆在她面前时，她连学期末最重要的大作业都可以放弃。

这不，她已经连续三个晚上没有回寝室了，平时点名的必修课也翘了两次，老师还关心地问舍友们她是不是生急病了，否则怎么会连假都顾不上请。毕竟，平时她总是坐在第一排的。

在校三年，只要她不愿意说，她的舍友们都不知道她去了哪儿，在干什么。

她很敏感，自卑又自负，不交朋友，只一门心思地埋头做自己的事，没有任何人可以阻拦她。舍友们难免在背后猜测她是不是打算进娱乐圈了。

大家都觉得宁馥不是看得上娱乐狗仔这身份的人。再加上她长得实在漂亮，他们学新闻传播的，对娱乐圈也颇多关注，女孩子们谁没做过被星探挖掘一夜爆红，或者和当红的流量明星谈恋爱的梦呢？

只不过这对于大家来说只是偶尔做做梦，事后就化作笑谈的事，可宁馥那样的人，说不定就真去寻找机会了呢！

她从未真心待人，也怨不得别人对她毫无好感。

灵魂被宁馥的精神体挤得不得不蜷缩在角落中，但她可以通过宁馥的眼睛和耳朵，得知正在发生的一切。看到面前的景象，她发出无声的冷笑。

她们只猜对了一半。她的确是有更重要的事去做，不过，却不是为了什么进军娱乐圈。她的眼界，远比这些只知道叽叽喳喳的麻雀们的高得多。

她要依靠自己的能力，讨回本该属于她的人生。

只不过、只不过被这一场莫名其妙的附身打乱了计划而已！只要静待时机，伺机而动，她必然能夺回自己的身体，夺回她的一切！

宿舍中的安静愈发放大了尴尬。

终于有个女生还是忍不住了，开口问道："宁馥，你期末的选题真的就这么决定了吗？"

宁馥翻找了一下"她"的记忆。

这学期期末有课程采访，要求很简单，主题不限，对你身边发生的新闻事件进行跟踪报道，或进行人物专访，以视频形式提交。采、编、播一肩挑，总成绩占该门课程期末成绩的80%。

大家使出浑身解数，发挥各家所长，报上的采访对象堪称五花八门。

有本事愿意花心思的呢，就去找各种新奇的新闻线索、采访对象，不愿意费事的呢，也有的是办法——今天学校外头小吃摊的摊贩又被城管追得满街跑啦，明天动画系在学校外头搞涂鸦被校方强行铲墙啦，后天去参军的某某学长光荣退伍啦，都是采访素材。本来课程考查的重点也是学生采编播的基础能力，不要求真搞出什么惊天动地的大新闻来。

现在的新闻传播专业也不容易啊！

今天说新媒体时代人人都是新闻记者，明天又说融媒体时代需要复合型人才，总之，学新闻的像搞新媒体的，人人会一手做公众号的绝活；学新媒体的像搞播音主持的，"vlog"拍摄、剪辑样样都会，还要本人出镜；学播音主持的像学新闻的，不但要会播，还得会找新闻找素材……

做记者这一行，早不是一支笔走天下的时代啦！

而"宁馥"因为忙于自己的"计划"，期末作业就选了最简单的一条路。

她已经跟老师报过了选题，要去采访学校外面的两个乞丐。

这个选题，老师布置期末作业的时候就已经特别点出来了——选这个题材可以，但是高分，想也不要想。

没别的原因，实在是重复的选题太多了。

因为期末作业大同小异，学校周围的小摊贩们都已经有经验了。想采访他们？没问题，但他们的时间也是很宝贵的……由于和潜在的采访对象不混熟了不好开口提问，于是学生们少不了多多光顾。因此，学校外的小吃摊在采编课程期末总结作业完成期间，生意也总是格外的红火。

但小摊贩们毕竟是流动人口，而且流动的频率还很高，用不了一年半载或许就不在学校外边干了。但这两个乞丐，可是比小摊贩们稳定多了。

这两个乞丐是什么时候来到学校外面乞讨的，已经没人记得了，他们简直比学校外头每过几年就被重新规划一次的绿植还要稳定，送走了一届又一届的学生。而他们也是新闻系、传播系学生们最喜欢的采访对象。

乞丐的身份，给人的想象是无比丰富的——悲惨的故事，社会的冷漠，流浪的经历……新闻总是青睐于负面的消息。

每年的采编课程作业中都少不了这两个乞丐的身影，一届届的学生们顺利毕业，他俩也在许多作业视频中一遍遍重复出镜。只要给上十来块，让这俩乞丐吃上一顿饱饭，他们就愿意出镜。

无论你采访提纲怎么设计，人生故事总不能五花八门，说出好几个版本来，因而虽没正式交流过，采编课的老师却早和这两个乞丐成老熟人了。

宁馥这一次报这个选题，完全就是放弃了期末评优，甚至拿一等奖学金都有点悬了。就算她把视频做出花来，但内容重复度太高，也只能拿到及格分。

选题一旦确定，就不能修改了——选题本身也是考评成绩的一部分。

只能如此了。就看她能不能把这重复了许多次的选题，弄出什么"花样"来吧。做新闻报道，总要在别人没挖到的地方下铲子，可就算别人已经挖过了，你就不能比他们挖得更深吗？

舍友们发现宁馥不再往校外跑了。

每天规规矩矩上课，下了课就去学校外的天桥和地下通道转一圈，给乞丐们投点零钱，有时蹲在旁边听其中一个乞丐拉二胡。

这是实习失败，回来打算重新争取一下期末成绩了？

大家只觉得不可思议，又有些好笑——宁馥这种无利不起早的人，怎么可能这样认真地对待一份不可能拿高分的期末作业？

那两个乞丐整天就是待在天桥上，随机跟路过的人晃晃他们装满一块钱纸币和硬币的缸子，说两句"好人一生平安"。他们的时间多的是，想采访，只要挑个人家不打算睡觉的时候就行了，哪还用得着像宁馥这样做功课？难不成……她是想靠认真的态度和工作量来让老师多给些同情分？嚯，这算盘打得可真精啊！

宁馥并不在意众人如何猜测她，她依旧每天下了课到天桥上听二胡。现在正是夏天，乞丐邋遢，身上时不时地散发出一股股酸臭味，但宁馥毫不在意，就蹲在他旁边听。

这两个乞丐以兄弟相称，其实没有血缘关系，不过是老乡，而且都姓陈。

大陈今年已经五十多岁了，以前是工地上的钢筋工，因为出了意外，手上落下了残疾。他在家乡也没有妻子、儿女，原本是想打工攒钱好娶上个媳妇的，没想到却成了废人，从此一蹶不振。工地给的赔偿款很快被他输得精光，他就开始在城市流浪，以乞讨为生。

"在学校边上好讨生活啊！"这是大陈的原话，他也就这么在学校外面安顿下来，找了个没人要的破窝棚，收拾收拾，将自己捡来的什么烂棉絮和破编织袋等家当都安置进去，就算是有了家。

后来就遇上了小陈。

小陈当年也就二十来岁，念过高中，从老家出来打工，却没想到生了急病，被没良心的工头从工地赶了出来，连工钱都没拿到。

小陈这一病，就把眼睛给病瞎了。沿街乞讨的他遇见了已经有了"家"、比他条件优越些的大陈。大陈一时起了同情心，也想着两个人能抱团儿混，多少还有个照应，哪怕小陈眼盲呢，于是便收留了他。

两个人开始了到学校外面天桥上乞讨的"规律生活"。

他们的背景故事已经在许多次采访中被问过许多遍了，新闻学院的同学们都称得上了解。两人平时一个在学校东边的天桥上，一个在西边的地下通道里——在一块儿就只能赚一份钱，分开了能赚两份。

小陈现在三十来岁，他眼睛瞎了，不爱说话，据说脾气也不好，曾经发狂地打砸东西，把路人吓个半死。还是大陈不放心，过来看他，各种给他求情，保证他不是危害社会的疯子，这才让受惊的路人放过了小陈。

但小陈赚的钱总比大陈赚的多些。无他，他会一门手艺——拉二胡。

宁馥每天都来听的正是这个小陈拉的二胡，她都快摸出规律来了。

通常晚上九十点钟以后，行人少了，大陈就会从他地下通道出来，来找小陈。一根棍子两人各握一端，手残的领着眼盲的回家去。

宁馥记得有个学长的作业就以这二人"回家"的背影做结尾镜头，最后拉个远景，天上的月亮光辉洒落，冷漠而又慈悲。

虽然也只拿了个及格分，但不得不说，这个作品令人印象深刻，发人深省。

小陈今天拉《二泉映月》。

他会拉的曲目并不太多，但《二泉映月》是保留曲目，往往拉上一两首别的曲子，他就会再拉一遍《二泉映月》。也许正是因为瞎了眼，他和这首曲子更有共鸣。

不过，也不是每个人都是阿炳。这个沉默寡言，只有在摇晃缸子要钱时才努力而认真地营业一下的小陈拉琴时常出错。因他是盲人，能拉出曲调来已经很令人称奇，也就没什么人在意其中的错误了。

他对《二泉映月》很有执念，哪怕这曲子对一个盲人来说有点太难了，但平时没人叫他拉琴表演的时候，他自己也反复练习。

宁馥天天来，小陈虽然看不见脸，但也知道有个姑娘，要不就是个很瘦的小伙子，脚步轻快，每天来听他拉琴。

就这么过了半个多月，小陈终于问："你怎么不去找我哥？"

大陈更好说话，对学生们也算是有求必应，甚至愿意让人给他的伤口拍照（当然，钱要到位）。比起传闻中那随时可能暴起伤人有着古怪脾气的小陈，学生们还是更愿意和大陈打交道。

宁馥笑道："我喜欢听你的二胡。"

她喜欢努力的人。

而且，二陈的故事基本上都是由大陈讲述的，小陈不爱说话，很多学生到了这儿也撬不开他的嘴，最终还是被大陈笑吟吟地接过话头。如果要另辟蹊径，换个人来讲故事，说不定会有更好的效果。

小陈的盲眼直视着前方，那眼球上蒙着一层白翳："那你认真听。"语气冷淡，仿佛在质疑宁馥根本没说实话。

他不再说话了，又拉起了二胡，声音幽咽，如泣如诉。

宁馥听到晚上，大陈来了，看看小陈面前的讨饭缸子，高兴极了，一边将木棍伸给小陈，一边说："走了，下回多拉二胡，咱就有钱了！"

宁馥目送着二人在月光下走远。她的脑海里，一直回荡着小陈的二胡声。

他的确很努力，拉了这许多年，却还是出了几处不大不小的错，听起来有点别扭。宁馥回了宿舍，打开电脑戴上耳机，找出了《二泉映月》。

小陈果然是拉错了。

宁馥反复听了几遍，又找音乐赏析来看，对应着白天听到的小陈琴声，一段一段地看过去。

每次，在第一段的第十小节，他都会重复拉。这点重复淹没在整段曲调里，不是精通二胡的人，不是完完整整听过一遍的人，是觉察不到的。

宁馥眯起眼睛，她的心中有了一个猜测。

第一段第十小节，重复的琴声。

1-10。

110。

他……是在求救吗？

宁馥带着一种忐忑的心情入睡。第二天，她又到了天桥上。

这一回，小陈不再搭理她了，只是自顾自地拉他的二胡。

宁馥这一次在天桥上待了一整天。

她早上八点就到了，比小陈去得还要早。站在平时他乞讨的地方有点太奇怪，她挑了个有垂柳的地方，拿着一本书装作早读的学生。

过了一会儿，小陈来了。

大陈照旧用那根木棍牵着他，这条路他们走过许多遍，上天桥的台阶一共六十多阶，走上来没有一个磕绊。

大陈把小陈领到他平时乞讨的地方让他坐下："今天太阳大，中午我给你带水来。"又嘱咐了两句，转身走了。

宁馥在小陈的讨饭缸子里放入一张十块钱。

这应该是小陈今天"开张"的第一笔钱了，而且还不是个小数目呢——大多数人给的都是一元、五角和一角的钢镚或纸币，给五块钱的都少。小陈的耳力很好，他听到了宁馥的脚步声，朝她点了点头。

两个人这段时间说过的话，加起来总共也不到十句，却莫名地培养出了一种默契。

小陈虽然脾气不好，沉默寡言，但也还算是个"称职"的乞丐，路人给钱，他都会说上句谢谢，再加上一两句吉祥话。可宁馥给钱，他就只是点头致意，似乎知道对方在意的也不是那一两句"好人一生平安"，他也就不浪费口舌了。

宁馥更像一个付费的听众。

小陈又拉起《二泉映月》。

他拉完这一首，又换了一首喜庆的曲子，有路人走过，瞧见他眼盲，掏出一两块钱扔进那搪瓷缸子里。硬币发出清脆的响声，他就停下，用嘶哑的声音说："谢谢，谢谢，好人啊，谢谢你……"

又过来两个女孩子，体贴地弯腰放了两张纸币，他也能从面前空气的流动感觉到人家的动作，又开口说："谢谢，谢谢，好人啊，谢谢你们……"

宁馥数了一下，这一上午的工夫，算上自己给的那十块钱，小陈已经赚了五十多块钱。对于一个乞丐来说，这绝对是个可观的数目。

到了中午吃饭的时间，宁馥问："我给你买一份饭吧？你也一上午没喝水了。"

小陈在这里要饭堪称身无长物，只把一块破塑料布和几张旧报纸垫在屁股底下，除了一把二胡和装钱的搪瓷缸子，啥都没有。

小陈冷漠地拒绝了她："不用。"他的语气听起来很不耐烦，中间还隐约带着一丝愤怒,"我有人管!"他看起来极为暴躁,那样子像是随时准备捡起地上的砖头砸人。

宁馥退开了:"那我吃完饭再来。"

小陈没有再理她。

宁馥其实并没有走远,她只是下了天桥,就在路对面找了个小饭店,跑到二层去给自己点了个工作套餐,特地挑了一个靠窗的座位坐下。

从她这个位置,刚好可以望见天桥上的情景。

"宁馥"在她的脑海角落里冷嘲热讽——这有什么好看的?明明只是最简单的课程期末作业,却偏要搞得像在追踪什么惊天的大新闻一样。她最烦这样的人,一副我最认真我最正义我最有理想的模样,管天管地管别人是不是阳光健康,其实根本是自己最没本事!都说社会太现实,可让社会变成这样的,难道不是社会中的每个人吗?

因为人都是贪生怕死且趋利避害的。

只要你过得好,没人在意你用了什么手段,他们只会羡慕你,然后暗自恼恨为什么好机会没有降临在自己的头上。若要拿游戏来比,这就是个全员恶人的局。想要胜利,就要能狠心,能取舍。

她是林氏报业真正的千金大小姐,她本该拥有优渥的家世、疼爱她的父母。她不应该坐在这个满是油烟味的小餐馆里,盯两个乞丐的梢。这个不知打哪儿来,还霸道地占据了她身体的"孤魂野鬼",也和林越越一样天真到可笑。看看吧,她连最简单的采访选题都搞不定!

"宁馥"现在是干看着生气,即便使尽了浑身解数,也无法让自己的意识操控这具身体哪怕一根手指头,在宁馥的脑海里被气得直接偃旗息鼓了。

与此同时,大陈来了。

他手上提着个塑料袋,从中拿出一个破旧的保温瓶递给小陈,又从中取出个馒头来,掰了一半递给他。小陈猛灌几口水,随后一口水一口干馒头地解决了午餐。

他吃那半个馒头时,虽然看不到表情,但动作显得格外小心翼翼,显然很珍惜这顿饭。

他们说了几句什么,宁馥离得太远,根本听不见,也看不清嘴型。只见大陈弯下腰,从地上拿起那个搪瓷缸子,将里头的钱倒进那只塑料袋里,然后又叫小陈站起来,给他挪了挪位置,将塑料布换到有些树荫的位置,省得他长时间地在太阳下暴晒,安顿好他后才走。

宁馥叫店家打包了一份青椒肉丝的盒饭,重新回到天桥上。

"我刚刚去吃午饭了,你吃了吗?"她语气欢快,像一个善良、单纯而不知人间疾苦的女大学生。

宁馥将手中的盒饭揭开盖，青椒炒肉的香味扑鼻而来："我给你也点了一份，你虽看不见，但是应该能自己吃饭吧？店家没给勺子。"她也不怕伤了小陈的自尊，自顾自地道，"你也不用谢我，这饭只花了十二块钱，你待会儿拉二胡给我听就行了。"

"啪"的一声，是一次性筷子被掰开的声音，她还特地磨了磨筷子上的毛刺，将筷子放进小陈的手中。但小陈却并不领宁馥的情，他猛地一甩手，那筷子立刻被甩了出去，飞出老远。

"我吃过了，不饿。"他说完，自顾自地拉起了二胡，仿佛不打算再和宁馥说任何一句话。

青椒肉丝盖饭在旁边冒着香气，他无动于衷。

一个三十多岁，正值壮年的男人，即使因为常年行乞，营养不良身体不好，但也不该只吃半个馒头就饱了。若说他因患有重病吃不下饭，可除了眼睛盲了行动不便，身上脏兮兮地发臭，却还有力气拉上一整天的二胡。

他为什么不吃呢？是不想，还是……不敢？

她注视着小陈的脸，他蒙着白翳的眼无神地注视着前方，因为要博人同情博人眼球，因此也不能戴墨镜。

《二泉映月》的曲调又响起来，乐声悠扬，第一段快要结束的时候，又重复了。

艳阳高悬，下午两点正是最热的时候，宁馥却突然打了个寒战。她若有所觉地猛然一回头——

大陈站在天桥下，正望着他们。

大陈似乎只是不放心自己的这个盲人小兄弟，见宁馥转回头来，还朝她招了招手，然后便转身离开了。

宁馥一颗心激跳了几秒，这才深吸一口气让自己镇定下来。

她自认也是见过世面的，可却从来没像此刻一样被吓到。

事到如今，那一丝怀疑已经聚集成一团浓重的疑云，笼罩在宁馥的心上。追寻真相，这是记者这个身份与生俱来的本能和冲动，是恐惧无法驱散的——即使她现在还根本算不上个正经记者。

小陈果然还会理她。

哪怕他一次次做出拒绝的姿态，甚至紧闭双唇，言语、动作中无不透露出不耐烦和暴躁，但只要宁馥没被他吓走，依旧蹲在他旁边时不时地问些问题，十个问题里他会回答一两个。哪怕大多数是简单的点头、摇头，"是"或"不是"，这也已经是非常大的突破了。

"其实你一天能讨到的钱不算少。"宁馥笑笑，小陈面前的搪瓷缸子里已经又铺了薄薄一层硬币和几张纸币了，"你不怕有人欺负你瞎，把你的钱拿走吗？"

她说话直白，倒不像那些个顾忌他眼睛，讲话小心翼翼的大学生。

小陈对一个施舍的路人道完谢，说道："不会。"

他倒是很笃定，冷淡地说："有我哥呢。"

宁馥眨了眨眼。

在"宁馥"的记忆中，从她一入学，好像就没怎么在学校附近这两个位置看见过除大陈、小陈以外的乞丐，似乎也没发生过抢地盘、欺负人，或者乞丐们打架斗殴的事件——可能是已经划分好地盘了，小陈有他哥"撑腰"，没人敢来欺负他这个盲人。

宁馥看他的手上似乎有茧子，便道："能给我看看你的手吗？"

小陈有些警惕，但似乎是想到了宁馥这些天来的"诚意"，于是将手伸了出来。

常握琴杆的位置确实有一层茧子。茧子是老茧，他的手上还有些细小的伤痕，可能是这些年伤到的，又或者是当初在工地打工时留下的，但依旧无法遮盖那些拉琴磨出的印记。

如果不是练了有十几年，是磨不出这样的老茧的。

宁馥又问："你练琴很久了吧。有多久？"

也许是想到练琴的不易，小陈的声音低沉："我是瞎了以后才开始练琴的。四五年了。"

如果是真的，听到这故事的人免不了称赞一声"天才"，一个盲人，在失去视力以后才开始练习二胡，如今还能拉得像模像样，其间付出的辛苦努力，绝对不是常人能比的。但因为带着怀疑之心，所见便处处有蹊跷。

他手上的茧子，那绝对不是练琴四五年能磨出来的。

他为什么要说谎呢？

眼瞎后练出二胡技艺的故事，让小陈的行为与其说是乞讨，不如说是卖艺。后者显然更令人尊敬，也能得到更多的钱。

天色已经渐渐地暗下来，小陈又拉了一遍《二泉映月》。

这可能是今天的最后一遍，因为他该回"家"去了。他开始整理，摸索着将琴弓收拾起来。

宁馥忽然道："你今天一共拉了五遍《二泉映月》。"

小陈的手一顿。他似乎没想到宁馥会听得这么认真，连次数都给他记下来了。

她接着道："按照这样的频率，就算你三年前才开始到这里拉琴乞讨，一年算你三百天，一天四次，三年，就是三千六百回……"

"三千六百遍《二泉映月》，你为什么会一直在同一个地方出错呢？"

盲人的呼吸突然变得粗重起来，他猛地抬起头，在这路灯还未亮起，光线尚且昏暗的铁灰色黄昏里，已经瞎了的两颗白蒙蒙的眼珠似乎准确地找到了宁馥的方位，死死地盯着她。

就像他们突然对视了一样。

宁馥悚然一惊。

小陈起伏的胸膛却突然平复下去，他的眼睛刚刚迸射出的一丝微光也飞快地消失了，在昏暗的光线中，两只眼睛就像死鱼的眼珠子一样，动也不动。

他冷漠而平静地反问："我拉错了吗？"看起来，他一点都不在意这件事，"可能是最初学的时候就学错了吧。我是个盲人，看不见谱。"

"小姑娘在这里待了一整天嘞。"

背后突然传来人声，宁馥一回头，看见大陈正走过来，手里拎着木棍："我中午看见你啦，好心肠。"转头又道，"不过他身体有病，不能吃油腻的，你给他买饭他也不会吃的。"

宁馥笑笑："我也是第一次见盲人拉琴能拉得这么好，你弟弟真厉害啊。"

大陈仿佛与有荣焉："他是下过苦功夫的。嗨，我们就是这个命，会拉二胡又怎么样？还不是在街上要饭！"

他打量了一下宁馥，问道："你是这里的学生吧？"又漫不经心地朝学校指了指，"要交期末作业？采访的话你找这个闷葫芦没用的，找我吧，我给你说。"

他轻车熟路："可以拍照，如果录像就要加钱。"

宁馥惊喜地道："真的吗？那我明天采访您行吗？"她有些不好意思，"我今天没带设备。"

大陈点点头："行啊。"

宁馥一副怕他反悔的样子，急忙与大陈约定了明天的采访时间，说好要两个乞丐一起出镜。

大陈将棍子伸给小陈，拉着他走了。宁馥望着他们的背影，从另一头下了天桥，远远地跟在后面。

离学校一公里远，有一片棚户区，算是城中的贫民窟，老居民大多搬走了，住在这里的人三教九流，什么人都有，很多外来的小商贩图便宜，两三家合租一套平房的也不少见。政府治理过几次，但这片区域，就如同这一线大城市光鲜亮丽外表下的一块癣疥，总是难以根治。有人走了，总有人又住进来。

二陈就住在这片棚户区最外围、最偏僻的一个小平房里。

宁馥只远远地看了一眼位置,没有立即跟过去。她先在别处吃了晚饭,然后给自己的设备充好电——手持微型摄像机,一直就装在她随身的背包里。

与此同时,她能感受到,脑海中的"她"也越来越焦虑、越来越担忧了。

"她"不傻。相反,她是太聪明了。即使没有宁馥的任何提示,她也和宁馥想到了一起去,她意识到这两个乞丐有问题,而且很可能隐藏着一个可怕的、危险的大秘密。作为一个精致的利己主义者,如果此时她能够把控自己的身体,她绝对要立刻回宿舍去!

为什么不能老老实实做完原本简单到无须动脑子的作业?!为什么非要刨根究底?!为什么非要这么敏锐?!

事到如今,"她"也不得不承认这个占据自己身体的"孤魂野鬼"并不是她在心中暗自咒骂的"蠢货"。虽然这个人显示出令人绝望的正义感和非常能惹麻烦的执着,但她也的确有一双如刀般锐利的眼睛。

只盼她的这份细致敏锐能让她保护好自己的身体。

夜深了。

凌晨时分,街道上几乎已经没了行人,车辆也变得极少,偶尔驶过的汽车远光灯照到在路边呕吐的醉汉。

宁馥按照记忆中的路线,来到了那片棚户区。她打开了摄像机——电池满格,画面也还算清晰,不过因为光线所限,有些模糊的噪点。

棚户区里还有些人声。

这里住的小摊贩们有的刚出摊回来,因为生活用水和公共厕所的分配问题吵吵嚷嚷,但这些声音也只是隐隐约约地传过来,那种烟火气的温暖,似乎也被隔绝在外。

宁馥接近了二陈住的房子。

两个乞丐能住进这里,成了不再流浪的人,是因为这房子本就没有主人。它在棚户区里都算是最偏僻的,离大街最远,靠着一条死胡同,连狗都不去里头做记号。

而且这屋子实在太破了,连那些为了攒钱,抠得要和别人挤一张床的小贩们也不愿意来住。屋子是砖房,但墙砖已经不知是哪朝哪代的古董,酥得直掉渣。房顶盖着瓦,隔几片就有一块碎的,想必下雨的时候屋里水声也不小.这间房应该是很久以前人家用来堆放煤炭、储存蔬菜的。

屋子后面堆着一些杂物,编织袋中鼓鼓囊囊地装着东西,看形状像是捡来的易拉罐，袋子上已经落了厚厚的一层灰。

宁馥尽量放轻脚步，悄无声息地靠近。

她知道这举动大胆得过火，但她必须要求证，才能有针对性地准备明天的采访，才能决定……她拍摄的东西到底是采访的背景素材，还是报警以后的呈堂证供。

小房的窗子很高，安着几条栅栏，宁馥踮起脚尖才能够得着窗玻璃。摄像机的屏幕上代表"正在录像"的小红点安静地一闪一闪。

宁馥望向屋内。

没开灯，二陈可能已经睡了。

屋内黑黢黢的，宁馥只能靠着外面的那一点点月光才能勉强看到窗户旁的陈设。靠窗的墙边是床，看不清有没有躺着人。

下一秒。

摄像机的屏幕中，玻璃后面，猛然出现了一张人脸！

宁馥的手猛然扣紧墙砖，几乎要惊叫出声！那盲人乞丐的脸隔着玻璃，灰白的眼睛直直地对上她的眼！

小陈无声地做了个口型。电光石火间，宁馥几乎是跟着他的口型喃喃，才意识到他在说什么。他说——

"快逃！"

· 3 ·

"快逃！"

宁馥第一次体会到全身汗毛直竖是什么感觉。

但她的手还是稳住了。

入夜后寂静如死水，只有心跳声震耳欲聋。

宁馥只觉得自己呼吸骤停，在大脑空白两秒后，才慢慢找回思索的能力。她强迫自己忽略一时激跳的心脏，目光盯在小陈身上。借着朦胧的月光，她在小陈的身上看到了锁链……是那种用来拴烈性大狼狗的链子，看起来几乎有婴儿的胳膊粗。

他竟然在"家"里被限制了行动。

宁馥飞快地给锁链推了个特写。

小陈那张一贯冷漠的脸上第一次出现了焦急和畏惧的神色。他似乎不敢出声，只能用口型再一次对宁馥说道:"快——跑!"

宁馥身在小屋的后窗,她缓缓退后,将手持摄像机的云台抄在手中。

一。

小屋前门传来脚步声,随即是开门的声响。

二。

宁馥一步一步地退进身后的黑暗中。

三。

小砖房里的灯亮了。

大陈粗哑的声音响起:"你站在床上做什么?!"

四。

小陈的脸从小窗口前消失,随之而来的是怒吼和粗暴的拖拽,以及棍棒击打在人体上发出的闷响。

大陈的脸出现在那扇脏兮兮雾蒙蒙的玻璃后,他小而有神的眼睛四下扫视,却并没有发现什么。

"少在窗口装神弄鬼,你那副样子,再吓着别人,我就只能说你疯啦。"

"你知道疯子是什么待遇的吧?嘿嘿。"

宁馥站在死胡同凸出的墙垛后,轻而缓地吐出一口气。

小砖房里的灯在五分钟后熄灭了。她来不及再做思考,飞快地离开了棚户区。

就连路上看见她准备扑过来骚扰的醉汉,都看起来不那么可怕了。当然,她用云台抽了醉汉一记,对方晕头转向地拐了个弯,抱着垃圾桶在自己的呕吐物中沉沉睡去了。

已经快凌晨一点了,学校大门早关了,宁馥不得不找了个小旅馆待了一宿。这一晚上,她把拍到的东西和这段时间的怀疑,在脑海中反复回放了许多遍。

毫无疑问,大陈限制了小陈的自由。

现在的疑问:

第一,大陈在这段关系中扮演什么角色?

——他是小陈的"监护人"吗?还是同样被控制的?为什么那么晚了,他才回到住处?晚上的这段时间,他去做什么了?

第二,小陈的眼睛是怎么瞎的?

——他是原本就在街头流浪,还是被胁迫成为"丐帮"的一员的?他的眼睛是真的因为生病才瞎的吗?他是全盲,还是隐约能看见?

第三,小陈一直在用二胡求救,这么多年,为什么从来没有尝试过逃跑?

——他心智正常,身体看起来也没有严重的疾病,耳力绝佳。一般的盲人,长期在熟悉的环境中也可以渐渐行动自如啊……

明天的采访，她要更小心。

既要套出大陈的话，又不能被他发现端倪。

小陈，他已经知道了自己的来意，甚至冒着被毒打的风险提示了她，保护了她的安全。她现在要做的，不仅仅关系到一个完整的"故事"，更关系到小陈的安危。

如果一个瞎了的乞丐变成疯子会怎样？

一个看不见的疯子，随时随地都可能跑到车流如织的公路上，可能跌落到荒无人烟的桥底下，可能……无声无息地消失。

追问真相，这是记者的使命。

寻求正义，这是记者的道德。

"这么说，你们一直相依为命？有没有想过离开这里，回家乡去？"

大陈和小陈并肩坐在柳树荫下，看着真如兄弟一般。大陈将他已经畸形的手展示给宁馥的摄像镜头："已经这样了，去别处还能有什么不一样？俺们俩也都没个媳妇和娃娃，在这里靠你们这些好心人啊，还能吃上口饱饭。"

宁馥又问："小陈的眼睛，是怎么瞎的？"

大陈道："生病病瞎的。"他叹了一口气，"他命不好。最近哪，他的脑子也开始犯糊涂了！恐怕再过一阵就要开始说胡话啦！"

宁馥看了小陈一眼。他灰白的眼无神地直视着前方，似乎对大陈的话充耳不闻。

宁馥想了想，道："为什么不给他弄个盲杖呢？"便宜的盲杖，他们乞讨两三天就够买一支了，哪怕找根长度合适的棍子，给他当盲杖用呢。

她非常真诚，看起来完全是为这乞丐兄弟俩着想："这样的话，小陈也能自己行走，就不用你每天接送他了呀。"

大陈一愣，似乎没想到她会问这么个问题。

他们是乞丐，是穷人中的穷人，他们"相依为命"的模式，从来都是感人的关键点，没人质疑过。

"这不是我不放心吗。"大陈道，"他自己走不了的！非得我牵着他才行，不然啊，一会儿就走到那大马路上去了！"

一天的采访告一段落，宁馥又提出个要求来："我能到你们的'家'去看看吗？"

大陈不太情愿："那不行，你这么漂亮的女娃娃，可去不了俺们的脏窝窝哦！"

宁馥做苦恼状："我这次是要用作业参赛的，如果能有更多的素材，拿到奖金，我给您分一半！"她强调这次作业的重要性，"我想保研，就全靠这份作业了，你们帮帮忙呗。"

大陈并不知道什么叫保研，参赛又是参的什么赛，但宁馥很清楚明白地表达了她的意思——她只要荣誉，金钱上的利益当然可以出让。

大陈充分展露了一个底层乞丐所具备的直接和狡黠："你们学生的奖才多少钱哪！"

宁馥会意。她扮演的就是不设防的女大学生，很容易被"社会人"讹诈。

"是全国性的比赛呢，奖金有一万块。"

大陈笑了，露出一口黑黄的牙齿。

"那你要先给钱。"

棚户区的小砖房。

看样子是草草收拾过了，宁馥带着设备走进屋子，屋内的摆设比昨夜看得要更加清楚。但房间里很黑。

唯一的后窗，此刻被木板挡上了。

的确是乱糟糟脏兮兮，屋顶糊着不知道哪个年代的旧报纸，靠窗的床上胡乱堆着一条被子。

铁链不见了。

宁馥给李宇打了个电话。

"我有一条独家的新闻。"

李宇顿时来了兴趣，他是知道宁馥能力的，只要这小姑娘说有大新闻，那绝对不是逗小孩子玩的。

"什么价，你随意开！"

宁馥在电话中也不卖关子："不要钱。实际上，我是想请李哥帮个忙。"

李宇的兴趣略减，不过他对宁馥的印象不错，于是问："你先说，我看能不能帮上忙。"

宁馥道："我这条新闻吧，其实它是个社会新闻。如果跟下去，它就是个法治新闻。所以想问问，李哥认不认识法治口的同行，或者公安局的警察叔叔。"

她现在的身份不过就是个新闻学院的大三学生，离圈内人还差得远，对记者来说极为重要的人脉和关系网络，也都还没建立起来，所以不得不求助于李宇。对方虽然是两眼紧盯娱乐圈的娱记，但过去也是某大报的记者，自然认识不少人。

李宇惊了："真的假的啊？"

"你这不会还有人身安全受威胁的事儿吧。小宁我可和你讲，小姑娘家家千万别拿自己的安全开玩笑啊！"

宁馥道："谢谢李哥，放心，这个我会注意的。"

李宇答应下来。

宁馥又道："另外就是，能不能借我一台偷拍的设备？"

李宇越发觉得她这是要去干什么危险的事，愁得大叹一口气："这倒也不是不行，你确定？"

宁馥的笑声从听筒里传来，她说："我确定。"

李宇感叹："年轻真好啊。"

真天真，但也真勇敢。

"这已经算两个忙了，还有什么事？"

宁馥道："如果我三天后没和你联系，麻烦李哥你就报警吧。所有信息我都存在硬盘里了。"

李宇道："你可别瞎说吓唬我，搞谍战呢？！"过了一会儿，他又道，"你注意安全。偷拍设备别弄坏了，挺贵的。"

宁馥在心里记下了他的情。

她带着偷拍设备，跟踪了大陈。

李宇一开始还真没把宁馥说的情况太当回事，他看了宁馥寄来的资料，知道这位敏锐的小记者是怀疑那乞丐实行人身控制，说不定还涉嫌拐卖和人身伤害。但乞丐吗，这种事，其实是见怪不怪了。

年长"资历"深的，谁没有几个小弟伺候孝敬？能打架的，凶悍点的，谁没有个自己的地盘？这些游荡在社会最底层的人们，仿佛也游荡在道德和法律的边缘，他们有自己行事的规矩和方法，在旁人看来惊骇，但他们自己却早已习惯了他们那个世界的法则。人们也渐渐地漠然了。

李宇这左等右等，一直没等到宁馥联系他，眼看就第三天了——他有点坐不住了。

等到第三天的晚上，他给警局的朋友打了个电话。

"确定报失踪？她的体貌特征你说一下。"

局里有人好办事，李宇的朋友也很靠谱，记录下李宇描述的宁馥的身高、外貌等信息，还和他要了张宁馥的照片。

——是李宇从宁馥的实习简历上抠下来的白底一寸证件照。

如热锅蚂蚁一般地坐到了第四天，李宇接到了警察朋友的电话。他一颗心七上八下，按下了接听键。

这么快打过来，他心中莫名有点不祥的预感。

"人找到了。"对方道,"和你的描述可差太多了啊,照着你给的照片,八百辈子也不可能找见!人家这次还是自己走进局里来的呢!"

"不过啊,你的这位小朋友可真了不起,现在全局出动,就为了她带来的这条线索!她立了大功了!"

李宇火速前往警局。

然后他才知道朋友在电话中说的是什么意思——证件照里的宁馥皮肤白皙,披肩黑长直发,秀目琼鼻,唇角仿佛天然带笑,脸颊圆润带一点点婴儿肥,是个十足十的美人。

他眼前这个浑身披挂烂布片、裸出的两条胳膊上沾着不知道具体成分的污物、鸡窝蓬头、一只眼睛带着青肿的女乞丐,是谁?

"宁馥?!"李宇惊呆了。

他几步走进公安局的会议室,离得近了,才能从那一张带着伤痕和污迹的面孔下,看出小姑娘原本那秀美的轮廓。

"你没事吧?!"

李宇知道自己问了句废话。只看宁馥这一身狼狈,就知道绝对不是"没事"。但此时她已坐在公安局窗明几净的会议室里,也说明至少她已经化险为夷。

宁馥朝他一笑,露出两排白牙。

——这大概是她浑身上下唯一看起来还干净的地方了。

他赶紧在宁馥身边拉了张椅子坐下:"你没伤着哪吧?具体什么情况,跟我说说!"

"先让人家宁馥同志清理清理,你再来问东问西!"他朋友带着一个女警走进来。

李宇一下紧张了:"还要验伤吗?"

宁馥摇摇头,笑道:"没事。只是和人打了一架,我赢了。"这话说得,还有点小得意呢。

李宇眼睛瞪大:"和谁打架?!"但宁馥已经跟着女警姐姐走了。

李宇的朋友一脸的感叹。

"现在这大学生,可了不得!"他想了想,觉得这话表达的力度不够,又加上一句强调,"你这个小朋友啊,更是不得了!"

李宇这才从警察朋友的讲述中了解了原委。

"她就是做个课程作业,去采访学校外的两个乞丐,却发现啊,那年轻乞丐一直在用拉二胡的方式求救。这个乞丐小陈,我们已经派人解救回来了。你知道吗，我们的警察是夜里冲进去的，那叫小陈的乞丐被铁链子锁在屋里，吃东西用的是狗碗！他夏天还穿着厚衣服，那是因为身上被打得一块好肉都没有啊！"

"这个小陈，原本是外来务工人员，因为生病，流落街头，发烧昏睡，被那个老乞丐捡了回去。"警察露出一脸复杂的神情，"你知道，老乞丐干了什么吗？"

李宇莫名地打了个寒战，示意朋友说下去。

"老乞丐拿两瓢石灰水浇瞎了他的一双眼！

"本来还要打残他一只手的。因为即使是盲人，总还有很多谋生的手段，他又年轻，还是会让人觉得不劳而获，要不到钱。

"是这个小陈机智，哭求说自己原先会拉二胡，让老乞丐觉得他能靠着手艺讨到钱，才把两只手完整地保下来。

"小宁发现他被老乞丐控制，几次给了暗示，他都有回应，包括故意与老乞丐的说辞不一致，但老乞丐看得太紧，他没有机会和小宁透露更多信息。老乞丐为了控制他的行动，从他刚瞎的时候，就没有给过他盲杖，每次出门乞讨，都是靠老乞丐牵引。小陈有次想要逃走被他发现，他就将小陈引到马路上，让他被车撞，断了两根肋骨。之后，小陈就不敢跑了。

"宁馥跟踪拍摄以后，发现他们的住所日常其实只有小陈一个人，房后堆积的象征乞丐身份的杂物已经落了灰，实际上根本没有被卖出过。她猜测，老乞丐大陈平时还有另一份'工作'。根据这些蛛丝马迹，她对大陈进行了跟踪暗访，为防被发现，她甚至将自己打扮成了乞丐，成功拿到了证据。

"大陈，又名陈东，一个流窜全国的乞丐犯罪团伙首脑，早年曾在安徽、河南一带犯案，涉及拐卖儿童、故意伤害他人和人身拘禁，后来消失。在本市，他有将近两百名丐众，其中核心人员二十人，剩下的都是通过各种途径被他们控制和操纵的受害者，未成年人占七成。他平时对小陈的看管最严，就是因为小陈被绑入丐帮并致残时已经成年，又受过教育，反抗的意识更强。"

老齐说到这里，想到小陈的经历，自己也禁不住抖了一下。

日日活在残害自己的凶手的监视之下，周遭一片黑暗，活命的一切都要仰赖凶手的施舍，成为对方赚钱的工具。数年如一日，他是抱着怎样的希望和怎样绝望的心情，在虐待中一遍又一遍地拉奏《二泉映月》的呢？

幸运的是，他终于等来了"知音"。

"太细节的，我也不能和你讲。她的暗访资料现在也还不能公开，等局里将所有嫌犯一网打尽，我们会在法制报给她一个专版。

"她才二十岁吧，真够拼的，把自己打扮成乞丐混在乞丐堆里，整天吃剩饭、捡垃圾、睡大街的，若不是她把自己弄得连本来面目都看不出来，恐怕早遭人害了。"

李宇心有余悸地吸了一口气。

这时候，宁馥也简单地清理了一下，回来了，举着个冰袋敷脸。女警给她找了身干净衣服，洗了脸，处理了脸上青肿的伤口和一些细小的擦痕。

"我的变装还是挺成功的，对吧？"

李宇瞪了她一眼："你说你这叫什么？——胆大包天，没心没肺！"

一腔悍勇，赤子之心。

宁馥耸了耸肩："我心里有谱的。"她炫耀道，"我和两个人打，他们都没占到便宜！"

事实上，真正发生的情况远比她轻松描述的要惊险得多。

哪怕她把自己都弄得几乎看不出是个女人了，还是被两个乞丐盯上了。

"有手有脚，是个全乎人，能卖个好价钱。"

宁馥不得不和人打了一架。

没被卖进深山，要得益于她的体能——基础数值随机翻倍，翻的正是体力。

这是在跟踪大陈的那个晚上发现的。她没使太大力气，居然把那试图骚扰她的醉汉抽得连北都找不着了。

她进入世界时的基础体力是80，以成年男性基础水平100为标准，80属于健康成年女性的基本力量水平，或许要低于长期劳作的妇女和女性运动员。而体力值翻倍，意味着她拥有了举重冠军的力量，短跑冠军的爆发力，以及铁人三项冠军的持久力。

打两个不那么强壮还有些轻敌的男人，难度不大。

"老齐，老齐，咱们的人回来了——"院子里的喊声和警车的鸣笛声一起传进来。

老齐双眼放光，跳起来就往门外走，不忘叮嘱宁馥和李宇："你俩别出去，人不一定全抓回来了，要防事后报复。"

两人都是干媒体的，自然清楚这程序，点头答应。

警局的院子里，五辆警车一字排开，一群恶丐被押解下来，一人一副铐子，蹲在地上。

这些人中有大陈，他那残疾的手也被紧紧扣在手铐中，他是被重点看管的对象。

"警官，我们是冤枉的，警官！"他感觉到这次被抓不同以往，不是平时的遣送回乡，不是治安上简单的罪名。他手下的人，几乎全都从各地被警方抓来了。

为什么？！

这个狡猾的老乞丐并不知道，他每天晚上去全城各个点子上收当日的进款时，几乎带着宁馥走遍了他所有手下的藏身之处。

城市的脓包，被一个二十岁的女孩子一针刺破。

"小宁同志，那个小陈……他问是不是你带我们救了他，如果可以，他想见一见你。"

乞丐犯罪团伙全部被拘押，按主从犯录口供。

这些天宁馥拍摄的"素材"，几乎像一部惊险恐怖版的社会底层漫游记。

光怪陆离的、灰色调的，乞丐们的世界。

有从小被拐，却依然记得被陌生人带走前，妈妈给他一颗糖果，让他在百货商店前"乖乖等"的孩子；有自愿进了丐帮，以为能得到庇护，却因为讨不到钱，常年被虐打的残疾人；有讨到钱就去抽烟、喝酒装大人，悄悄给比自己小的乞丐买包子吃的离家出走的失足少年。

也有人，为了争一张破床垫就能打得头破血流；为了换取更多的同情，自己把自己弄成残废；为了也能成为"享福"的乞丐，去偷去拐别人的孩子……

同样，她留下的影像和记录，也成为一些人犯罪的铁证。

即使是一流的法制记者，也很难能有如此深入一线的调查，更何况……这只是一个没有团队，没有支援，甚至只受了三年训练的女大学生。她仅凭敏锐的观察力和超绝世人的勇气，置身险境，唯一的后备方案，就只有一个娱乐圈的狗仔。

老齐是老警察了，却对宁馥这么个二十岁的小丫头，心生敬意。

他也只是转告宁馥，去不去见小陈，全看她自己的意思。

宁馥站起身："他在哪儿？"

老齐介绍道："就在隔壁的休息室呢。我们已经联系了社会福利机构和医院，会给受害者做进一步的身体检查和后续安排，你也可以放心。"

老齐、李宇和宁馥三个人走进休息室。

乞丐小陈，不，或许应该说，是曾经家住南华市福田镇五里屯5排18号的陈晓军，猛地站起身。他准确地辨别出了恩人的脚步声，"扑通"一声跪倒在地。

众人来不及扶他，陈晓军已经给宁馥磕了三个响头，脑袋撞在光滑的大理石地面上，发出"笃笃"的闷响。

宁馥赶紧把他扶起来。

陈晓军已经换了身干净衣服，刮了胡子，整个人看起来都精神了一些。他的眼睛还蒙着白翳，但仿佛有了一丝生气。法医给他简单地看了一下，眼睛还能感光，在盲人中，情况已算好的了。

未来，或许他也能有一份自食其力的工作。

他的手无法停止颤抖，但他还是用力地，小心地攥住了宁馥的手。

"谢谢，谢谢，好人啊，谢谢你……"

这是他平时乞讨时对施舍者说的话。

可当时，他只是行尸走肉。

现在，他是一个鲜活的人。

陈晓军一时只恨自己笨嘴拙舌，不会说太多感激的话，这种无法表达的心情，让他又要跪下磕头。宁馥一把拉住他："你饿不饿？"

这话一出口，两个人的肚子齐声叫了起来。

打理干净的女孩漂亮的脸上略带稚气，她有些不好意思地看看李宇和老齐，问："能……能给我们找点吃的吗？"

老齐立刻拍胸脯："没问题，你俩想吃什么，我立马安排！"

宁馥转头问陈晓军："想吃点什么？"她的语气是那样柔和、温暖，富有力量。

陈晓军已经三十三岁了。他瞎了四年多，却在黑暗中勾勒出保护神的模样。

即使她的声音是那么年轻。

家住南华市福田镇五里屯5排18号的陈晓军，上过高中，从小会拉二胡，哽咽着流下热泪。

他第一次说了实话："想吃……想吃青椒肉丝和米饭。"

第八章

"好好看看这个世界"

· 4 ·

采编课的杜老师在班级群里催学生们交课程期末作业。

大三学生的作业和考勤是最让老师们头痛的。都不是刚入校园的学生，又赶上考研和实习找工作的当口，个个都像患了拖延症晚期的病人，已经宣布医治无效了。

微信的提示音响了，杜老师打开一看，私聊窗口上有个小红圈圈。

——老师，您在办公室吗？

宁馥。这个名字杜老师是有印象的，每次上课都坐在前排的那个漂亮小姑娘。

杜学勤仔细地看了一遍考勤簿，皱起眉头——宁馥在期末旷了四回课，头两次还请了事假，后两次连招呼都没打，这基本和平时成绩说拜拜了。而且距离期末采访大作业的提交日期只剩一天了，她的作业还没有交上来。

杜学勤太知道学生们的"套路"了。

什么病假、家里出事、忙于复习考研……老师们基本上都知道大家是个什么情况，单看你的态度，以及"可怜"的真实度。如果能真心实意地求求情，倒也可能网开一面。特别是采编课这种必修中的必修课，期末大作业的成绩实在重要，而传媒生的实习又忙得脚不点地，每回"特别申请"去和杜学勤当面"陈情"的，就有不下七八个人，都够开场小会了。

果然，那行"正在输入中"跳动了一下，宁馥又发来一句话。

——我想向您申请一下期末作业延期提交。

杜学勤熟练而令人心疼地回复：下午在，你过来吧，在会议室等我。

翻了翻考勤簿，再次确认了一下宁馥的四次旷课，杜学勤叹了口气，微微摇头。

在他心中，宁馥不说品学兼优，至少也是能让人完全放心的好孩子。怎么也走到旷课拖期末作业的地步了呢？

其实他心中已经决定放宁馥一马，给她再宽限几天了。但本着对学生认真负责的态度，杜学勤老师决定还是听听宁馥的申请理由，然后好好敲打敲打她。

万一真有什么迫不得已的理由呢？请求期末作业延期的学生里十个有三个是

因为懒，五个是分出精力干别的去了，剩下那两个才有可能是真的因为什么不可抗力推迟了大作业的完成时间。

杜学勤由衷地希望宁馥是那百分之二十。

下午。

学知楼四楼403会议室。宁馥推门进屋，里头已经坐了五个同学了。

大家心照不宣地笑着互相打招呼，见了宁馥，齐刷刷倒吸一口凉气，疯狂交换眼神，最终有人忍不住问："嚯，宁馥，你的眼睛怎么回事？撞树上啦？"

只见女孩左眼青了一大片，已经散出黑紫色来了，看上去甚是吓人。

什么撞树，明显是被人打的啊！

几个人的八卦之心蠢蠢欲动。毕竟，这位可是蝉联三届校优秀学生干部、三好学生，连着拿了好几回校长奖学金的人啊。宁馥同学在整个学院也算是大名鼎鼎了。她破天荒地申请期末作业延期提交都不算什么大新闻了，没看见人脸上都挂彩了吗？！这才是真正的劲爆新闻啊！

"不是撞树，是和人打了一架。"宁馥倒是不遮掩，非常直白坦诚。

大伙说"撞树"也是给她找台阶下，她这么一承认，众人都忍不住更加好奇起来。

有人追问："和谁打？"

宁馥耸耸肩："我不认识，不过是坏人。"

她可一点关子都没卖，每个字都是实话。奈何越是实话，就越让人浮想联翩——一个二十岁出头、年轻漂亮的女孩子，被人打了个乌眼青……是更符合她说的见义勇为，还是更符合一出被男友家暴的大戏呢？

再问下去就不合适了，有同学转换了话题。

"实习顺利吗？工作是不是很忙？能拿到offer吗？"

听说宁馥在一家纸媒的娱乐版实习，带她的那个娱记好像在圈内神通广大。说不准搞好关系，还能要到明星的签名照呢！

"宁馥，你这次怎么也要申请延期啦？最近在忙什么呢？"

如果有一个合适的词来形容同学们心中对"宁馥"的大致印象，可能只有"奋斗狂"这三个字了。她是绝对不可能因为懒癌发作而没能按时完成期末大作业的。以她那不达目的不肯罢休的性格，和那过分漂亮的脸，以及流传的与家里人不合，生活拮据的背景故事，还有关于她费尽心思想要借机跻身娱乐圈的传闻，很难不让人浮想联翩啊！

宁馥笑道："也不算是实习，"她歪头想了想，道，"算社会实践吧。"

大家正叽叽喳喳，杜学勤杜老师一推门走了进来，众人顿时噤声。一双双大眼睛里溢出了可怜巴巴的祈求。

大家争先恐后地酝酿起情绪来——不管怎么说，同情牌是基础，必须先打好！老师要想挂学生的科那可太容易了，特别是这样没有期末考试的课，能否及格全在老师的手中啊！平时拖延一时爽，期末挂科火葬场！

宁馥的乌眼青再一次起到了惊吓的作用。

杜老师震惊的目光落在她脸上："这是怎么啦？"

宁馥摸了摸眼眶："其实已经不疼了。"

杜学勤强迫自己移开目光——小姑娘家家都要面子，挺漂亮的一张脸蛋居然弄了个熊猫眼，想必不愿意被人盯着看。

不过，他倒是对宁馥请求作业延期的理由更加好奇了。

"对不起杜老师，我下次一定安排好时间，不让病情耽误课程作业的进度。"

杜学勤摆了摆手："行了，给你两天。"

据说肠胃炎半个月的同学如蒙大赦般地起立给杜学勤鞠了一躬。

大家都没走，围坐在会议桌边，就看谁的理由最立不住。杜学勤是想好好寒碜寒碜这帮拖延症晚期的家伙，公开处刑的——看看吧，不及时准备，最后就要在众目睽睽下解释自己为什么蹿稀蹿得失去学习能力……

"你呢，宁馥同学？"杜学勤问。

屋里的六双眼睛齐刷刷地盯向宁馥。

宁馥在突然莫名紧张起来的氛围中镇定自若地站起身，递了张纸给杜学勤："老师，警队说，需要三个月，您看行不行？"

屋里一片安静。

杜学勤皱起眉头，目光落在手中的纸页上——红头稿纸，上面第一行就是"天南市公安局"。

"……鉴于案件还在侦破过程中，宁馥同志的暗访资料将作为重要的视频证据，纳入嫌疑人追逃案卷中进行永久存档，同时，两万余字的笔记资料也需暂时保密，待案件破获后再向社会公开。特请C大新闻学院配合。"

下面盖着大红的章。

宁馥道："您看……可以给我一个及格分吗？"她努力眨巴着眼睛，释放出期许的光。

没法按时交上作业，她是不指望拿优了，如果老师能看在她见义勇为的分上给个及格分，她就谢天谢地了。

杜学勤看完文件，脸上带着不可思议的神情。

"你……你不是在《南天都市报》的娱乐版实习吗？"

"你脸上的伤，也是因为这件事？"

这俩问题，挠得几个同学全都心痒痒，探头探脑的，那目光直往杜学勤手中的文件上瞟。

"那个……您要是不信的话，我这儿还有个证明……"

杜学勤下意识地点点头，随后便见她从书包中掏出一个类似追星女孩用来装海报的那种纸筒来。

宁馥略有些羞赧。不是因为她的羞耻心有多重，实在是……实在是不知道这东西拿出来，会不会看起来很搞笑……

杜学勤依然觉得这事情的发展有些出乎意料，他看看宁馥，又看看她放在桌子上的纸筒。

宁馥一直是个优秀的学生，她并不是那种大胆的、为了追寻一个真相而甘愿置身险境的人，或者说大部分人都不是。那是什么让她具备了这样的勇气和决心呢？

他忍不住再次打量起宁馥来。

她像一棵小白杨，昂扬而蓬勃，脸上挂着一个乌紫的眼眶，神色却很坦然。

周围的同学们急得恨不得立刻上手，替杜老师打开这份"证明"："老师，老师，打开看看吧！"

杜学勤这才回过神来，对上了几双好奇的眼睛。

他伸手拿过纸筒，打开盖子，慢慢地用一种和探雷差不多的谨慎，把里面的东西取了出来。

手感软软的，挺舒服。

杜学勤摸出一块深红色的丝绒布，有些惊讶地拿在手中，抖开。这鲜艳的锦旗一下铺在桌面上，金色流苏散开，竟还挺漂亮，只见上面两行烫金的大字——

"以笔为剑墨为锋，敢问人间事不平！"

"以笔为剑墨为锋，敢问人间事不平……"

杜学勤忍不住低声念了一遍，目光下移，锦旗的落款是"天南市公安局敬赠"。

宁馥不禁捂住了脸。

老齐这人，爱看武侠小说，虽然在警察岗位上干了二十多年了，却还没被现实浇冷行侠仗义、快意恩仇的热血。

送锦旗是公安局领导的意思，毕竟这回为了办案，委屈了他们的大功臣。

他们本来都做好做工作的准备了,这份暗访调查对于一个记者来说实在太重要,几乎是以生命为代价才成就的作品。没有人能看着自己的心血被一直拖着而不能发表,更何况这还是人家的课程期末作业,交不上去没准还得受学校的处罚呢。

没想到宁馥挺爽快就答应了往后压。

局领导高兴啊,宁馥本来说给写个证明让她拿给学校交差就行了,可这位记者小同学的觉悟实在太高,反而让领导有点不好意思了。这怎么整?

——再给送一面锦旗!

这事由老齐一手操办,和宁馥一说,宁馥也没推辞。毕竟一般都是老百姓给公安局送锦旗,这一回能收到公安局给的荣誉,也很珍贵。可谁能想到老齐去定做锦旗,居然印了这么一句话,印个朴素实在的"见义勇为"不好吗?!

杜学勤今天被震惊到的次数太多了。他又端详了一会儿这面红艳艳的锦旗,终于认清宁馥的作业可能在三个月内是交不上来了的事实。

"可以。"杜老师道,"以后还是要注意安全,千万不能莽撞。"

初生牛犊不怕虎,她还没毕业竟然就卷入这么重大的事件里,甚至很可能独立完成了暗访、调查和全程的拍摄,怎么可能不经历危险?能在危机四伏中平安归来,恐怕也要天大的运气。

在新闻学院的这些年,杜学勤的教学任务很重,却如流水线般模式化。

学生们在大学里晃一圈,四年就像加了倍速播放一样,飞快地,他们就又流向社会中不同的岗位。宁馥明明也是其中之一,只不过更优秀一点。在离开学校以后,他们中的大多数人都会渐渐地、渐渐地走向平凡。这其实是再正常不过的规律。

理想不能当饭吃。

他都快忘记了,自己读书的时候,也曾意气风发,想着做个执笔为刀、为民请命之人。往日里自嘲是高等教育流水线上的低级技工,杜学勤今天却仿佛突然找回了自己第一天站上讲台时的那种激情。

宁馥接受了老师这突如其来的关心,摸摸后脑勺:"谢谢杜老师!"

杜学勤摆摆手:"别谢我,谢谢你自己吧。"他道,"文件先留在我这里。我复印一下,提交给系里。"

杜老师忍不住又看了宁馥那乱糟糟的头发一眼,感觉自己的审美受到了伤害:"还有,明天中视就要来招人了,你……你也好好打理一下形象吧。"

她的头发半长不短。

"宁馥"很注意形象,一头黑长直的及腰发。她虽然的确有很多悲惨的故事,但不能看起来很苦、很惨。

当她回到亲生父母的身边时，一定得是美好的、纯洁的、努力生活的，而背后的那些故事"被"大家知道时，才能更显她的可贵，才能换到更多的同情和愧疚，才能……才能让爸爸妈妈真心地对她好。

灰姑娘如果长得丑陋不堪，怎么可能嫁给王子？哪怕她的心真诚善良，如同金子一般。

然而——

自从那"孤魂野鬼"夺了她的身体，为了救一个乞丐跑去露宿街头以后，她一直精心呵护的头发就被这狼心狗肺的家伙给糟践了！这个家伙为了乔装，也为了让人尽量少往女性特征上联想，就给她的宝贝头发来了一剪子！在脑海中"她"眼睁睁地看着自己的头发被剪得像狗啃过的一样，真的要被气哭了！

后来更是气人——

先是好几天不洗澡，后来头发又在斗殴中被扯断了好多！整日在脏污的地方和脏兮兮的乞丐们混在一起，她的头发都快擀毡了！后来……后来"她"天天为自己的生命担惊受怕还来不及，也就顾不得头发的事了。

此刻再看，简直惨不忍睹！

暗访结束后，宁馥回学校的理发店洗头，就连理发小哥都束手无策，洗护产品套装都没给她推荐。虽然宁馥听不见"她"在脑海中说话，但仿佛在冥冥中听见了她被气哭的声音一样，让理发师修理的时候尽量保留了一点长度。

但"她"可一点也不感动，一、点、也、不！如果"她"的灵魂能实体化，此刻大概已经在宁馥的脑海里发飙了。

宁馥抿唇一笑："嗯，我知道。"

她明白，发型事小，明天的中视校招，才是正题。

不知道同去申请期末作业延期的同学们怎样在学院里传那天的见闻的，越传越离谱，最后竟然诞生了"宁馥练过武术，看起来柔弱，其实是个'金刚芭比'，见义勇为一个人打倒了好几个壮汉"这么个全新的故事。她那段时间神出鬼没，后来回学校眼睛还带伤引起的谣言，就这么不攻自破了。至于现在广为流传的这个故事版本是不是更不靠谱，似乎也没那么重要。

当天晚上，宁馥还真去宿舍楼下的小店做了头发柔顺护理一条龙，一直在她脑海中怨愤不已的"她"终于消停了。

"她"还没有放弃夺回身体所有权的念头，但宁馥的精神体实在太霸道，一点机会也没给。这段时间以来，她几乎都习惯了在脑内占据第一视角，看着宁馥操纵身体了。

动心忍性，蛰伏伺机。

"好，大家安静一下。下面，让我们欢迎中视新闻中心副主任关童老师和调查记者部主任钟华老师！"

热烈的掌声响起。

有一半是冲着中视的名头。

中视是全国性的电视台，更是全市最早成立、最具权威性、受众最广、收视率最高的电视台。纸媒日薄西山，移动互联网已经成了人们接收信息最主要的媒介平台，但中视作为以电视为介质的媒体依旧屹立不倒。

国家事业单位，就这几个字儿，足够让应届毕业生挤破脑袋。每年在中视实习的青年才俊如同过江之鲫，真正留下的却是极少数。

另一半的掌声……则是冲着那位钟华老师。

这位也是个传奇人物。

他报道的案例被编入新闻写作和新闻学概论的教材。

他近两年不做出镜记者了，报道也少，原来是升职做了调查记者部的主任。但低调的作风拦不住学生们狂热的好奇——

据说他还被黑社会追杀过呢！这对于一群还没出校门的学生来说，绝对是让人心跳加速、眼冒金光的猛料。如果不是因为C大的新闻专业在国内排名第一，这位只闻其名不见其人的大记者也不会在这儿出现。

时隔一个多月，宁馥又出现在教室第一排。

关童和钟华一前一后地走进来。

论职位论年纪都是资深的关童走在前头，但他看起来却没有半点架子。人没进来肚子先进来了，整个人看起来像个笑眯眯的弥勒佛。钟华则走在后面，绷着脸。

他看起来意外的年轻，还很英俊。有女生开始窃窃私语，教室里发出一阵"嗡嗡"声。

关童先向介绍他们的老师点头致谢，随后站上讲台，打开了中视校招的宣传文件。

在众人灼灼的目光中，钟华转身在旁边找了把椅子坐下——他原本想坐台下面，但这间教室里已经座无虚席，被关童笑呵呵地看了一眼，他没办法，只得面冲着那一双双有些过于热切的眼睛坐下。

"看起来好严肃啊……"

"不过还是好帅！而且比我以为的年轻很多呢！"

"好了，好了，开始了，你们少发点花痴吧！"

关童主任先介绍了中视新闻部的概况。到底是国内顶级的电视台新闻部，光是宣传片，从文案到摄影、剪辑都无可挑剔。把在座的学生们的胃口吊足后，他才说到校招名额的事。

这次新闻部招两名出镜记者，要求一男一女。

大家略感失望。看来钟华是来当吉祥物的。不过也正常，调查记者大多都是纸媒出身，笔杆子硬，更要有社会口或者法治口的经验才行，招应届生本来也不大可能。

但出镜记者也不错啊！

有好几个大名鼎鼎的媒体人都是出镜记者出身，更有把自己的一张脸做成整个节目的标志的，比采编部、播出部等完全是做幕后工作的有意思多了！

一时间教室里的学生们看彼此的眼神都带着一丝紧张。

名额只有两个，现在大家都是彼此的竞争对手了。

关童主任大致讲完出镜记者的要求和入职之后的岗位情况、薪资待遇后，剩下的时间就留给大家提问。面对教室里齐刷刷举起的手，关童并不意外，他笑呵呵地道："大家别着急，我一个一个回答。"

他连续回答了几个学生的提问，包括具体的职责分工、职业发展的环境和机遇，以及晋升途径等。他说到最后一个问题，还拿坐在一旁一直没说话的钟华举例子："钟主任大家都知道吧，做调查记者十年，什么苦没吃过？现在是调查记者部的主任了。很多重大选题的策划，都少不了他啊。"他伸出蒲扇般大的手，小水萝卜似的手指一转，一抓，"他虽然不上一线，但却是幕后的操盘手啊。"

他觉得自己这话说得挺幽默，呵呵地笑起来。

钟华也没个笑模样。他只是很淡定地坐在那儿，像展览柜里的模特一样。

关童在心中翻了无数个白眼。

叫他来就是为了他这点名人效应啊！行走的活招牌！可他板着一张死人脸，这是配合工作吗？！虽然中视不愁招人，但谁不想多揽点好苗子呢？

又有女生提问："关老师，我有个问题。"

关童眼睛一亮。

第一排发问的女生长得也太出众了！他不由得更加和颜悦色："这位同学，请讲。"

"如果进入新闻部工作，有机会成为调查记者吗？"

关童笑道："当然，当然有机会。"他眼睛一瞟，"这样吧，钟主任也在这里有一会儿了，你这问题啊，他来回答正合适！说不定啊，将来你还能成为他的同事！钟主任，你看呢？"

关童使劲推销。

出镜记者其实才是电视台记者的常态，更是很多人眼中极为光鲜的职业，关童其实有点不理解这姑娘为什么想做调查记者。又是一腔热血想要仗剑人间的？

他上次见这么单纯又爱犯傻的孩子还是十年前……

关童使劲跟钟华示意。

钟华撩起眼皮看了提问的人一眼，就知道关童的热情从何而来了。

她长得很漂亮，甚至漂亮得有点过分了。

如果说关童主任的语气是亲切又热情，那这位钟华主任的语气就堪称带着北极冰碴子。他甚至没兴趣多说几个字——

"你不合适，去做出镜记者吧。"

——这意思就是想也别想。

宁馥眉梢一挑。

她在决定进入这一行前，就已做过了功课。钟华的名声，她自然也是听过的，倒是没想到，会是这样一个人。

她直视钟华道："听说您是位很优秀的深度调查记者，任何事情不能妄下论断，我想这是一个记者的基本素养。"

钟华淡淡地看了她一眼，正要开口，还在讲台上的关童赶紧插话进来使劲打圆场："钟主任他们对调查记者的要求的确和出镜记者有些不同啊，但只要向着向往的方向努力，相信这位同学一定可以实现目标的。"

钟华平时不声不响，但却是台里的刺儿头，真要让他说，指不定说出什么惊世骇俗的话来！本来是想让他来做个活招牌的，别反倒把应届生们得罪了。他是不怕这个，台里可要因为舆情头疼了！

不过要他关童来说，调查记者部还真不是漂亮小姑娘待的地方。没日没夜地工作不说，还有危险。调查记者出事的，也不是一个两个了，就连钟华自己，也遭过跟踪、恐吓，有段时间吓得台里专门给他配了安保。

钟华上任后这两年，进调查记者部的人就基本上都是男的了。虽说调查记者这一行里十个有九个是男性，但也不能就绝了人家女记者的路啊。好几回台里的领导找他谈话，怕部门再这么搞下去要被投诉就业性别歧视，可钟华这人愣是死咬着没松口。调查记者部硬是成了全台的和尚部。

关童挺欣赏这个女孩子。

虽然以他们现在的年纪，以他们学习专业知识的程度和实践的经历来看，说着想做深度调查，很可能连微型摄像机都没摸过，更没写过深度调查的稿子。但能有这份雄心，愿意去尝试这么一个一般人不愿意做的工作，已经挺难得的了。

关童起了惜才之心，忍不住又对宁馥道："出镜记者确实很适合你，可以来试试。"

宁馥礼貌地点点头："谢谢您，关主任。"

关童还挺留心她的动静。宣讲结束后，有意愿的同学可以上台来领取报名笔试的表格，关童失望地发现，他印象很深刻的那个女孩并没有在排队的学生中。他气得用力地拍了一把钟华的肩膀："你真是……你真是越来越疯了你！天天坐办公室也改不了你这个讨人厌的脾气？！"

钟华反而露出从他进入教室以来的第一个笑容："对啊。你知道，还叫我来？"

关童大翻白眼。

"两位老师，接下来回台里吗？"一起来的工作人员问。

钟华摆摆手："他回去。我下午有其他事。"

关童看了他一眼，忽然似是想到了什么，神色略变，收起了笑容。

宁馥刚从校招的宣讲会出来就接到了李宇的电话。

对方在电话里语气还算镇定，但宁馥非常敏感地从他的声音里，听出了一丝不安和愧疚。

"到底什么事？李哥你可以和我直说，不用绕圈子。"

李宇本就是打电话来通知她个坏消息，只是实在不知道该怎么开口。被宁馥一催，他终于下定决心，道："我是想给你报个信儿，这两天……可能会有人去找你……"

宁馥心中也是一紧："谁？！"

她的声音也绷紧了。虽然一直有所防备，但如果真有不法分子上门报复，她还是有点紧张。

只听电话那头的李宇道："对方是真的神通广大，我之前和你夸了海口，现在保不了你，实在是对不住……"

宁馥一愣。

李宇仿佛打算一口气把事情的来龙去脉讲完，生怕一被打断就要面对随之而来的尴尬——倒是宁馥想岔了。原来是之前宁馥第一回充当热心好市民，报警扫黄的事。

她那天拍的照片早卖给李宇了，银货两讫，权当买断，她又不署名，那照片也不是什么惊世之作，过去也就过去了。李宇在娱乐圈浸淫多年，自然知道怎么爆料会给自己带来最大的好处。得罪人不怕，只要得罪一个人的同时，能帮你获得更多的"朋友"就行。

"@娱哥"一直是圈内比较大的营销号，自从爆料郑飞云被抓的现场照之后，更是从众多营销号中脱颖而出，隐隐有傲视群雄的态势。再加上李宇为人圆融，现在也算小有地位。

　　哪想到山外有山，人外有人。

　　人家直接找到李宇，问他照片的来源，问他还有没有其他当天同地点的照片。李宇自然回绝，只说线人保密。但紧接着，他就开始倒霉。

　　倒霉一次，可以说是运气不好，倒霉两次，可以推说最近运势不好，可连着倒霉三四五六次，那就是有人在背后做推手了。李宇也不是个没脾气的人，反手查对方的底细，对方似乎也没打算隐瞒，就直接让他给摸出来了——林氏集团的公子，林逸江。

　　李宇话未说完，宁馥已经明白了。

　　林逸江，林越越名义上的哥哥，也正是那天，从会所救走林越越的人。

　　郑飞云的事情成为公众关注的热点时，林逸江就意识到，那天的会所外面是有人蹲点的。他们难保不会拍到越越的照片，这件事不能让父母知道。

　　于是他就先动手对爆料的营销号施压了。

　　"没事，我应付得来。"宁馥对李宇道，"何况，他一个总裁公子，不会……"

　　"不会动粗"还没说完，一股大力袭来，宁馥眼一花，已经被人抵在了墙上。

　　林逸江西服革履，动作的力道却十足大。

　　宁馥的后背撞在学校的铁门栅栏上，一阵生疼。林逸江已经捏住了她的下巴："想来李宇和你说过了。照片，全部删除，所有成片、废片都删掉。我会按张数付你钱。"

　　宁馥皱眉。

　　"林先生，我建议你不要在光天化日之下向所有人表露你的暴力倾向。"

　　林逸江盯着她："你若想让越越身败名裂，我不会放过你。"他凑近宁馥的耳边，"林家，更永远不会承认你——"

　　宁馥懒得再听，一手抓住他的胳膊，用力一推，反身一甩！

　　林氏总裁趴在了地上。

　　宁馥站直身："不好意思，用力过猛了。"

　　林逸江只觉得一股巨力袭来，他几乎来不及做出反应、来不及反抗，就被摔了出去。

　　一个力道和弧度均为完美的过肩摔能有多疼？见过动画片里被各种东西拍扁在各种平面上的汤姆猫吗？林逸江现在就是那样的，只不过他没有汤姆猫可爱罢了。

宁馥抬手用力擦了擦自己的下巴:"人还是要有点距离感的好,特别是面对陌生人。"

疼痛延迟了两秒才袭击林逸江,他只觉得五脏六腑都被摔得移了位,浑身的骨头都在散架的边缘,岌岌可危。他甚至听见了肩膀脱臼那令人牙酸的"咔巴"声。

男人抬起眼来,眼中已是一片赤红:"你——!"

宁馥叫他那充血的眼睛吓了一跳:"有结膜炎还是要早治,发展下去不好。"

林逸江紧咬牙关,不愿让疼痛带来的颤抖从声音中泄露。他从地上爬起,周遭的目光,如同针尖般一下下刺在他身上。

他本是来警告这个野心勃勃的女孩的,却没想到竟然变得这样狼狈!胸中的怒火熊熊燃烧,但林逸江不得不顾忌自己的风度,他盯着宁馥,寒声道:"很好,你正在自己走向毁灭……"

"啊——"

宁馥再次打断了他,她手还抓着林逸江的手腕,只轻轻往外一扯,再顺着力道往里一送一推,只听"咔嚓"一声轻响,林逸江刚刚被她一个过肩摔给摔脱臼的肩膀,就这么被轻轻松松地归了位。

林逸江猝不及防,这一下叫得差点咬了舌头。

宁馥松开他的手,确定他身上没有别的可以用来告她故意伤害的伤痕后开口:"我往哪儿走,您就别操心了。"

她拍拍手上并不存在的灰尘,扭头离去。

看热闹的人群散去,关童意犹未尽,扭头看钟华一眼,道:"这姑娘真的可以。"

看见宁馥将一个一米八多的大男人抡圆了掼在地上时,钟华没什么表情的脸上也不禁露出了一丝惊讶之色。

——这个人,倒不像她的外表看上去那样无趣。

但钟华多嘴硬一个人啊,让他改口说自己刚断言不适合当调查记者的一个女生(重点是女生)竟然挺有意思的,还不如让他生吞一块烧红的烙铁。

他冷冷道:"可以你就去招她,只怕她看不上你们给的职位。"

关童有点牙根痒痒。

"你看,你这不是得意起来了?"他反击道,"人家看得上你们,也没见你好好争取争取人家。"

哎,这反击也挺弱的。但面对钟华这嘴巴锋利的怪人,即使职高半级,关童也莫名其妙地有些强硬不起来。

钟华只淡淡道:"你弄错了供求关系。不是我在争取她,是她在争取我。"

关童：……怎么听起来怪怪的？

他眼珠一转，突然道："那你刚刚瞧见人家小姑娘被人'偷袭'，你跑什么？你急了？"

钟华冷冰冰地看了这位五十多岁了还酷爱八卦的新闻部主任一眼："我只是不想被人群困在这里，比如像现在这样。"

关童脸上的笑容扩大了——钟华从来不是一个会对无聊问题主动解释的人。

"你急了，你急了！"

钟华拔腿就走。

林逸江站在原地喘息着，然后强迫自己忽略肩膀处依旧绵延的疼痛，转身上了车。

司机惊恐地望着他身上的灰尘，林逸江的脸一下子变得惨白。

作为一个标准的男主角，他有洁癖，而且是每天洗两三遍澡，触碰到脏东西就会感到恶心，甚至会昏厥的极度洁癖。

这个"设定"虽然不怎么新奇，但是挺时髦的。

林逸江被司机的目光提醒，骤然发觉自己几乎已经被污物包围了，他只来得及告诫那司机一句："不要告诉越越……"就双眼一闭，晕了过去。

宁馥知道，有了刚刚学校门口的那一出，自己这"金刚芭比"的外号算是坐实了。

不过比起被满学校疯传"宁馥疑似傍上富豪霸总，学校门口被'壁咚'"来，还是"宁馥疑似暴力狂，重拳出击，过肩摔犹如抡麻袋"更好一点。

"宁馥"也被她武力值的威力吓到了。因为她在那一瞬间甚至都没在脑海中感觉到"她"的心理活动——平时"她"的心理活动几乎就像她脑海里实时响起的画外音，突然消失还挺明显的。这说明那一瞬间"她"的大脑或者说意识，因为震惊而一片空白了。

等宁馥一系列操作搞完，"她"的内心独白才像个疯狂转动的齿轮一样开始输出——

——为什么？！为什么要这么做？！这个女人果然不聪明吧！

——林逸江果然查到了。林越越是他的软肋，看起来不像是对珍贵的妹妹，倒像是……呵。

她自然也认得林逸江，这个和她有血缘关系的兄长。她早在猜到自己身世的时候，就已经将林家公开在外的资料全都收集并研究了一遍。

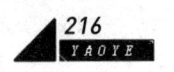

——真是令人恶心啊，不愧是我的亲哥哥。为了保护你心中真正在乎的人，你会做到什么地步呢？

　　她很聪明，也很偏激。或者说，她和林逸江才是同一类人——林逸江不也准确地猜到了她的计划吗？

　　如果不是那孤魂野鬼突然夺取了她的身体，她已经拍到林越越的照片了，到时候林越越百口莫辩，就算林家还愿意相信她，总还是在心中埋下了一根刺。千里之堤，溃于蚁穴，她虽然没有生在罗马，但挡在她与罗马之间所有的障碍，都将如沙般溃散。

　　她早在意识到林逸江在得知林越越非他血亲后，很可能对她怀有情感的时候，就已经迅速地在脑海中勾勒出许多计划的蓝图。她可以利用这一点，夺回属于自己的一切！

　　不知道林逸江对林越越的爱，是不是已经到了只要美人不要江山的地步了呢？或许，林氏报业的继承人可以是个女孩，这也没什么不可能。

　　——你还真有野心啊，小阿香。

　　宁馥第一次在脑海中开口。

　　小阿香。

　　这是她的妈妈给她起的小名。

　　她妈妈是个教师，性情温柔，对女儿很是宠爱。

　　芬芳馥郁，是多么美好的意向和愿景。从小她就教女儿"馥"字的意思，女儿也总闹着说自己是香喷喷的，别人家孩子长大了要做科学家、医生、法官，她家闺女却许愿要做花仙子。

　　于是小名就叫小阿香。

　　——谁？你是谁？！

　　——你一直能听见我说话？你能知道我在想什么？！

　　宁馥翘起唇角。

　　——你的反应很快啊。你思考的声音大得像在朗诵。

　　——你知道多少？你想要做什么？！

　　宁馥淡淡道："我想做个守法公民。所以只要我在，你就别想着去害人。"

　　——守法公民？哈哈！好笑！怕是不止吧？克拉克·肯特也是普通人呢。

　　——克拉克·肯特是谁？

　　触及她的知识盲区了，宁馥问。

　　她感觉"她"在自己的脑海里噎了一下。对方还没解释，宁馥已经从她的脑海中获取了与这个名字有关的信息。

哦，怪不得。她工作真的很忙，对这位漫画书中的外国友人的确不够熟悉。说"超人"她就知道了嘛。看故事似乎是没事乖巧当记者，出事爆衫当义警的设定？

至少，在小阿香的脑海中，他绝对是个正面人物。

但宁馥觉得还是有必要纠正她一下："我是土生土长的正经人类，血肉之躯，没有飞天遁地的本领。"

小阿香冷哼了一声。

——不管你有什么目的。如果你帮助我回到林家，我可以允许你寄居在我的身体里。

她噼里啪啦打算盘的声音令人心烦。

宁馥笑了。

——停一下，我们并没有在谈判。而且，我也不打算帮你回到林家。

宁馥轻轻道："你渴望的东西，不会在那里获得。"

她能感觉到"她"对这话的不屑。

宁馥并没有再多对她解释，只在脑海中笑着道："下次再把我类比成英雄，不如比作孙悟空吧。"

"她"彻底不理她了。

她进步很快，发现自己的心理活动在不设防的情况下会完全被宁馥获取以后，已经迅速地找到了封闭自己想法的办法。现在，宁馥只能隐约感知到她的情绪，对方不开口说话，内心的想法也不会被读取。

而"她"使尽浑身解数，仍然无法窥见哪怕一丝宁馥的念头和情感。

庞大的精神体如同一座巍峨高山，对"她"的灵魂形成完全压制。如果想要"她"的灵魂彻底湮灭，其实也不过是弹指之间的事。只要宁馥愿意，这个世界就不会再有那野心勃勃的灰姑娘"小阿香"。

宁馥也不多说，带着简历去了《天南都市报》报社。

她身上有二十多份印好的简历，天南市只要有社会口记者招聘的媒体公司，她都投了一份。

过了有好几个小时，小阿香终于在脑海中问："为什么是孙悟空？"

猴子很丑，还是养马的猴子。

宁馥却没有理她。

谁让她刚刚不理自己？真当她没有脾气，她也小心眼的好吗？

慈悲之佛陀，与世无争，何以号为"斗战胜"？

只因私心难消，执念甚深。

前路漫漫，我必将持"无我"正见，战"我要、我想、我厌、我畏"。直至战胜一切私心偏好，不再沉迷于如意算盘。

小阿香啊，你有心魔，还要去战。

· 5 ·

宁馥没有领取中视出镜记者的笔试报名表。

——为什么不去做出镜记者？"她"问。

以她自己来说，绝对会抓住这个难得的机会。对于一个刚刚大学毕业的新闻专业的本科生来说，进入中视意味着一举超过其他同学，在事业起跑线上遥遥领先。

一个全国性的平台，一个几乎人人心中不管愿不愿意承认，都具有知名度和权威性的媒体，比那些地方性的报社不知好了多少。而那位中视新闻部的关主任，很明显地对宁馥表示出了喜爱，为什么要舍掉这种许多人求之不得的机会？！

宁馥挺耐心地给她解释："我希望能做调查记者。另外……"她声音里微带笑意，道，"你以为在电视上露脸，就能让林家注意到你，从而开启你回到林氏报业的路吗？小阿香，有时候呀，你还是太天真啦。"

"她"不再作声。

她也知道，这个想法其实是有点傻，有点天真的。她也从来不是被动等待的人，但现在她无法控制自己的身体，甚至也无法左右宁馥决定未来往什么方向走。

她……她只是仍然有一点点期待。

除了主角，任何不知道剧情的人，似乎都难以避免被命运玩弄。无论是不是咎由自取，都不过是可怜人。

原本，"宁馥"陷害林越越未遂，也想过借助自己的专业成为出镜记者，从而逐渐接近林氏。林氏报业集团是南华市最大的私有媒体集团，旗下设有多份报刊和传媒平台，可谓一方豪门。

然后，她就遇见了生命中的劫数。

她倒霉地爱上了一个男人。一个好人，一个对所有人都很温柔的男人。不是主角的"宁馥"爱上一个喜欢林越越的男人，这似乎是注定要发生的事。

顾云兮是个医生。在一次针对医院的采访中，"宁馥"崴了脚，是顾云兮一路把她扶到了骨科做检查。他像她心中曾经幻想过的白马王子。

　　宁馥微微低着头，听那位姓顾的大夫叮嘱骨科坐诊的同事，说她可能骨折了，他的声音很好听。
　　她悄悄地从检查室门上的玻璃窗望出去，只看见他侧脸的轮廓。
　　宁馥轻轻地吸一口气，第一次感觉到心跳如擂鼓，却不是因为恐惧、愤怒、慌张和绝望。
　　她再一次，胆敢渴望被爱。

这是一直被脸谱化的"宁馥"，唯一一次被正面描写。
　　只可惜后来她才意识到——顾云兮的好，是对所有人的，只因他是个善良、正直、真诚的好人。他的关心，只是出于道德和友谊，当她露出真实的面目，伤害他深爱的林越越时，顾云兮就再也不会将这一点微薄的温暖给予她了。
　　而他的爱，从来都没给过她。
　　作为出镜记者的她还没等到林氏注意到她的面孔，就等来了来自林逸江的报复。
　　没错，螳螂捕蝉，黄雀在后。
　　那天晚上，她试图偷拍林越越却无功而返，救下林越越的林逸江要确保没有任何人知道当天这件事，特别是那些只顾着八卦热度的营销号。他们的父母到底知道了林越越险些失足的事，叮嘱林逸江，务必要将事情查清楚。
　　最后真就查到了她的头上。
　　他们对她做了个彻彻底底的背景调查。
　　林逸江为自己的亲妹妹竟然是这样一个"冷血、功利、自私的怪物"而大感失望的同时，更生出对林越越无穷的保护欲。他去警告了她，并给了她一笔钱，让她离开本市。
　　无奈之下，"宁馥"后来想了其他的办法。她将自己的身世暗示给了继母。继母意识到这是和林氏豪门扯上关系的重要机会，费尽心思地将两家的关系透露给了媒体——"她"这才终于达成所愿。
　　眼下，她没有再害人，至少害人没有成功，可那林逸江还是找上了门来。但至少她不必满怀期待地等着父母在电视上看见自己，然后将她带回自己真正的家。
　　"她"费尽心机，却始终换不来自己心中真正渴求的东西。宁馥存在的意义，是拥有一颗真正的"赤子之心"。而"她"此刻就像被固执的心魔锁在她的脑海之中。
　　要彻底解决这十几年的偏执，宁馥就要先带这心魔，好好看看这个世界。

很快，有三四家报社打来电话，通知宁馥进入下一轮的笔试和面试。

李宇特别跟宁馥又道了一回歉，拍胸脯表示，宁馥想去社会口，包在他身上！他迫于压力把宁馥的事透露给林逸江，听说后来对方竟然找到了学校门口去，这令他深感愧疚。好处他得了，遇事他缩了，把压力推给一个还没毕业的大学生来扛，实在是说不过去。

在李宇的力荐下，宁馥进入了天南都市报社，在社会报道部工作。

"社会报道部"听起来挺唬人，但其实只有一间办公室，办公室里也只有四个人。

资深的老记者耿光辉，是社会报道部的负责人，也负责组稿、审稿。

老孙，以前是跑法制口的，听说在大报社待过，后来不知道为什么不干了，才四十岁就跑来天南都市报社养老了，每天端着茶杯研究茶叶、开水和茶具的互相作用关系，一副"我打算就这么干到退休"的样子，办公室的杂事都归他，已经甚少跑重大的新闻了。

小赵，去年新招进来的，原因是耿光辉和老孙都老胳膊老腿了，出门开车都嫌累，于是小赵就成了这社会报道部的新人，别名，苦力。现在小赵终于迎来了同伴，也能混成"老资格"了——当然，只有在宁馥面前。

耿光辉对宁馥的印象不错。

这个姑娘惊人的漂亮，干活办事的态度更是没话说。虽然本科在读期间没有什么特别出彩的作品吧……但有这样的外貌条件，愿意沉下心来从纸媒开始做起，已经算是很难得了。

于是他拍板把人定下了。

此后，耿光辉无数次为这个决定而感到骄傲。

毕竟老了老了，自己干不动了，但他还在退休前，当了一回伯乐。

宁馥现在还在实习期，三个月后凭表现看是否给予转正待遇，等她毕业后，才会发正式的入职通知。因此，小赵就和她分在了一组，美滋滋地给宁馥当起了"前辈"。

社会口，其实是记者中最辛苦的一个口。

这社会包罗万象，社会新闻更是层出不穷。今天某地发生重大车祸算社会新闻，明天突降大暴雨把化粪池灌漫了也算社会新闻，后天小区物业因为拖欠物业费的问题和业主发生冲突，也算。

突发新闻来了，半夜三点也要在两分钟内从被窝里爬出来，穿衣服就走。

《天南都市报》风光的时候早已经过去了，现在主要靠娱乐版死撑着。

李宇这个"当家花旦",在娱乐圈内人脉和眼线广泛,堪称狗仔中的战斗仔,因而还能卖出广告去。这也是为什么李宇一个娱乐版的记者,能在报社有这样大的话语权的原因。

至于社会版嘛,已经快要成转发专版了,基本上就是跟着各大报纸跟踪一下本市最近的热点新闻,转发比原创多得多。

小赵倒是有雄心,奈何一腔热血孤掌难鸣,因此打定主意要拉上宁馥,不管这漂亮的实习生中用不中用,反正得先当个人来顶上!

对于小赵最近的志得意满,老孙和老耿在办公室坐着喝茶的时候提了一嘴,两个人一碰眼神,都在对方的眼里看到了默契的笑意。

"小赵那愣头青啊,恐怕是降不住宁馥哦!"

"谁带谁,还未可知呢!"

宁馥来的第一个"大活",就是跟着小赵去出了连环车祸的现场。后来的新闻标题连用了三个"惨"字。现场有多惨呢?血肉横飞,宛如人间屠宰场。当时小赵扶着宁馥的肩膀吐了。

后来也去报道过大暴雨,市政建设存在短板导致化粪池漫溢,再遇上天南市六十年来最大的降雨量,满街黄汤横流,清理工人都有点不愿意往化粪池附近走。

小赵在外围拍照,宁馥踩着脏水一直跟进清理现场,回来小赵一看见她那鞋就吐了。

"宁馥已经入职一个多月了吧?"老孙道。

"嗯。小赵也被她带了一个多月了。"耿光辉喝了一口茶,"等实习结束,就把小赵配给她吧,当个司机或当个保镖,都行。以后跟着宁馥,多少也磨出来了。"

"再吐几次,多练习练习吧。"

当记者的什么脏乱差不得挨边啊?不亲眼看、不亲手碰、不亲耳听,就无法对自己写的每一个字负责。

脚力、眼力、脑力、笔力,这四样东西,是一个记者必备的素质。眼看血肉横飞,也必须去看!脚踩泥巴粪水,也一定要踩!

思考和表达,那是在无数次的实践和无数次锻炼中,一点一点磨出来的。

文字越来越成熟,思维就要越来越敏锐;思考越来越老成,表达就要越来越锋利。

很难,但要尽力去做。

可怜的小赵还不知道自己在两个前辈心中的地位已经一落千丈。

——正指挥宁馥呢!

"采访的设备,都带了吗?我们今天去绿地新城,进去的时候千万别透露自己的身份!"

宁馥笑道:"你说得对。如果不是本小区的业主或者求购房子的潜在业主,人家也不一定和我们说实话。"

小赵的眼睛一亮:"对,我们可以扮作去买房的顾客,这样更有利于在早期获得采访对象的信任,也不容易有危险。"他重重一拍宁馥的肩膀,"我的主意怎么样?!"

宁馥也露出一个欣喜的笑容:"很厉害呢,向你学习!"

一点都看不出她在背后操纵和引导的影子呢。

——你果然也不是什么好人。小阿香在她的脑海中幽幽道。

绿地新城是个老小区,物业已经很多年不管事了。事情的起因就在更换物业公司这件事上。

新的物业公司接手以后,服务是有了,但物业费也跟着涨了,而且是暴涨——翻了将近一倍。业主们聚集起来要维权,物业的经理解释了几次,却并不能让业主们理解和接受。后来物业的人连续几回被"要说法"的业主们堵上门,干脆就躲起来不见人了。

业主们开始拒交物业费。

双方的矛盾一步步升级,甚至出现了业主开车堵小区大门、物业的窗户被砸等事件,前两天还发生了一次斗殴事件,打架现场被录了小视频传上网,顿时成了最近的小热门。

网络上众说纷纭,有说业主们是聚众闹事、得寸进尺的刁民的,也有说物业背后是黑社会,保安们蛮横无理动手打人的,双方的支持者在各个社交平台上掐架,激愤程度不亚于视频中的当事人。

宁馥前两天已经想办法加入了业主们的维权群。

过程也颇有些曲折——她悄悄跑到实地,从公告栏里加了小区的二手旧物交易群,和几个业主加上了好友,又通过他们朋友圈里分享的维权群二维码,接近了这群当事人。

当调查记者,除了努力、持久的恒心以外,还要有那么一点点运气,和一点点小聪明——小记者能有什么坏心眼呢?

她也因此得知了业主们今天要搞"大活动"的消息,于是和小赵赶紧收拾收拾直奔绿地新城。

两个人也不敢堂而皇之地摄像,只能装备好暗访的设备,把记者证掖衣服里面，还算顺利地进了小区。

小区大门口都没什么人。绕了一圈，才在一个遛狗的大爷那儿得知"大活动"已经开始了。

"大伙儿都上物业办公室那儿堵着去啦，说今天怎么也得要个说法！"大爷没拴绳的小狗在小赵的脚边抬腿就尿了一泡，然后疯狂地冲着宁馥摇尾巴。

小赵：……

大爷看起来老眼昏花，叹口气，道："唉，听说上次都把隔壁二单元的老张的脑袋打破了！"

他叮嘱这两个小年轻："不是在这住的，别凑这个热闹啦，甭叫打着了，还要上医院花冤枉钱哪！"

小赵闻言一愣："您怎么知道我们不在这里住？"

大爷虽然老眼昏花，但却突然显露出一种不显山不露水的世外高人气质。

宁馥弯起唇角谢过老大爷。大爷背着手，带着狗，一晃一晃地走远了。

"这大爷大妈们就像是小区里的义务治安员，这几百上千户人发生点什么事，消息总是在他们之间传得最快。住得久，就连生脸熟脸也分得门清了。"

八卦是真八卦，但是有这么一群人在，关键时刻也没准能起大作用呢。

两个人一路往绿地新城的物业管理处赶去。

吵闹的声音越来越大。

循着声音，没走几步就看到了已经被业主们包围的物业管理处。

窗子是上次被砸破的，还没安装上新玻璃，只用塑料布糊上了。

几个保安手里拿着铁锹、防爆盾、砖头，什么都有。业主们也不空手，有拿拖把杆子的，有拿摩托车锁的，有拿自家菜刀的，一副今天就一定要把答案逼出来的架势。

这是因为之前两边打架，业主们手无寸铁吃了亏，今天就打算和保安们一较高下了。

宁馥和小赵混入人群中，问了几个人，却发现根本没人能说清楚他们的诉求。

冲在最前头的几个业主都只是说物业不做人，涨价就是想从业主身上薅羊毛云云，对于物业之前的回复却没几个人记得清。

再问保安，更是一脸的无辜，他们拿工资就得办事，小区的物业费怎么收取，价钱到底是用在了什么地方，他们更是一无所知。但面对气势汹汹的业主们，他们也早被激起了火气，不管他们嚷嚷的事是什么，闹事就是要砸他们的饭碗啊！谁要是敢冲上来，今天豁出去进局子，也要给他来上一下子！

其实是沟通开了就能解决的事情，两边却好像已经结下了仇怨一样，到了见面就红脸的地步。

"别跟他们废话了！还有什么好问的？他们就是物业公司老板的走狗！"

"你们两个哪儿来的？想在这个节骨眼上当叛徒吗？闪一边去！"

"咱们业主是来维权的，是名正言顺的！今天把话撂这儿，叫你们老板来解释清楚，这物业费到底是怎么个收法！否则咱们谁也别躲清闲了，都在这耗着吧！"

群情激愤。

几个保安也是一副咬牙切齿的模样，虽然口齿不够利索，但骂人也是一套一套的，更攥紧了手中的家伙什儿。

小赵已经急得脸上出了汗。

"你们不要吵，道理不是这么讲的！"他朝持械的业主们大喊，"你们这样维权，是犯法的！"

宁馥心中顿时升起一股不祥的预感。

业主们人多势众，保安们被逼至角落，看起来力量悬殊，更显得业主们的咄咄逼人有些不近情理。可小赵作为调查记者，在事实还未分辨清楚以前，是不该这样表明自己的立场。哪怕他说的每一个字都没错，但从情感倾向上，他选择了责怪业主一方。

无异于火上浇油。

"呸！"前面的一个业主重重吐了口唾沫，猛地冲了上来，"我看你也是和他们一伙的！"

"和他们讲理是讲不通的，今天我还就要以暴制暴了！"

那位业主挤开小赵和宁馥，刹那间，导火索就被引燃了，保安和冲上去的业主们打成一团。

小赵发现宁馥瞪了他一眼，但顾不上多想，只想着拼命带宁馥脱离混乱的团战，可扭头就见一根木棍朝宁馥脑后劈了下来。

关键时刻，小赵下意识地扑了上去。

他倒是没想着逞英雄，只觉得宁馥今天要是让人给打了，回去自己的责任肯定也跑不了——还不如让自己被打伤算了呢！

"咣"的一声闷响，小赵整个人倒在宁馥身上，额头上当即流下血来。鲜血把他的视线都染红了，看起来显得有些狰狞可怖。他站立不稳，还用力地拉着宁馥向外挣扎："走，咱们得先回去。"

今天就是死，也不能死在这儿！

小赵痛苦地龇着牙，喘着粗气，却第一次产生了无比坚定的决心。

一股大力突然扶住了他，稳稳当当的，给了他支撑。

在他模糊的视线里，只看见那扎着马尾的女孩子带着自己像跳舞一样躲开了不知道是谁挥过来的拖把棍，然后徒手就夺过一根木棍，"咔嚓"一声，硬生生将那木棍一折两段。

"都住手！谁也别动！我看谁还敢？！"

落地的半截木棍发出响声，众人都被她这石破天惊的一手给镇住了——那木棍有婴儿的手腕粗，比棒球棍还要长出一大截，竟然就这样被个面容白皙，看起来有些瘦弱女孩直接给掰断了！

掰——断——了！

宁馥手中还拿着半截木棍，她一只手将小赵扶住，另一只手拿着半截木棍一一指过众人，被掰出来的断口尖端指向谁，谁就禁不住后退一步，或将手中的东西放下。

就仿佛武侠电视剧中的高手，剑锋所指，人皆生惧。

小赵晕晕乎乎地靠在她身上，只觉得一切发生得太快，自己还没回过神来，血都已经流到嘴边上了。他舔了舔，虚弱地说："你……你早说你是女侠啊……"

宁馥掏出手机给公安局的老齐打了个电话。

老齐来得很快，伤人的很快就被控制住了，小赵被宁馥送到医院……一路上哼哼唧唧的。

"我是不是要死啦……

"我的头好疼……

"早知道这不是英雄救美的桥段，我才不要冲上去……"

隔壁急诊室开着门，里头的大人和小孩都被他惊动，齐刷刷地朝这里看过来。在一个小女孩乌黑的眸子的注视下，小赵不由得有点脸红，不敢叫痛了。

宁馥温柔一笑："你好好休养，等伤好了以后我们再谈谈。"

小赵莫名其妙地打了个冷战，下意识地闭嘴休息去了。

宁馥离开病房，再次路过隔壁的急诊室。那小姑娘一个人坐在诊室外面，看来家长不在。

她是小臂骨折，急诊的医生已经给她打上了夹板。小女孩很乖巧，至少比隔壁那个脑震荡就嚷嚷着自己要死了的成年男性乖巧多了，不哭不闹，安安静静地待在角落里。

宁馥走过去问她："你妈妈呢？"

小女孩似乎不适应陌生人的突然靠近，她摇了摇头，没有说话，不过眼睛却望向电梯的方向。她妈妈应该是去楼下的缴费处了。

宁馥伸出手,想要轻轻地摸一下女孩的羊角辫,女孩没有躲闪,却突然肉眼可见地颤抖起来。

宁馥在她身旁坐下了。

——这种程度,几乎不是害羞怕生了,而是恐惧。

小女孩不敢看宁馥,更不敢和她对视或者说话,她只是低头盯着自己手上的白色胶布,将自己封闭在自己的世界之中,以获得安全感。

宁馥缓慢而小心地问:"你的手,是怎么弄伤的?"

她并不是偶然看到一个过于安静,眼神又过于惊恐的小孩,就产生了进一步接触和询问的,而是在走过诊室的时候,小阿香在她的脑海里突然用严肃的语气说了一句话。

——这是个受虐待的孩子。

——你别问。我就是知道。

第九章

为无声者鸣 为无力者行

· 6 ·

"你的手,是怎么弄伤的?"

宁馥轻而缓地问,像怕惊动这个如受惊的小动物般的女孩。

小姑娘低着头,不说话。她甚至微微转过身,将自己打着夹板的手挪开,试图躲避宁馥的视线。

沉默、惊惧、瑟缩。她的确不像是一个在健康的环境里成长起来的孩子。

她太瘦了,脖子纤细,仿佛支撑不住脑袋一样,像棵营养不良的豆芽菜。四肢像芦柴棒从袖口和裤腿里伸出来,如同动画片里的火柴人。一身校服,蓝白相间,像个宽大的麻袋一样整个套住小姑娘的身躯。

她躲藏的动作使背后的"矿机小学"露了出来。

宁馥眉头皱起。

萍水相逢,她根本无法打开这孩子的心防,甚至连一点点回应也难以获得。可面对这样一个很可能正在遭受虐待的小姑娘,她无法就这样一走了之。

仗剑人间,荡尽不平。

有些事或许还隐藏在"家庭"这个过于私密的茧里不被关注,或许还因为被伤害的人无法发出自己的声音而被认为无关紧要。但这世间却不能没有公义。

她又坐了一会儿,孩子的母亲回来了。她刚刚交了费,手中拿着一叠单据,挎着一个暗红色的布袋子,袋子上印着"市第一矿机厂"的字样,已经被磨得模糊不清了。

女人穿着普通,头发胡乱地扎起来,碎发发黄,一脸憔悴。她看到坐在小女孩身边的宁馥时,明显愣了一下。

"花儿,走了。"女人的目光从宁馥身上掠过去,直接唤那小姑娘。

叫作"花儿"的小姑娘赶紧从医院橘红色的塑料椅子上滑下来,走到女人身边。她的个子只够到女人的腰部,伸手怯怯地牵住女人的衣角。

宁馥站起身,出声喊住了母女俩。

"这孩子长得好漂亮,手是怎么伤的啊?"宁馥脸上带着轻松的笑,装作路人搭讪，自顾自地道，"我送我朋友过来检查，他被人打了一下，这不，脑震荡了。不过也怨他自己，嘴巴没个把门儿的。"非常不客气地吐槽了小赵以后，宁馥耸耸肩膀，"没想到小姑娘也不省心呢。"

那女人下意识地反驳道："她这不是被打的！"

她胡乱将药费单子塞进那红色的提兜里，腾出手来紧紧攥住花儿的小手，脸上露出一丝略显紧张的笑："是……小娃娃活泼不省心，她这是……是自己摔的。"

宁馥眉梢微挑。

试探到这一步，她心里也基本有了数。

脑海中的"宁馥"从她见到花儿之后就一直沉默着。

宁馥在心中下了决定。

"花儿，拜拜哦。"她微笑着朝小姑娘挥了挥手，看着她跟着妈妈离开了。

这可能根本不是什么轰动社会的大案，更无法成为一条众人关注的新闻，这似乎不在她的工作范围之内。

[叮——

支线任务开启：公义在人心，昭彰如日月。

任务描述：面对很可能遭受家暴的女孩，你会选择在工作之余为她奔走努力吗？

当前任务积分：30/100。]

她选择接受支线任务。

公义在人心，所以不能坐视不理。

天道昭彰如日月，但不能只等着天道轮回，善恶有报。

给小赵办了住院留观的手续后，宁馥出门打了个车，直奔矿机小学。

矿机小学曾经是天南市第一矿机厂的子弟小学，后来第一矿机厂倒闭，工人下岗，子弟小学就划入了市公立小学的范畴，也对外招生。

不过矿机小学的师资实在一般，由于划片入学，又不在好的学区里，招生一年比一年不景气。现在全校连学前班加起来也不过只有十三个班。

一个班三十个孩子，一个年级两个班，上到六年级，就剩下一个班了。

因为对口的初中实在太差，升学率不高，稍微有点门路的家长也都尽力给孩子办理转学，学生流失得很厉害。剩下的，要么是家里没钱没势没关系的，要么就是家里完全不关心孩子教育的。

宁馥很容易就找到了"花儿"就读的班级——她只有怀疑，没有证据，更没有报社批准的采访任务和工作需要。换句话说，她没有调查的正当理由，因此也没办法直截了当地找校方去问那小姑娘的信息。更何况学校难免会有诸多顾虑，如果知道她的记者身份和调查的事情，未必会真的配合。她只是钻进校门口的小卖部，塞了几百块钱给老板娘顺便问了一下有没有一个叫"花儿"的小姑娘，大概七八岁的样子，总是身上带伤，不爱说话，也不合群。

老板娘说没注意过。

宁馥留了个电话给她，告诉她"花儿"最近手上打着夹板。第二天她就接到了电话，老板娘看见花儿来上学了，还帮她问到了花儿的班级和名字——花儿的好朋友是小卖部的忠实顾客。

宁馥很上道地给了一点答谢。

老板娘有些八卦地问她费心找这个小姑娘做什么，宁馥只说她是小孩的亲戚，听说小姑娘过得不好，想悄悄尽点心意。

老板娘将信将疑，但看她一个年轻漂亮的女孩子确实不像坏人，说话又格外真诚，颇有几分可信，于是也打消了一些疑虑。

"等她朋友来了，你问问她呗。"

于是宁馥就被老板娘拉着在小卖部看了一下午鸡飞狗跳的肥皂剧，她嗑瓜子嗑得舌尖都快起泡了，才终于等到花儿的好朋友。

这一下午的瓜子嗑下来，老板娘热情多了。

"小佳，小佳，来来来，姨给你多拿袋妙脆角，你和这个姐姐说会儿话。"

叫小佳的小女孩长着一张红扑扑的脸蛋，是个小胖墩。她眨着眼睛："什么事呀？"

宁馥笑道："花儿是我的小表妹呢，听说她的手受伤了，不知道是不是在班里被人欺负啦？"

小佳有点迷惑地看着她："你是花儿的姐姐？"

她似乎不太相信，面容消瘦、头发枯黄的朋友会有这么好看的大姐姐。而且……而且花儿的爸爸妈妈对她那么不好，怎么会有这样一个关心她的姐姐呢？

不过，在吃完小零食、听了宁馥耐心的"解释"以后，小佳终于相信了这位"表姐"的话。

原来花儿的表姐已经很久没和她家联系啦，但她知道花儿过得不好，还是很关心她的！说不定、说不定还能把花儿从家里救出来呢！

她也这样和宁馥说了。

"姐姐，那你能救救花儿吗？"小孩子是藏不住心事的，小佳一双圆圆的眼睛期盼地望着宁馥，"花儿总是吃不上饭，她爸爸还打她！"

"她被打得好惨，她爸爸拿脚踢她，她有次来上学，肚子上有好大好大一个鞋印，她疼得都直不起腰来了！"

电视里播放着不知道哪个台晚会的小品，阖家欢乐的内容招来观众们一阵阵的欢笑。老板娘默默地把电视关掉了。

"她还经常吃不上饭。"小佳控诉到难过处，也没有吃东西的心情了，"我……我把我的吃的分给她一半，可是……可是我的零用钱不够多……"

她还问过妈妈，能不能叫花儿来自己家吃午饭，可是妈妈说花儿也有自己的家，叫她不要多管闲事。

花儿是个沉默寡言的孩子，不爱跑跳，总是一个人缩在角落里。而小佳虽然性格憨厚活泼，但却因为体形问题没少被班上的皮孩子们排挤嘲弄。渐渐地，两个女孩子就成了彼此唯一的好朋友。

宁馥温声道："这不是你的错，你是个合格的好朋友呢。"

难得被夸奖的小胖丫头一双眼睛顿时亮晶晶的："真的吗？"

宁馥笑道："真的。如果小佳同学能对今天的事情保密，就更好啦。"她并不欺负这孩子单纯就隐瞒什么，"因为想要帮助花儿，姐姐还要做准备，如果现在让别人知道了，到时候帮助小佳的方法就要失灵啦。以后你可以买双份的好吃的，你一份，花儿一份，姐姐付账。不过你不可以告诉花儿哦。"

小佳认真地点点头："我保证！"她还很有仪式感地和宁馥拉了钩。

带着好朋友终于要得救了的快乐，小姑娘离开了小卖部，乳燕投林般地扑进妈妈的怀里。

"今天怎么这么高兴？"她妈妈问。

小姑娘只是咧开嘴笑，笑得格外骄傲："保密，不告诉你！"

宁馥在窗口望着小佳母女俩的背影消失，转身把兜里的钱全掏给了老板娘："以后小佳买吃的，您就给她拿两份吧，钱我出。不够您随时联系我。"

老板娘挺感慨："花儿这是得济了啊！"

宁馥弯了弯唇角，眼睛里却没有笑意。

"她原本也不该受苦。"

报社里，耿光辉正在办公室里来回踱步，一见到宁馥就问："跑哪儿去了？！"

绿地新城械斗，小赵被打进医院，公安的调查还没出结果，宁馥居然不跟进这头，说是发现了其他线索，连着请了一天半的假不见人影！饶是知道宁馥一向靠谱，耿光辉也实在有些坐不住了。

宁馥拿起水杯灌了几口水："跟线索去了。"

她把情况简单和耿光辉说了："我要跟下去。绿城这边也不会放松，您能不能给我留出版面来？"

耿光辉气笑了："你还挺自信啊？！"

他收回觉得宁馥靠谱的论断！当初怎么没看出来这丫头骨子里还流着冒险家的血。本以为她不怕吃苦、脚踏实地，现在看来，还要再加上两条：一条"胆大心细"，一条"蔑视权威"！

给她安排的工作不干，自己跑去跟野路子！一个实习生！

耿光辉顺了半天气："你先把报道拿来，版面的事情再说。"

宁馥总算露出今天第一个真心实意的笑容。她这一天想着那被至亲折磨的小姑娘，胸中始终憋着一股气。这股义愤让她在无意识的状态下，嘴唇也是绷得紧紧的。

"老耿，宁馥回来没？你看看今天的热搜！"

老孙从门外进来，手里捧着手机，正撞上宁馥，立刻叫道："哎哟，女侠！"

耿光辉和宁馥都是一愣。

老孙发出一声唯恐天下不乱的大笑，冲耿光辉道："咱们宁馥可要火了！"

他把自己的手机往两人面前一伸——

＃力量系女生到底有多帅＃ 沸

这看着像个娱乐圈营销的热搜，虽然还算新颖，但点进去前也可以预见这是各路漂亮女明星的安利热搜，也没准是哪位女星要演打戏或者健身出了新成果。

结果第一条竟然不是营销号发的，而是路人发的微博。

@柠檬最甜：绿地新城小区的业主和保安打架，我感觉我在看港片古惑仔电影——然而这个小姐姐真的惊到我了，膜拜啊啊啊啊啊！超级酷！

模糊的动图里，宁馥徒手掰断了一根婴儿手腕粗的木棍，断棍如剑，直指众人。原本混乱无比的吵闹场面，顿时安静下来。

转发数：10002

@是皮皮不是屁屁：面对如此模糊的画质，我仍然要高喊出那三个字：我——可——以！

@llxxxxgg：这妹子是哪边的啊，看起来像练过？

@果冻橙好甜：呜呜呜，我也想有这么高的武力值啊，真的好酷炫！

@玉山金水：女孩子有力量，真的就没男孩子什么事了……

@峡谷第一打野：性别男，如果我女朋友是这样的，那我愿意小鸟依人！

……

那条带有模糊动图的微博被转了一万多次。按照追星的话来说，这叫作"出圈"了。

宁馥饶有兴趣地往下翻了翻，给她推荐了不少小姐姐的微博，什么跆拳道女博主啦，什么健身达人啦，还有许多或见义勇为或反击犯罪行为的女性。

力量系女孩真的可以又美又飒。

倒也有人因此关注起绿地新城的事情，发现公安局已经发布了警情通告，蓝底白字把事情的经过简要明了地对公众说明了。

徒手掰断婴儿手臂粗细的木棍，小姐姐的身份也引来无数人的好奇。

只可惜，那条原始微博配的动图实在是太模糊了。只能看出是个漂亮的姑娘，眉眼有些模糊。

有人在底下评论说像他的大学同学，现在正在报社实习呢，说不定是去现场采访的。不过转发评论的人实在太多了，这一条最接近真相的评论反而无人问津，迅速沉了底。

耿光辉有点头疼地挠了挠自己本就稀疏的头发，道："这事我也先和社里报备一下。"如果真有人要借此炒作，宁馥可就要成社里的"保护动物"了——毕竟以后还要开展工作，短暂地上下热搜也就罢了，要是连底细都被广大网友扒出来，那也趁早别做调查记者了。

宁馥赶紧应下："谢谢耿主任。"

耿光辉随意地摆摆手示意不在话下，马上又想起了什么一样，警惕地看了宁馥一眼，道："李宇少不了又因为这事找你！他巴不得你调去娱乐版，没准还梦想做幕后推手把你运作进娱乐圈里呢，你要想好好待在社会口，就给我小心点他！"

他知道宁馥跟李宇的关系不错，更了解自己那位脑子活泛的同事。他到底能不能得逞，在于宁馥本人是不是像她一直以来表现出来的那样坚定。娱乐圈是灯红酒绿、纸醉金迷的地方，很多人都抵挡不了那些诱惑。

不过看宁馥的样子……她好像一点都没把耿光辉的"忠言"听进去。似乎在她心中，从来就没把这种可能当回事。耿光辉放下心来，不知为何，心中还升起一股得意和骄傲的情绪来。就算李宇那家伙再怎么费尽心思，也总有人更愿意留在钱少事多还心累的地方。

要不说理想主义者都是爱犯傻的呢。

耿光辉突然弹了宁馥一个脑瓜崩儿："小傻子。"

他笑着走了，留下捂着脑门的宁馥和老孙面面相觑，并且都在对方的脸上不约而同地看见了惊悚的表情——老耿这"怜爱"的语气怎么这么瘆人？难不成是吃错了药？

姜还是老的辣。

耿光辉的猜测果然十分准确，此刻李宇正在对着热搜扼腕叹息，只盼宁馥啥时候能"开窍"——看到这热搜的一刹那他就得意自己没看错人，立刻生出给宁馥拨电话的冲动，但最终还是忍住了。

因为他想起在警局的会议室里见到的暗访回来的宁馥是什么样子。

李宇还是有点良心的。

他在的这个圈子，群花争艳、星光熠熠，多一个也不多。可他所在的这个社会，像宁馥这样的记者，少一个不行。

与此同时，看到热搜的当然不止李宇和老耿他们这几个人。

中视新闻部。

关童探头探脑，抓住一个路过的，问道："你们钟主任呢？"

"在办公室呢。"

关童慢慢悠悠地走到办公室门口，门推开个小缝，就看见钟华正在摆弄手机。

关童以一个胖子少见的灵活飞快地跳进钟华办公室里，嘴里"哒"一声："看什么呢？！"

钟华一顿，将手机锁了屏扔在办公桌上，冷冷看他一眼："最近新闻部这么清闲？"

关童嘿嘿一笑，道："我忙得很！这不是有事找你吗。"

他知道故弄玄虚地卖关子对钟华这样死板的人来说毫无用处，直接道："我这边有两盘带子，拿过来给你，你审审看。可以的话，我们看可不可以和台里提，推一个三集的专题。"

钟华眉头微蹙："谁送上来的？"

需要他来审，应该是调查报道，而值得关童特地来他办公室一趟做"保荐"的，更是少见。

关童此人外号"笑面虎"，为人幽默开朗，从来不端架子，但在专业上却有一双极毒辣的眼睛，胸中更是自有城府，否则他也坐不到新闻部的主任这个位置。他看起来圆滑，实际上是个有原则的人，这也是钟华一直忍受着这位老友的聒噪，始终没和他翻过脸的原因。

"天南公安局。"关童伸手按住钟华的肩膀，"今天就看，挺着急的。"

钟华颔首应下。

其实已经快到下班时间了，中视大楼外华灯初上，夜色已经透过落地玻璃侵入办公室里。屋子里没有开灯，只有屏幕的荧光。

钟华点下"播放"。

镜头晃动，色调灰暗。很明显是非正常拍摄，拍摄手法也并不成熟。

画面中是两个乞丐，蓬头垢面，正在数钱。其中一个乞丐的左脚脚腕下是空的，另一个的右手只剩个手掌，手指都没了。他们在商量拿这些钱去哪里喝酒，谈论新来的伙伴。据说新来的里面有一个被"整治"以后恢复得不好，发烧烧了四五天——

"他已经快完了，真没用。"其中一个乞丐嫌弃地说道。

镜头转换。

桥洞下，这里是流浪汉们都不愿意住的最差的位置，只看环境仿佛就能闻见那股人和动物的排泄物在夏天发酵的臭味。杂草丛生，有人躺在烂纸片上，黑乎乎的一团，几乎很难看出他的胸腔是否还在起伏。

镜头逐渐靠近。

借着那一点点可怜的月光，画面中才能隐约看见，躺在地上的人还活着，但他的右手骨折了，扭曲成一种奇怪的姿势，手臂和手腕用塑料绳绑在了一起。

镜头降低，这个视角能看出这镜头隐藏在一个人的身上。而这个人跪到那浑身脏臭、伤口流脓的人身边，然后开始伸手检查他的情况。"他"的手也脏兮兮的，指甲缝里都是黑泥，但手指纤细，看起来不像男人的手。

这个躺在地上的，应该是那两个乞丐口中"不中用"的人。

当那双属于女性的手轻轻拨开他粘在脸上的头发后，才让人惊讶地发现，他这人其实年纪并不大，下巴上有点胡楂，可看上去依然稚气未脱。

这个少年乞丐已经奄奄一息，他费力地睁开眼，看到了身边的人，依然露出了一个笑容。

"嘿。你没被他们抓走卖掉吗？"

摄像头随着主人的动作轻微地摇晃了两下："我是记者，我不会让他们跑的。"

她不是猎物。她是猎人，她是来为他伸张正义的。

但还是有些晚了。

少年乞丐脸肿胀而肮脏，他只是期待地看向摄像头的主人，问："那我……我能上电视吗？"

对方点了点头。然后她扶着少年费力地坐起来，将镜头对准他。

已经被殴打得看不出面貌的少年不敢说得太大声，也没有体力发出更大的声音，但他说得很认真。

"我叫胡良兵，家在天北市，今年十七岁……"

他哭了。

再说不下去。

他的父母早已经离婚又各自再婚，唯一在乎他的奶奶也不在了。在这人世间，他是一片无根的浮萍，他甚至不知道自己要向谁诉说，又向谁告别，他只是本能地、用尽全力地抓住这个机会，向这个世界发出声音。

他存在过，他有名字，有来历，或许没人在意这些。但他不想无声无息、凄凉而痛苦地走。

一阵细碎的声响，镜头抖动，是女记者在从怀里取东西。

她的手递出去，上面放着一个白白的包子。

胡良兵已经吃不下了，但还是感激："好香啊，好香，还是猪肉大葱馅的，我最爱吃这个馅了……"

镜头忽然暗下去。

再有画面时，显然是在安全的环境中了，记者自己终于出了镜。

她也是蓬头垢面的，和平时在街头见到的乞丐别无二致，脏得连皮肤的颜色都看不出来，只有一双眼睛灼灼地放光。

"今天是最后一天。这些，都是证据。"

她咬着牙，眼中燃烧着愤怒。这样的愤怒是难得的，比悲伤、无助、绝望都更有力量。她如此瘦小，可她是一支穿云的箭，一捧照夜的火。没有什么能让她停下，没有什么能让她熄灭。

微型摄像头的镜头一转，镜头前是天南市公安局的大门。

视频就此结束。

…………

钟华沉默良久，将带子倒回几秒，画面定格在记者的脸上。

他盯着那张脏兮兮的面孔看了片刻，又打开手机，页面还停留在热度已经降下去的热搜里。动图里的女孩面容秀丽，在混乱的场面里像根定海神针，却同时带着属于年轻人的朝气蓬勃。而在视频里，她的眼里，她的肩上，已经带上了一种沉重的坚定。

有些矛盾，但很有意思。

钟华拿起手机，发语音："全体回会议室来审片。"

这是发给调查记者部全体同事的。

"我们今年能不能再争取一个岗位？我看上一个人，一个很优秀的记者。"

这是打给总台人事部的。

· 7 ·

小赵出院了。

他那一棍子挨得挺吓人，不过仗着头硬，只是脑震荡，治疗加观察后，不到一个星期就得到医生的疗愈诊断被放行了。

宁馥去接的他。

小赵一脸殷勤："哎呀，今天女侠你来接我？这回救我一命，我还没好好感谢你呢！今天我请你吃饭！"

宁馥："行。"

小赵没想到她这么爽快，惊了一下，赶紧帮她拉开车门："好好好，你说吃啥！"

宁馥点了个餐厅，小赵只有答应的份儿，完全没觉得之前自己以前辈自居时和此刻的形象有多么矛盾。

"我还以为你就是天南本地人。"小赵合上菜单，还挺好奇，"你爸妈是内蒙古的？"

他们去了家蒙餐餐厅，是天南比较正宗的，老板一家人都是正儿八经的蒙古族，普通话说得不太好，但热情朴实。小赵看她一上来就很熟门熟路地点了好几个平常人都不怎么会吃的内蒙菜，这么问道。

拔丝奶豆腐最先端上来了，宁馥正下筷子，闻言顿了一下。

她笑道："也许我上辈子在那儿生活过呢。"

小赵吐槽她："你这个性格，在哪儿都是强人！就算去大草原上放羊，恐怕也得是羊群环绕、狼群绕道的级别吧。"

宁馥吃得挺香，笑了："当然。那必须得是人称'草原一枝花'的万人迷啊！"

小赵：哕。

宁馥照旧吃得高兴。吃完饭，她从随身的包里拿出几页稿子，扔给小赵。

"绿地新城的稿子我出了一版,你看下还有什么要修改的。"

小赵拿了稿子,朝宁馥嘿嘿一笑:"你就别跟我客气了。"

这回的事,是他的问题。脑壳上挨一下子也是他专业素养不足,自讨苦吃。小赵心里清楚,这是宁馥给他留了面子。

宁馥这一次的稿子写得很有意思。

她把物业、业主以及住建局三方都叫到了一起。与其说她是个采访者,倒不如说是个主持人。她主持了一场尽可能开诚布公,公开透明的信息分享和意见交流会。

——物业不无辜,为了想办法让业主们乖乖缴费,他们没少给业主们使绊子。

——业主太冲动,有几个带头挑事的刺儿头总想浑水摸鱼,把物业费就这么赖掉。

——住建局也有问题,监管不到位,对市场的了解更是落后了好几年,导致定价不合理。

可三方说起来,又都是各有苦衷。

——物业有成本,物业管理费收不上来,就要亏本。亏本,好几十号人就没了饭吃。

——业主不方便,物业的人为了收钱到处想辙,门禁卡没几天就换,好些个花了钱的业主却不得不钻栅栏进出。

——住建局更委屈,他们为了规范物业收费,落得两头埋怨。

带头打人的被拘留了,乱收费的被行政处罚了,闹事的被教育了,住建局顺便宣传了一下相关政策。

小赵把稿子卷了卷还给宁馥:"我……我没啥意见。"他有点垂头丧气的,"下回吸取教训。"

做记者,有时候就像走平衡木,要掌握左右互搏的技术。一腔义愤并不能解决问题,好人坏人有时候也不是绝对的,要做调查,就必须尽力做到客观。

小赵问宁馥晚上回哪儿,他有车,能送她。宁馥摇摇头:"别了,你回家休息吧。"毕竟小赵也刚从医院出来,过两天还要回去复查,"谢谢今天的饭,还有,谢谢你那天帮我挡那一下。"

小赵挠挠头,脸红了。

宁馥自己坐公交车回了报社。稿子还要做最后一轮修改,她蹭了顿饭,还要回去继续干。

老孙正要下班,看见宁馥进来了,朝她一笑:"加班啊?"

宁馥点点头，便听对方感慨道："年轻啊，真有干劲儿。"

她便笑道："老骥伏枥，志在千里，更何况老孙您还远没到烈士暮年的岁数呢！"

老孙长长地叹了口气。

"我说话可能不中听，但还是想提醒你一句，小宁。

"做这一行，有时候不能太理想主义了。热血总有凉的时候，你以为的权衡，其实还不够。

"会走平衡木，不代表你就安全了，能把你推下来的力量还有太多太多。"

宁馥皱了皱眉："是绿地新城的报道吗？"

老孙拍拍她肩膀："不，这件事你做得很好。"

其实在斗殴事件登上热搜的时候，物业公司就已经找到报社来了。塞钱，塞东西，他们想把这事"平"了。他们不敢威胁报社，而且这件事说实在的也不算大事，宁馥一个小实习记者，《天南都市报》也护得住。

后面宁馥的稿子出来，其实住建局和物业公司都松了口气。

无他，厉害的记者一杆笔就能扭转乾坤，更别说他们本来就有错有疏漏，千夫所指，不过就是几个字，一夜之间。宁馥这一次平衡木走得稳，是因为她做事公允，秉持公心。但总有走不稳的时候，也总有遇见更不讲理、更强势、更想要先掰断那支笔的人的时候。

宁馥看向老孙："这是您的经验之谈吗？"

老孙哈哈一笑："经不经验，有啥关系？我说多啦，你可别嫌弃。我这样的人，只想要老婆孩子热炕头，舒舒服服过一辈子喽！"

年轻人看不起这样没志气的老家伙，但怎么说呢，往往老家伙才知道什么是生活。

撞了南墙才知道回头，遇见黄河才懂得死心。生活其实不算善良。

老孙背起他的中年男人标配的单肩包转身往办公室外走。

他听见那年轻女孩在自己身后道："谢谢您。"

过了两天，中视大楼。

"钟主任，早啊。"

"钟主任早，又熬通宵了啊？"

听说调查记者部通宵开审片会，今天一见，果然大家的眼底下带着黑眼圈，只有这位钟主任精神奕奕。

他刚从外头买早点回来，手里拎着豆浆、油条，很接地气。

这基本上是钟华的常态了。然后，他就在众目睽睽之下，从大厅的报栏里拿了一份《天南都市报》。

"咦，钟主任，今天怎么有闲情看娱乐报纸啊？"

《天南都市报》这些年全靠娱乐版撑着，在业内早已不是什么秘密。钟华可不是什么会对同行客客气气的家伙，更不会浪费他宝贵的时间看娱乐八卦小报。

钟华破天荒地笑了。

"配早点。"

揣着报纸上楼，社会版半个版面登了关于绿地新城的报道，钟华就着豆浆、油条看完了。有人还在会议室里补觉，醒过来就看见调查记者部的主任正面带微笑地吃油条，不由得揉揉眼睛，只觉得自己怕不是熬夜熬出了幻觉。

"主任，这报纸今儿登什么了？"

钟华把报纸一卷，淡淡道："登了她的作业。"

完成得不错。

笔杆子功夫到了，这不容易。处理事情能透出这股聪明劲，更难得。

他想了想，亲自给人事打电话催了岗位编制的事情。

这个宁馥，现在只怕《天南都市报》不愿意放人了。

与此同时——

宁馥正陪着小赵去医院复查。

把小赵塞进复诊的诊室，宁馥关门退了出去。她按着记忆转到了靠着楼梯口的骨科诊室，向门里张望了一下，看见大夫在，于是往长椅上一坐，给小赵发微信：不好意思，我有点事，你检查完就先回去吧。后面还加了三个笑脸表情。

微信的特殊提示音响了，顾不上大夫正给自己的脑袋拆绷带，小赵赶紧解锁手机。看着对话框里的三个笑脸，他不禁微笑起来，仿佛自己的笑容能透过这电子屏幕回应给那边的人一样。他斟酌再三，才谨慎地输入了三个一样的笑脸，加一个"ok"的表情回复过去。

"小伙子谈对象啦？"医生给他整理好绷带，玩笑地八卦一句。

小赵笑嘻嘻地把手机收起来："八字还没一撇呢。不过以后我们就是正式同事啦！"

大夫笑了，勉励他："近水楼台先得月，好好努力啊！"

小赵干劲满满地点了点头。

并不知道只用了三个微笑符号就让小赵"少年怀春"的人，此时正在等别的帅哥一起下班。

"顾医生，下班了？能不能借一步说话？"

那天的值班医生是顾云兮。

这宿命似的相遇，让宁馥隐隐有些担心一直沉默着的小阿香。

——你可千万不要爱上他。宁馥在脑海中道。

小阿香最近难得开口，一点不像之前毫无防备时将心理活动袒露在宁馥大脑里时那样多话和活跃。

"我为什么要爱他？"她冷漠地回应了宁馥，"我只爱我自己。"

她甚至对这位顾云兮做了一番评估，得出的结论就是：皮囊无用，温柔也无用。一个普通医生，不值得交往。

宁馥摸摸鼻子，对这位正疑惑地望着自己的温润如玉的医生表示同情，顺便在脑内"调戏"了一下她："我对你的温柔呢？也是无用的吗？"

小阿香大概是生气了，不再说话。宁馥忍不住弯了弯唇角。

她对顾云兮道："我是《南天都市报》的记者，有些情况想跟您了解一下，不知道您方不方便。"

"什么情况？"顾云兮看了她的证件，"事先说明，涉及病人的隐私，我是不能透露的。"

宁馥淡淡道："是关于袁小朵的。"袁小朵，就是花儿的大名。

顾云兮一怔。他似乎明白了宁馥要问什么。

宁馥继续说了下去："据我了解，她一直在遭受家暴，入院治疗很可能也不是第一次了。"

"发现未成年人遭受家暴，向相关部门报告也是你们的责任。"她盯着顾云兮的眼睛，"顾医生现在有时间吗？我们找个地方，详谈。"

"袁小朵很可能长期遭受家庭暴力，几天前，她的左手小臂骨折，应该是您替她治的吧？"宁馥往咖啡里放糖，"不知道您有没有注意到更多有价值的信息。"

顾云兮微微皱眉，似是在脑海中搜寻回忆。

"她的确是我的病人。"他道，"但只在我这里治疗过一次。"

"不过……听你这样说后，我细想来确实有些奇怪。"顾云兮眉头微蹙，"她的骨折情况是比较严重的，我们和监护人强调了，一定要注意及时来复诊，但现在已经过了约定的时间，我特意问过其他值班的同事，也都没有她再来就诊的记录。"

顾云兮回忆道："还有，在给她做检查的时候，她手臂上还有一些轻微伤。"他越想越是心惊，忍不住身子微微前倾，盯着宁馥，认真道，"那些伤……"

宁馥慢声道："是。很有可能是她的父母造成的。"

顾云兮一时无言。

这是他工作上的失职。虽然这样的"失职"在多数情况下并不会带来实质性的惩罚，但只要是一个有道德的人，就免不了良心上有不安。

宁馥瞧他的面色，心中略定——按照顾云兮的性格，他不会袖手旁观。

"我可以以私人的名义帮您问一下，"顾云兮道，"看她是否还有其他的入院记录。"

宁馥慢慢露出一个笑容："我替花儿谢谢你。"

救死扶伤，医者仁心。一个人如果能不嫌麻烦、不怕事，就已经算得上是一个很了不起的好人了。

"这是我的电话。"宁馥随身带着笔记本，撕了一页下来写了自己的电话号码，推给顾云兮，"麻烦顾大夫帮我一个忙，如果有袁小朵的其他入院治疗记录，或者她再来复查，请及时通知我。"

"赔钱的东西！滚！老子供你上学供你吃饭，你什么都做不成，还敢来要钱！"

第一矿机厂的职工宿舍楼，老式的公寓房只有一室一厅，狭窄的空间里堆满了杂物。小女孩像一袋垃圾一样，从门内跌出来。

木门没关，男人骂骂咧咧的声音仍源源不断地从门里传出来。花儿不敢再推门进屋，她站起身，默默地走开了。

早已经入夏了，花儿还穿着长袖校服。去学校的路上有很多穿裙子的漂亮同学，她们细细白白的手臂快乐地挥舞着，她见了忍不住抱住自己的胳膊。

学校要收资料费了，一共五十元。她在放学的路上捡瓶子卖废品攒了十五元，还差三十五元。

走到学校门口，花儿怎么也迈不开步子——那三十五元，就像一道天堑，就在她的脚下。

"花儿，花儿，快来！"

胖乎乎的小佳蹦蹦跳跳地从小卖部里跑出来，手里拿着两个面包。

"这是我的，这是你的！"她自己拿一个，把另一个塞给花儿，又从兜里拿出火腿肠、卤豆干和巧克力饼干，一股脑地放进花儿的怀里。

"快吃，一会儿就要上课啦！"

花儿受宠若惊，平时小佳也经常分给自己好吃的，可这回也太丰盛了！

"我……我吃不了这么多，你吃吧……"她想把吃的还给小佳。

小佳嘴巴一嘟："我妈妈让我减肥呢。"又道，"你快吃，以后我天天给你带一份!"

花儿眨眨眼睛,饥饿的本能让她难以抵抗,收下了朋友的馈赠。

从昨天晚上到现在,她还什么都没吃。妈妈要上夜班,下午做了饭就走了,可爸爸在,没让她上桌,她只能一直饿到现在,那种感觉让她的腿直发软。

花儿狼吞虎咽地吃掉了面包,然后无比珍惜地将其他食物放进自己的书包里。

这将是她今天的晚饭。

等坐到班级座位上,面包带来的饱足的幸福感稍稍消退,心底的焦虑和恐慌再一次袭击了花儿。

资料费——她还没有凑齐资料费!她看见班长已经站起身,从第一排开始收了!

小女孩浑身僵硬地坐在位子上,不自觉地颤抖着。

怎么办?怎么办!

班长的脚步声在大家吵吵嚷嚷的背景音里被无限放大,花儿小脸煞白,死死抓着自己的课桌边缘,甚至都忘了手上的疼痛。

"花儿,你怎么啦?是不是吃坏了肚子呀?"小佳注意到她的异常,悄悄开口问道。

花儿嘴唇嗫嚅几下,终于还是道:"我……我的钱不够……"

在这样绝望的境地里,她实在不知道该怎么办,满腔恐惧,哪怕知道小佳也不会有办法,也只能对自己唯一的朋友倾诉。

小佳也噘起了嘴:把自己身上的零花钱全都掏出来,也不够呀!

正发愁之际,小胖丫头的脑海中突然灵光一闪——

不是还有花儿的姐姐吗?!上次她说要想办法帮助花儿以后,小卖部的大姨就说可以免费给花儿拿好吃的,这样她的好朋友就饿不着了!

小佳眼睛一亮,飞快地对花儿道:"我知道怎么办了!你等我一下下哦!"

花儿还没反应过来,小佳已经跳下凳子,跑出了门。

十分钟后,小佳悄悄地从后门回到了座位上。花儿焦急而忐忑地盯着门口,看到自己的好朋友,一颗心激烈地跳动起来——她……她还是忍不住,抱有一丝奢侈的期待。

小佳圆圆的脸上露出一个略带得意的笑容,她从衣兜里摸呀摸,掏出一张五十元的纸币,悄悄地从课桌下塞给了花儿。

花儿不禁瞪大了眼睛:这……这是!

小佳戳戳她:"快交给班长,下课我再和你说!"

花儿如坠幻梦,宝贝地将手中的那张五十元钞票抹平,这才交给了班长。

下课以后，她听自己的好朋友讲了一个"仙女教母"的故事。

故事里她是灰姑娘，有一位美丽善良的仙女，一直守护在她的身旁。在她饿的时候，仙女就变出好吃的面包和果酱；当她冷的时候，仙女就送来厚厚的棉衣和棉被……仙女在默默地保护她，要不了多久，仙女就可以变出水晶鞋和南瓜马车，把她从灰姑娘变成公主啦！

花儿听完故事，轻轻地叹了一口气。她趴在桌上，尖尖的下巴搁在手臂上："仙女……什么时候才能来呢？"

仙女教母已经出现，只不过南瓜马车还缺两个辊辘：左边名曰举证，右边名曰投诉。

左边的辊辘暂时交给了顾云兮，右边的辊辘……"仙女教母"决定去寻求组织帮助。

——仙女属于天庭吗？

不！不！不！仙女当然也属于光荣的妇女联合会！

——简称妇联。

宁馥跟耿光辉打过了招呼，对方很快就帮她联系了天南市妇女联合会。妇联权益部的小郭接待了宁馥，她知道宁馥的来意，很热情，但也免不了倒苦水。

"我们有家庭暴力问题台账的，只是……哎。"

小郭年纪和宁馥差不多，也是从名牌大学毕业的，满腔热情还没被基层工作的烦琐和疲劳磨掉。她对宁馥道："这个袁志刚家，的的确确是有这方面的问题。你猜我们是怎么摸排出这个情况的——袁志刚打孩子，打老婆，打得邻居全都看不下去，拉着我们替袁小朵诉苦啊！"

有时候就是这样了，人们可以很善良，很仗义，也可能牢记着一句"自扫门前雪"，不对他人的"家事"多说一句。能让邻居都看不过眼，冒着得罪人的风险和社区汇报，可想而知袁志刚是个什么模样。

"结果呢，我们和社区几次上门，教育也教育了，袁志刚和我们的认错态度良好，扭头就接着打小姑娘。"小郭叹口气，道，"我们有家暴庇护所，他老婆一次没来过。有一次袁小朵悄悄跑来了，没出半天，就被她妈妈领回去了。"

"问她，要不要申请限制令，她说不用，只是家里的口角之争，夫妻之间小打小闹，教育孩子，都是正常的。"

宁馥皱眉："没有报过警吗？"

小郭喝了口水，苦笑一声，道："报过。他老婆有回软组织挫伤严重，她说是被袁志刚打的。我们以发现疑似家暴受害者为理由报警，派出所的人来了，她又后悔，改口说是自己摔的……"

王梅下了夜班，把自行车停在菜市场外。她还不到四十岁，但面容却已显出苍老的痕迹。

油菜4元一斤，冬瓜3.2元一斤，都有点贵。她在菜摊前踟蹰一番，猪肉、羊肉和水产之类的荤腥，更是看都不敢看一眼，最后只买了一棵白菜和一块豆腐。

这就是袁家今天的午饭。

想了想，她到底还是又买了二两毛豆，给丈夫下酒……否则，中午他喝不痛快。

"你女儿被打断了手，对吗？你脸上的伤，也是他打的，对不对？"

正付钱，有人突然在她身边说话。

王梅一愣，然后看到了身边的宁馥。她早已忘记在医院的相遇，忍不住四下看了看，压低声音惊慌地说："你……你胡说八道什么？！"

那身量高挑的漂亮姑娘突然伸手，扣住了小贩正要递给她的毛豆，她的眼睛逼视着王梅，让王梅感到一阵心悸。

"我有没有在胡说八道，你心里清楚。

"你在皮革厂工作，三班倒，主动做着没人愿意做的夜班，平时还兼着家政清洁，一个人挣两份钱养家……"宁馥慢慢道，"这么辛苦，为什么不让自己、不让你的女儿过得好一点？"

王梅想要从她的手中夺回毛豆，无奈这年轻女孩的手就像铁钳一样紧。而她的口中还不断地吐出令王梅心惊肉跳的话："你明明自己有能力，为什么不离开那个男人，为什么不给你的女儿一个安全的家呢？"

王梅紧咬牙关，尖声道："你……你不要多管闲事！"

她毛豆也不要了，飞快地走了。

宁馥望着她的背影，微微皱眉。

她不指望这么两句话就能让王梅"觉醒"，就能让她带着孩子逃离苦海。她说这些，是要让王梅知道——即使她忍气吞声不反抗，拽着她无辜的女儿沉沦苦海，也有人，要为她的孩子，向家里的那个魔鬼宣战。

"这样……能行吗？"小郭从后面走上来，问道。

宁馥微微皱眉："她的反应和我预想的有些不同。"又忽然问道，"上次袁小朵躲到庇护所，是谁来接的她？"

小郭对这件事也是无奈，几乎用不着回忆，便答道："是王梅，她妈妈。"

脑海中，小阿香发出一声冷笑。

——那孩子断了一条胳膊，你们却在这里苦口婆心地给她妈做工作？她如果有勇气逃离，她早就跑了！对这种蠢货，为什么要多费口舌？！

宁馥眉梢一挑："那你觉得，应该怎么做？"

小阿香冷淡道："去问问那小孩，她愿不愿意在这个家过下去。"她的语气中透出一丝不屑，"她要是想逃出来，你再去费这心思。如果她和她那妈妈一样，连根硬骨头都没长，也没必要浪费你的精力。"

她和宁馥在一起的这么些时日，宁馥的精力就是她的精力，宁馥的心血就是她的心血，她当然不想看着这蠢货去为无法被拯救的人徒耗心力，白白奔波。

搞事业不好吗？为什么要多管闲事？有些人天生倒霉。在泥淖中没有勇气挣扎的胆小鬼怎么配获得拯救呢？

宁馥沉默片刻。

——不是所有人都有你的勇气的，小阿香。

"她"不再说话了。"她"试图把自己封闭起来，可那种激烈得几乎要汹涌而出的情绪，却如同洪水般冲向宁馥设置的精神堤坝。

宁馥微微皱眉，然后略略放松了一些对"她"的压制，无数的画面在瞬间闪回，涌入宁馥的大脑。

她曾缩在自己的小屋里，自己挑破脚上的血泡；

她曾悄悄地藏着母亲的照片，被继母在父亲面前一通哭诉，随之而来的，就是父亲高高举起，重重落下的巴掌；

她曾被两个继姐剪烂最漂亮的裙子，用胶水粘住头发；

她的恨太深太深，日积月累。当两个姐姐取笑她母亲的相貌时，她恨不得冲上去用剪刀在她们丑陋的脸上戳出血洞！

她的怨太重太重，暗自滋长。当她的父亲完全将她这个女儿抛诸脑后，和继母及两个毫无血缘关系的继女成了幸福美满一家人的时候，她无数次想象，如果母亲在天有灵，看到她在这个家里受折磨，会不会索父亲的魂，让他这没有心肝的男人下地狱。但是这些冲动都被她死死地压抑在了心底。

她把自己想象成一个卧薪尝胆的英雄，一个注定要屠龙的勇者——有朝一日，她要翻身做主，把欺她、辱她、漠视她的人，全都打入她曾经受过的痛苦的泥潭之中，永远也别想爬上来！

宁馥闭了闭眼睛。

电话铃声在此时响起，电话那头是市第一医院的主治医生顾云兮的声音："宁馥吗？有一些情况，我想和你说说。"

今日有雨。

下午的时候天就阴了，小佳对花儿说道："咱们俩一起走吧！我和妈妈说啦，你没有伞，我送你回家呀！"

花儿看看外头的天色，犹豫了两秒，还是道："不用啦，你快回家吧！"小姑娘的脸上，今天第一次露出一点甜甜的笑意，"今天高年级上体育课呢，我想去看看能不能捡几个瓶子。"

虽然仙女教母会变出南瓜马车和水晶鞋，还替她交了资料费，可是她却不能白要那50元资料费。一个瓶子5分钱，她已经有了15元的积蓄，只要再捡够700个塑料瓶，就可以把钱还给好心的仙女啦！她的数学成绩一直都不错的。

每次上完体育课，操场上总会有几个矿泉水和饮料的瓶子，她个子瘦小，从操场的铁栅栏处钻进去，总能抢在清洁工人之前收集到好多。灰黑色的铅云下，花儿的目光搜寻着塑料瓶，心中充满了干劲。

雷声隆隆。

雨点开始砸落，花儿赶紧将自己所有的战利品装好，把今天小佳给她的巧克力饼干藏在书包的最下面，飞快地朝家的方向跑去，等到家的时候，全身都快湿透了——为了不让好吃的巧克力饼干被雨淋湿，她是一路用自己的身体给书包挡着雨回来的。

"难吃死了，滚开！"

房间里发出一声巨响，花儿刚刚进屋就被吓得一哆嗦，她有点想悄悄出去，等爸妈吵完架再回来，可是屋里传来热腾腾的白菜炖豆腐的香味，让她忍不住往前走了两步。

——如果今天晚上能吃一顿晚饭，巧克力饼干她就可以省到明天早上吃了！

袁志刚用粗哑的声音大骂："有工夫夜里去偷汉子，没本事做饭是不是？！猪食都比这好吃！"他砸了一个酒瓶子，随后，屋里响起王梅哀哀的哭声。

"我好好学，我好好学，你别生气了……"

袁志刚已经喝得半醉，猛地将妻子推开，走向外面："滚，老子去外面吃！"

他有很多酒友，今晚这一喝，必然是不会回家住了。

男人摇摇晃晃地走到门厅处，才看见自己的女儿瑟缩着贴着墙站着。那孩子畏畏缩缩的样子怎么看怎么不顺眼，不过他今天懒得和她计较，就随意将袁小朵往旁边一推，自己歪歪斜斜地往外走去。

花儿的手本来就骨折未愈，被男人这样粗暴地一推，一下没拿稳，书包落到地上，里头的塑料瓶滚落出来。

王梅从屋里追出来，就看见滚了一地的塑料瓶和易拉罐。

袁志刚一声冷笑："瞧瞧，她就像个拾荒的，还不如你呢。她以后捡破烂挣钱，是能给你养老还是能给我打酒喝？"

他说完，也不看这母女，转身就走。

王梅哭得眼眶通红，随手拿起一旁的衣架子，照着花儿就是一顿劈头盖脸的抽打："叫你没出息！叫你没皮没脸！叫你捡垃圾！"

花儿躲开她的抽打朝门外跑去，王梅又像发了疯一样猛踩地上的瓶子。

花儿想起巧克力饼干，飞快地拾起书包，冲出门。她全身都疼，唯一的念头，就是一定要逃离这里。

有人挡住了她。

一双手扶住了她的肩膀，花儿用力挣扎起来，发出受伤的幼犬般的哭叫声。王梅从门里追了出来，她心中一阵绝望。

为什么，这是为什么呀！

然后，花儿感觉到那只拉住自己的手，轻轻地，温柔地将自己带到了身后。

不是她去而复返的父亲，而是一个从没见过的大姐姐。大姐姐的声音很好听，而且蕴含着一股力量。她只一伸手，就把妈妈抓着衣架子的手给摁住了。

"再敢动她一下，我掰断你的手。"

花儿眨巴着一双茫然的眼睛，她还没有意识到这电光石火之间究竟发生了什么。但是心底有个声音告诉她——

仙女，终于来救她了。

· 8 ·

"再敢动她一下，我掰断你的手。"

宁馥的声音平静，却暗含力量。王梅几乎是下意识地瑟缩，手一松，那已经弯曲变形的金属衣架掉落在地。

她的语气并不重，但让人莫名相信，她绝对会说到做到。

这个女人还太年轻，脸上甚至有几分稚气未脱，也不过就是个大学生，长得很漂亮，皮肤白皙，一双眼像含了星星一样，在昏暗的公寓走廊中闪闪发光。

王梅不免心虚："你……你干什么？你这是私闯民宅！"

宁馥见她就范，松开手，将王梅甩到一边，转身去检查袁小朵身上的伤。

女孩子的手臂上已经被金属衣架抽出一道道印子，红肿破皮。和顾云兮告诉她的一致——小姑娘手臂上的伤痕，根本不是简单的擦伤和撞伤，而是被人用细棍之类的硬物大力抽打造成的。

宁馥轻声问:"疼不疼?"

小女孩瑟缩着,摇了摇头。

"不疼。"

没有骨折的时候疼,她已经习惯了。只是……她手中紧紧握着一包压碎的巧克力饼干,心疼地掉下眼泪来。

"谢谢你……"她在宁馥的耳边说,"你快走吧,要是我爸爸回来,他会打你的。"

宁馥闭了闭眼,再开口时,声音已经不复温柔。

"他敢?"她的语气中仿佛带着冰碴子,站起身一把将王梅推进了屋里,紧接着自己长腿一迈也跟了进去,字字都是辛辣的讥嘲,"他回来正好,我倒觉得你们家还缺个开诚布公的机会。"

王梅傻傻地望着对方,过了一会儿才反应过来,尖声道:"你……你是谁?!你来干什么?!"她色厉内荏,"你这……你这是私闯民宅!"

外头忽然亮起了一道闪电,年轻女孩的脸庞被闪电照亮。她弯起唇角,浑不在意:"那报警啊,你告我私闯民宅,我也只好和警察说,作为一个守法公民,发现你们在对未成年人施虐,我只好见义勇为。"她耸耸肩膀,伸手指了指一旁小女孩还缠着夹板的左手,"你觉得谁比较可信?"

"我还当你是什么可怜人,不想,你比那没骨头的废物还要可恨千百倍。"女孩冷冷地看着王梅,"他打你,他嫌你没用,嫌你丑,嫌你不会做饭不会赚钱,往你身上泼污水,你却只想着身家性命依托于他,只想着讨好了他,自己才能过'正常人'的生活。于是他怎么对你,你就怎样对你的孩子,是不是?

"你将自己当作他的附庸,当作他的附属物,所以这个孩子就得像你一样,天生就是属于你的东西,是你打也不走,骂也不怨的一个玩意儿,是不是?"

她一步步走进这逼仄杂乱的房间,如同一步步走进自己所有不堪的记忆。

王梅不断后退,呼吸急促。她想要反驳,想要指责这个不容分说就闯进她家里,对她管教孩子横插一杠的年轻人。可是她的嘴巴张了又闭,闭了又张,就是说不出一句完整的话来。

也许,是她本就心虚。

王梅生性懦弱,长期被袁志刚以暴力和精神羞辱控制,平时就是个连说话都不敢大声的人,见过她的人都要说一句她内向不会处事,是个极顾家的女人。在所有人面前,她都是老实内向、软弱可欺的,只有回家关起门来教训袁小朵的时候,她才发现自己竟也能像个泼妇一样尖声怒骂,动手打人。

袁小朵是她的孩子,是属于她的,天生就应该受她的管教。

她给了袁小朵生命！她拥有她！这是她的家事，没人有资格来管！

好不容易鼓起勇气想要反驳，王梅却骤然对上那年轻女孩燃烧着怒火的双眼，她猛地一颤，话到嘴边就失了气势。

"我……我也是心疼她的。你不懂。"

女孩发出一声嗤笑。她淡淡道："我刚刚没有说中你吗？"

"我不但懂你，更懂她。"她说的是袁小朵，"你可知道，她是一个人，不是个物件？！"

她一声断喝，让王梅剧烈地哆嗦了一下，不知不觉落下泪来，和满脸的冷汗混在一起。

这时，袁志刚回来了。他推门进屋，要拿落在家中的外衣。外衣的衣兜里有两千块钱，是王梅这个月的工资。

出去喝酒嘛，当然免不了和朋友们玩上几把。

他看见屋里的情形，被酒精麻醉的大脑一时反应不过来，直愣愣地瞪了宁馥一会儿："你是谁？那丫头的老师吗？"男人说话含混不清，声音却很大，"她那什么钱，我们不交了，正好，让……让她退……退学！"

花儿在角落里，发出一声啜泣。

男人充血的眼睛上下打量，突然笑了，大着舌头道："我们家的……闲事，你……你少管！不过老师……老师还挺漂亮的……"他朝年轻女孩走过去，根本不顾自己的妻子尚且在场，"你陪我一会儿，我让那赔钱货继续上学，怎么样？"

王梅哭叫着冲上去拉他的胳膊，被他一把甩开："自己照照镜子去！老子当年是鬼迷心窍了才会找你这么个丑婆娘！"他平日里是不敢和上门的陌生人这样讲话的，但半斤酒下了肚，再加上今天处处气不顺，邪火登时蹿上心头。

"——啊！"

然而在下一瞬，男人脸上淫邪的笑容就消失了，面容变得僵硬扭曲，他发出一声杀猪般的惨叫，已经被年轻女孩重重顶在墙上！对方的手臂如同能撬动汽车的千斤顶死死地压着他，袁志刚一个将近一米八的男人竟然动不了分毫。

这一下子他酒也醒了一半，拼命挣扎起来——一个小姑娘罢了，就算是练过几下功夫，想必也打不过他堂堂一个大男人！然而下一秒袁志刚就明白了什么叫痴人说梦，女孩的手如铁钳，拿住他的肩膀往下一压，另一只手已经被她擒住，袁志刚整个人就如一只肥大而笨拙的鸭子，被人擒住两只翅膀提起来，只有大声哀号的份儿，挣扎全都化作徒劳。

"你看，他也不过是把你当个物件，还要说得更明白些吗？"年轻女孩根本不屑与袁志刚对话，她只是神色淡淡地看着王梅，道，"你们两个，谁都不配为人父母。"

王梅趴在地上，哭得气噎声堵。

袁志刚被吓得浑身冒冷汗，嘴上不断告饶："您有什么事您就说，别动手！"这等身手的人此刻上门恐吓，他只以为又是自己的哪个债主急着催他还钱，口中连连道，"钱都在我衣服口袋里了，家里你看上什么，都带走！都带走！"

这话说对了！

感觉到加在自己身上的力道一松，袁志刚终于能稍稍站直身体了，他忙不迭地道："等我凑够了，立马把剩下的还上！"

男人直怕这位煞星不信，伸手一指自己倚墙哭泣的老婆："这婆娘要是能用，你就带走！"他又一指缩在角落里的花儿，"不嫌弃的话，她生嫩，也值一些的！"

不想，煞星却开口问道："借款记录在哪儿？"

袁志刚脑子里一片糨糊，只剩下害怕——他不过就是个窝里横的主儿，平时打老婆和孩子打得凶，在外头却是赌瘾大胆子小，别说好勇斗狠，债主在他面前拍把刀子他都腿肚子打战，更别提这会儿竟然真的有人杀上门来，他只想着别被剁了指头才好，别的什么念头都没有了。

男人连滚带爬地冲到柜子前，将一沓借款记录翻了出来："都……都在这了……"

煞星满意地一张张摆开在桌子上，拍了张照片。

袁志刚看出她这是要走了，终于松了口气，连女人离去时牵起袁小朵的手将带她出门都浑不在意，只挥了挥手，如蒙大赦地道："带走，您带走！"

王梅依旧只是哭。

花儿其实有点害怕。

这个仙女和她想象中的不太一样。她很凶，很厉害，没有穿着公主裙也没有拿着仙女棒，还痛骂了她妈妈，动手打了她爸爸。但当仙女拉起花儿的手时，花儿还是没有犹豫地跟着她的脚步离开了家。

仙女走得很快，花儿跟跟跄跄的，有些跟不上。但她不敢说话，只等仙女停下脚步，转身看着她的时候，才敢小心地迎上仙女的目光。

"你敢不敢自己生活？"仙女突然问。

花儿被问得呆住了。

仙女却不等她回答，继续道："你敢不敢永远不回这个家，不理刚才那两个人，活出你自己的样子来？"

对于一个刚满七周岁的小女孩来说，要对这些问题做出肯定的回答，需要太多远超常人的勇气了。

花儿嗫嚅着，她不知道如果自己说"不敢"，会不会让仙女生气。如果仙女对她失望了，也不会再管她了吧……

花儿眼中含泪，吸吸鼻子。

以后仙女也不喜欢她了。她要趁着仙女还在，把自己应该做的做好。即使她……不敢说出答案。

小女孩从背包里掏出一个被包得严严实实的塑料包，努力伸长胳膊递给仙女："我……我只有这些，谢谢您！我再捡700个瓶子就够了。"

她不会说很多好听的话，只不停地道："谢谢您，谢谢您！"

仙女就要离开了，她很感激仙女。

"仙女"伸手接过了那个湿漉漉的塑料包，里头是一堆零钱，刚好十五块。是这个孩子忍饥挨饿，省吃俭用，一个一个瓶子积攒下来的全部身家。她的脸上出现了一种很怪异的神情，似乎忍不住又要说一些嘲讽的话，来打破这个蠢小孩的幻想。

她闭了闭眼睛。

"回去。"她的嘴唇微动，低声发出命令。

再睁开眼睛时，她的神情变得温和了。

她不再牵着花儿的手，而是把花儿抱起来，让小姑娘坐在她的手臂上，靠在她的肩头。

她轻声说："不用怕。"

这话，是对花儿说的，也是对此刻退回到她脑海中的那个女孩子说的。

"你已经足够勇敢。"

花儿不知道为什么刚刚疾言厉色的仙女又变得和善起来，她只知道赶紧搂住仙女的脖子，把小小的自己埋进宁馥的怀里。

经历过太多次伤害的幼崽，只本能地寻求着保护，争分夺秒地享受着可能随时都会消失的温暖。

"仙女"的脑海中有人不屑地发出一声冷笑："真是没出息啊，胆小鬼。"

"这样的小孩子，真的配得上你所谓的温柔吗？"她愤愤不平地发出嘲讽，不知道自己的语气有多么拈酸带醋。

宁馥在脑海内轻笑。

——就只有你配得上，行吗？

她不吱声了。

不过就是羡慕又嫉妒罢了。她讨厌这个孩子有过分的好运，不过受几年磋磨而已，胆小懦弱，却偏偏遇见了宁馥这样好管闲事的人。

却偏偏……得享这好管闲事的人的温柔。

"袁志刚不但酗酒，而且嗜赌成性，这里是他的一些欠款的证明。"宁馥将手机递给小郭，然后从身上拽下暗访用的微型录音和录像设备。小郭见她单手抱娃，赶紧伸手来接，小姑娘却把脸埋在宁馥的颈窝里不愿意和她分开。

宁馥便笑笑："没事，抱得动。"

小郭感叹："你的力气好大！"单手抱个六七岁的小姑娘，就算这孩子因为营养不良而比同龄人瘦小，那也要点力气呢。

小郭又问："你和她的父母谈过了？"

宁馥露出一个温和的微笑："谈过了，费了一点工夫，不过他们同意暂时将孩子交给我们，我会带她去验伤。"

"真的？！"只看小郭那瞪圆的眼睛，就知道她觉得这消息有多么令人不可思议，"你好厉害！这种人都能说服！"

小郭太清楚那两口子的为人了。王梅不说，单那袁志刚就是个滚刀肉，油盐不进、软硬不吃，妇联的人来了他就要无赖说别人诬陷他，派出所的警察来了他就说自己认识到错误了，会好好反省，以后再也不打孩子。花儿在他们的控制之下，根本求告无门。

很多时候，被家暴者没有逃脱的能力，家庭这个本该温暖的避风港，反而成了社会救助和正义无法触及的角落。

花儿毕竟不是小阿香。

小阿香心性坚忍而偏执，才能在反复磋磨她的环境中长成一株风中劲草——不过是株断肠草。

宁馥笑而不语。

"说服"是"说服"了，只不过需要费的不是口舌上的功夫罢了。

妇联没有执法的权力，前几次走访更是已经引起了袁志刚夫妇的警惕，她们能做的都已经做了，但对于在苦海中挣扎的袁小朵来说，实在是杯水车薪。

她本来想做一次家访，走到门前却正撞上被母亲虐打的花儿，在一瞬间，她感觉到脑海中那个灵魂散发出来的愤怒。

于是宁馥把身体的掌控权让给了小阿香。

小阿香也不过是个二十岁的女孩子而已。她是"非主流"的灰姑娘，可以利用自身的一切优势去为自己谋利，骨子里却是高傲的。她还没被爱伤透，还不知道在她极度渴望的亲情和爱面前，求而不得会多么令人自卑，多么令人扭曲和疯狂。

宁馥想让她试着去解她的心结。

坏人是不值得原谅的，但是人却必须学会同生活和解。小阿香心底骄傲，太容易走进死胡同里去。

——要放弃得不到的，要向前看，要知道还有更好的生活，更值得爱的人，在未来等你。

"要不花儿今天先跟我走，我明天带她去验伤。"宁馥道。

小郭本还有点犹豫，但看小女孩对宁馥依赖的模样，心中也认可了宁馥的提议："我和领导说一声，应该可以。"

今天的行动是非正式、非官方的，宁馥也只是个实习记者，小郭陪她来，其实担了很大的风险，但她还是选择了相信宁馥。

花儿还记得这个来过自己家的姐姐，她听说可以和"仙女"一起走，终于不那么怯懦了，她趴在宁馥的肩头，软乎乎地和小郭挥挥手："姐姐再见。"

小郭轻轻呼出口气，也微笑着和她挥手道别。

日常的琐碎工作里，这一幕，或许能成为她坚持下去的动力。

宁馥抱着花儿打了个车。因为天南都市报报社离学校很远，她租了个房子，在老小区。晚上九点多到小区楼下，还有许多阿姨在合着欢乐的音乐跳广场舞。

花儿懂事地不要她抱了，像个小跟屁虫一样牵着宁馥的一根手指，紧紧跟在她身边。

她早已经习惯了父母的苛待，这不过是平凡又寻常的一天而已。花儿从惊惧和哭泣中回过神来，她并不知道这次离开意味着什么，只是出于直觉相信着这个好看的姐姐。

哪怕，哪怕过了晚上十二点，灰姑娘就不得不回家呢。她依旧感到快乐。

"给，你一个，我一个。"宁馥在楼下的便利店买了两个棒棒糖，牛奶味的给自己，巧克力味的给花儿。

小姑娘的眼睛亮晶晶的，接过来就赶紧塞进自己的小书包里。

"怎么不吃？"宁馥问她。

花儿眨巴着眼睛，有点不好意思，但她也知道，不可以对仙女撒谎！

"我……我想留着，给小佳吃。"小佳也很喜欢仙女姐姐的，如果她能吃到仙女姐姐的糖果，一定会特别特别开心的！小佳是花儿最好的朋友，她想和小佳一起分享这份开心。

宁馥听她这样说倒是一愣。她摸摸花儿草草扎的马尾辫："吃吧，我们明天再给小佳专门买一份，好不好？"

懂事的小姑娘这才赶紧点点头，小心地剥开糖纸，把棒棒糖含进嘴里。甜甜的味道让她一个劲儿地咂巴着小嘴。

夏夜晚风吹拂，雨后的天气十分舒服，宁馥揽着花儿在便利店的台阶上坐下。

她有很多话想对这个孩子说，但忽然不知道该从何说起……便在脑海深处将那一直生着闷气的小阿香推了出来。

过了半晌，花儿一双乌亮亮的眼睛盯着她瞧，才把一句话从宁馥的嘴里瞧出来。

她说："以后有人欺负你，给我打电话。"

花儿开心地抿嘴笑起来，伸手挽住宁馥的胳膊："嗯！"

宁馥的脸一僵，但到底没把手臂抽出来，只是泄愤般地把糖咬得咯嘣作响。

"少吃糖，对牙不好。"有人在她们身旁说。

宁馥抬眼望去，小阿香已经飞快地沉回她的脑海深处。

连她自己都没意识到，宁馥已经连续两次将身体的控制权交给了她。而她……而她不但没利用这期盼已久的机会，甚至主动放弃了操控身体，只因为对方和宁馥相识，她怕自己在掌控身体时露馅。

"您一向这样喜欢说教吗？"宁馥问。

来人是钟华。

她也懒得问这位中视调查记者部的主任怎么会出现在这里……跟搞事业没关系的事情，没兴趣。

但很显然，钟华一反常态地对她很感兴趣。

"你还在实习？"他没问花儿是打哪来的，只问宁馥的现状。

宁馥点了点头："不出意外，我会留在天南都市报。"她转头看了钟华一眼，"我不知道您为什么觉得我不适合做调查记者，但我目前做得很不错。"

以后也会一直做下去。

钟华突然笑了。

"表扬和自我表扬相结合，你可真骄傲啊。"

他尚记得在宣讲会的时候，如果不是关童打圆场，这女孩是要和他辩起来的。

宁馥咂摸他这一句"表扬和自我表扬相结合"，片刻后挑了挑眉："怎么，您来我这儿买后悔药？"

钟华把笑容收了。

嗯，不但骄傲，说话也很直接。

本来他是打算好好"表扬"宁馥，也好刷些印象分，哪知道人家用不着他夸奖——但该说的他还是要说。

"我很欣赏你。"他顿了顿，又道，"所以想要争取你。"

宁馥起了一胳膊的鸡皮疙瘩。

钟华问宁馥："她的故事，你要怎么写？"

他指的是花儿。

宁馥扭头，见花儿正认认真真地吃着糖果看着广场舞，便对钟华轻声道："没有故事，也没有什么值得报道。"

被家暴的孩子。

这是一个刺眼的命题，可宁馥并不想把花儿的伤口赤裸裸地展示给大众看。更何况……更何况花儿已算是短暂地脱离了险境，她的故事看起来便也乏善可陈了。

每年，有数不清的未成年人遭受家暴，也有许许多多的未成年人得到了救助，他们都不过是新闻稿件上的数字。新闻的价值，有时候也和事件残酷的程度成正比。宁馥最初选择接下这个支线任务，也没打算借此获得积分和成就。

她只是为自己求一颗公义之心而已。

——倘若她只为了完成所谓的"任务"而做个机器人，那这"赤子之心"系统，她回去必然要申请让它作废。

钟华却轻轻笑了一声。

宁馥皱眉，问道："你笑什么？"

钟华见她不悦，收敛笑意，道："只是发现你比我想的更心软。"

"这是好事。"

做记者，眼力、脑力、笔力、脚力缺一不可，更可贵的是追寻公义，常怀悲悯之心……她天生是做这一行的料。

当然，除了长得太漂亮这一个短板。

"报道不一定要从最惨的那个人的身上来挖掘。"他心情不错，话也多了一句，"新闻，也不一定都要蘸着血泪来写。"

宁馥嘴里咬着早已经没了糖的塑料小棍，若有所思。

忽略这张太扎眼的脸，钟华越看她越喜欢。他觉得自己有必要直接一点，道："天南都市报也很想留下你，我和耿光辉聊过了。"他说起前辈的大名浑不在意，一双眼像打算熬鹰一样盯着宁馥，"但只要我们争取，就会有'意外'出现。"

宁馥挑眉看他："你说呢？"

钟华站起身，他将一个U盘扔进宁馥的手里，顺手将宁馥叼在嘴里的塑料小棍抽走了，"你看看再决定。"说完就走了。

宁馥盯着掌心里刻着"中视调查记者部"字样的黑色U盘，轻轻舔了舔嘴唇。

花儿的事情解决了。

在妇联小郭、公安局老齐和医院顾云兮大夫不遗余力的努力下，袁志刚以虐待罪入狱。王梅长期精神衰弱伴有情绪失控，同时也有虐待行为，被判剥夺监护权。

社区干部就成了花儿的临时监护人。

花儿的前路可能依然不好走，但她至少脱离了那个可怕的泥淖，拥有了一个重新开始的机会。

仙女姐姐给她买了和动画片里的白雪公主一模一样的小裙子，还有好多种好吃的饼干！社区的阿姨说，以后她的学费也不用发愁了！她还拥有了愿意让她到家里住的叔叔阿姨。有一个阿姨还是在学校门口开小卖部的大老板呢！阿姨对她可好了，让她放学后就在小卖部里写作业，晚上关门的时候带她回家。她帮着阿姨算账，算得又快又好！

原来……原来那天夜里，仙女姐姐凶凶地问她"敢不敢"的问题，其实她都可以做到！

过年就八岁了的袁小朵，像一棵小松树，在乱石的重压下，依旧一点点昂扬地抬起头来。

宁馥的报道也写出来了。

她给袁小朵拟了个化名，隐去了所有可能找到她的真实信息，甚至对她的报道也只是寥寥数语。她采访了顾云兮，采访了小郭，采访了老齐，还采访了小佳。当然，他们的名字和相关信息也做了处理。

"家庭暴力具有极强的隐蔽性，很多时候，需要社会的共同关注，才能帮助那些无助的孩子，从正在吞噬他们的深渊中脱身。学校、医院、社会组织，都有义务在发现家暴时及时向相关机构报告。"

为无声者鸣，为无力者行。

这个故事也就讲完了。

系统发出"叮"的提示音，随之而来的，并没有奖励通知和积分增长，这是在宁馥意料之中的。

但她的系统背包里，却多出了一张报纸。

    [20××年7月11日

    女童被虐致死，双亲竟是真凶

      ——众怒滔天，生而不养，枉为父母！]

字里行间足以看出义愤之情。

女孩子七岁，上小学一年级。她长期被父母虐待，吃不上饭，以致去偷学校门口小卖部的面包。老板娘告诉了她爸妈，她爸妈对她又是一番毒打，孩子的身体虚弱，第二天早上，就没有起来床。

新闻头版头条，配图是黑白的，是一朵凋谢的雏菊。

这个故事看得宁馥脊背发凉。她下意识地点开手机，今天已经是8月23日了。

她又给袁小朵买了许多许多根棒棒糖。小阿香不知道她在感怀什么，生了很久的气。宁馥买了糖，放进嘴里，然后把小阿香换出来。

"也送你糖吃。"

第十章

"她是真的下定决心，不会回去了"

· 9 ·

宁馥把 U 盘插进电脑接口。

文件夹里有时长将近十二小时的视频素材，未经剪辑。笔记本电脑已经很旧了，打开视频的时候风扇就发出一阵不堪重负的"嗡嗡"声。

"他打你，是吗？"

一个没有出现在画面中的男声问。

宁馥听得出来，这是钟华的声音。镜头应该设在他的背后，拍摄对象就坐在他对面。穿着灰色带白色条纹的衣服，是一个四十来岁的女人。画面中只有她的上半身，她的手垂在镜头拍不到的地方，或许戴着手铐。

她是一个女囚。

女人瘦削，看上去身量矮小，面色也蜡黄蜡黄的，透着一股不健康的气息。但她的眼睛却很亮。

"是，"她道，"他一喝酒就打人，打我，打两个娃娃……"

"老大九岁，懂事，知道护着我护着妹妹……"大概是想起了自己的儿子，女人的声音也不再干巴巴的，她的眼里闪动着温柔的光，"总是说，妈，你跑吧，像别人家的妈妈一样，出去打工，离他远远的……"

她轻轻地叹一口气："可是两个娃娃在家里，我不能走啊。我走了，他要把娃娃们打坏了。"

一个母亲即使再柔弱，总还有着母亲的本能。

女人的声音很平静，没有怨恨，也没有懊悔。她知道自己会被抓，被惩罚，她知道以后自己的儿女可能会既没爹又没妈。可是她别无选择，只能这样做。

她必须杀死恶魔。

"后来那次……他又打我，说要把幺妹儿送去别人家……老大挡在我前面，脑袋叫他打了好大一个包。

"我知道不能再这样下去了。不能了。

"睁着眼睛流眼泪啊，眼泪一直流到夜里，我看门后立着劈柴用的斧子……"

宁馥喝了一口水。

访谈是半个多月前的。这桩案子在当时轰动一时。

——钟华……在做一期关于女囚的专题报道。

事实上，女性成为刑事犯罪中的加害者，概率要远低于男性。任何罪行都会受到法律的审判，任何对旁人生命健康进行侵害的行为都必须受到惩处，但是这些监牢中的女人，她们本来柔弱如羔羊。她们本不该了解这些事——锄头除了挖地还能敲碎人的头骨，老鼠药除了毒死老鼠还能毒死人。

她们中的很多人都知道，杀人犯法，故意伤害要坐牢。她们中的很多人甚至并不全是文化程度低的农妇，也有受过教育的女性，看起来知书达理，文静温和。

有的人想要拼上一死，保护自己的孩子，也有的人，抱着一起毁灭的绝望，对这个世界不再有任何期待。

她们都是犯人，在某种程度上，也都是受害者。

宁馥把所有的视频看完，外面已经天光大亮。

灿烂的阳光从窗口洒进不大的房间，外面传来卖早点的吆喝声，上学的孩子们嬉戏追逐，晨练回来的老头老太太彼此打着招呼。

人世间的温暖本该如此。

宁馥的目光落在屏幕上，落在那女囚平静的面孔上——生活，对她来说已经没有任何意义。

宁馥打了个寒战。

心情复杂的不只宁馥一个人。

耿光辉坐在办公室里喝茶，茶叶喝进嘴里了都没意识到。

坐在一旁的老孙合起手上的报纸，叹口气，开解他道："老耿，别发愁啦。本来也是留不住的人，强留闹得大家都没意思了。"

耿光辉心里烦，他一向是个脾气温和的老好人，闻言又被勾起火气，难得地一巴掌拍在桌子上："钟华欺人太甚！"

老孙苦笑："别气了别气了，毕竟是中视啊。再说了，照你说的，那位钟主任也是个了不得的人，难免有点怪脾气……"

耿光辉还是气哼哼的，但是不说话了。

他早就知道留不住宁馥，可是……心疼啊！就好比你从街上捡了个大宝贝，越看越喜欢，心底却知道，这宝贝迟早要还给失主的，可在手里还没焐热乎呢！

这滋味，真真是又酸又苦！

小赵从门外冲进来："宁馥，宁馥——"

老孙摆了摆手:"别嚷嚷啦,小宁今天没在!"

小赵的脸上顿时现出绝望的神情:"她真的走了?"

他手里还拿着加了双蛋的煎饼果子。昨天,就在昨天,小赵下定决心,他要开始正式追求宁馥了!近水楼台先得月,只要他持之以恒,迟早能让宁馥看到自己的真心!

耿光辉无暇搭理心已破碎的小赵。老孙倒是多了一句嘴:"谁说她要走了?"

他瞥了一眼小赵骤然燃起希望的表情,笑道:"宁馥今天本就不过来,她学校有事,说是走毕业红毯什么的。"现在的年轻人啊,毕个业花样还这么多,他们都已经落伍啦!

小赵眼睛一亮。

——只要她还没走,就一定有希望的!他决定为了自己刚刚萌芽的暗恋拼一把!

飞快地跟耿光辉请了个假,小赵抓着煎饼就跑。

老孙笑着咳嗽一声,对耿光辉道:"你真相信他妈突然住院了?"耿光辉冷哼,没说话。年轻人,还是太天真哪。

宁馥本来就只是《天南都市报》报社的实习生,没转正以前每周只用到报社上四天班,只不过社会报道部的四个人谁也没把她真当成刚入职的小菜鸟。宁馥在这三个月跑的新闻无论是数量还是质量都远超小赵这个正式工,大伙都习惯了她天天到岗,一时间竟忘了她现在连正式的编制都没有。

她有点发愁毕业红毯上穿什么。

年轻人,不是天生的富二代,难免都有囊中羞涩的时候。救助花儿的时候她身上的钱基本上都被掏光了。

宁馥心态上并没有什么波动……只是有点对不起小阿香。按照她的规划,她现在应该已经快要成为林氏报业集团真正的千金大小姐了。父母心疼亲骨肉流落在外过得艰难,刚刚接她回家时恨不得有什么好的都捧到她面前。不像现在,还要为了一条毕业晚会的裙子来回比价。

宁馥对阿香很坦诚。毕竟她的精神体和人家的灵魂挤在同一具身体里,她并不介意让阿香知道这一点想法。

阿香嘴巴毒辣地骂了她两天。

"滥好心!充圣母!逞英雄!看到小姑娘可怜就头脑发热,自己兜里到底有几个子儿都忘了!"

宁馥都想着要不要和李宇借一笔置装费了,小阿香在她的脑子里万般嫌弃:"你是不是没长脑子?李宇那样的人,跟他借钱就是欠他人情,到时候他叫你去进军娱乐圈怎么办？你还要不要当记者了？真是蠢！

"再说不过就是一条裙子而已，什么时候你这样的人还要为了穿衣打扮去借钱了？和那些跑去借网贷就为了买个高价手机的傻瓜有什么区别？！"

好家伙，把她给狠狠教育了一顿。

宁馥忍不住笑。

女孩子啊。

你说这么一个女孩子，她能有多恶毒呢？你对她好一分，她总要记在心里，还你十倍的好。不过就是嘴硬而已。只是以往，从来没有人真正对她好罢了。

"用着我的身体，麻烦你凡事考虑长远一点，谢谢。"阿香硬邦邦地道。

宁馥在脑海中可怜兮兮地说："是你的毕业典礼啊，我不想你觉得委屈。"

她可能被宁馥的语气恶心到了，过了半晌才说："别来假好心，你把我的头发好好保住就行了！"上次宁馥装乞丐流浪街头，把她无比珍视的黑长直头发祸害得够呛，现在才刚刚长到齐肩。

"以后好好护发，保证。"

最后宁馥在学校外面的夜市地摊上买了条便宜裙子，做了个全套头发护理，总共花费 200 元。

宁馥穿着新买的小白裙，披着齐肩直发，走在路上回头率竟然不低。

不怪众人认不出她，实在是进入实习期后宁馥就没怎么在校园里出现了。平时她为了行动方便，日常总以裤装为主，穿裙子还是"她"做主的时候的事。

在脑海中感觉到小阿香悄悄升腾出的那一丝愉悦，宁馥自己退回脑海中，将小阿香推了出去。

她和阿香共用这副身体，其实也是个博弈的过程。她敢给小阿香这份信任，自然就不会怕。

"宁……馥……"一个声音颤抖地喊住了她。

穿白裙的女孩站定，转过身，便看见一个中年贵妇人。

她长得……与对方宛如一个模子刻出来的。

面容上的极度相似，让两个人同时呆了一瞬。一种血脉深处的牵引，几乎让她们同时意识到了对方的身份。

宁馥在脑内看着眼前发生的一切，当她沉入阿香的精神域，对方的情绪就会被放大许多倍，可以被无比清晰地感知到。

心酸苦涩，还有一分骤然升起的算计。

第一直觉里，其实并没有快乐。哪怕她等待这一天，已经等了很久。

贵妇人保养得宜，脸上几乎看不到一丝属于中年人的沧桑，此刻却已经控制不住激动的心绪，泪流满面。她仿佛怕把宁馥吓走，只当她是什么易碎的、脆弱的珍宝，小心翼翼地朝白裙女孩迈出一步，忍不住张开手："我是你妈妈啊——"

即使在脑海中排演过无数次，此刻，阿香的心也乱了。她站在原地，一时间发不出任何声音。贵妇人看她僵住，眼泪更是唰唰地往下掉。

她们正站在学校附近最繁华的一条步行街上，周遭来来往往的学生忍不住向她们投来好奇的目光。

——真的很像小说中的桥段。

脑海中传来的吐槽让阿香猛然回过神来，她的眼中也含满了泪水，声音却冷静而理智："您……找我有什么事？"

贵妇人几步抢上前来，一把抱住她，失声痛哭。

"你是我们的孩子啊……你是我们的孩子啊！"

停在步行街中间的黑色轿车里下来个穿燕尾服的中年男人，大概是管家，走上来扶住摇摇欲坠的贵妇人："夫人，您注意身体。"又转而对宁馥道，"小姐，请上车吧。"

本来阿香不觉得这一切有什么违和之处，可听了宁馥的那句吐槽后，她一颗激跳的心稍稍平复，就总觉得哪里不对。

步行街是不允许机动车驶入的，而那辆黑色的卡宴就这么堂而皇之地停在了步行街的人流中央？！

对刚找回来的孩子，不关心孩子的养父母情况，不问孩子的意愿和现状，当街认亲？！还有这个穿着燕尾服的管家先生，口称"夫人""小姐"，犹如从中世纪欧洲贵族古堡中走出来的，真的很奇怪好吗？！

有一种微妙的割裂感。

在小阿香二十年的人生中，她似乎从来没思考过这个问题。

她是现实中的灰姑娘的模板，从知道自己身世真相的那一刻开始，她就以重回林氏豪门为目标，在她的脑海中，"豪门"似乎合该就是这样的……这样豪横，这样高高在上，这样凌驾在道理和逻辑之上。

可是这段时间，准确地说，是那个"孤魂野鬼"占据了她身体的这一年里，她看到了太多真实。

她见过乞丐为了行乞方便把自己弄残，她见过一个月工资只有两千元的市政工人蹚着粪水疏通下水道，她见过小区几百户人为了物业费涨价和保安斗殴……那个曾在幻想中出现的"豪门"的世界，此时突然出现在眼前，让人觉得有些不真实。

她不禁皱了皱眉，看向那位正用无懈可击的贵族礼仪等待她登上豪车的管家先生："这里停车被拍照要扣分罚款的。"

管家愣住了。

言情小说里，从来没写过豪门望族违章停车会不会也被贴罚单。故事中的人物突然说出这么一句话，那么剧情就不得不跟着发生变化。

管家先生完美的面具出现一丝细微的裂纹，他低头道："您请稍等。"

他转过身将车开出步行街。

贵妇人，自然就是林氏的总裁夫人，小阿香的亲生母亲。她终于擦掉眼泪，怜爱地看着女儿："阿馥，和我回家去吧。"

年轻的女孩却忽然一阵恍惚。

她慢慢地把手从林夫人的手中抽出来，道："我叫阿香。"

贵妇人有些茫然，她迟疑地望着自己的女儿："……阿香？"

穿着白裙子的女孩语气有些生硬："这是我妈妈给我起的名字。"

只这一句话，便教林夫人眼眶中的泪水又滑落下来。

宁馥却在阿香的脑海中感觉到一丝后悔的情绪——在话出口的一瞬间，她想起的是童年模糊不清，关于"母亲"的记忆，是这些年来的苦难辛酸，是这段时间，她亲眼所见的真实的人间。

她觉得委屈。

可几乎是下一秒，她就下意识地回转到自己"冷静"的思维体系中，然后发觉这样的拒绝其实并不是最好的答案。她应该是温和的、柔软的，应该表现出感怀自己的身世，但依旧是积极向上如同小太阳般的模样。这样才能让亲生的父母心中更愧疚，更愿意接受她，更愿意……爱她。

而不是怨恨。

小阿香觉得有些懊恼，她一定是受了那个"孤魂野鬼"的不良影响！那"孤魂野鬼"还半分良心也无地在她的脑海中看戏。

但话已出口，不能轻易收回。她只能硬着头皮表演下去——表演一个震惊又不敢相信生活中最最不可能的剧情发生在自己身上的年轻女孩。

一个长期被家里虐待，没有感受到亲情温暖的孩子，即使美好的生活触手可及，摆在眼前，也难以说服自己去相信和接受。她不去看与自己极度相似的那副面容，迈开步子想要离开这里，却浑身都在颤抖。同时，两颗蓄了许久的泪珠，从她眼眶中滴落。

林夫人立时想到这孩子是不是有什么苦衷，是不是伤心了，是不是心中渴恋着家庭的温暖，却不愿意面对错换人生的事实？

种种联想让林夫人更加心疼，上前握住她的手："阿香，是妈妈不好，是妈妈没有早一点找到你……你……你愿不愿意原谅我们，和我们回家去？"
　　她从善如流地用"阿香"来称呼她。

　　这孩子真是个念旧情的。林夫人心想。
　　她知道，"阿香"是宁馥的养母给她取的名字。
　　林氏知道这件事，还要从几天前说起。
　　绿地新城斗殴事件上了热搜，被林越越看见了。
　　这位林氏报业的大小姐是手机重度成瘾者，她做起进军娱乐圈的梦也是因为平日看多了娱乐圈小说，因此就这么玩闹似的成了当红小花（当然，这"当红"中有多少是林氏在后面推波助澜的还未可知）。
　　前段时间林越越还被网友票选为娱乐圈"最'咸鱼'小花"。因为她无数次在各种场合被拍到"葛优躺"式刷手机，粉丝天天催她进组、催她工作、催她接代言和综艺，她却宛如树懒岿然不动。
　　日常沉迷于玩手机，不能自拔。
　　林越越在热搜#力量系女孩可以有多酷#里刷到了一个跟她妈长得贼像的女孩。虽然动图非常模糊，但是眉眼、轮廓实在是一个模子里脱出来的！于是晚上回家吃饭时她就把图片拿给林夫人看。
　　"妈，你看，这个姑娘是不是长得特像您？"
　　网瘾青年林越越大大咧咧、没心没肺，不像她哥哥林逸江从小就是按照豪门继承人的标准培养的，按部就班地长成了言情小说中的样板霸总。家里对林越越从来没有过多的要求，宠溺非常，百依百顺，只要她高兴，名媛课程翘了，没关系，不愿出去交际，没问题，突发奇想想去娱乐圈体验生活，安排上！
　　只因她出生后林氏照常找"高人"给批命，说这姑娘是天生的锦鲤命格，极旺家族，是该万人疼宠的，更会给身边的人带来好运，但是却不能妨碍她自由地生长，不能对她的成长横加干涉。
　　果然，林越越出生没多久，林氏报业的发展再上一层楼。
　　后头又有许多小事印证了林越越独特的命格，家里人就没有不宠着她的，几乎是宠到了溺爱的地步，以至于林越越二十岁了，还单纯得如同一张白纸。她自己也知道自己这"锦鲤批命"，不过没往心里去。爸妈是亲爸妈，就算她是扫把星，他们也不会抛弃她。
　　她本来是玩笑之语，但她妈妈一看那图片，却愣住了。草草吃完这顿饭，林夫人一刻也没耽搁，把照片拿去给丈夫看了。

实在太像了，像到让人忍不住怀疑。

林越越她爸不想做亲子鉴定。理由是既然养了林越越，就没必要再去怀疑什么。越越就是他们的亲女儿——将错就错。

更何况，只不过是一张照片，没有任何依据，如果单凭长得像就要给自己养了二十年的孩子做亲子鉴定，也没道理啊！别再伤了越越的心！

林夫人当时答应把这事放下，可辗转反侧，心中的那种感觉越来越强烈。

这是一个母亲的直觉。哪怕这二十年来越越就是她的亲女儿，可看到照片的一瞬间，她觉得那个女孩子……不可能是人海中的陌生人。

林夫人暗暗打算给越越和自己做个亲子鉴定——然后她就从私人医生那里得知，林逸江，他们的大儿子，其实早已给林越越做过了鉴定。

他们没有血缘关系。

有那么一瞬间，林夫人的大脑一片空白。她下意识地寻求丈夫的帮助，将一切和盘托出。越越是林家养了二十年的女儿，他们不能放弃，可他们的亲生女儿很有可能还流落在外，怎么可能不找回来，就这么让骨肉至亲永远分离？

林总裁却不这么想，他坚持不需要再去找所谓的"亲生骨肉"的想法。越越就是他们的女儿，毋庸置疑！

林越越是主角，自然一切都围绕着她，反而显得是试图找回亲女儿的林夫人的不对了。后面阿香展露出恶毒的真面目，让林夫人的坚持更是变成了笑话——辛苦找回来的亲闺女是条毒蛇，后悔了吧！而林父从一开始就不愿意去找什么"亲女儿"，林越越就是他的亲生女儿！

其实呢，说到底，还是男人的心更硬。

他是舍不得没有血缘关系的养女吗？当亲闺女养大的孩子自然不舍，不过只怕……舍不得她的锦鲤命格才是更主要的原因。

锦鲤属性是作者加给林越越的。宠当然是不够的，还要让主角自己天生好运，才能让读者阅读的时候更愉悦。逢凶化吉，总有贵人相助，这体质也就成了重要的情节助推剂。

豪车开走，围观的人也渐渐变少，母女两个人站在街头，阿香正要说话，便看到一个熟人朝她们走过来。

准确地说，是那"孤魂野鬼"的熟人。

小阿香有些慌乱地抹了抹眼泪。

——但是脑海深处那强大的精神体并没有把她拉回去。

她不得不转身面对钟华。

"钟主任。"

钟华一愣。

他的目光在林夫人和宁馥之间一扫，言简意赅道："方便说话吗？工作上的事。"

阿香意识到这是对方在给自己找台阶下，哪怕这位钟主任并不知道她和林夫人的关系。很显然，她脸上还带着泪痕，没有处在一个舒适的气氛之中。

脑内那"孤魂野鬼"又开始像发弹幕一样吐槽："他没有那么高的情商。只不过认为他要说的事情更重要，所以打断你现在在做的事罢了。"

其实从女囚的访谈视频可以看出，钟华也是个玲珑心肝的人，只不过他懒得把他的"情商"放在他觉得不必要的地方而已。

阿香微微垂头，精心养护过的发丝掠过年轻女孩姣好的面庞："我……我现在可能不方便……"

钟华眉梢一挑，他正要再开口，林夫人却已先警惕地看了他一眼，抓住宁馥的手："这里的确不是讲话的地方，阿香，你和妈妈回去，妈妈真的有很多话想要和你说……"

她说到最后声音颤抖，带有哭腔。

钟华脚步挪动，挡住两人的去路："23号女囚提出必须由女性来采访她。"他紧盯着宁馥，"专题你看过了吗？"

阿香下意识地点点头。她看到一半忍不住睡着了，但她清楚自己脑子里的另一个家伙肯定全看完了。不但全看完了，而且还彻底刷新了对钟华的印象。

大多数时候她在脑海深处是看不到"那位"的想法的。但渐渐地，她也能感知到一点她的情绪了。比如，"那位"肯定很愿意参与钟华的这个专题。

钟华的邀请也很直白，这大概就是他说话的风格："我希望你能来完成最后一部分采访。宁馥，你是最后一块拼图。"

简直像一句动人的情话。

——但这和她有什么关系呢。

阿香一副心力交瘁的模样："钟主任，我……我可能最近没有精力顾及这些……"

钟华皱起眉头。

不知不觉，林夫人和钟主任就已经形成了对峙之势。

但上天仿佛还觉得宁馥的麻烦不够多一样，远远地，一个年轻的身影飞奔而来！

"宁馥，我喜欢你！你能不能留下来！"

小赵，一手捧玫瑰一手拿煎饼，横插进钟华和林夫人之间，单膝跪地，惊起周围一片吃瓜群众的惊呼。

钟华和林夫人竟然异口同声："她要跟我走！"

气氛突然变得尴尬。

宁馥能感觉到阿香的大脑在疯狂地运转着。

——她在非常努力地找寻对自己最为有利的解决方案。

宁馥懒洋洋地开口："现在回到林氏，你只会是一个被可怜的，需要依靠他们的养女。20年的分离，你觉得自己可以直接取代林越越？"

她似乎一点也不着急，甚至根本没有立刻将"她"的灵魂逼回脑海由自己重新操控身体。

阿香知道这个道理。

如果她成为真正强大的人，比如……比如一个对于林氏报业来讲无法拒绝的记者，甚至拥有令豪门忌惮的影响力……她是否就无须再扮演弱者的角色，等待那一点点被施舍的爱怜。

那个"孤魂野鬼"似乎比她自己还要了解隐藏在她心底的感受。即使知道对方如同低语的恶魔，不过是为了让她答应继续走她选定的路，她也……

她也无法拒绝恶魔的诱惑。

如果能始终高昂头颅，谁愿意做一株菟丝子呢？

所以，要怎样选择？

三足鼎立的修罗场被主角无情地打破了。

"不好意思，我还有急事。"

"她"其实有很多方法可以完美地拒绝小赵的求爱，还让他对自己念念不忘，甘为驱使；她也有不少措辞，能让林夫人对自己心怀愧疚，极力让她回到林家。

但她不得不选择了她最对付不了的人——

"毕业仪式结束后，我给您答案。"

小赵呆愣愣的，望着自己手中的一大捧玫瑰。

听说宁馥要离开天南都市报社，他就知道自己"近水楼台先得月"的机会已经不存在了。他必须做最后一次努力——他在路上咬咬牙买了最贵的"玫瑰花求爱套餐"，不过加双蛋的煎饼果子也没舍得扔，因为她最喜欢吃报社楼下的那家煎饼了。

果然，他没有希望了吗……

林夫人同样僵硬地站在原地。

明明、明明这孩子也知道了她们是骨肉至亲啊！林夫人心中认定了宁馥说的"忙"是借口，心中一痛，却发现自己没有立场去追，只得看着女孩慢慢走远。

钟华虽然很不满宁馥的态度，但面对还没开始就单方面失恋的颓丧小赵、还没认女儿就面临女儿叛逆的悲伤的林夫人，他竟然还算是给了一点机会的那个了。

钟华此人，除了在专业上愿意花心思，为人处世方面一点也不愿费心，一点弯也懒得拐。他半分不觉得自己在校招时拒绝了宁馥，现在又回过头来主动找她的行为有什么"羞耻"的。他看错了宁馥，错了自然就要坦荡承认。

只是……刚刚的宁馥倒是有些奇怪……几乎不像她。

钟华把掠过脑海的想法甩开，转身跟了上去。

· 10 ·

C大门口的电子屏幕上滚动着给毕业生们的寄语，今天正是走毕业红毯的日子。

这算是C大一个比较时髦的传统，每一届毕业生都有红毯可以走，每一个毕业生都可以拥有自己的高光时刻。

红毯往往设在本专业学院楼的户外，周围设有学生们的毕业设计和作品的展览以及展现学生在校期间的各种风采的照片。在他们走过红毯、各自与师友们合照的同时，两块超大尺寸的电子屏也会滚动播出毕业生们提交上来的作品。

那往往是他们在校期间最优秀、最得意、最骄傲的个人作品。

"宁馥学姐，你的作品还没提交……"新闻系的小学妹小心翼翼地道。

一般毕业生们的红毯仪式都是由下一届的学弟、学妹们来操持的，算是他们学生活动中一项非常重要的工作。对快毕业的学长、学姐们，工作人员都很客气。

当然，对宁馥的这一份格外谨慎小心，是由于近期那些愈演愈烈的传言。

有说她动辄将一米八的大男人甩来甩去，随手就能掰断木棍的；也有说她心比天高城府很深，准备进军娱乐圈，还同时在外面吊着好几个富二代的；也有说她背景深厚，连新闻采写的作业都没交，居然还拿了优秀的；还有说她要做调查记者，其实早就敲定了工作单位的……

怎么说呢，这些传言实在算不上好听，而且每一条听起来都很离谱，可是偏偏每一条都能让人捕风捉影地找到那么一星半点的"证据"。

倒也不全是假话。

金刚芭比是真的，宁馥的力量值已经碾压百分百的成年男性了；心机深也是真的，由心机深的小阿香亲自盖章认证，她绝对是强手中的强手；新闻采写没交作业还拿了优秀也是真的，杜老师把她的锦旗弄了个复制品挂在学校的荣誉室里……

面对传说中力大无穷、心机深重、背景强横的学姐，负责播放毕业视频的学生会工作人员深感压力巨大。

宁馥想了想，算了算日子，跟她挺温柔地道："我不确定今天能不能赶上，可以的话，我发链接给你。"

学妹讷讷地"嗯"了一声，不敢再打扰她，游魂般地"飘"走了。

——学姐这很明显就是借口嘛。实在没有拿得出手的毕业作品，平时的课程作业难道不能用吗？还是说，传言都是真的，这位还在学生会任职过的学姐，居然连作业都没交就混了个优秀毕业生？！

负责放视频的学妹生无可恋地趴在桌子上，唉，今天她对学校的幻想算是破灭了！亏他们学校的校训里还有"勤以为学，信以立身"这句话呢！

宁馥倒是经她这么一催才想起毕业作品的事，她查了一下，在今天中午的午间新闻后，她被压了半年的毕业作品，总算可以播出了。

她为这作品感到骄傲。

其实当一个记者看自己的报道时，并不一定将之视为"作品"。虽然它的形式可能是文字的、声音的、视频的，但它却不是一本小说、一段广播剧、一部电影。

它是非虚构的，它的血脉和经络都是由某一个人，某一群人组成的，真实的存在。

记者，只是去挖掘这种真实的人。

C大的走红毯算是学生毕业仪式最隆重的环节，毕业生邀请家人、恋人、最重要的朋友来一起走红毯已经渐渐成了C大的传统。好多人一入学就打定主意要找个男朋友或者女朋友，免得自己孤家寡人地走红毯，到了毕业季相约一起走红毯的单身青年更是争先恐后地，生怕自己被落下。

一个人走红毯，最重要的时刻无人见证，未免也太寂寞了。

外系的学生不认识钟华，以为他是来陪宁馥这个传奇人物走红毯的，甚至上来搭话。自然也有本系的早发现中视调查记者部的钟华出现在这儿，都在猜测钟华来此的目的。

"不会真的是来陪宁馥走红毯的吧……"

钟华微微眯起眼睛，看向红毯的远端，穿着一身白裙的宁馥正站在队列中，很快就要踏上红毯，默默答道——

"她更适合一个人走。"

做调查记者，就是要走一条暗无天日的路，一条独行的路。

他们有伙伴，有后盾，有集体，但在心灵上，注定要有更强大的承受力。因为很可能在某一个黑夜，需要他们自我燃烧，有某一处荒原，需要他们一起独闯。

这路，必须要自己走。真正重要的时刻，大多是没有人来见证的。

一篇报道写完，他们就要奔赴下一个新闻现场，一些人出现在他们的故事里，但很可能再也不能见面。他们永远在那条通往黑暗的路上——

因为是擎火炬的人。

在毕业典礼上一个人走红毯，宁馥倒是没觉得有什么可悲，坦坦荡荡接受了大家同情和好奇的目光。大家都想不到，一向以优秀著称的宁馥，竟然会独自出现。

在踏上红毯前的最后一刻，她把中视的直播链接发给了学妹。学妹顾不上看内容，直接就点击了播放。

"我叫宋武，家在黑省春市，我十四岁了。"

"救救我……"他说。

"我叫李家龙，家住大樟树县，今年十七岁。"

"其实也没所谓，流浪要饭也没什么不好，学会少挨打就好过了。"——他沉默了，当他被问到是否想回家的时候。

"我叫陈晓军，家住南华市福田镇五里屯，我三十三岁。"

"我要回家啦，我要回家啦……"他灰白的眼中噙着热泪。

在花团锦簇、充满气球装饰的红毯现场，大屏幕上出现了一张张脏污的脸。

他们是一群乞丐。

负责播放视频的学妹倒吸一口凉气。

她注视着屏幕中那些肮脏的、憔悴的、卑微而渴求的脸，突然有一种惊悚之感，就像全身过电流。毛孔张开，寒毛直竖，头皮发麻。用震惊来形容似乎也不尽然，但用震撼来描述又缺了几分敬佩。就仿佛在暖洋洋的香风拂动中突然吹来了一股冷气，这冷气让所有人都打了一个激灵。

中视一套是中视所有频道里扛鼎的新闻综合频道，被称为中视的王牌，午间新闻之后的《社会观察》专栏的收视率连续二十年都是同时段所有节目中最高的。

刚刚播放的只是节目的先导片。

"大家好，欢迎收看本期《社会观察》。"主持人的声音从红毯现场设置的四个音箱中传出来，是中视主持标准的播音腔。

《社会观察》的当家主持鬓边已经微白，他不仅仅是台里的"名嘴"，更是首屈一指的新闻评论人。这档节目和他是互相成就，在一片歌舞升平的中视节目中堪称一股清流。

曾有领导专门和中视的负责人提过，几乎每个部门的领导每天都要看《社会观察》。因为他们去开会，时不时地就要被问一句："今天社会调查的节目看了吗？"

针砭时弊，无冕之王。意义就在于此。

谁都爱听好话，可但凡是有心有脑子的人，就知道那些不太好听的话也不能堵住耳朵不去听。社会也像一个人，会生病。个人的悲剧或许只来源于命运的捉弄，但所有渺小的人的不幸的命运都可能聚合起来，最终形成社会的病灶。

《社会观察》就是一把刀，一把刺破脓包、挤出脓水，刮骨疗毒的手术刀。

国内不止一家电视媒体做这方面的节目，但没有一家能有这样的影响力。

一方面，他们各方面的资源都无法和中视匹敌，另一方面，也难免走向博眼球的路子——大众更偏爱"坏消息"，越是猎奇的、可能引起恐慌和愤怒的新闻，就越能带来流量和关注度，一次两次还好，但时间长了，公信力也失去了。只有《社会观察》，老百姓愿意信，官员愿意看，因为它是观察者，也是嗅探器。

老牌，也是王牌。

"谁把直播打开了？"有人问。

"干什么啊，这是毕业红毯，想看《社会观察》自己回去看不行吗？在这里公放？别人的作品还要播放呢！"

有人吵吵嚷嚷地抱怨起来。

身边的人却"嘘"他："嘿，哥们儿，你安分一会儿吧！看两眼你又不少块肉，更何况毕业生的视频应该已经轮播过一遍了，看完直播反正还要继续播大家的视频的嘛！"

走红毯会进行一整天，学生们的作品是循环播放的。现在已经是中午吃饭的时间了，要和自己的作品合影也不差这一时半会儿。

那人怏怏地闭了嘴。

"在火车站的广场上，在步行街街头，在公园的长凳旁边，你是否遇见过这样一群人……他们居无定所，以乞讨为生，他们中的很多人，因为身体上的残疾而沦为乞丐。但或许，乞丐和身体残缺之间的因果，并没有那样绝对。"

画外音很简短，语气也极为平静，但内容却令人毛骨悚然，背生凉意。

白天，他们在人流汹涌的闹市"乞活"，在同情或者漠视中晃动着装了几个钢镚的饭碗说着已经熟记于心的乞讨话语，这一幕早已经成为整座城市的一部分。可有谁知道，夜幕降临以后，乞丐们在干什么吗？

也许从没人好奇，从没人关心，从没人想过这个问题。

晃动的镜头从行人寥落车马稀的宽阔街道上扫过，走向这座城市的另一面。

围观的人渐渐多了起来。

新闻系的院楼正好在许多人往返食堂的必经之路上，来来往往好些人，他们开始驻足。甚至有手里拎着外卖的，仰着脖子看到饭都凉了，还没挪脚。

本专业的、外专业的，或者路过看热闹的，渐渐都看得认真起来。

从新闻记者的专业角度看，这绝对是一个记者可以吹一辈子的报道，从非专业的角度拍摄这部调查视频的人，绝对是个勇士。

这世界上，有良心的人多，但有悲悯之心的人少；胆子大的多，但坦荡无畏的少。

有新闻学院的学生咋舌："这是调查部哪个记者拍的啊，好强！"

放视频的学妹也不知不觉看得入神，猛地被人一拍肩膀，吓得差点儿尖叫起来。

"你干什么呀？！"她怒道。

同部门的男生"嘿嘿"一笑，道："你的消息比大伙都灵通嘛！"他将手机屏幕伸到女生的脸前，"学院刚发的通知，让集体观看呢！"

宁馥大概是最后几个走完红毯的学生，她也站在红毯边的人群中看着屏幕。

这个故事，不是毕业典礼上为她个人燃放的焰火，而是一声惊雷、一记重锤。在场的很多年轻人都将成为新闻媒体的新生力量，他们都还没失去听雷的能力，还是一面面又新又能敲得响的鼓。

他们会共振。

大屏幕上今天的《社会观察》已接近尾声，那一直佩戴着摄像头，自己没有出镜的记者终于找到一处稍微安全的地方，在镜头中露了脸。

她刚刚打入"丐帮"内部三天，险些卷入两次斗殴，亲眼看着一个小乞丐因为私自用讨来的钱买了瓶水喝而被控制者打得头破血流。现在，她要录制总结了。

观众们跟着她身上的摄像头的视角从头到尾提心吊胆，此时终于要看见记者的真容，几乎都下意识地屏住呼吸。

调查记者就像记者里的独行侠，是个让人心生敬佩却望而却步的存在。对于那场招聘宣讲会上宁馥的发言，大多数人都觉得她是在给自己立人设。但——

"我做这件事，不是为了获得奖励，也不是为了拍出什么惊世的作品，为的是给本不该承受这些的人讨个公道，为的是让没有经受过这些的人，不必面临这种可能。"

宁馥一字一顿地说:"虽然有点危险,但是我会继续下去的。"

屏幕上正在播出的调查录像中,那扮成乞丐看不出真容的人也在说话:"有人向我求救,我想试试,我要救他。"

两个声音重叠,一字不差。

旁边传来路人惊讶的讨论:"天啊,厉害了!这大神是个女生啊!"

"真豁得出去……"

"我有点想哭,她冒着好大的风险啊!对那些想回家的孩子来说,她就是唯一的希望和光吧……"

一个眼力好的,在一众感动的围观者中小声发话了:"那什么……大家没觉得这个调查记者很像她吗?"他颤抖的手指向宁馥。

放视频的大三学妹回过神来,看宁馥的眼光已经不再是小心翼翼的了——此刻,更像是狂热的追星粉第一次见到偶像,小星星在眼里不停地闪烁!

"这就是宁馥学姐的作品啊!"

宁馥对那学妹笑了,只是现在出这个风头并没什么意义,她只是个普通的见习记者,并不是什么万人簇拥的大明星。她竖起食指,抵在唇边,做了个"嘘"的动作。

学妹连连点头,一双眼睛里仍然闪着星星,双手捂着胸口。

——不愧是她两秒钟就认定的女神!

钟华不知何时站到她旁边,一副看完西洋景的满足神态。宁馥看向他,发现对方也正神色自若地看着自己。那目光中,有一缕隐藏得很好的、尖锐的探究。

她心中微微一紧。

钟华却笑道:"忙完了,心情也恢复了,给我的答复想好了吗?"

他与宁馥并不算熟识,但凭她干的两件事,已不敢轻视她。

再者,无论是暗访"丐帮"的资料还是那篇关于家暴受虐儿童的报道,他都已经看过无数遍,镜头语言和字里行间都言说着她的性格。

——刚刚那一瞬,不像她。

宁馥没说话,微抬下颌,朝他伸出手去。有那么一瞬,钟华觉得灿烂的阳光下这丫头挺晃眼。

这个感觉就对了。

他同宁馥握了手,像革命年代的战友终于聚首一样用力晃了晃,口中笑道:"多多指教。"

这话本该宁馥说，但钟华并不在意。

这么大个宝贝终于挖到手，谁指教谁无所谓，恃才傲物的人多了去了，不缺宁馥这一个。只要她一天不塌这根脊梁骨，他就能护佑她在调查记者部的羽翼之下一天。

《社会观察》播放完了，画面重新切回其他学生的作品轮播，学生们也在热烈的讨论中渐渐散去。

认出宁馥的人其实不多，很少有人想到这也是学生作品，除了和宁馥有些交集的人。

宁馥正犹豫要不要请钟华吃学校食堂，便听到有个声音从背后传来——

"阿香……"

一转头，果然是林夫人……她还真是执着啊。

钟华目的达成，也不打算多逗留："我找你们院长还有其他事儿，不多待了，你先忙。"

宁馥挑眉。

钟华知道她这一挑眉是什么意思——敢情钟主任一副专程来挖人的样子，其实只是顺道？

他心情大好："你可别误会，我是专程来找你的，找你们院长是顺道。"就算原本不是这样，现在也得调换顺序。

他挥一挥手走了，留下一片眼中八卦之火熊熊燃烧的围观群众。好在林夫人此时大约是回过味来，没有再带着豪车和穿燕尾服的管家闯进校园里来。她一个人走近宁馥，说话也小心翼翼的，带着刻意的讨好。

"我们……我们能不能聊聊？"她又赶紧补充，"你不忙的话。"

脑海中的阿香却突然不愿意出来了。

"和她对话，后面的情况自然就由着我的心意来了，你确定？"宁馥在脑海中问。

对方却只是沉默。

宁馥其实料到了她的反应。

如果不是太年轻，心胸太窄，她本来也是个意志坚定的人。林氏的突然出现，无异于她一直等待的时机突然从天而降，她才难以把控。

但理智让她意识到现在回到林家并不是件好事，或者说，是这段时间她所看到的"现实"让她原本狭窄的视野突然变得开阔起来。她发现，自己一直渴望的东西，按照她的计划实施根本是无法得到的。

当富有心机的"纸片人"抛弃了偏执的恋爱脑，拥有了正常人的思维逻辑——她是不会重新回到走向悲惨命运的轨道上去的。

宁馥淡淡一笑，对林夫人道："那我们找个安静的地方。"

既然小阿香已经用沉默做出了回应，那么由她来彻底解决这件事，也无不可。

林夫人没想到她居然能答应，露出惊喜的神色，自然宁馥说去哪就去哪。

两个人就去了学生经营的一家饮品店。

阿香以前在这里打过工，和店员比较熟。她点了两杯最普通的奶茶，一杯五块，推了一杯给林夫人。林夫人养尊处优，是出门都有管家跟随的豪门贵妇，恐怕没怎么踏足过店面小到只有三四个座位的小饮品店。

——更没喝过五块钱一大杯，香精兑水的奶茶。

宁馥吸着杯子底的珍珠："您可以对您说的话负责吗？"她直截了当地问。

林夫人一愣，才意识到她说的是认亲的事，连忙点头："负责，负责！"她凑近了看，越看越觉得这孩子就是自己身上掉下来的一块肉，忍不住泪盈于睫，"只要你愿意，随时都能回家来！"

宁馥翘起唇角："林夫人，我是记者。"

她淡淡地强调了一下自己的职业——一个有职业精神的记者，狠起来是连自己家的料都能挖的。记者，有时候不仅仅是寻求事实，追逐热点的人，他们更代表着一种身份，是在媒体中的人脉，更像是一支杀人不见血，更胜刀锋的笔。如果她不是林家的孩子，如果她心中对林家怀有怨恨，哪怕是林氏这样的豪门，恐怕也要掂量掂量。

林夫人擦擦眼泪。

她也知道这样认亲实在太突兀，小心地觑着宁馥的脸道："我们……我们已经和当时的医院核查过信息了。"

一个很俗套的抱错孩子的故事。

林夫人看着宁馥略显冷淡的神色，心中有了不好的预感，但还是想要争取："我知道，你怨我们没有早点找到你……没有给你应有的生活，但是……"

她这话似乎还真的说中了小阿香的心思。

但宁馥打断了她。

"阿香不是怨恨你们。"

她说"阿香"，指的是在她脑海中始终沉默的她，但林夫人只以为她是自称，眼中立刻燃起希望的光。

宁馥晃动一下已经有点沉淀的奶茶："小的时候，她也有对她好的爸爸妈妈。只是后来，她不够幸运。"

她从来没有做错过什么，只因为她注定是别人故事里的配角，只因为她没有锦鲤命格带来的好运，她就要承受命运的捉弄。与其说是怨恨，不如说……

是她太不甘心。

因为不甘心，所以偏执，因为得不到，所以渴望。

妈妈去世后，她成了故事里的灰姑娘。别人家的小孩和家长出去玩，总有好吃的零食，好喝的饮料，她和继母一家出行，却从来不敢主动说自己想要什么。为了显得懂事听话，在家里吃饭时，姐姐们抢着喝饮料，她却说自己不喜欢，只爱喝白开水。

有一回难得一家人逛夜市，有卖奶茶的，这东西当时刚时兴起来，虽然没有太多花样，大多都是奶精勾兑的，但依然让小孩子们趋之若鹜。家里不让喝，在摊子旁大哭大闹撒娇耍泼的大有人在，他们的家长却总是一边抱怨一边掏钱买。

小摊贩也会做生意，伶牙俐齿道："一杯奶茶也不贵，满街的孩子都有，就你家孩子没有，他怎么能愿意？"

那些孩子围着饮料车，手里举着各种颜色的奶茶。哭闹有效，吸管一含在嘴里，他们就立刻收了眼泪。

小阿香却不能撒娇耍泼。

两个姐姐举着饮料跑回来，你一口我一口，她只在旁边看着。"妈妈"还夸奖她："这丫头是最懂事的，从来不要这些垃圾食品。"她便腼腆地笑。

后来她自己有钱了，也无数次喝过那种劣质的勾兑饮料。有时她一边喝一边没良心地想，如果她是别人家的孩子，是不是从小就可以撒娇，可以吃垃圾食品，可以在父母永远带着宠溺的训骂下长大，长得健健康康的，不再渴望这种劣质糖精和奶粉勾兑出的东西。

可惜她没有。

童年的这一点点事情，看似无足轻重，却能在人的心里不知不觉地掏出一个大洞来。成年后不论是财富、地位，还是事业和感情，或许都要填进去。填得满的，从此也便幸福地过了这一生；填不满的，从此只能装作普通人，无法对外人言语……却永远知道自己的心里头缺了一块。

满街的小孩都有，就她没有。

宁馥讲完，突然问了一个问题："林夫人——"

林夫人一颤，她对上女孩的眼睛，有一瞬似乎有另一个人，在透过那双眼凝视着她。

她问："林越越，她喝过这样的奶茶吗？"

你们爱她吗？对她好吗？她是否也向你们撒娇，你们是否也一边嫌她娇惯，一边满足她的心愿？

林夫人什么都说不出来。她只看着这个孩子，一颗心就生疼。

宁馥轻声一笑。林夫人再一晃神，看她的目光已经没有任何刚刚的感觉，就仿佛透过目光凝视她的那个人，从来不曾存在。

——她是真的下定决心，不会回去了。

· 11 ·

"老耿，听说了没，今年的"十青奖"提名里有宁馥！"

天南都市报社，社会报道部办公室，老孙一边就着煎饼浏览新闻一边兴致勃勃地冲耿光辉道。

耿光辉并不意外。

"她的那三期报道带来的社会效应很大，影响力也足够了，更何况是天南市公安系统报送到中视的。"比起只能从网页新闻里看热闹的老孙，耿光辉知道的细节要更多一点。

——他是"十青奖"的评委会成员之一。

"十青奖"全称十大杰出青年记者奖，是由中华新闻工作者协会设立的，是中华记协认定的青年记者能够获得的最高荣誉。

"十青奖"是全国性的大奖，每两年评选一次，每次提名三十人。获提名的青年记者需年龄不超过四十岁，在奖项提名前应有社会影响力强、质量高的新闻报道作品，最终获奖人选由全国100家媒体投票选出前十名。

参加评选的人由各新闻机构、报刊媒体推选，也可由青年记者自行报名。

当然，自己报名的比不上有权威机构背书的，出身大台大报的记者自然起点更高，更受评审的青睐。再说，个人报名的实在太多，投递的邮件几乎能把主办方的邮箱塞到爆满，光是筛选就要用近一个月的时间。很多年轻人都是抱着碰碰运气的心态申报奖项，作品质量更是参差不齐。

只因历次获奖的青年记者几乎都是三十七八岁，年富力强又有经验的。初出茅庐的小记者要么是平台不太好，要么就是刚进单位，资历根本够不上让单位推荐，也只能自己投递了。

老孙一脸感叹："这姑娘可真是厉害啊！个人自荐都能拿到提名。"

以宁馥的资历，是不可能拿到中视"十青奖"的推荐资格的，估计也是自己投递申请了。这回"十青奖"的提名名单刚刚公布，官网上只有三十名候选人的名单，其他信息只有组委会知晓。

耿光辉脸上露出笑容。

老孙见他故作神秘，忍不住来了兴趣："说说，说说。"

耿光辉卖关子："不能说，自己猜去。"

他已经知道评选的结果了，宁馥的票数里也有他一票呢，只不过现在组委会不允许他们对外透露。大家都是在一个圈子里混的，这奖项对于青年记者的分量极重，拿一次"十青奖"几乎就是拿到了一张通往更好未来的通行证。小媒体的记者凭证跳槽到大台，大台记者凭证升职成台里举足轻重的核心记者，前途不可限量。

有好事的做过统计，十年前获得"十青奖"的记者，如今几乎都成了本行业内的领军人物。十个里有七个已经是各个平台的主管领导。

全国有二十五万的注册记者，四十岁以下的占百分之五十还多——不知有多少双眼盯着这个奖呢。名单一出来，几乎就成了记者圈子内讨论的焦点，哪怕连老孙这样早就抱定养老之心的，也忍不住对相关的消息竖起耳朵。

"能有这个提名，想必她在中视也不难混了。"

就算是个人自荐，能得评审组的青睐而进入提名名单，也已经是许多人求也求不得的好机会了——要知道，进入"十青奖"的提名名单，是可以写进一个青年记者的简历中的"荣誉"一栏的第一行的。

"宁馥，恭喜啊！"

一进中视大楼，就有平时不大熟的同事笑吟吟地跟宁馥打招呼。

宁馥一头雾水，眨了眨眼，可人家已经走远了。

路上一个两个都跟她道喜，宁馥刚走进调查记者部的办公室，又收到了小赵的消息——这小伙子挺执着，虽然宁馥后来又一点余地都没留地拒绝了他一次，他还是坚持给宁馥发消息，给朋友圈点点赞什么的。

"别理论坛上的那些人，酸你呢！"还附加了一个嘲讽的猪头表情包。

宁馥打开网页，登录论坛。

这论坛还是小赵推荐给她的，算是媒体圈内为人熟知的一个版块，匿名区，能摸进这里的一般是圈内人，记者、编辑、新闻媒体圈的从业者。

平时聊八卦、聊工作、聊人际关系，讨论什么的都有，偶尔也有些匿名爆料的帖子，真真假假，不少人还真的在那些帖子里找到过值得挖掘的报道线索。十个记者里九个逛这个论坛，也算是个日常放松之处。大家平时在工作场合相见都是人模狗样的，到了网上才能彻底放飞自我——

有吐槽外景记者上镜好胖好丑的摄像大哥，有抱怨采访对象不好伺候的电视节目主持人，也有每天累成狗，工资三千九的纸媒记者天天找门路转行。

总之，这里是业内人士聚集的地方。

信息有些落后的宁馥在看到首页的帖子后终于了解了这一路出现怪异现象的原因——

["十青奖"的提名名单公布！来围观有史以来最年轻的候选人！]

主楼："十青奖"提名名单。

楼主言简意赅地把候选人的年龄都标在了名字后面，然后在后面加了三个字母——"RBT"（如标题）。

要说的都在标题里了。

本来逛这论坛的人就格外有新闻嗅觉，再加上"十青奖"这事又是与自己有切身关系的，这个帖子很快就被标红置顶在论坛的最上方。

宁馥看了个大概，就把帖子关掉了。

这帖子也就这么两种意思——第一种，是觉得她20岁没有积淀和能力，必然是有背景才能入选；第二种，是认为她虽有本事，但绝不可能是由单位推荐的，估计是靠运气才能通过自荐渠道获得提名。

总之，20岁的宁馥绝对不可能获得"十青奖"。至于台里推荐……那更不可能了。中视每次也只有两个名额，狼多肉少，分都分不过来，就像那位不知名的同事说的，名额怎么可能给她一个刚进单位的新人呢？她这个当事人，恐怕比帖子里的众人还要好奇。

宁馥随手给帖子加了个关注。

之后的一个月她都跟着钟华忙女囚访谈的专题去了，这件事被抛诸脑后。直到专题采访结束，从女子监狱出来，宁馥才想起点开帖子看一眼。

楼已经盖了两千多层，全是赌她拿不了奖的，说的一个比一个夸张。有那好事者居然还做了统计，两千多条回复的帖子里有1021条赌咒发誓宁馥如果拿了奖自己就怎么怎么样的。

别的帖子也都在说这事，关于"十青奖"的讨论几乎刷屏了论坛。

——今天正是获奖名单公布的日子。

宁馥自己不由得也来了兴趣。

再一刷新，论坛上置顶飘红的帖子又新增了一条。

[最新消息:"十青奖"获奖名单公布,宁馥成最年轻获奖者,打破纪录!]

这是中规中矩的新闻标题,主楼也只放了记协官网的消息,但架不住冲浪网友飞快的回复速度,下面已经盖起了一层又一层高楼,点赞数最多的被顶到了第一——@那1021个人呢?过来吃键盘!

宁馥看过也便是笑笑,倒是许久没出来刷存在感的系统发出了提示音——

[叮——
当前任务:我生蓬蒿里,欲竞松柏高。
任务进度:40/100。]

之前的课程作业完成时系统只给了20的积分,在调查视频播出后增加了10积分,这次拿到"十青奖"又增加了10积分。

宁馥也摸出了这个世界系统的评分标准。

——影响力。

这是对记者最直观的评判标准。

一个好的记者,他的名字可以默默无闻,他的报道却要振聋发聩。

一个好的记者,他的文笔越是犀利,他的心灵就越是纯粹。

国家和社会,都是驶向历史的航船,记者,就是日夜眺望星辰和暗礁的观察者。

台里似乎对宁馥获得提名、紧接着又获奖的事一点都不惊讶,但显然对她更添几分看重。如果说之前调查记者部的主任钟华亲自邀约,三番五次催促人事部门给她挤也要挤出一个编制来已经是令人瞠目结舌的待遇,那么这回"十青奖"的获奖名单一出来,宁馥的名字就等于在整个中视都排上了号。

向她祝贺的人也更真心实意了。

如果一个和你水平差不多的同事受领导重视,你心中自然不痛快,凭啥她处处好我就不行?可如果人家的水平实在太高,是你怎么也赶不上的,那自然也就只能望洋兴叹。

宁馥当然也上道,提前攒好了钱,请大伙吃饭。

钟华也赏光了,作为整个调查记者部的大头领、大当家,这位爷平时不怎么参与大伙儿的私下聚会。

他少参与应酬还有一个原因,就是他的酒量不好。

记者这一行压力大，不仅对心理承受能力的要求高，对体力、精力的要求也不低——否则几个通宵的片子审下来、几个小时的头脑风暴的选题策划会开下来，人就熬废了。因此干这一行没几个不抽烟喝酒的，平时如果下班早，大伙也愿意搭伴喝点酒，权当解压了。

　　但钟华外号机器人，烟酒不沾。他这回能来，算是非常捧场了。

　　宁馥跟他碰杯喝了两口橘子味的果汁后，他就要回台里加班，宁馥便送他出门。

　　她对钟华不像对部门里的其他人那么别扭——钟华比大多数老油条年轻，却已经身居高位，又脾气古怪，部门里的几个人是服他，可也实在谈不上有多少亲热。她直截了当地问："'十青奖'是您给我报名的吗？"

　　想来也不会有别人多管这闲事。

　　钟华倒是没想到她这么直白，回道："不是。"又耸了耸肩膀，"也算是吧。"

　　宁馥皱眉。

　　钟华看她的神情，露出个笑来："别人都有推荐单位，你不能没有。"他理所当然地说，"自荐会被刷下去的。那些人只看单位选送，自荐的材料对他们来说，基本就是一堆数据垃圾。"

　　这话……可说得太不怕得罪人了。

　　只听他又道："你的期末作业，比90%干了十几二十年记者的人强，弄出那种烂玩意儿充斥传媒，他们该去吃屎。"

　　是个狂人。不但他自己狂，夸起别人来也带着一股子狂妄。

　　宁馥问："你是剩下的那百分之十吗？"

　　钟华看她一眼，笑了："是。"

　　"我等你拍马来追。"他道。

　　钟华回单位盯剪辑的事去了。

　　女囚的报道是整个部门的心血，他更是最后的把关人，东西明天要送去给台里审。就算调查记者部的东西从来都是优先审优先过，也免不了要说话管事的人亲自去盯着。

　　这期女囚专题的名字已经拟好了，叫《女囚之罪》。讲这些原本柔弱的女人，怎样一步一步地在家庭暴力的折磨下走向不归之路。讲在怎样的情况之下，羊会去杀豺狼。

　　她们犯下的都是重罪——被人逼出来的重罪，是不得不犯的罪，是奋起反抗的罪。人，都是先不被别人当作"人"来对待，才会慢慢地失去为人的底线。

　　这题目的反讽意味太过明显，领导不太同意。

"你们这样是不能过审的。"领导语重心长道,"总要考虑社会影响。如果连审核都过不了,想要冲黄河奖就难了。"

黄河奖和"十青奖"不一样。

"十青奖"还有个限制,是颁给青年记者的,而黄河奖的范围覆盖整个新闻界。这是国内顶级、业内认可度最高的奖,是新闻业的标杆。

黄河奖三年一评,只有五个奖项,分别是新闻奖、摄影奖、社论奖、特稿写作奖和调查性报道奖。据说黄河奖的奖杯很漂亮,宁馥还特地去搜了一下图片。奖杯的杯体是一颗流光溢彩的星星,不知道是什么材料,反正好看。

它的颜色和"十青奖"的奖杯颜色也很配。

宁馥不敢看了,赶紧把图片从手机里删除,生怕把自己的哪个奇怪的开关再打开。摸摸崭新的"十青奖"奖杯,宁馥告诫自己:收集癖不能在这儿犯!

"十青奖"的组委会把奖杯和获奖证书等颁发给宁馥了,宁馥才知道自己的推荐单位是哪儿——居然是C大新闻学院。

院长给写的推荐语,刚刚评上副教授的新闻采写课老师杜学勤亲自给组委会展示了天南市公安局赠予宁馥的那面锦旗的复制品。

C大已经好几年没有推荐过学生的作品。作为新闻传播学界的顶级高等学府,传媒圈子里从记者到主播,从编辑到后期,C大的人才像毛细血管一样延伸到传媒界的各个领域,地位非同一般——论坛中言之凿凿是自荐,谁能想到这个20岁的获奖者,背后有着C大的背书呢?就连组委会刚看到这份单位推荐函时,也都有些难以置信。

能拿到新闻学院院长的保荐,就算是个学生作品,也绝对划不到数字垃圾那一堆里头去。他们便打开作品看了一眼。

——也幸亏看了这一眼。

这样的记者,若过十年二十年拿到黄河奖了,人家一看履历,欸,怎么没得过"十青奖"啊?再一看,哦,原来被推荐过,可是这么好的、质量明显能进前十的作品居然被刷下去了……

到时候他们后悔都没地儿后悔去!

——敢情,钟华上回去学校找他们院长,是为了"十青奖"推荐的事儿?

钟华是背着她干的,她也不必去说一声谢谢了。

宁馥也是头一回碰见这样的人——个性太强,太独断。

钟华对她的态度是:我高看你,也不会问你的意见,对你就是全方位的赞赏和提拔,你也别来说谢谢,我是为了工作,更看不得明珠蒙尘,没有和你交朋友的意思。

钟华跟台里的领导僵持了三天。第四天他问宁馥："你有什么意见？"

宁馥想了想，要不改个正面点的题目吧。

换名字报上去了——《女囚的心愿》。

改叫这名儿，中性平和。

领导对宁馥的这个修改意见挺满意，一看录像带，剪辑也跟着变了。

最后一段是宁馥的采访录像。

她采访的那个女囚之前一直很抗拒节目组的采访，用沉默回答了大多数问题，后来提出要个女记者来她才开口——宁馥就是那个应要求来的女记者。

但是她太年轻了。对面的女囚四十岁上下，看她的目光中充满了冷漠的审视。她觉得宁馥太小，看上去是那种健康、幸福、不知疾苦的姑娘。

人不愿说话，往往是因为知道听的那个人"不懂"。

宁馥知道她在想什么。她给女囚讲了个故事，讲一个叫花儿的姑娘，从小被爸爸妈妈虐待。讲她的妈妈被她酗酒的父亲痛打，之后便将所有的怨气撒在她身上。

女囚枯黄的脸抽动了一下。

高清摄像机将她脸上的神情捕捉得太清楚，以至于那明显的痛楚和恨无可隐藏。

女囚终于开了口。她讲了她的故事——

"女儿总哭，说去邻居家玩的时候，那个总笑着拿棒棒糖给她的叔叔会压在她的身上，很疼。

当时她不信。

直到又一次，她跟在女儿的身后，看到那个看起来和善的杂货铺老板把手伸进孩子的裙子下边……她像疯了一样抄起了刀。"

……

她讲完，盯着这个年轻女记者的眼睛问："你害怕我吗？"

女记者摇了摇头，只是问她："如果能回到过去，你有什么心愿？"

这个问题或许是有标准答案的——诉诸法律、寻求帮助等等。

女囚嘲讽道："现在说这些有啥用？"

但她还是在两秒的沉默后说："要是时间能倒转回去，能在他动我姑娘之前把他杀了就好了。"

女囚的目光里透着极度冰冷的恨意。

她恨那个禽兽，也恨自己。所以她用对待死猪一样的方式对待那个禽兽，所以她听着法庭上的宣判，只觉得自己罪有应得。

唯一的不甘心，就是叫闺女没了妈。

也许这就是命。

女囚突然问："那个孩子呢？"

她问的是花儿。

没有出现在画面中的女记者轻声说："花儿现在过得很好。虐待她的父母都得到了惩罚。"

这个四十多岁，形容枯槁的女囚，终于露出了接受采访以来的第一个笑容。

尽管这笑容苦得让人心里发涩。

她无比羡慕地说："真好啊。"

修改的结果，是领导看见钟华就来气，看见宁馥就牙疼。

要知道，前两天宁馥这个一来就凭借学生时代的作品拿了"十青奖"的新人还是领导口中的"希望之星"呢。

节目很难过审，但不知道钟华到底有什么神通广大的本领，居然真让节目通过审查了。台领导没什么好气儿："黄河奖你们想也不要想了！"

能过审已经是出乎意料的好结果了，不敢期待更多。但整个调查记者部都憋了一口气。有同事买了七八个网上仿制的黄河奖奖杯，一人给了一个。

宁馥心里有点愧疚："先拿着玩，咱们早晚有真的摆。"

如果不是她提出这个修改意见，台里面或许也不会撤掉女囚专题的黄河奖申报。

但令人意外的是，调查记者部没人怪她。经过这件事，她反而从大伙儿待她的举动、言语中品出了一丝亲热。

是对"自己人"的那种亲热。

那个买奖杯的同事甚至还透露，在匿名论坛里开贴呼唤1021位吃键盘嘉宾的"热心人士"，不才，正是他本人。

宁馥绷了很久的脸上，最终还是露出笑来。

·12·

"新春快乐！"

短信是小赵发来的。

宁馥把屏幕按灭，摄像老汪正掀门帘从外面走进来。他搓着手，迫不及待地端起桌上还在冒热气的杯子喝了一口。

"早点睡，咱们明天一早得跟大伙儿出去巡逻呢！"老汪一边说，一边在行军床上坐下，清点起他的装备。

屋里只有一张书桌，一张正经床，两个小马扎。老汪发扬风格自己睡了行军床，那玩意儿和铁丝架子没什么区别。宁馥点点头，抖开被子，衣服也不脱，就这么躺进被子把自己裹紧。玻璃窗很坚固，但外头呼啸的风声却无比分明。

他们位于海拔五千三百米的一座山里。

这座山有个气势磅礴、带有神话色彩的名字——昆仑。喀喇昆仑山脉中段，有个地方叫作"神仙湾"。这里是我国最西部的边防哨所，也是边卡。中视每年都会做新春走基层的节目，今年有一期特辑，就是讲边防哨所的，这也是宁馥和老汪在大年三十跑到新疆的山旮旯里的原因。

"神仙湾"是没有电视信号的。天黑得早，大伙儿的联欢结束得也早——主要是这里的士兵永远处在备勤状态，大年三十也并不能算作假期，还要在规定的时间休息。驻扎在这里的24人，天天大眼瞪小眼，表演的节目也实在没什么新意，但大家还是很开心。

——中视啊！中视的记者来采访他们了！还有摄影师专门给他们录像和拍照呢！这应该是全国水平最高的摄影师了吧！

小伙子们也分不清摄影和摄像的区别，他们都争先恐后地给父母、爱人录了新春祝福，期待着家人能在电视上看见自己。

挺长时间不见一次生人，难得能有"外客"造访，大伙儿都有点兴奋。特别是来访的人中竟然还有一位女记者！要知道，神仙湾这地方如果有蚊子，那也只有公的。

他们到了哨所暂时安顿下来以后，一会儿来个人问问他们要不要暖水袋，一会儿来个人问问他们吃饭有没有忌口的，一会儿来个人……宁馥刚开始还挺感动挺不好意思的，直到瞧见老汪那一张憋笑憋得发紫的脸，才意识到人家把她当希罕看呢！

最后这群十八九、二十郎当岁的半大小伙子被他们的班长、排长全给镇压了，这才没人再来不停地"关怀"宁馥和老汪了。不过还是有人看见宁馥就脸红。一个叫李小荣的十八岁新兵，挺腼腆，非说自己的脸是冻的高原红。

老汪还挺担心宁馥不高兴，悄悄问她，要不要跟哨所的排长提一提，毕竟谁也不想被这么围观。这位刚进入调查记者部两年就已经成为中坚主力，一来就拿下"十青奖"的年轻人可不是什么普通女孩子——用好听一点的词形容，叫"特立独行"，用真实接地气的词来描述，就叫"凶残"。

没想到宁馥一点没嫌弃人家拿她当希罕看，联欢会的时候她还亲自出马跳舞了呢！士兵们鼓掌的热情分外高涨，前所未有地超过了"15下"的规定。

宁馥不那么看重别人的态度。

没有什么尊重不尊重的。当希罕看也无所谓，就算真有小子心里看轻她，他们也不敢说出来。她更看重这次采访，并不把这些细节放在心上。但老汪一脸的"我还不够了解你"的表情。

两人闲话几句，就早早休息了——他们第二天的任务还很艰巨。

起床号在天还没亮的时候就已经在神仙湾中回响。

宁馥翻身从床上坐起，等她都穿戴好了，老汪才挣扎着从行军床上爬起来。

"年轻就是好啊……"老汪一脸痛苦，看起来是浑身哪儿哪儿都不舒服。

宁馥干脆道："今天回来你睡我那儿。"

老汪发扬风格却把自己搞得浑身难受，冲宁馥嘿嘿一笑道："你还真不是个矫情的人哪。"他咽了一半的话在肚子里：怪不得钟华这么看重你。

调查记者部这么多年在钟华的坚持下一个女员工都没有，这让他额外"破例"的人果然不是简单人物。

宁馥笑眯眯地道："路上坚持不住了叫我，我摄影也学得不错了。"

老汪瞪眼，斩钉截铁地道："不可能！"男人怎么能说不行！他自诩护花使者，绝对不能让宁馥反过来照顾他啊！

他们两个人也算轻装简行。送他们来的是驻扎塞图拉哨所的车，平时一个半月往神仙湾送一趟补给，车上能腾出地方塞下俩大活人已经接近装载极限了，再没有空余的地方带大件设备器材，老汪也只能带上最基本的一台摄像机和简易收音话筒。

两个人一前一后出了门，紧跟着都险些被风吹个趔趄。

天黑沉沉的，一点儿要亮的意思都没有，宁馥他们戴好棉帽和风镜，穿得跟熊一般，狂风却几乎瞬间就吹透衣服了。

大年初一，这里是昆仑山中的神仙湾，气温零下25℃，风速17米/秒，空气含氧量为地面的45%。

宁馥他们跟着哨所的战士们一起升了国旗。

巍巍昆仑，风声呼啸。

白雪皑皑，红旗猎猎。

接下来就要去巡逻了。

一个班八名战士，巡逻路线单程15公里，一个来回需要将近一天的时间。没有代步工具，全靠两条腿。

排长不放心他们两个电视台来的，给他们拿好食物和水，检查过设备和穿戴后还是再三地嘱咐，一定要紧跟队伍，千万不能偏离行进路线，如果身体不适一定要及时和战士们说。

　　这里海拔高、温度低、氧气稀薄，普通人很容易发生高原反应，更何况他们要经过的很多路段都有齐膝深的积雪，跋涉过去的运动量也很可能造成缺氧和一系列的不良反应。

　　宁馥和老汪早把红景天吃上了，目前除了觉得冷，还没有什么不适的感觉。

　　老汪挺担心宁馥的，关切地看了宁馥一眼（当然隔着风镜，他的眼神无法传达），轻轻拍了拍宁馥，低声问："你确定要去吗？"

　　她又不是出镜记者，其实没有必要到哪里都跟着。这样恶劣的环境，也就钟华那家伙敢把一个二十来岁的小姑娘派过来了。他不是怕宁馥拖后腿，他是觉得自己一个大男人，必须事事当先，负起保护和照顾女士的责任来。

　　不过宁馥的答案也在老汪的意料之中，她摇摇头，道："来都来了，不上去一趟，有什么意思？"

　　"上去"指的是去他们巡逻路线的最高点——界碑的所在地。

　　"你就当我是你的后备军吧。"宁馥道。

　　笑意轻松。

　　老汪默默把机器背好，心道：这姑娘真疯啊。

　　她那股疯劲是不经意间流露出来的，仿佛只要能完成她想要完成的，生死都可以置之不顾，偏偏看起来理智又冷静。

　　他只得道："千万不要逞强。"

　　整队过后，他们这支特殊的巡逻小队就出发了。

　　天空中渐渐飘起雪花来。

　　昨天晚上那个特容易脸红的战士李小荣就走在宁馥身旁，时不时好奇地看宁馥一眼。

　　他想和宁馥搭话，又找不到话题开口。宁馥就笑着问他，家住哪里，为什么当兵，来神仙湾几年了，有没有女朋友。

　　李小荣一一回答了，每个问题都认真地措辞许久，答案也特别官方——

　　"我家在南方呢，第一次出远门就是到这最西北的地方来，已经一年啦。没有女朋友。当兵是为了保家卫国。"他还时刻记着对方是记者，生怕自己说错什么，时不时地瞄一眼班长。

　　班长拍了一记他的后脑勺："废话什么，保存体力！"

李小荣是班里比较年轻的新兵蛋子，一趟巡逻下来难免还是会体力不支。不过班长最担心的还是两个记者，特别是女的那个：话说多了，一会儿该把身体里的热乎气儿都散出去了，从里到外透心凉可真难受遭罪。

班长同志始终分了一多半的注意力在两个记者身上，路程过半，他才突然意识到一个自己在哨所当了八年兵前所未见的奇迹——

这个女记者，竟然大气都不喘？！

他甚至干了件蠢事——悄悄凑到宁馥的身旁行进，想听听她的呼吸声。

今天班长早就悄悄安排了三个战士，嘱咐他们等两位记者走不动了的时候，一个负责搀扶那个男的，另外两个就负责轮流背那个女的。但只看她的步幅、步速，她是绝对没有出现缺氧不适的情况的。

可是……可是这怎么可能？！刚上山的新兵走这条线最后都要连拖带拽的，她怎么可能不累呢？！

班长同志不知道他的动作已被宁馥看在眼中。

"脚力也是记者的必修课和基本功。"走在班长身旁的年轻女记者突然开口，把他吓了一跳。

往常所说的"脚力"，指的是进一线、下基层，不过在现在的情境下，宁馥很单纯地指体能。记录者往往需要比被记录者看得更远，也走得更远。

班长惊叹："你们也不容易啊！"那一点儿小觑之心也赶紧收了起来。

他原本想着，这群文化人儿都是在大城市里坐在办公室玩笔杆子的秀才呢，身娇肉贵的，真是没想到……

队伍行进在雪山的峭壁上。这是最危险的一段路，他们的另一侧，就是万丈深的冰涧，所有人都要紧贴岩壁走。班长千叮咛万嘱咐，叫两位记者别朝下看。

这条路他走了无数回了，现在往那深涧里看，还觉得心惊肉跳。

班长同志一路都在心中默默念叨，过了这段路就好走了。但若在这段山路上出事，那就是要命的事。

在海拔五千多米，昼夜温差能达到30摄氏度的雪山里，他们的巡逻队很少遇见野生动物，更别提"敌情"了。这里的天险本身既是边境线最天然的守护者，也是他们这些战士最大的"敌人"。

怕什么来什么。

走在宁馥前面的老汪脚下一滑，整个人朝山道的另一侧摔倒！

电光石火间，几乎谁都没反应过来。班长同志眼前一花。来不及了！如果从这里掉下去，别说生还，就连骨头渣子都不一定找得到！

说时迟那时快，登山镐敲在山体上的声响令人牙酸。那位同行的女记者一手握镐，一手已经抓住了半截身子栽出山道的老汪！

"不许乱！"班长的第一反应便是一声大喝。队伍半分不敢乱动，前后两个战士抢上去协助，将已经完全失去平衡、只靠拉着宁馥的一只手才没有跌下去的老汪拉回来。

一百六七十斤的大男人加上一台将近二十斤的设备，她竟然死死拉住了？！

长年处于低温下而形成的坚硬的山壁，登山镐竟然支撑了两个人的体重，将其牢牢钉死了？！

班长同志的心跳频率以前所未有的速度飙升，几乎疯狂到一张嘴心脏就要从嗓子眼里蹦出来，几秒后才终于稍稍平息。

"这也是你们记者的基本功？"一向坚毅的班长同志喃喃地问。

宁馥："这个不是。"

躺在地上大口喘气、脸色苍白的老汪："这个真不是。"

老汪歇了一会儿才站起身来，双腿还有些发软。经过这一遭，疲劳也开始侵袭他了。最后设备也只能让战士帮忙背着。好不容易爬上去了，他不得不拿出氧气瓶吸氧。

拍摄任务还真就落在了宁馥这个"后备军"身上。

老汪：逞强的竟是我自己……

宁馥拍完常规镜头，又拍了几组战士们吃饭的日常。

李小荣拎着油漆，拿把小刷子将界碑上的字描了一遍，然后就蹲在旁边掏出了自己的干粮。

为了方便携带，巡逻组带的都是蒸好的包子，肉、菜、主食正好能凑一块儿吃。不过在这种天气下，包子从屋里带出来时还冒着热气，现在已经冻得跟石头块儿一样了，要用嘴巴里的温度慢慢化开，化得差不多了才能嚼，否则一口咬下去那就是和自己的牙过不去。

经过刚才的一场惊变，李小荣瞧宁馥的眼神都变了。之前看她时脸红，是面对漂亮姑娘时的心动所致，现在看她还是脸红，则纯粹是被冻出来的。

小孩儿眼里已经全是膜拜。

他悄悄问："你是不是练过？"

宁馥也悄悄答："没有，我只是天生比别人力气大。"

两个人像有了什么默契一样一齐笑起来。

再说话就放松多了，宁馥一边抿着包子馅儿里冻得跟钢丝一样的粉条，一边问他："在这地方当兵，待得住吗？"

他才十八岁，正是爱玩，对花花世界充满好奇和憧憬的年纪，嘴上说的是报效国家，可在这大雪山里的哨所，他怎么可能不无聊、不寂寞？

李小荣羞赧地笑了："待得住。"他这回说话要实在多了，"要来当兵就要听命令，待不住也要待，不能当逃兵的呀。"

"我不干，也有别人要干。"年轻的士兵说道，"干了就要干好。"

他怕宁馥不相信自己的真诚，加上一句："其实我也挺想玩游戏的。"他兴致勃勃地给宁馥讲自己以前玩过的游戏，玩得多么厉害。

"但是现在我在做更厉害的事情。"

他吃完包子，提起桶跑去集合了。队伍很快要返回，否则天黑下来后路就不好走了。

越过雪山，穿过冰涧，日复一日沿着漫长的边境线行走，带一桶红油漆，三个被冻硬的包子。这就是他的使命。

这就是他们的职责。

人的一生总有某个时刻，需要坚守自己的决定。一个说"这就是我，这就是我的选择"的时刻。李小荣的这个时刻，他十八岁的青春，被同时记录。

一路有惊无险地回到哨所，心情大起大落加上长途跋涉的疲惫，所有人在看到风雪中哨所的灯光时都觉得浑身一松，像是在莽莽雪山中待了一千年，终于重新回到了人类社会一样。

——看见电灯都有点激动，瞧见厨房冒着气的蒸锅更是要热泪盈眶了。

虚弱又受了惊的老汪一回去就瘫倒在床上，连说话的力气都没有了，只一双眼睛还勉强睁着，跟着宁馥的动作稍微转动一下。

宁馥坐在小马扎上脱鞋脱袜子，靠在行军床沿上倒她的靴子，一股融化的雪水从靴子里淌了出来。

老汪看见她脚上被磨得全是血泡。

"原来你也是人啊。"他躺在床上艰难地说。

"废话。"宁馥笑。

老汪道："是我眼拙，着相了。"

休息一天，他们离开了这地处极寒边地的哨所。李小荣已经跟宁馥交上了朋友，离别时很是依依不舍。

宁馥承诺给他寄不用联网的游戏机和长带，等春天路好走了就寄过来——这里一年有六个月都是冬天。

李小荣被班长敲了下后脑壳，但还是开心地直咧嘴笑。

下了山，回到城市里，宁馥被老汪拉着找了家餐馆，烤馕、羊肉串吃了个爽。

大年初三，庆祝新春的年味儿还浓。

老汪跟她说了一句话："你绝对会成为一个顶天儿的好记者。"

宁馥笑着跟他喝了一杯酒。

把喝得酒酣耳热的老汪送回招待所，宁馥才有空翻翻手机。朋友圈刷一下，蹦出各种春节祝福语和工作党们难得的休假时光分享。

她整个春节都像消失了一样，在成年人的礼节性社交范围内销声匿迹，未免太不像话，于是拿起手机比画比画，拍了一张照片发朋友圈。

从她站的位置，还能看见这座冰封的山，巍峨沉默，冰雪不消。

发完，正好看见领导也发图。

钟华带人，正在这个国家最北边的地方，那里也有一个哨所，紧挨着冰河和森林，满眼全是雪，马的眼睫毛上挂着霜。

宁馥点赞。

下一秒发现钟华也给她那一张黑黢黢盖着雪顶的大山点了一个赞，她不由得笑起来。

再下一秒就见朋友圈评论弹出来——

钟华：回来后找我，选题会。

宁馥：……刚刚生出那么一点点柔和美好的感觉，"呼啦"一下子被这大山脚下的西北风吹没影儿了。

这一年，中视调查记者部几个人桌上的黄河奖奖杯仿真摆件终于换了。

这回是真的。

——黄河奖摄影作品：《选择》。作者：宁馥。

照片里年轻的小战士蹲着，往嘴里塞他冻得硬邦邦的包子，口中冒出的雾气模糊了他嘴唇上出血的裂口。他的左边放一桶油漆，右边是界碑，上面描着鲜红的祖国。

背景里漫天大雪。

他眼睛弯弯带着笑意，也许刚和人说了什么开心的事。他说的话也被印在摄影作品的下方，就跟在那简短的标题后面——

"其实我也挺想玩游戏机的。"

后来李小荣也成了那座哨所的老兵，当了班长，开始替新兵蛋子们操心、拍新兵蛋子们的后脑壳了。

他珍藏了一张照片，据说是一个特别特别厉害的记者给他拍的，还得过全国级别的大奖！他还有一些十分宝贝的游戏带子，虽然现在游戏机已经不能用了。

新兵们总是好奇，自家话少脸黑的班长，竟然也有笑得这么傻乎乎的时候？看那脸蛋，还嫩呢！

"班长，班长，讲讲呗。"总有小毛孩子想听他当年接受采访的事儿。

李小荣像撵苍蝇一样把他们赶走。

有什么可说的啊？他当年笨嘴拙舌的，话也不会说。他只是单纯地觉得那张照片拍得好，拍得……有一种他自己也说不明白的感觉，每当看到那张照片，那种感觉就从他的心底涌出来。

他品着这种滋味，有点沧桑，但很快乐。

第十一章

真正的"缓冲地带"

· 13 ·

"宁馥，宁馥，来来来——"

宁馥正拎着早点往办公室走，新闻中心的主任关童从另一间屋子里探出半个脑袋来，压低声音喊她。

宁馥脚步一拐，进了他那屋。

关童做贼一样迅速地把门关上，这才转过身来，一脸慈祥地笑看着宁馥道："怎么样，最近忙不忙？"

宁馥不打算跟他废话，直接把话口儿都封死了，"忙。"她简短回道，"所以您有什么事就说吧。"

神神秘秘卖关子不好使，关童抱怨："你看你，哪有这么和领导说话的？"

他看宁馥做出要走的样子，赶紧道："有个活儿，我想叫你去。"

"国际部最近要往外派一个记者。"

"外"指的是国外。

关童就看见这姑娘的眼睛像两个小电灯泡一样，亮了。

他故作严肃："这个地区现在是战时紧急状态，很危险，所以我想让你考虑清楚。另外……"他做贼心虚道，"先别告诉钟华我找过你了。"

宁馥笑了，她晃晃手里的早餐，道："一根油条的时间，我给你答复。"

宁馥拎着她的早饭就上办公室找钟华去了。

对方审了一宿片子，挂着两个黑眼圈："有话快说。"

跟宁馥对付关童关主任时的语气一模一样。

宁馥习以为常。

毫不夸张地说，整个调查记者部都是这种风格，实在是因为日常太忙太费心力，跟熟人说话根本没有"客气礼貌"的自觉。更何况，她最近觉得自己能摸清钟华的脉了，对此可以说是颇为自得。

宁馥在他的桌子对面拉了张椅子坐下："我能不能出趟差？"

钟华动作自然地从她随手放在桌上的早餐袋子里拿出根油条咬了一口："行。"

他看宁馥那双眼亮得跟北斗星一样，想了想又问："去哪儿？"

宁馥小心道："外……外省？"

钟华吃着油条，把宁馥的豆浆也拿起来喝了一口，不耐烦道："这点事也值当你特意来说？写个条子来找我批。"

宁馥现在依旧是调查记者部最年轻、资历最浅的一个，但已经不是话语权最小的一个了。记者这行当，在编辑、编审面前有多大的话语权，在选题会、审片会上说的话能有多少分量，主要看她报道的成绩和质量。

一个"十青奖"、一个黄河奖在手里，她这个年纪换其他人很可能还在跟着师父勤勤恳恳跑新闻、写通讯稿，然而现在钟华已经对她完全"大撒把"了。

对一个记者的信任就是要相信她对新闻的嗅觉。

不过从国内突然蹦到国际，就不是件小事了。往小说这是背着领导谋求跳槽的机会，往大说这是先斩后奏没规矩——她来问钟华的意思，从来都是已经打定了主意的。

钟华虽然不是在意职场上下级法则的性格，但他有根敏感的神经宁馥不太敢碰。万一钟华觉得去战地随便一个榴弹过来把她炸死了，他又要背负上一个害年轻漂亮的小姑娘殒命的罪过，再发疯一样大吼大叫怎么办？

宁馥殷勤地给他抽了两张纸巾："那……外……外国呢？"

钟华神色一点儿没变，抬眼瞧瞧宁馥："行。"他把最后一口油条吃进肚里，"你回来就行。"

宁馥赶紧保证："肯定回来，国际部哪比咱们这里好。我不走，您放心。"

钟华不耐烦了，把纸巾揉成一团丢她："赶紧去，别在这儿碍我眼！"

说让她回来是怕她跳槽吗？好赖话都听不出来。

如果给这世界上的所有人的性格都盖个戳评个奖，钟华估计，宁馥的身上妥妥就盖着"不解风情"四个大字。

关童那头还在操心怎么跟钟华要人，想着只要宁馥自己愿意，多少能里外一起使劲儿把这事促成了，没想到真过了"一根油条"的工夫，宁馥就回来了。

"我领导同意了。"

关童：原来这就是那些短视频中所宣称的"你只管把猫带回家，剩下的由猫来搞定"吗？！

宁馥奇怪道："关主任，这么看着我做什么？"关童的目光里充满了慈爱，让宁馥起了一身鸡皮疙瘩。

关童回过神来，赶紧把自己脑子里奇怪的联想赶出去——可不是他乱联想，实在是画面太贴切，刻在脑子里拔不出来。

关童咳嗽两声，说正事："手续这星期就能办好，你去把疫苗打了。"

他叹口气，对宁馥道："国际部现在缺人啊。"

上一个派驻战地的记者得了出血热，现在正在医院躺着。关童现在是国际部的分管领导，国际部虽然缺人，但也不是补不上这个空，虽说有人有顾虑，有人手上有工作脱不开身，但也有不少敢豁出去的。

他这些天光是请战书就收了六七封。

记者是天生血勇。追逐新闻，将生死置之度外是很多人的必然的选择。要真相，要真实，就必然要冒着致命的风险，就必然要放弃安逸的生活。而这种取舍……甚至许多时候都不能取得想要的结果。

他们是追风的人，在风中捕捉每一丝信息。

从不会轻易停歇。

但也不能真把记者派去玩绝地求生啊。现在躺医院的那个同事已经让关童焦头烂额了，他不得不在人选上慎之又慎。

不能再出任何问题了。

关童为这个事，已经焦头烂额好几天，现在太阳穴还一跳一跳地疼呢。

摄像老汪跟他推荐了一个人——

"宁馥，让宁馥去吧。"他是这么说的，"第一，她不要命；第二，她有玩命的本事；第三，她运气好，命大。"

这位老牌摄像自从和宁馥去了一趟大雪山哨站，就仿佛和中了邪一样，但凡有人开启话头，必以老汪疯狂吹捧宁馥为结束。

他倒不怕自己被宁馥误会："关主任你只管去问她，她绝对不会认为我这是在把她往坑里推，更不会觉得你是把别人不接的危险工作往她头上扣。"他信誓旦旦道，"我了解她。"

一个能跟着巡逻队爬15公里的雪山，回了驻地才淡定地从靴子里往外倒雪水的女人，她什么都干得出来。

关童当时心说你跟她才哪到哪啊，就敢说理解？

现在看来，嘿，还真让老汪给说中了。

于是在一个清晨，中视派驻某战乱地区的第二名记者，悄悄出发。

战乱地区战火频繁，当然脱不开历史、民族、资源上的冲突。这里的临时政权层出不穷，永远是一拨人建立政府，又被另一拨人推翻——他们很快又会被新的胜利者推翻。哪怕这只是书中的世界，也依旧遵循着这样的法则。

这一次的冲突，就是源于新建立的政府和反对势力的矛盾。

在三天前，反对力量的营地刚刚经历了一次空袭，他们宣称将在一周内，完全夺取附近的两个市镇。国际人道主义救援组织在两股武装力量之间开辟了缓冲地带，以安置因战争而流离失所的老百姓，投送国际援助的物资。

宁馥下了飞机后住进酒店，接下来就在向导的安排下驱车前往缓冲地带。

各国在该地区的侨民都已经撤出了，现在还往这里来的，都不是什么简单的人物。向导是本地人，靠往缓冲地带送人赚了不少钱，路上还问宁馥是来干什么的。

"来采访。"宁馥坐在副驾驶座，被颠簸得脑袋好几次磕在车窗框上。

司机一副不相信的样子："不，这不可能！"他用口音奇怪又蹩脚的官方语说道，"而且我没见过女的！"他斩钉截铁地补充道。

宁馥笑道："现在你见到啦。

"我一个人就是一支队伍。"

现在能往战乱地区塞记者是很难的，其中关系错综复杂，涉及的可不止一本护照、一张采访证件那么简单。更何况，这里已经处于水深火热之中，采访更是天方夜谭。

宁馥，一个记者，一个女记者，一个来自其他国度的女记者，在这里，必然不会受到欢迎，能拿到准入资格，已经算得上是个奇迹了。

编辑、摄像、导播、直播，全都宁馥一人一肩挑了。

到了目的地，宁馥动作利落地跳下车，一脸大胡子的向导从车窗中探出头来："嘿，祝你好运！"宁馥笑着朝他挥了挥手。

缓冲地带并没有给人的感官上带来多少"缓冲"。

绕过一排低矮的帐篷，一股经过太阳暴晒而散发的恶臭扑面袭来，宁馥都忍不住将掩着嘴的面巾往上拽了拽，遮住鼻子。

一个男人正倒卧在帐篷的前篷布下的阴影里，身上几乎没一处能看出原本的颜色——应该是重度烧伤。他裸露在外的皮肤正在渗出油性的脓，混杂着血水。

三十多摄氏度的气温，让他的身上爬满苍蝇。他的身旁就是放污水的铁桶，臭味从他身上和那只桶里一同飘散出来，让人难以分清哪种味道更难闻一些。

最令人难过的是，他还活着。

勉强能看出个人形，他的胸腔还在轻微地起伏着。

一个妇女从帐篷中走出来，将污物倒进水桶里，对自己门口躺着一个浑身骇黑几乎被烧熟的人没一点儿意外的样子，反倒是对站在一旁的宁馥，有些惊讶地看了两眼。

这个男人是被空袭导致的大火烧伤的，她不认识。妇女对宁馥简单解释了一句。

可能是暴晒加重了他的痛苦，他不得不用尽力气爬到阴凉处来。他已经吃不下东西、喝不下水了，很快就会死去。

妇女很好心，让他在她家门前歇息，熬过生命中最后的时光。多余的她也做不了。这片营地里虽然有些医疗物资，但是没有医生，谁也不会救治这样严重的伤——三天前的轰炸和反政府武装的威胁，使得现在这里所有的人道主义援助几乎都停摆了，红十字会的援助人员也不得不暂时从这里撤出。

"他如果还能听见，听见自己快死了，应该会很高兴的。"妇女说，"你可以给他拍照。"

她盯着宁馥看。宁馥有些莫名其妙。

妇女瞪了宁馥一眼："你不是记者吗？"

宁馥一愣。她反应过来，从身上掏出几张当地的纸币递给那妇女。

那女人让开身体，示意她可以拍照。

宁馥却没动，问她："他死以后，送去哪？"

大概是看在她出手大方的分上，对方解答了她多余的问题："送去烧啦。"

原来有一个坑，死去的人会被埋在那儿。但后来据说这样会传播疾病，还可能污染水源，直接下葬就不行了。像他这样没有家人、没有伙伴，连本来面目都几乎认不出来的人，只能裹上布一把火烧了事。

宁馥蹲下来，离那个全身烧伤的男人很近。

现在他还能提供一张照片的价值，当他停止呼吸的时候，等待他的就只有一把烈火了。

那个男人已经没有意识了，他的眼皮轻微地眨动着，每一下都透露出痛苦。他的嘴唇皲裂，已经被暗色的血痂完全覆盖。

宁馥没有给他拍照。

她从自己的背包里拿出瓶矿泉水，倒出一些在瓶盖里，动手帮这个垂死的人润了润他的嘴巴。他已经喝不下水了，这点湿润或许能让他舒服一些。

那妇女收过钱后话就少多了，她也很狡黠，在宁馥问起之前埋人和后来用于火葬的地方在哪里时，她便装作一副听不懂的样子，不再回答。

最后是两个男孩给宁馥指了路。

大的那个叫迪赛卡，今年十一岁，小的那个叫萨哈，今年五岁。

他们是两兄弟，几年前就失去了父母成了孤儿，又在三天前的轰炸中失去了他们仅有的房子。听说缓冲地带的庇护营地每天有食物和水发放，迪赛卡就带着弟弟萨哈来到了这里。

两人中只有迪赛卡能听懂简单的官方语言。他很警惕，并不相信宁馥。因为营养不良，迪赛卡没有健康的十一岁孩童的身高和体格，琥珀色的眼珠里全是冷漠和谨慎。最开始也是他一把将正和宁馥比画什么的弟弟萨哈拉到了自己身后。

萨哈年纪还小，尚且还保有一分孩童的稚嫩和纯真。他听不懂哥哥和这个女人的交谈，只眼巴巴地看着宁馥手中的糖果。

本来这个好心的大姐姐要把糖果给他吃呢！

在萨哈短短五年的生命中，很少尝到甜蜜的滋味，一块糖对他们来说是非常奢侈的。但他更知道哥哥的警惕不是没有原因的，这个懂事的孩子马上乖乖地站到了哥哥身后。

只看这个大男孩的姿势，宁馥就知道他背在身后的手里应该握着东西——不知道是刀还是其他什么用来防身的武器。她摊摊手，表示自己并没有恶意和攻击性，然后尝试着和他交流。

"能告诉我，埋葬死人的地方在哪里吗？"

迪塞卡打量着她，摇头用生硬的语气道："不，我不知道，请你、离我的弟弟远一点。"

宁馥将兜里的一小袋大白兔奶糖翻出来，展示给迪赛卡和萨哈看。

"我把这个给你们好不好？"她又道，"你只需要告诉我一个明确点的方向就好，我自己去。"

迪赛卡握刀的手稍微松了一点。

"扔过来。"

那袋奶糖就被宁馥轻轻扔在离两个男孩一步之遥的地方。

五岁的萨哈忍不住从哥哥的身后跑出来，把糖果牢牢地抓在了自己的手里。迪赛卡有些生气地看了他一眼。

"往西北方向走，你会看到有一棵被闪电劈中的树，树后面就是。"男孩顿了顿，又补充了一句，"那里离他们很近，你最好不要去冒险，会死的。"

他的语气干巴巴的，这场战争已经榨干了他的恐惧。

那棵被闪电击中的树很好找。它的树冠已经枯死，但仍然保持着朝天空生长的姿势，一眼望过去，它在这片因高温缺水而遍地沙砾和枯草的土地上十分醒目。

树的后面是一个大坑，正是宁馥要找的地方。

那不是什么简易墓地，甚至连墓碑和坟堆都没有，只是一个大坑。想必所谓的拉出去埋掉，也只是将人的尸体草草往坑里一扔，撒上一抔薄土而已。

宁馥就站在坑的边上。

这坑应该很深，里面的尸体不知道已经积了多少。有些是刚扔的，有些可能时间更久。他们都曾是活生生的人，现在，他们不过是秃鹫眼中的饕餮盛宴。

很多尸体的身上带有动物啄食和啃咬的痕迹。宁馥将这处尸坑拍了下来。

正当宁馥要转身离开的时候，不远处却传来车辆靠近的声音。

——男孩的警告，看来并不是恐吓。

未知来者是敌是友，宁馥借坑边的一块岩石遮掩着身形，微微探头看去。

来的是一群士兵，均是荷枪实弹，宁馥还在猜测他们到这尸坑来的目的，这几个人就已经端着枪巡视起来，眼瞅着就要走到她这边来了。

她不能冒被发现的风险。

宁馥将相机镜头掖进外套里，趁那些人尚未走到近前，滑入了尸坑中。在尸堆中待了半个小时，待那些荷枪实弹的士兵走远，她才推开为了掩盖自己踪迹，临时挪放在自己身上的尸体，慢慢地坐起身来。

身上和死尸一个味儿了，正在腐烂的人体组织，凝固的散发出腥臭的血液，黏腻地粘在她的身上。

宁馥皱起眉头。

这些士兵……为什么要每隔一小时就轮岗过来巡逻？这处大型"墓地"到底埋藏着什么秘密？

宁馥没有急着离开这处恐怖的地方。

这些尸体似乎都是一些平民，在战争中，他们是微不足道、无关紧要的。宁馥有一种直觉：这里埋葬的是生命，很可能也是真相。她不能让这真相从自己的指尖滑走。

在下一拨士兵来巡逻以前，宁馥应该至少有半小时的时间来确认自己的猜想。

她开始慢慢地搬动尸体。

——直到她看见一个已经彻底腐烂得只剩骨头的孩子。

不止一个，不只是孩子。他们几乎都穿着相同的服饰。按照这坑的面积和容积来算，这些尸体恐怕不下千具。

——这不是一处简单的贫民死后的归宿……这是一处万人坑。

不知是尸体的气味还是炎热的天气，抑或是那一双双死不瞑目的眼睛，让宁馥感到晕眩。

她拍下照片，迅速返回庇护营地。

向导会在天黑之前来接她。

这里毕竟太靠近交火地点，随时都有可能受到任何一方的袭击，就连人道主义援助的人员都已经撤回了安全地带。在这里活动，几乎等同于把脑袋别在裤腰带上，能来的，都有能让他特别"疯狂"的目的，要么是钱，要么是使命。

她身上的污迹看起来像是在垃圾堆里洗了个澡，又去屠宰场涂了一层浆。臭不可闻，看起来更难以融入这里。缓冲地带离那些士兵的巡逻点也很近，她的这副模样很可能引来不必要的注意。这个时候，一个记者被人注意到，就等于是在制造"麻烦"。宁馥打算找个偏僻些的角落躲到和向导约定的时间。

身上的衣服正在飞快地被炙热的空气蒸干，逐渐变成一个坚硬的壳子，紧贴着她的皮肤。

"你被他们发现了？"

男孩的声音传来，是那个十一岁的男孩，迪赛卡。

宁馥摇摇头。

"没有。"她轻声道，"谢谢你的提醒。"

如果不是这孩子说的话，让她始终紧绷心弦，存有一丝警惕之心，她很可能已经被那些巡逻的士兵发现了。

只冲那令人毛骨悚然的万人坑，她这个身上带着相机的记者就不会受到什么礼遇，更有可能的是……无声无息地被埋进坑里。

异国他乡，纷飞战火，一个手无寸铁的女记者消失了也不是什么难以理解的奇闻。会有人来找她，但一定找不到她。在战争中，杀死一个人简直像把一滴水洒进大海里，容易得不能再容易，所以宁馥的感谢也说得格外真诚。

迪赛卡看她神态自若，丝毫没有被人追击的惊慌和恐惧，这才稍稍放松一些。

"你这样迟早会被发现的。"他生硬地问，"你……现在要换身衣服吗？"

宁馥点点头。

迪赛卡转身就走，扔给她一句话："跟我来。"

宁馥跟上他的脚步。

迪赛卡挑没人的远路绕着走，过了大约一刻钟，终于停下脚步。他带宁馥进入了一间用帆布搭的小窝棚，锅、水壶和炉子被杂乱地堆在窝棚外，里面放着兄弟俩的床和其他家具。

"客厅""卧室"和"厨房"其实没有特别明确的分区。

小萨哈正坐在窝棚前玩糖纸，一看到哥哥回来了，立刻开心地跳起来，叽叽喳喳地说了一大堆，随后又用亮晶晶的大眼睛去看宁馥。

他对这个给他们糖的大姐姐抱有很大的好感。这个大姐姐是外国人，她身上所有的东西对于五岁的萨哈来说都是奢侈而新奇的，充满了吸引力。

他问哥哥，如果他们给这个姐姐干净的衣服穿，能不能换到更多好吃的食物。

在这片聚居区，因为有之前投放的物资，食物还不算稀缺，但对两个朝不保夕的孤儿来说，食物和药品还是比金钱更有说服力。

萨哈期待地看看哥哥又看看宁馥。

迪赛卡仍然不确定自己把这个陌生人领回来的决定是不是正确的——如果她已经被人发现去了那个地方，他是绝对不可能和对方再有半分交集的。

随时可能降临的危险，让迪赛卡早已习惯了时刻保持警惕，因为保护弟弟平安长大是他的责任。

他给宁馥指了一套衣服："换上这个，可以让你不那么显眼。"

那是一套女性的衣物，是他偷的。这样完整的衣服有时候可以换到半个面包。

宁馥再次感谢他。

迪赛卡在她背后问道："在翁迪玛门前的男人，你给他喝了一口水？"

"他都快死了，你为什么要管他？"

宁馥一怔："他是一个人，不管是活着还是死了。"

人需要被尊重，人需要怜悯之心。这是被称为"人"的必要元素。

迪赛卡沉默了一会儿，转身走出昏暗的窝棚，不再盯着宁馥看，也慢慢将他那把锋利的小刀重新别回自己的腰间。

一路上他都在挣扎。

悄无声息地杀掉这个女人，就可以获得她身上所有的东西。一时拿出去会太过惹眼，但只要他一点一点地拿出去换物资，他有绝不被人发现的自信。

萨哈很喜欢这个异族的女人，但谁知道她来这里是做什么的？是不是和所有挑起战争的人一样，怀揣着阴谋，带着假惺惺的笑容，隐藏了他们魔鬼般的真面目？

但是她不但给了他们糖，她还在那个将死的人身上浪费了一口水。

那些人不会像她这样……这样傻。

迪赛卡决定放她走。

宁馥换好了衣服从窝棚内走出来。她遮得严实，如果不使劲盯着眼睛看，几乎看不出与当地的妇女有什么区别了。

——除了她手中拿着的相机。

小萨哈很好奇她的设备,但是不敢凑上去触碰,两只天真的大眼睛骨碌碌地随着宁馥的动作转。

宁馥笑眯眯地问他:"要不要拍照哇?和你哥哥,你们两个一起拍。"

小萨哈听不太懂,不过宁馥的语气和动作都足够友好也足够清楚,他的眼睛立刻亮了——不过还记得仰头去看自己的哥哥。

迪赛卡当然听懂了。他其实是不愿意让这个女人拍什么照片的,但是弟弟的眼神实在太明显了,像一只渴望肉汤的小狗。他不想连这点愿望都不满足他。

宁馥微笑着看他:"萨哈一定想和你一起拍一张照片。"她承诺道,"我还会回来这里,可以把照片打印出来送给你。"

迪赛卡终于点头同意。

两个小朋友站到了乱糟糟的窝棚前,任宁馥让他们调整姿势。

"把那个摘掉吧,和你的衣服不搭。"

迪赛卡低头看了看腰间的刀,他犹豫了下,还是将刀放到一旁,像个真正的小孩子一样,将弟弟搂住。

在小萨哈雀跃样子的感染下,哥哥迪赛卡也露出一个极淡的笑容。

强烈的阳光下,阴影都被抛在孩子们的身后。

宁馥轻轻地吁出口气。

她不敢翻看相机中昨晚存储的照片。这张孩子们的图像,成了她与战争的黑暗之间真正的"缓冲地带"。

许诺了照片打印出来就回来后,宁馥在黄昏前离开了这片区域。

晚上,她将照片传回国内。

第二天发生了两条"大新闻"。

其一,战乱地区发现了万人坑,图片曝光,震惊世界;

其二,当地的两股势力再次发生大规模交火,交火过程中的空袭波及了缓冲地带的庇护区,不幸造成平民伤亡。

这两件事一出,全世界的目光几乎都聚焦到了这里。

战争——

似乎只要人类存在一天,这个话题就不会消失,它们像磁石一样,牢牢地吸引着所有人的目光,是所有人关注的焦点。

没人知道,在缓冲地带一间小心维护的棚屋前,一个十一岁的孩子,在火光冲天的夜里,是如何抱着跟自己相依为命的亲人的尸体,却流不出一滴眼泪的。

——五岁的萨哈没能看到自己人生中的第一张照片拍出来是什么样的。

· 14 ·

宁馥住的酒店在一个还算繁华的城镇上。

鉴于目前紧张的态势,酒店的住客并不是很多。有些是未来得及撤离这战乱地区的外国商人,也有些是冲着战乱而来的记者。

这里应该是当地条件最好的住宿点了,能够保证水电的供应,房内的装潢华丽甚至称得上颇具民族风情。唯一能让人感到自己处在战火之中的,或许是房间里的有线端口均无法连上互联网。

这个季节原本应该是这里的旅游旺季,但现在酒店里有一半的房间是空的。

宁馥住的地方有个露台,用石块砌了一个别致的小浴池,只不过现在没有放水。露台配有很高级的全景升降玻璃窗,可以满足住客看风景、入浴,抑或是享受私密空间的愿望。

只看这市镇中的酒店设施,这里的贫富差距可见一斑。

如果没有战火,这间套房或许会迎来能够真心享受它的客人。

由于移动网络的信号时好时坏,宁馥费了九牛二虎之力,才把今天白天拍到的照片全部传回国内。通话的质量实在太差,她只得留下了几条文字信息一并发过去,大致说明了今天的情况。

钟华那边倒是很快给出了回应——台里会尽快将她发回的照片发布出去。

夜里十二点,宁馥上床休息。

她不敢熟睡,始终保持着警惕心,只和衣躺下,盖一条薄被在身上。

相机、手机和笔记本电脑全部充好电,就放在她的手边。这些几乎就是她全部的家当,也是她唯一的武器。

还有一张两个男孩站在庇护营地的窝棚前的照片,装在她外套的兜里。

——今天和向导返回酒店后,宁馥就将照片打印了出来。毕竟是已经答应小朋友的事情,不能食言。

宁馥睡得并不安稳。

白天的情景在她脑海里像过电影一样闪现。

对于别人来说,醒来或许只需要安慰自己这是个噩梦,喝杯热水压压惊,打打游戏，刷刷视频，看个欢乐的电影就过去了，而对于她来说，醒来要面对的，只有更沉重的悲哀。

——因为那些所见所闻所感，那些人间炼狱般的景象全都是真实存在的。

纵然来之前已做好心理建设，也无法不被那样的情景震撼。

只睡了两个小时，宁馥被阵阵爆炸声惊醒。

醒来的一瞬间她几乎以为自己身在中视的宿舍——夏季的雷雨在夜里将人吵醒，只要推开窗子就能感觉到雨后的湿润和清凉。

但下一秒，她意识到这不是。

这不是那边夏日里每天都有的平静烦闷的夜晚。

桌子上放的，不是冰镇汽水、电视遥控和没吃完的西瓜，而是她来时配好的防弹衣。窗外飘来的气味，没有雨水和泥土的清新，只有刺鼻的火药味。四周早已经被夜色笼罩，但天边却根本没有静谧的星星，而是一闪一闪、不断被火光照亮的铁锈红色。

爆炸声还在持续，震耳欲聋，连窗上的玻璃都在跟着颤抖。

宁馥只用了几秒钟清醒，然后就以一种不可思议的速度从床上翻身跃起，一把抓起手机，冲向露台。

出事了！

远处已是一片火光，映照出天幕中重重叠叠的云层。

尖锐的鸣笛声响起，这是酒店发出的安全警报。扩音器中传来酒店经理努力保持镇定的声音——空袭危险，安全起见，请务必待在房间里，等待酒店安保的统一安排，千万不要乱走，更不要在此时离开酒店。

外面非常——非常危险。

飞机投下的炸弹发出轰隆隆的巨响。

远处一片拖曳着尾烟的亮光骤然从地面上升起，伴随着发射的声音。那一片几乎亮如白昼的地方，是高射炮正在对空袭的飞机进行射击。

如果没有这轰然的巨响，这些升腾而起的火焰，还真像在欢庆节日时燃放的烟花。

——在空中炸开一团团烈焰。

宁馥直接用手机开了直播录屏。

这直播是通过网络实时传回到国内新闻中心的，至于信号稳定与否，画质和声音是否清晰，现在都顾不上了。

第一手的实时资料，太难得了。

"在我背后——大家可以看到有飞机正在向远方的营地投掷爆炸物，粗略估计至少有4架战机。目前受袭的反对力量正在用高射炮予以回击。"

她的语速虽快，但语气平稳。通过这时好时坏的网络信号，想必她的声音也是时有时无，听不太清楚的。

战火与宁馥所住的酒店，距离不过几公里。爆炸的热浪和空气中弥漫的硝烟，仿佛近在咫尺。

宁馥刚刚从床上起来，只穿了长裤和半袖衬衣，光着脚，也没有穿外套，更没有穿防弹衣、戴钢盔。为了防止发生意外，她是半跪在露台的浴缸里进行直播的。

手机镜头在昏暗的夜色中晃动，她只对着镜头说了这几句话，就将镜头翻转，实时直播空袭和高射炮发射的过程。

手机透过露台，正对那片战火燃烧之地。因为拍摄角度，她不得不用力往后仰着身体，姿势简直要比得上专业的体操选手了。不过没关系，体力足够支持她这样做，此刻这些也并不重要。

想要呈现真实，就要让自己离炮火近一点，再近一点。

这是她分内的工作。

与此同时，国内。

现在正是晚间新闻的黄金时段。

新闻正播着某地举办月季花节展览，游人如织的消息，画面中是熙熙攘攘的游客和姹紫嫣红的花圃。画面突然停顿一秒，然后被切掉了。

此时正是千家万户吃完了饭看新闻的时候，突然出现这种播出事故，还是头一回。不知道有多少在电视机前的人随着画面的停顿跟着一愣，紧接着便见直播间的镜头切入。

新闻主播显然是见过大世面的，声音依旧沉稳，面对突发的情况，语气、语速依然如常。

"现在插播一条重要国际新闻。7月8日，战乱地区双方交火的范围正在进一步扩大。这是前方记者实时传回的画面。"

之前无数游人充满电视机屏幕的画面，变成了摇晃的镜头，昏暗的光线，以及因为传输信号不稳定而变得低微，却依旧可以分辨得出的爆炸声。

黄金时段，这个频道覆盖了将近一亿用户，他们在这同一时段看到了从战乱地区实时传回的空袭画面。

这场战乱作为最近最大的国际新闻，已经占据了国内各大媒体的头版头条许久了。但之前一直都只是连线报道和专家访谈，这样来自前线的直播，还是第一次。

很明显是手机拍摄。镜头中的记者头发有些凌乱，穿着起皱的衬衣。这对于观众来说是无比罕见的，看得出事情紧急到她完全来不及收拾自己。一片模糊的噪点里只有粗略的眉眼轮廓，能让人看出她是个女的，而且应该挺漂亮。

在下一秒，镜头已经转向露台外的天空。

"现在是当地时间凌晨3：20，我所在的位置是距离交火双方缓冲地带14公里的玛卡巴特镇。"

女记者的声音在断断续续的网络信号中时断时续，却透着一股沉毅的力量。

"当前的实时画面就是这样。天亮后我会尽快为大家带来后续报道。"

实时的战争带来的冲击力是惊人的。

万家灯火中，人们在满桌的饭菜前，在客厅的沙发上，看到的仿佛是另一个世界。虽然没有流血，没有哀号，但那几乎将黑夜照为白昼的爆炸，那几乎有些单调的不停回响的巨大轰鸣声，说明了一切。

主播沉默了两秒，说道："谢谢宁馥，请你务必注意安全，我们期待你的后续报道。"

对方的信号不好，过了一会儿镜头画面才转过来，女记者举着手机说了一句"谢谢"，便挂断了视频。

"战乱地区的局势"迅速变成了热点，随之而来的还有"海外战地记者宁馥""战地记者到底有多拼"的话题。

实时传回的视频在第一时间播放，影响力是无可匹敌的，而派驻战乱地区的女记者直播的空袭画面更成了互联网讨论的焦点。

国家大事自然有专门的人去操心，社交媒体永远善于把大众的注意力转移到人的身上。

有人注意到宁馥在直播时跪在浴缸里连袜子都没穿，有人在感叹她为什么可以那样镇定。

[虽然不追星，但是我愿意把她当我偶像。在这个看脸的世界，偶尔也需要去看一些勇敢的心灵。

而且这个记者姐姐无论是专业素养、勇气，还是她的那种镇定，都好吸引人！她姿势奇怪地跪在浴缸里面，衣服也没有穿整齐，却反而有一种枕戈待旦的感觉，超级酷！

她用所有女孩子都熟悉的自拍姿势拍摄，却连一张清楚的正脸照都没有。别人的滤镜是小文艺、小清新和梦幻少女，而她的屏幕中，却是炮火连天、硝烟弥漫……

　　要说一个人在什么时候最有魅力？当然是她心无旁骛地扑在她的工作上的时候！]

　　网站上已经有人长篇大论地写起了作文，让不少人深受感动。

　　不过点进她的主页再看，全都是把那些模糊的图片剪裁放大，然后在各种拍摄角度的照片下的夸赞。"姐姐好美""姐姐好飒，看我"的发言不禁让人嘲讽一句："果然还是看脸的世界"。

　　国内，新闻中心会议室，灯火通明。

　　会议室的桌上放着几张照片，高清的，纤毫毕现。关童只看了一眼就移开了目光，有意地避开那层层叠叠的尸体。他年纪大了，反而看不得这些了。

　　这些图一发出去，就引起了轩然大波。

　　他们已经做了所有能做的。而身在万里之外，宁馥在经历哪些危险，面临哪些抉择，他们无从得知。

　　像放一只纸鸢，线放得越长，纸鸢便飞得越高，与天空的距离就越近。在所有宏大的命题，所有可能影响万万人、影响大局势的事件之中，一个普通人的力量，就如同那纸鸢一样渺小。

　　但她还是飘摇直上。

　　直面雷霆与闪电，也接受暴雨与飓风。

　　只要她不被摧折，就必然会通过那风筝线，回到她的归属地。

　　两个人都静静地出了一会儿神，高负荷运转的大脑似乎终于找到了休息的空当。

　　过了好半天，关童才后知后觉地发现这一屋子烟味。他看向钟华："你什么时候开始抽烟了？"

　　钟华将烟蒂按在烟灰缸里，淡淡地看了他一眼。

　　关童轻轻叹了口气："她也确实让人放心不下。"

　　要说人选，没有比宁馥更优的。但眼下她那头的局势，实在不能不让人担心。她的业务能力毋庸置疑，可孤身一人，但凡遇到危险，付出的就可能是生命的代价。她的安危，现在就沉甸甸地压在关童和钟华的心上。

　　正常情况下，本该有一整个采访团队和摄制组跟随的，奈何谁都没料想到这场战火燃烧得如此之快，蔓延得如此迅急。与其说宁馥是先抵达采访目的地的先锋，倒不如说她是独陷战地的一只风筝。她的同事和团队，所有原本触手可及的支援和帮助，都只能在焦灼中等待。

像纸鸢高飞,人就会忍不住将丝线紧紧地缠绕在掌心。

会议室的屏幕上还留着宁馥发来的文字简讯:

　　此图摄于七月七日下午三时许。我因躲避政府军的巡逻士兵而藏身于平民归葬的尸坑中。向下挖掘,发现此处是至少三月前形成的万人坑。
　　此图摄于七月七日下午五时返回酒店前,缓冲地带的庇护区。图左是十一岁的迪赛卡,图右是五岁的萨哈。

她的文字精练,言简意赅,用了两段陈述句。可越是平淡,越抹不去这字里行间透出的惊心动魄。只身涉险,实在是让人触目惊心。

宁馥在简讯中其实表达了一些纠结。

她不知道要不要将迪赛卡和萨哈兄弟俩的照片也刊发出来。

那更像是一个带有私人感情的承诺——

她答应了这两个小朋友,要将这张唯一的合影交给他们。这仿佛是一件来自本该属于他们的平淡生活里的礼物。如果这个故事也有平行世界,他们应该健康而幸福地长大,拥有许许多多张记录童年的照片。

倒是钟华看到照片就给了她肯定的答复。

有时候记者的痛苦也正在于此。你的所视、所听、所闻、所想,必须尽可能排除个人的情感,而那些原本应该属于私人所有的感知,却必须向公众敞开。

万人坑是让人毛骨悚然,令人发指,而这两个站在破烂窝棚前无家可归的孩子,才更令人反思。

这场战争,除了给胜利者带来利益,给失败方带来损失,给国际局势和地缘政治带来动荡和变化以外……还给那些渺小的"人"带来了什么?

钟华将那张照片加进了待发布的素材中。

这两个孩子就像一记重锤,砸在人的心上。

如果你没办法阻止战争,那你至少要告诉人们战争真实的模样。

·15·

天光既白,钟华和关童等人都是一夜未睡。

两个人从办公室出来,不约而同地松了口气。

——在宁馥的直播连线结束后，台里彻底失去了她的消息。好在，现在中断了将近四个小时的通信网络终于恢复，国内第一时间与宁馥取得了联系。

她所在的小镇受到了不小的影响，酒店中的客人都被紧急疏散到避难所，直到炮火和爆炸终于停歇，这才都惊魂未定地回到自己的房间。

小镇的街道上很冷清。经过一夜的轰炸，就连当地人也不怎么出现在街道上了。偶尔有一辆汽车驶过，尾烟中似乎也都带着一股惊慌失措的味道。

接送宁馥的向导说什么也不干了。

大胡子一个劲地摇头："不行不行，我不去了，那里实在太危险！"他也劝宁馥，"昨天夜里的轰炸你没看到吗？他们说今天很可能就要进攻这里了，你赶紧走吧！"

这是非常好心、诚恳的提醒。他可是看这位年轻的女记者孤身一人在这儿，才多说这一句的。如果不是他的妻子卧病在床，4个孩子都还太小，他也早已带着妻儿逃离这里了。

只要交火，这里就算是战区。在战区，生活上的困难暂且不提，只要走出家门，随时都可能遭遇一颗流弹，就这么稀里糊涂地死去。

这种提心吊胆，朝不保夕的日子，让人迅速地变得谨慎。

为了自己的生命，为了自己的家人，实在是再怎么小心都不为过。向导大胡子虽然很需要钱，但是更需要留着这条命照顾家人，面对宁馥的请求，他只能无奈地摊摊手。

不过好说歹说，看在宁馥给的钱实在够多的分上，向导将他的车借给了宁馥。

"千万别在那儿停留太久。"他叮嘱道。在最靠近战火的前线，任何变数都有可能发生，任何意外都可能猝不及防地到来，到时候恐怕没有后悔的余地。

宁馥谢过了他的好心，开车前往缓冲地带的平民庇护所。

街上的双行道上，只有她与众人逆行。

职责所在，怎能不奋勇直前。

到达时，她立刻意识到昨晚的轰炸波及了这里。大片大片的草原变成了一片焦土。哭声、惨叫声、无序的大声交流和叫喊乱成一团。

按照记忆，她找到了迪赛卡和萨哈的那个小窝棚。

——准确地说是小窝棚的残骸，被烈火焚烧过后的残骸。

两个孩子不知去向，只剩他们从前摆在帐篷前的那只小铁炉歪倒在一旁。

宁馥拉住一个路过的妇人，问她："迪赛卡和萨哈去哪里了？"

那妇人淡淡地看了她一眼，似乎为这个记者的天真和无知感到可笑。

"萨哈死了。迪赛卡把他烧掉后就走了。"

他的弟弟已经死去。他唯一的责任、他唯一需要守护的人不在了，迪赛卡还有什么理由留在这里呢？

气温正好，阳光正烈，宁馥却感到一阵彻骨的寒凉。她的手下意识地摩挲着衣袋里的照片，忽然意识到，这很可能是小萨哈留在这世界上最后的痕迹。

她穿行在这片焦土之间，灰尘、沙砾、混合起来的污水和血水沾上她的鞋子，拍下眼前这些印在她脑海中久久无法消散的画面。

空袭波及了缓冲地带的消息应该已经传出去了。

——宁馥看到一些不要命的同行赶到了这里。他们有些甚至和宁馥住在同一个酒店。彼此一打照面，再看看手里拿着的相机和身后背着的器材，就明了了对方的身份。

"Hey，你一个人？是记者吗？"一个高大的男人朝宁馥走过来。他的口音也不算标准，一头淡棕色的卷发，身体微微发福，防弹背心套在半袖T恤外面，露出手臂上浓密卷曲的毛发。

宁馥点头。

对方伸手和她握了一下，态度很诚恳："你好，很高兴认识你。我想有些同行希望我能够向你转达他们的敬意。"

宁馥微微一怔。

然后她才想起刚刚看到的消息——那两张关于万人坑的图片已经公布了。

台里给她发回的消息有只有6个字："万万注意安全"。

情真意切。

这"万万"两个字里头包含的情绪，倒是让宁馥看怔了好一会儿。

作为拍摄了那两张万人坑照片的记者，她的名字几乎一夜之间就在整个国际新闻界变得无人不知无人不晓。这名声是荣誉也是包袱，此刻像个累赘，让她不得不提防更多的风险。

这位叫兰斯的记者进一步解释道："你拍摄的那处尸坑已经被销毁了。"

那两张照片一经公布就引起了巨大的轰动，各国记者都在赶往那里。但当他们到达缓冲地带时，那处已经被昨夜的空袭毁得差不多了，就连那棵标志性的、被闪电击中的老树也已经彻底化为灰烬，再想拍到原始状态的照片，几乎是不可能的。

——宁馥的那几张照片，竟成了仅有的图像证据。

"我能问一下,你是怎么避过巡逻守卫拍到照片的吗?"兰斯问道。

宁馥笑了笑:"我当时就在坑里。他们不会注意一具尸体。"

兰斯的眼睛瞪大了,上上下下地打量着她,简直像看见一只会跳芭蕾的猫鼬一样不可思议。

过了好半晌,他才弱弱地喃喃道:"你真的很了不起。"

有句话叫英雄惜英雄,同行也最知道同行的苦处。兰斯也是经常在高风险地区工作的记者,让他冒这样的风险,他自问做不到。

兰斯和宁馥分享了一个消息,其实这也不算什么秘密了。两小时后,反对势力就要进入玛卡巴特镇。这里的平民能撤离的都撤离了。在生死面前,家园也终究不得不舍弃。

宁馥的车跟在兰斯他们的车后驶入小镇。兰斯他们也准备冒一次险,想试试看能不能拍到双方交火的画面。

宁馥在车上把防弹衣套在衬衣外头,扣上钢盔的系带。

他们都是趁着这最后的时间,做最后的努力的。能不能成功,还要看运气。

兰斯不知道他带着采访小组跟宁馥临时组队是否是个好决定。

当下他们被交火的两方堵在了一条街上。

枪声大作,双方各自占据街道的一端发起攻击,而宁馥他们正在拐角的另一条街上,想要顺利离开,就得拐入那条正在交火的街道。

在白天依然能清晰地看到曳光弹的弹道,钉在墙体上便炸出一堆砖石的碎屑,水泥墙壁在子弹面前几乎像一块可以被任意塑形的豆腐。宁馥小心地录制好一段视频素材,退回到他们作为掩体的建筑物后面。

兰斯有些欲哭无泪,他要不是受了宁馥的鼓舞,是绝对不会跟着她跑到这街上来的!

更倒霉的还在后面,是兰斯觉得这辈子都不会再碰上的事情。

有一个小孩出现在空荡荡的街道上。

他手里拿着一个小袋子,袋子里鼓鼓囊囊的不知道装的是些什么,仿佛对隔了一条街正在用机枪互射的人一无所觉,拿着一根小木棍,沿着兰斯和宁馥他们所在的这条街道慢慢地向前走。

然后兰斯就眼睁睁地看着那个女记者像一头猎豹一样,从掩体后面冲了出去!

"宁——!"兰斯下意识地大喊,根本来不及拉住她。

这女人是不是疯了?!她以为这是在电影里,纷飞的子弹全都自动绕着她走吗？！

兰斯觉得宁馥凶多吉少，惋惜了也就一两秒，立刻飞快地转头吩咐跟着自己的摄像师："快，快拍！"

摄像师赶紧将镜头转向街上。

"她真是疯了……"摄像师盯着镜头，也喃喃道。

——那个女人竟然直接将后背亮在流弹的范围之内，将那个小孩子整个人遮住了！她把自己当作了护盾！哪怕身上穿着防弹衣，也不能这样玩命啊！

兰斯旁边的摄影记者一通狂拍。

短距离的冲刺，宁馥的呼吸丝毫不乱，那孩子迷茫地抬起眼瞧她，脸上露出了一丝恐惧。

兰斯的高喊声从远处传来："动作快点！快把他带回来！"

暴露在毫无遮掩的街道上，每多一秒，危险都在成倍递增。宁馥的动作轻而缓。

这个孩子太小，像只受惊的羔羊，恐惧很可能会让她乱跑——她不能吓到她。

——这是个女孩，一头短而乱的卷发，看样子是故意打扮成小男孩的模样，一双棕绿色的眼睛瞪得大大的。

宁馥先露出个微笑表明自己是友善的，没有威胁，然后问她："这里很危险，和我到安全的地方去，好不好？"

小女孩却仍然一脸茫然地望着她，她也感到宁馥没有恶意，朝她摇摇头，然后做了几个手势。

——她是个聋哑孩子。不会听，不能说。

怪不得，会连走到交火地区，身陷危险都不知道。

宁馥不会手语，好在女孩大约也习惯了靠比画与人交流，她在情急之下比出的手势对方也领会了意思，小脸上顿时露出惊惶来。

女孩几乎是下意识地想要奔逃，想要赶紧跑回家去，跑回安全的港湾里，哪怕、哪怕那里已经没有一个亲人了。但她的肩膀上不知道什么时候出现了一只手，轻轻地、不容反抗地阻止了她的行动。

宁馥示意女孩不要乱动，随着她一起移动。

托娜的眼睛瞥了一下，大姐姐的手正紧紧地握着她的手，她狂跳的心脏不知不觉地恢复了节奏。

已经……已经很久没有人这样牵着自己了。

战争中的孩子大多早熟又敏感，他们就像危机四伏的非洲大草原上的那些警觉的小羚羊，一点点风吹草动，都会让他们飞快地四散奔逃，然后缩回安全地带。他们没有尖牙利爪，没有猎捕的本领，不让自己成为牺牲品，就只能小心、再小心。

但托娜没有这样自保的本事。

她是个天生的哑巴。不过爸爸、妈妈、哥哥都对她特别好！虽然生活在这个战乱频发的小镇上，托娜却一直是被保护，被宠爱着的。她可以去特殊学校读书识字，下了课，温柔的妈妈就会来接她回家；爸爸努力赚钱，想带他们去更好的地方生活；哥哥是她最贴心的保护者，谁都不敢欺负她。

她原本应该就这样生活下去，生命虽有遗憾和不足，但却被亲人的爱弥补。

可是就在某个特别平常的一天，在接她放学的路上，托娜和她的爸爸妈妈遇到了土炸弹。

爆炸把他们的车掀飞，在一声巨响之后，托娜的世界就变得寂静无声了。爸爸妈妈的血静静地顺着汽车扭曲的金属残骸流到她面前来。

哥哥比她大三岁，爸爸妈妈不在了，他就成了托娜唯一的依靠。

但他也已经四天没有回过家了。

托娜不得不出门，她想去找她的哥哥。

小袋子里装着她捡到的弹壳，这些金属可以换一点钱或者食物。她要继续活下去，哥哥一定在什么地方等她，只要找到哥哥，她就又有家了。

朝隐蔽处走去的路仿佛有一万米那么长。

宁馥一边压低身子将小女孩掩护在自己躯干范围内，一边尽可能地加快步伐。现在两方刚刚交火，必须赶在战火蔓延到这条街上之前……

枪声突然大作，随后而来的是一种略显尖锐的啸鸣声。这声音，透出十足的凶戾和不详。

宁馥寒毛直竖。

兰斯他们藏身的隐蔽处已经近在咫尺。

几个同行的记者几乎都没意识到发生了什么，电光石火之间，只见宁馥猛地翻身扑倒，将那小孩子护在身下。

一枚榴弹，击中了他们身后的小型建筑。

"轰！"爆炸的气浪和烟尘，冲天而起。碎玻璃、石块、断裂的木板，这些杀伤力最大的东西，在刹那间迸射开来。

兰斯后知后觉地大叫起来。

硝烟微微散去一些，几人定睛看去，才见趴倒在地的两个人缓缓地动了几下脑袋。兰斯张口结舌——他看见那个女记者不仅仅将小孩按倒，避过了榴弹，竟然还不忘稍稍支起身体给对方留出一丝空间，用她的后背挡住了无数碎砖石和玻璃的冲击。

她也是肉体凡胎啊,怎么看起来……这样坚不可摧。

宁馥被气浪冲得嗓子眼发甜,她晃了晃头,立即去看小女孩。这个很懂事的姑娘用小手轻轻地抓着她胸口的衣服,摇摇头示意自己没事。

"宁,小心,小心——!"他情急之下,也顾不上宁馥听不听得懂,叽里咕噜地喷出一大串母语。

两个人头顶的阳台毫无预兆地,伴着沉闷的坍塌声,骤然坠下!

大理石、混凝土做成的小型阳台,断裂下来的部分足以将人连肉带骨头砸成一块饼。

完了完了完了!亲眼看着一个女人和一个小孩在自己面前被掉下来的阳台砸成肉酱,恐怕兰斯这辈子都要有不可磨灭的心理阴影了!

一个人的反应速度可以有多快?

一个顶级的战士拔枪需要 0.2 秒,一个国际短跑冠军的起跑反应可以达到 0.1 秒,而在巨物坠落、灭顶之灾顷刻降临的时候,宁馥的速度只快不慢。

她一伸手抄起托娜,抱着她飞快地就地一滚,然后向前猛冲!

"轰隆——"

下一秒,那原本精致的民族风小阳台重重砸在她们原来待的位置,石膏的阳台立柱碎了一地,地面上被砸出一片蛛网般的裂纹。

兰斯只觉得眼前一晃回过神来的时候,宁馥已活生生地出现在他面前,怀里还抱着一个四五岁的小姑娘。

兰斯双手颤抖:"哦——我的老天爷啊!"

他看着宁馥,就像在看一个奇迹。

宁馥朝他一笑。

兰斯等人还没回过神来,但摄影记者下意识地按动快门,拍摄的声音如此清晰,以至于在这片刻的安静中听起来有点尴尬。

兰斯凑到同事的相机后看了一眼,他决定收回刚刚心中的抱怨——今天和宁馥一起出来街采,哪里是倒霉到家,明明是幸运女神在指引他们!

她本身不就是最好的素材吗?!

相机小小的回放显示屏中,连拍模式在千分之一毫秒内捕捉着她刚刚的动作——烟尘滚滚,将孩子揽在身下的她猛然抬起头,他们阳台正从数米高的空中坠落……还有她背对着镜头以身为盾保护小女孩和她奇迹般安全返回后终于稍稍放松露出的笑容。

兰斯看着这几张照片,就像看着国际新闻摄影奖在向他们招手。

第十二章
"'战争'和'勇者'"

· 16 ·

但兰斯的"好运"没能带给宁馥。

交火后,暂时取得胜利的反对势力占领了这一片街区,也"顺便"把这一群悍不畏死跑来交战区域的国际记者当成了战利品。

战地记者也是受到国际法保护的。通常来说,交战双方并不会主动攻击记者,兰斯他们也的确凭借着记者身份安全地脱身了。这些士兵们不顾他们的"严正抗议"检查了相机,认为没有值得删除的东西后就物归原主了。

显然,这群士兵对杀掉他们没有兴趣。

但宁馥和托娜被带走了。

兰斯不知道这群士兵为什么会对宁馥感兴趣。他们带走小女孩,可能是为了防止宁馥"耍花样",想来一时不会威胁到那位女记者的生命安全。

他带着同事们回到驻地,第一时间将图片和报道发出。兰斯他们的最新报道很快出现在他们多种语言的官网首页上。

——女记者宁馥,在交火后被反对势力带走。下面的配图,正是宁馥救下托娜时的场景。

必须承认,那张照片拍得极为成功,那一瞬间的张力被完全捕捉,只看一眼就会攫取人的目光。爆炸、烟尘、迸溅的碎片,以及女人微微抬起的眼眸、凌厉的目光、猎豹一样蓄势的肌肉线条、小臂上斑斑点点的血迹……仿佛照片中定格着的硝烟将缓缓消散,那个女人就要在下一秒冲破画面,突现在观者的面前。

《"战争"和"勇者"》——照片以此命名。

国际上反响如何,国内又是如何立即商谈搜寻和营救事宜的,这些宁馥都不知道。

她被戴上黑色头套,带上一辆皮卡车,押送到距离玛卡巴特镇20公里的反对势力的营地里。

"和我一起的孩子呢?"她还不知道托娜的名字,只能用"孩子"来称呼她。

她好不容易从枪口和榴弹下救出来的小姑娘,如果因为她把命丢在这里,岂不可笑?

她不介意那些士兵用那个孩子来威胁她,她甚至要通过暗示,来让他们意识到自己对她的重视,加重那孩子被作为筹码的可能。

现在只看他们抓她所求为何了。

宁馥很快得到了答案。

——他们需要的是一篇来自第三方的"公平"的报道。

这年头,舆论的阵地你不抢,就要被你的敌人抢占。人们活在新闻所制造的拟态环境之中,对媒介的选择性接触和使用,对消息的选择性注意,都让他们被信息茧房缠裹得越来越紧。而宁馥作为"战利品"中唯一的女人,就这样被选中了。

这是很简单的逻辑——一个女记者,更便于威胁,便于恐吓,从她身上,他们更容易收获自己想要的结果。

营地的首领赞扬了宁馥拍摄的照片。

"您是一位勇敢的令人敬佩的记者。"他说,"我们都是战士。这一点是相同的。"

宁馥淡淡一笑,不置可否。

首领一双浑浊带着血丝的眼睛盯着宁馥,看她始终这样镇定自若,便知道目前这种程度的恐吓是无用的。

但她总会屈服的。

他直接道:"您可以在我们的营地里走走,我会安排人做您的向导。另外……"他露出一个意味深长的笑容,和善地威胁道,"在您离开前,我希望能看到您的稿件。您的小朋友,我们也会好好照管的。"

他给出的条件似乎也不算过分。交战双方中,并不是受国际承认的那一方才有资格接受采访,记者天然中立的身份也为他们提供了便利。

但被反对势力武装直接"请"到他们的营地里,还是极为罕有的情况。

只要他们不想背上绑架记者的罪名,他们就必须"真诚地希望"她从他们的角度做出观察——

倒省了宁馥的工夫。

虽然无论是暴力威胁,还是言辞矫饰,都掩盖不了这背后已经亮出的凶恶的獠牙。

一个穿工字背心,身高接近一米九的男人被指派为宁馥的"向导",他的肌肉和挎在腰间的刀一样具有威慑力。

宁馥笑了笑:"请。"

那人便带她在营地中"游览"了一番。

宁馥不被允许拍照。她的手机、相机从一到营地就被"没收"了。

行走在这片占地很大的营地里，在一群群毫无纪律，拿着枪支游荡在营地内的士兵中，她看见了许多年轻人。或者，叫他们"孩子"要更为合适。他们的脸庞都太稚嫩，可能都不超过十五岁。

一个男孩倚着他的枪，在墙边拨弄一株草叶。他看起来还没有枪高。

宁馥的目光一凛，她看到了一个熟悉的面孔——

是迪赛卡。

他坐在一间屋子门口，正在将火药一点点地灌进土制地雷里。他的背上也挎着步枪。

宁馥出声喊了他。

男孩抬头望过来，微微一怔，随即又像什么也没看见一样低下头去，专心于手上的活计。

宁馥朝他走过去。

那个站在她身旁的"向导"立刻伸手去拉她的肩膀，却只觉得眼前一花，那女人不知怎的，游鱼一般滑脱了，走到了男孩身边。

宁馥从衣袋里拿出那张照片。她没有多说什么，只道："这个给你。"

迪赛卡的手顿住了。最终，他还是将那张薄薄的照片接过来，目光落在萨哈棕绿色的大眼睛上。

照片上的人，是多么鲜活啊。

他看了宁馥一眼，目光仍然是死气沉沉的，但他说："谢谢。"

宁馥在营地里转了两个小时，该看的看了，不该看的也看到一些。或许是觉得她的拍摄设备都被收起来了，对方并没有太约束宁馥的行动。

——她已经是砧板上的鱼肉，任人摆布了，不是吗？

晚饭前，首领听说那个女记者竟然和"向导"萨尔提动手打了一架，萨尔提的猎刀在她的手臂上划出一道五六寸长的口子。

女记者的伤口被营地的赤脚医生包扎起来。

对她，他们是轻不得重不得。首领亲自去确认了，她的伤口让她开始心怀恐惧，而不是怨愤。

这个女人总算知道害怕了。

她用手捂住胸口，那里的扣子被拽掉了一粒。

首领温和且礼貌地向她道了歉，然后在她面前，一枪崩开了萨尔提的脑袋，鲜热的脑浆溅在宁馥脸上。

首领从萨尔提的腰间拾起那把锋利的猎刀,递给宁馥。

"这是萨尔提的歉意,请你收下。"

萨尔提已经不会说话了。宁馥抬手收下了他的"歉意",绑在小臂上的纱布再次渗出殷红的血。

首领表达出了十分的歉意:"对不起,亲爱的女士,这是萨尔提的错。希望这伤口没有影响到你。"

宁馥摇摇头:"不会。"

影响到她的是按进伤口深处的纽扣型的摄像机芯片。

这个故事世界的科技水平虽然还达不到宁馥所来之处的高度,但新闻记者能够接触到的暗访拍摄设备也已经五花八门,各有神通了。她胸前的第一粒纽扣中,就藏着一粒微型针孔摄像机。

趁着被萨尔提压倒在地、拼命挣扎的间隙,宁馥扯下了自己领口的扣子,取出了其中存储着所有拍摄视频文件的芯片。

她只希望在重新拆线以前,那个防水芯片能防得住她的血。

"请"来的记者在营地里受了伤,事情有些不好收场了。

这里可是多少记者想要一探究竟却没有胆量也没有门路进来的地方,这位女记者被带来,即使有些威胁的成分在,也不怕她将自己的见闻写下来。可现在她竟然和自己的士兵发生冲突,被"如实报道"的可能性就大大降低了。

想到这里,首领心中一阵不快。

他只能"委婉"地"暗示"这位女记者,她需要在稿件完成以后才能离开。

首领非常真诚地希望这位在营地里受了一点点委屈的记者能不计前嫌,继续履行她的职责。不管她是不是正处于疼痛之中,是不是惊魂未定,这些都是她必须克服的问题。

——如果她还想顺利地离开这里,回到她的国家的话。

宁馥被非常"贴心"地安置在营地中的一间高脚屋中,外面有两个荷枪实弹的男人,名为保镖,实为看守。

首领看到她脸上强作镇定,却掩饰不住恐惧的表情,总算稍稍放下心来。

这个女人是个聪明人。

但聪明人也有弱点,他们难免想得太多,而想得越多,就会越恐惧死亡。

这个女记者先是险些被萨尔提给剥了衣服,又当面看着一个活生生的人脑袋开花,看起来惊魂未定。到这一步,她应该屈服了。

首领叫人打水给她洗脸,满意地安慰道:"我们不会为难你,这只是个意外。

我相信，只要我们加深对彼此的了解，这样的意外就不会再发生。也请您体谅，本来今天您就可以离开的，但现在，恐怕要等到稿件发出之后您才能离开了。"

他保证道："只要您为我们撰写报道稿件并且发出，我们会立刻放您离开，让您得到最好的治疗。"

女人缩在角落中抱着自己的手臂，点了点头。

首领看出了她的恐惧——她在微微地颤抖。

宁馥强迫自己分散注意力——她的伤口确实很疼，因为其中的异物，不出意外的话，她很快就会发起烧来。

宁馥默默地计算好了体力分配，微微闭上眼睛。

门"吱呀"一声响。

端着水进来的人是托娜。个子小小的，两只细瘦伶仃的手臂端着盛水的木盆，摇摇晃晃，看起来吃力极了。

宁馥心中一紧。

萨尔提的尸体已经被拖出去处理了，但地上的那一摊骇人的血却尚未清理。她此刻也受了伤，浑身血污，看上去无比狼狈。

别再把小姑娘吓坏了。

托娜端着沉重的木盆，一直走到宁馥身边，才把东西放下。宁馥察觉到，为了不洒水，不跌倒，托娜一直是屏着呼吸的。

好孩子。她心中道。

"就让您的这位小朋友先来照顾您吧。"首领道，"也好让您放心。"

这是在提醒她，还有一条她在乎的人命正握在他们手里。

宁馥点了点头，声音略有些沙哑："我知道。"

首领离开前，又让人给了她纸和笔。

——想要手机或电脑是不可能的。

直到房间里的人都离开了，托娜才猛地扑上来，绿色的大眼睛里蒙上了一层泪水。她飞快地用手比画着，宁馥猜测应该是问她的伤口要不要紧，痛不痛。

她笑着摇摇头，伸手摸了摸小姑娘的头发。

"你不要害怕。我会救你出去。"她让小女孩把手放在她的喉咙处，感受发声部位的震动。是在笑时发出的频率。

她很喜欢托娜。她是个非常坚强的小朋友，也应该是个快乐的小朋友。

托娜仰头看着她。

她还以为这个姐姐也被吓坏了……托娜想。

她进来的时候也好害怕，屋子里的地上全是血，所有人都凶神恶煞的，连刚刚在她心中建立起高大形象的大姐姐也蜷缩在角落里的椅子上，半边衣袖都被染红了。托娜知道她不能露出害怕的神情。不知道为什么，她直觉上就不想表现出害怕和惊慌。也许是为了不让那个姐姐担心，也许是为了连她也不知道明确含义的"尊严"。

她不能让这些坏蛋把她当成羔羊！

宁馥朝她挤了挤眼睛，做了个鬼脸。托娜便也下意识地露出了一个笑容，心中的恐惧一扫而空。

托娜不会说话，也听不见声音。宁馥的表情，却直接告诉小姑娘——

我害怕，我装的。

宁馥由着托娜细瘦的小手举着毛巾，一点点地帮她把脸擦干净。

哦，可怜的萨尔提。他的确是个雄性激素过剩的傻瓜，但具体表现不在于他打算骚扰一个记者，而在于他禁不住三言两语的挑动，就被宁馥勾起了怒火。

当然，是宁馥先嘲讽他的。萨尔提只是在她轻描淡写地表示，他们想要获得的一切永远不可能在他这样用肌肉来填补身体缺陷的人身上实现时，气愤不已地扑上来。

她一个手无缚鸡之力的柔弱女孩子，怎么可能打得过一个足有一米九，浑身肌肉，像铁塔一样的士兵？当然只能用惊恐的哭喊来让所有人为她主持公道。

这个时候她的手臂已经被萨尔提割开了一道长而深的伤口，胸前的扣子也被扯掉了一颗。在"奔逃"中，她一边尖叫，一边有条不紊地卸下那枚藏在掌心里的纽扣摄像机，把微型芯片摁进了胳膊上的伤口里。

这群人不会允许她带走关于营地的任何一张图片，更别提视频资料。她的手机、相机都逃不开被清空的命运，就算最后放她们离开，搜身也免不了。但他们自己人造成的伤口，不会留心去检查。

宁馥拖着一只受伤的手臂，慢慢地磨了一篇稿子出来。

托娜坐在一旁，捧着脸，担心地望着她，时不时地拿起一旁的毛巾，擦一擦她额头上的汗珠。她把自己的名字告诉了宁馥，写在纸上。两个人用纸笔交流，一时倒也其乐融融。

宁馥问她害不害怕。这个一头羊毛卷、绿眼睛、棕皮肤的小姑娘摇了摇头。

她一滴眼泪都没有掉。

爸爸妈妈死了，哥哥消失了，但她仍然决定要做一个坚强快乐的姑娘。

——她也很想哭，可是她一定要先找到哥哥，这样才能让死去的爸爸妈妈放心。到时候，再扑到哥哥的怀里痛痛快快地哭一场吧。

天色渐暗，夜幕降临。

木屋外传来简单的交谈声。门"吱呀"一声被推开了，宁馥放下笔，看着托娜保护性地站在她身前，忍不住翘起唇角。

进来的是个个子不高的男孩，他是来送饭的。

宁馥瞧那身形熟悉，叫出他的名字："迪赛卡？"

男孩抬起头，面无表情地看了她一眼，将手中的饭盒放在桌子上。

"吃。"他道。

宁馥站起身，她右手的伤口又崩裂了，鲜血已经从缠了几层的纱布中渗出。

"亲眼看到我还活着，你就可以放心了吗？"

她注意到那男孩的目光，一进门就在自己的身上打了个转。

迪赛卡的心思被她一句话就戳穿了。

他刚刚加入这个营地，除了发了支枪给他，教他学着怎么装配地雷以外，这里的人并没有交给他其他的任务。

叛军的营地很松散，营地里几乎都是民兵和平民，还有很大一部分是少年兵、孩子兵。他们连骨头茬子还嫩着，就已经注定成为在这场战争中最先被填进去的炮灰。

迪赛卡也不知道自己为什么揽下了给这个女记者送饭的活儿。他只是单纯地想看一眼她死了没有。

揣在他胸口的照片和外界只隔着薄薄一层布料，烧灼般滚烫。

宁馥微笑，招手让他走过来一点。

迪赛卡皱起眉头，站着没有动。

他不知道这个女人要说什么，脸上写着戒备，随时打算离开。

宁馥淡淡道："你的弟弟死了，你也想去死吗？"

男孩一颤，像一匹受伤的孤狼被人猛地踢了一脚。

宁馥并不给他平息的时间，这对现在的她而言过于奢侈，何况，重伤有时就要下猛药。

"你觉得是空袭炸死了萨哈，所以你就要加入这个营地吗？"她顿了顿，"还是说，你已经根本无所谓这一切的前因后果，只想这样行尸走肉地活下去，一直活到未来的某一天，也许就在不久以后，让一颗子弹结束你的生命？"

她的话一句句戳中男孩的心脏。

这一颗原本枯死的心，突然又流出了鲜血，感受到了撕裂般的剧痛。他的眼珠已经不自觉地发红，整个人似乎都在颤抖，不知道是因为愤怒，还是悲伤。

他猛地朝宁馥扑上来。

"——啊！"

男孩发出一声惨叫，但被宁馥一把捂住了嘴，后半截声音不得不闷在了喉咙里——一旁的托娜几乎是同时扑向迪赛卡，抓住他裸露在外的手臂，用力咬了下去！

姐姐保护了她，她也要保护姐姐！

小姑娘的乳牙其实不算多尖利，这一下几乎拼尽了她所有的力气。

宁馥捏着迪赛卡的后颈，另一只手轻轻拍了拍像小狗一样勇敢而忠诚的托娜，让她松开。迪赛卡的胳膊险些被女孩咬掉一块肉，鲜血顺着那一圈牙印不断渗出。

论体形，迪赛卡比托娜高两个头，论力量，迪赛卡好歹也能背得动一支步枪，而托娜端盆水都费力。但她还是毫不犹豫地用自己熟悉的、直觉般的攻击方式，试图保护宁馥。如果不是宁馥制止了迪赛卡，如果进来的不是迪赛卡而是这营地里其他的任何一个人，托娜或许已经死了。

宁馥提着迪赛卡，与他对视："你放弃攻击行为，我就放你下来。"

她毫无正在"恃强凌弱"的自觉，还威胁男孩道："如果你再发疯，我就把你从窗户扔出去。"

迪赛卡还要挣扎。

宁馥很干脆地卸掉他一条胳膊。

剧痛反而让迪赛卡冷静下来。他的眼中蓄满泪水，不知道是因为疼痛还是因为别的什么。

宁馥轻轻地叹息一声："你不知道要恨谁，就不要让愤怒把你吃掉。"她本来想要用"吞噬"的，但想了想，觉得迪赛卡可能听不懂，于是换了个更直白更形象的词儿。

男孩怔怔地看着她。

他不知道该恨谁。

是这些不知道为什么在互相残杀的人，还是那些飞机和被投掷下来的炸弹，还是……他自己？

迪赛卡不知道是谁挑起了这场战争，是谁投下了那枚炸弹，为什么死的是萨哈，不是他自己！

他没有恨的对象，他恨的那些人全都只有一张模糊的脸。他像一具行尸走肉，却浑身充满着无处发泄的仇恨和毁灭性的愤怒。

毁灭自己，毁灭仇敌，毁灭一切！

宁馥轻轻扇了他一个小嘴巴。

"你自己想清楚，萨哈想要一个什么样的哥哥。"她说完，把胳膊给迪赛卡接上了，"饭我吃完了，一时半会儿也死不了，谢谢你的关心。"

迪赛卡站起身，踉踉跄跄地离开了。

深夜，正是国内早上七八点钟的光景。宁馥的稿子写完了。

首领很满意，甚至还对她说了一句"辛苦了"。

他要求宁馥立刻将稿件发布出去——稿件已经由专人录入他们的电脑了，现在只需要宁馥按下发送键。

宁馥不得不耐心地给他解释了一下她的工作机制。

她所供职的电视台，或者说任何一家正规的、面向广大观众的电视台和媒体，都不可能允许记者在采写稿件之后直接发布。稿件必须要通过校对和审核，才能向公众发出，这是新闻行业内的常识。

当然，这个解释的过程没有这么轻松，毕竟她一条胳膊血淋淋的，周围全是沉默的带枪士兵。但她成功让叛军首领明白了稿子要发出去，还要等她和国内的人联络上以后才行。

首领盯着她将稿件发送出去，以确保她没有在传输过程中使用任何暗号和密语。

"最快要多久？"首领问。

宁馥一副小心翼翼的模样："如果我的主管看到这篇稿子，会在第一时间审批的。"

也只有等了。

宁馥被彻底看守起来。

她在等待时机。从她和萨尔提的那一场纷争之后，叛军就不可能让她活着离开了。

——谁能保证一个活着的，有嘴有手有脑子的记者，不会再写一篇文章来报道自己在这片营地里被绑架和虐待的经历？不会因为她受到的伤而变着法儿地抹黑他们？

她只能无声无息地消失。

但她偏偏不能乖乖地做个听话的"宣传官"。

在枪口下也不做。

与此同时，国内。

有同事激动得脸色通红："钟主任，宁馥发来了在反对势力营地的见闻报道！"

这是一篇石破天惊的第一手新闻，更是一篇前所未有的深入报道！还能写稿子并与国内联系，这也说明他们一直惴惴不安担心的同事此时是安全的！这怎能不让人高兴？！

"我们立刻发布？"同事道。虽然是问句，但手上已经动起来了。

钟华盯着屏幕一字一句地读完。

"先扣下。"

同事一愣，甚为不解："为什么？"

钟华淡淡道："这不是宁馥写的。"至少不是她在自由状态下写的，"她不会称颂'那些少年战士勇气可嘉、信念坚定'。"

以她的专业素养，她的冷静，她的悲悯之心，她不会写出这样浮于表面、毫无生气的辞藻。

他可以确定。

·17·

营地里的夜可称不上寂静。

他们燃起篝火照明，依旧在做着战前准备，其间夹杂着对话和笑骂的声音。宁馥并不担心那篇稿件会被台里真的发布出来——钟华如果连这点辨识能力都没有，他这个调查记者部的主任也就白当了。

她还有心情给小姑娘托娜讲故事。

——或者说画故事更合适一点。

简笔连环画，画一只失去家的小松鼠在原始森林里流浪，认识了许多好朋友的故事。

不过她的画技一般，想表达出"好多好朋友"这个意思实在有点困难，于是干脆画了一团黑点点当蚂蚁来凑数，只有小松鼠最好的伙伴——一只小狼，才让她费了些笔墨。不过这狼也是直立行走，一点儿看不出狼模样，像个人的头上顶了个憨厚善良、半点不凶恶的狗头。

此处她忍不住参考了迪赛卡的造型。

简笔画只能画在餐巾纸上，软塌塌的，墨水都有点洇开。但托娜依旧被宁馥的两幅四格连环画吸引，像捧着宝贝一样珍惜。

她说小松鼠就是托娜，小狼就是她的哥哥。最后小松鼠和小狼一起走出了黑暗的森林，看到了森林外广阔无边的大海。

托娜的眼睛里充满了憧憬。宁馥摸摸她柔软的头发。

她的哥哥，十有八九已经死了，不会再回去了。但找到哥哥的心愿，就像是支撑着这个聋哑小姑娘活下去的全部勇气和信念的源头。

希望这个东西是很神奇的。

就这样过了一夜，宁馥在第二天清早开始发烧。她的伤口是用皮肤吻合器缝的，简单来说，就是用医用订书机把被划开的皮肤钉在一起。

因为芯片就在伤口内，缝合根本起不到让伤口愈合的作用。

首领和颜悦色，给她拿了消炎的药品，然后告诉她，他们的耐心只有一天了。

台里昨晚很快就给了宁馥答复，说稿件已经进入了审核流程，同时告诫她，空袭频仍，最近两天她如果在战区活动，一定要注意安全。

首领依旧礼貌地向宁馥表示：如果明天黎明，那篇报道还没有对外发出，可怜的记者小姐就要被扔到草原中自生自灭了。没有食物和水，普通人根本无法成功走出来，而没有药品，她很可能坚持不过36个小时。

草原上有狼、豺狗和狮子。她和托娜必定都很受捕食者们的欢迎。

中午，来送饭的依然是迪赛卡。

男孩将饭盒往桌上一放，看了房间里的两个人一眼。

咬伤他的女孩满脸紧张和警惕地站在女人的旁边——那女人看起来已经很虚弱了，脸颊上带着不自然的红晕，一双眼睛却灼灼地放出摄人心魄的光来。

迪赛卡鬼使神差地道："你为什么不给他们想要的？"

宁馥并不打算骗他，淡淡笑道："我给或不给，都会死。"

迪赛卡的目光落在她的手臂上，似乎有片刻出神。

宁馥知道他在看什么。她漫不经心地将外套搭在手臂上，盖住了那处伤口。

"想好了吗？"女人像一只悠闲的狐狸，正在等猎物自动走入自己设的陷阱里，"如果你想离开这里，我可以帮你。"

迪赛卡一愣："你……你不怕我告密？"

宁馥弯起唇角。她病中虚弱，声音显得要比以往柔和："我既然敢告诉你，就不怕你去告诉谁。"

她其实并没有任何可以用来威胁迪赛卡的筹码，她只有一种几近狂妄的信心。她知道这个男孩不会坐视她死去不管，更不可能成为其中的推手。

他只是一个绝望的小孩子，已经被海浪卷入漩涡，已经被冰冷的海水灌入口鼻，已经要沉入冰冷的海底。没有人会救他，他也知道自己不值得被人拯救。

迪赛卡很想转身就走，但他意识到自己的脚步无比迟疑，自己就像被粘在了地板上。他终于还是忍不住开口问道："走，走到哪里去？"

天天都在打仗，今天是你打我，明天是我打他，他不知道谁是对的，谁是错的。

他曾经小心翼翼地保存着一个梦想，要做全世界最厉害的足球运动员，还曾悄悄地用旧报纸缠了一个足球，练带球、射门，唯一的观众就是萨哈。

无论他踢得好不好，萨哈总是高兴地给他鼓掌。在萨哈心里，他就是全世界最好的哥哥。

他靠偷东西，打劫，也攒了一点点钱。他想有朝一日，也能带着弟弟离开难民营，住上用砖石砌成的房子，吃白面包吃到饱。如果更幸运一点，他还能做职业球员，赚更多的钱。萨哈就在比赛的看台上为他欢呼。

萨哈会想要一个这样的哥哥。

他真切地梦到过这个场景，那实在是一个美梦，或许太过不切实际，迪赛卡之后再也没做过相关的梦了。

——直到昨天晚上。

就像已经绝望的溺水者突然触到了浮木。

已经绝望的人，其实浑身都写满了"求救"两个字，只不过他们已无法发出声音，求救的信号无人注意而已。

昨晚宁馥递给他的是一根浮木，他的手碰到了，却不敢抓。今天宁馥让他知道，那浮木其实是岸上的一棵树，于是他伸手了。

"这我管不到你。从这里离开，我会很快回国，不会负责你的人生。"宁馥直白道，"别去杀人，别被人杀，想去哪里就去哪里。"

她的态度太真实。迪赛卡知道，除了相信眼前的这个女人，他没有其他选择。

男孩盯着她看了许久，哑声问："你为什么愿意带我走？"

或者换一个问法——她为什么想要救他？

只是萍水相逢，他们之间的交集只不过是他给她指了一次路，而她用一张照片还他的人情罢了。

迪赛卡从来没有告诉过她，在最初带她去他们的窝棚换衣服时，他动过将她杀掉、打劫她的心思。但现在他却有些心虚。

宁馥挑眉看他："我不欠别人人情。"

在她被壮如铁塔的萨尔提摁倒在地上，手臂被尖锐的猎刀划出伤口时，她尚有余力一边呼救，一边抬眼观察。

在萨尔提的身后，有个男孩拖着几乎有他半人那么高的步枪，悄无声息地走过来。

迪赛卡就站在萨尔提的身后，慢慢地举起枪。然后他看到那个在求救在痛呼的女人向自己轻轻地摇了摇头，她的眼睛黑白分明，眼里没有一丝恐惧。于是他没有动手。

但宁馥领了他的情。

首领没有等到新闻稿的发布，先等来了空袭。

爆炸从未如此近，木屋上的灰尘和碎屑扑簌簌落下，整片大地都在震动，然后燃烧起来。托娜乖乖地跟在她身边，像一只安静的小动物。

宁馥像潜行在夜色中的一头黑豹。

一路上她打晕了三个士兵——他们不是守卫，只是在慌乱之下没头苍蝇般乱撞进她潜行路线中的倒霉蛋。

在营地里参观的时候，宁馥就已经给自己规划了一条绝地求生的路。而她要等的机会，就是今晚的这场空袭。

营地中已是一片人间炼狱。被倒塌房屋砸中的人在呻吟尖叫，有人怒吼，有人哭号，有人在无意义地射击，他们的高射炮被毁掉了几门，此刻火光冲天。

天空中战机飞过，发出震人心腑的隆隆声。宁馥仰起头，竟有一刹那恍惚，觉得这片天空如暗红色的海，火光在其中划出致命的轨迹。

残忍而壮丽。

有人说战地记者手中的赌注就是自己的性命，如果你的照片拍得不够好，那是因为离炮火不够近。只可惜她现在没有时间也没有设备记录下这样无比贴近战争、无比贴近历史的画面。

她回过神，转头看向站在越野吉普车旁的迪赛卡："帮我抱一下托娜。"

迪赛卡一愣。

女人明显看出了他的紧张，因此才用如此轻松的语气，给他派了个活。他依言抱起托娜，按宁馥的指示把小姑娘安置在副驾驶的座位上，而这个小女孩仍然睁着她绿色的眼睛，自以为凶恶地瞪着他。

迪赛卡不由得感觉胳膊上的伤口一痛。

如果萨哈还活着……萨哈也会不顾一切地保护他。

迪赛卡的心脏像突然被鸽子的羽毛轻轻扫过。

"站着干什么？上车呀。"

宁馥坐进驾驶位，对出神的迪赛卡道。

迪赛卡跳进后座，他肩上还背着那支枪。他看宁馥单手开车，神情自若，忍不住开口问："你放心……我坐在后面？"

宁馥懒洋洋地道："你这么大了，难道自己坐不住，要我把托娜放到后面去？"

迪赛卡沉默。

他张了张嘴，还想说什么，宁馥终于回过头来瞥了他一眼，眉毛一挑，道："两天前我敢把后背亮给你，现在也一样敢。"

迪赛卡听到她说了和那天在窝棚前给他和萨哈拍照时几乎一模一样的话。

"把枪扔了吧，和你不搭。"

他们离那片火海越来越远了。车子在崎岖的草地上颠簸了一下，宁馥赶紧回过头去盯着前方。

坐在后面的男孩按住胸口，那里装着他和萨哈的照片。

他将步枪扔出车外。

旷野上风声呼呼，越野车疾驰，在被染成暗红色的天幕下，驶向最近的城市。

在距离杜谷卡小镇两公里的地方，宁馥让两个孩子下了车。

"就在这里告别吧。"宁馥对迪赛卡说。

托娜怔怔地看着她，大眼睛里噙着泪水。她听不到，但是她知道这是姐姐在跟她道别。

小姑娘的全部心神都用在了强忍泪水上，甚至没有注意旁边那个可恨的家伙拉住了自己的手。

"托娜我交给你了。"宁馥道。

她简单地讲了托娜的故事。

"她要去找她的哥哥，但是她还太小，太脆弱了。"宁馥道，"她要慢慢地找，你可以在这段时间里带着她，也可以一回到城镇就让她自己离开，看你怎么选，迪赛卡。"

她叫了他的名字，与他对视。

迪赛卡抿住嘴。

他们三个人相处还不到36个小时。她怎么敢这样轻率？！

她的信任似乎都是这样毫无理由地降临在别人身上。但迪赛卡却突然觉得，也许这就是冥冥中，命运给他的指引。宁馥是一段浮木，让他免于溺亡，而他手中牵着的这个仿佛一只手就可以捏死的小女孩，就是那棵岸上的树。

萨哈死了，他从此没有了自己的根系。

现在，宁馥要他重新扎根生长。

迪赛卡最终点了点头。

那果断又绝情的女人多一句话都没说，开车就走了。

两个孩子站在荒野里，都怔怔的。

小托娜用力一擦眼睛。她不能哭。

她又抬头看了看站在身旁的迪赛卡。

——姐姐说，他也是故事中的一只小狼，他也曾想保护一只小松鼠。他们可以结伴去看大海。

迪赛卡回过神来，对上小女孩绿色的眼睛。他从衣兜里掏啊掏，掏出一颗宁馥几天前送给他的大白兔奶糖。

"吃吧，甜的。"

杜谷卡镇上的小诊所接待了一位奇怪的病人。

她是来拆线的，要把皮钉全取出来。

这里的医生或许医治不了什么疑难杂症，对外伤却都已见怪不怪，颇有经验。只粗略检查了一下宁馥的伤口，这位胖胖的黑人医生就用口音浓重的官方语言告诉她——

"你的伤口没有得到有效处理，现在的情况很不好，需要重新缝合。"

宁馥点了点头，提了个要求："能给我一把镊子吗？"

大夫有些奇怪，不过还是依言找了把医用的给她，然后拆去勉强将皮肤缝合在一起的皮钉。

这个女人的手臂明显是在搏斗中被利器划伤的，但医生都没有多问一句。他回头拿起手术用的缝合线，转过身，被女人的动作惊得一跳。

"你这是在干什么？！"他震惊道。

她……她竟然正将镊子伸进自己的伤口里！

大夫处理过许多血肉横飞的惨烈伤情，也见过许多不怕疼、不怕血的硬汉，但这还是头一回见在自己的血肉中搅和的。

这超出他的认知范围了……

宁馥额头见汗，手上的动作不停，直到一枚细小的芯片被镊子从伤口中慢慢夹出。

医生先生忽然觉得自己可能惹上了什么不该惹的人物和麻烦，只能在心里默默祈祷，这位病人可以在缝合完毕后赶紧离开。

他凭着这些年在战乱地区行医锻炼出来的一颗强心脏，有条不紊地给这个来历不凡的女人缝合伤口，重新包扎。手术线在皮肉间穿梭，局部打了麻药，宁馥也没觉得疼痛，反而还有闲情看起电视来。

电视挂在诊所的墙上，现在正在播放新闻。

"……希望当地警方不遗余力地寻找被绑架记者，同时，也正告绑架者，宁馥是具有正规资格和持中立立场的战地记者，同时，也是我国公民——

"对我国公民采取强制措施，是对我国公民合法权益的严重侵犯。我方敦促各方力量认真对待我方严正立场，纠正错误，立即释放宁馥，并保证她平安回到她的祖国！"

宁馥把那枚清理过后的芯片握在掌心，轻轻呼出口气。

她像个有点任性的孩子，出门跑丢了，也不用担心。

家里人会来找她。

屏幕上放出了她的照片，她算是登记的"失踪人口"了，图片下方不停循环滚动着联系电话。

医生注意到这个病人的视线一直越过自己停留在电视上。他缝合好伤口，一边站起身一边叮嘱道："三天换一次药，伤口一定要保持干燥、清洁，不要沾水——"

他回过头，在电视屏幕上看到了那张照片。

医生忍不住又回过头来打量自己的病人，再回头去对照屏幕中的那个女人。这样来来回回好几次，他才迟疑地道："你是……"

宁馥耸了耸肩膀。

"您不用害怕。"她笑得露出牙齿，"我能借电话用一下吗？"

医生尚不敢相信，狐疑地点了点头。

他们在这个偏远的小地方也听过关于那个国家的"传说"。

古代的时候，那个国家富足而强大，人民善良又友好，他们的大船乘风破浪，把好东西带到了很多地方。而现在——是不是友好先不说，作为杜谷卡小镇生活最优越的人群中的一员，医生先生用的手机就是那边生产的呢，供不应求。

手机是代购的，黑市总有各种办法，把其他地方的东西输送进来。他们把战火中他们可望而不可即的，其他地方的生活偷了一片送来，让人们知道"桃花源"是什么模样，在里面生活是什么滋味。

换句话说，在杜谷卡这个小镇上，宁馥的来历、背景，是有好感度加持的。

电话打过了，宁馥回过头，发现医生先生的脸色也好了些，至少不像先前那样紧张和防备了——知道这位强人是战地记者，总比她是哪里来的坏人要好。

待遇的提升也很明显——宁馥拥有了一张床位，以及一针退烧药。

她一直在低烧。医生似乎是在看完新闻以后才后知后觉地拾起了自己的医者仁心，意识到宁馥不是草草缝合之后就可以打发走的。

很快，国内就要来人了。

简易的单人病房里拉上窗帘，宁馥终于让自己的头脑陷入昏沉。她紧绷的神经必须趁着现在稍微休息一下。

大脑里的阿香轻轻地问她："你还好吗？"

这些天，宁馥简直给她上演了一场第一视角的战争灾难电影。简直是疯了！

——为了拍到照片跑去抛尸地、藏进万人坑；在交火地带冲进火力范围里给一个素不相识的孩子当肉盾；带着微型摄像机去危机四伏的营地"旅游"；故意挑衅别人来隐藏自己真实的目的……

这个家伙的脑子里简直就没有"惜命"这两个字！

如果是她自己……置身于宁馥的处境，恐怕已经死了。不，她根本就不会把自己搞到那种境地里去！

宁馥昏昏沉沉，还不忘在脑海中嘀咕一句："你心疼我？"

小阿香难得地没有嘴硬。她半天没说出话来，最后道："你睡吧，有我呢。"

宁馥笑了一声，放任自己沉入意识的深处。

阿香被她笑得毛毛的，她有点生气，还有点……脸红。

这个可恶的孤魂野鬼，一点都不知道珍惜别人的生命健康！

她的意识一回来，就立刻疼得发出一声呻吟。

好疼！好难受！就像浑身都被几吨重的卡车碾过，所有的骨头都被拆开又零零散散地拼起来，连动一下指头都要用尽浑身的力气，骨头缝里发出缺乏润滑油的老机器的"咯吱"声。

麻药在渐渐失效。小阿香要被疼哭了。

她吸了吸鼻子，一颗心泡在酸苦的水里，又软又疼。

真是个大傻蛋。

如果宁馥的精神还能支撑下去，她必定不会让小阿香出来的。

虽然不想承认，但小阿香就是知道，她了解的。

"哦，天哪，你怎么了？"进来给她挂水的医生惊叫道。

之前还神态自若，从血淋淋的发炎的伤口里挑出一块芯片的"勇士"，此刻竟然躺在床上颤抖。看得出她正处于痛楚之中，想将自己蜷缩起来，却因为身体的疼痛和无力而无法做到。

她的脸色简直像纸一样苍白。

医生被吓了一大跳，只怕自己的治疗出了什么问题——可是她刚刚明明还好啊，讲话也很有精神，缝合伤口时也全然看不出身体处在极度不适之中。

凭医生的经验来说，现在这样才是属于人类的正常表现，不过之前他已经把宁馥划归到"非正常人"那一类里去了。

难不成她这是痛觉神经反应延迟？医生的脑海中忍不住掠过不切实际的猜想。

女记者的声音比刚才明显虚弱了一些，她低声道："能不能给我一片止痛药。"

医生给她指了指床头的小药瓶："你的确应该服用，不用这么坚持。"他简单地道，"这是好东西，很管用。你吃了会睡得好一点。"

女人轻轻点了点头。医生放好输液瓶，离开了房间。

阿香的目光落在那瓶止痛药上。她疼得眼前都有些发花，身体的疲倦和胸口传来的隐痛让她伸出手——但又停下。

药就放在这里，"她"为什么不吃？

因为"她"要保持敏锐，"她"还不敢完全放松自己。

小阿香收回了手。

躺在床上的年轻女人用力闭上眼睛，抓紧时间试图在绵延的疼痛中攫取一丝睡眠。她的字典里，从来就没有"认输"二字。

既然宁馥受得了，她也一定受得了！

汽车碾过地面上的碎石子，车门被人关上的声音毫不收敛地从外面传来。

"宁馥"睁开眼睛。

她向窗外望去，却微微一怔。再看房间内的时钟，原来她已经睡了四个小时。

现在天还没黑，来的不可能是自己人。

她慢慢从床上坐起身，按住手背上的胶布，等待着。门被推开，进来的是个中年男人，蓄着胡子，穿着整洁。他彬彬有礼，但短短几分钟的接触，总让人觉得他的身上透着一股居高临下的味道。

他开门见山地说明了自己的来意。

"宁小姐是聪明人，和聪明人对话总是要更轻松一些。"他这样说道，"您的作品已经在国际上引起了轰动。"

这人的"请求"也很简单。

他报出了一个天文数字，想购买宁馥拍摄的其他照片。

同行不仅仅知道同行的苦，更深谙同行的行事规矩，而敢于深入这样危机四伏、战火连天的地方，自然也有他自己的消息渠道。这位同行显然已经知道宁馥在反对势力的营地里走了一遭，他希望宁馥能放弃在营地中拍摄的照片的署名权——换句话说，把照片卖给他。

她只是一个名不见经传的小记者。总有人会在名声和金钱之间选择后者，因为那显然更实惠。

三年一次的瓦茨奖评选很快就要开始了。

瓦茨奖是国际奖项，更是整个行业内的最高荣誉之一，只颁发给最优秀的新闻摄影摄像作品。每年只有十个入选名额，最终评出三位获奖人，而光是想要拿到这十个入选资格，就难如登天。

特别是，想要入围评选，至少要在新闻界浸淫已久，是资深记者才行。

"新人很难拿到入围资格,你是个聪明人,应该明白。"对方耐心劝诫道,"而这笔钱足够你过上优渥的生活。"

"宁馥"缓慢地眨了眨眼睛。

"这个价格……可真让人心动啊。"她道。

——如果她接受,她就有足够的底气去追求她想要的生活,再不必理会什么千金抱错,什么豪门恩怨。

"可是我拒绝。"

是。

即使不是"她",也能理解对方的意图。

这是一种非常默契的交换,而且听起来还挺有诚意的。

但是……

但是她说:"我不是一个聪明人。"

她拒绝了。

目送那男人带着一脸"不可理喻"的神情离开房间,她绷着的后脊梁顿时松了下来,整个人软软地倚在床头。

脑海里响起个玩味的声音:"你怎么不答应?答应了,你就可以拥有你一直以来渴求的生活。物质上的富足,才能给你带来足够的自由。"

小阿香一惊:"你醒了?你醒了怎么刚刚不出来?"

她满腔委屈。

宁馥笑了:"因为你做得很好。"这笔钱不可谓不丰厚。

小阿香顿了顿,说:"我在想,如果我是你……面对这样的交易,你根本不会心动。"

"这样划算的买卖,这么大的好处,你却一点都不聪明不去争取,这可不像你。"女人在她脑海中懒洋洋地评价小阿香的行为,语气中却带着暖意。

小阿香嘴硬:"这算什么?你不稀罕,难道我就巴巴地稀罕不成?"

宁馥笑了,给自己的脸上贴金:"哎哟,我提升了你的品位?"

她又问:"你不怕招来麻烦和报复?"

小阿香慢慢地道:"你不是说,你是孙大圣?"

这些年,这些风雨硝烟、北疆南国地走下来,她也知道了她自比一只猴子是什么意思。

这世间既然有不公,就要有人来问一问!这世间的秩序如果只是强权压迫、弱肉强食,如果只是利益交换、颠倒黑白……就算这所谓的"秩序"如滚滚车轮向她而来，她粉身碎骨也要撞上去试试！

昔日弼马温大闹天宫，打上南天门，他可害怕过？

踏南天，碎凌霄，若一去不回……

便一去不回！

· 18 ·

宁馥在第二天终于见到了自己人。

使馆安排她转到附近最大的城市的公立医院，做了全身检查。

医生啧啧称奇："您三根肋骨骨裂了，竟然还能行动如常！"——这位病人大步走进来的时候实在是生龙活虎得不像有三处骨裂的伤患啊！他还不得不给这位兴趣浓厚地凑过来的患者亲自指点了她几处骨折的地方。

她这是暴力外伤导致的肋骨骨折，算是在同类型的伤患中比较严重的了。不过就连这所医院的专家都在惊叹，这位女患者的恢复力实在是太过强悍——如果换到其他暴力型肋骨骨折的患者的身上——换句话说，被人暴打了一顿以后，绝对不可能三四天就下地行走的。像她这种伤情通常都需要手术了。

医生把宁馥检查的所有身体指标和数据又重新看了一遍，终于一边感叹一边下了医嘱：静养，等待身体自愈吧。当然，该吃的药还得吃，该打的点滴还得打。

好心的医生忍不住对宁馥加了一句叮嘱："哪怕你的愈合能力和身体素质远超常人，也请你一定要照顾好自己。"

他听说这位女士是一名可敬的记者。记者总要冒一些风险的。

"宁馥！你能不能珍惜一点我的身体！！！"

小阿香听见医生的诊断，在宁馥的脑海中怒极大吼。怪不得她觉得浑身都像被重型卡车碾过好几遍一样，动一下哪哪都疼！

宁馥心虚，假装没听见。

幸好没搞出什么不可逆的永久性伤害来……

老实说，她从没碰上过这么"灵异"的情况——身体主人的意识还存在在身体之内，确实让她多了许多顾忌。

她本可以直接抹杀阿香的意识，取代她在这个世界的存在，但她没有。

并不是她变得心软了。而是阿香的存在，让宁馥更真切地意识到，哪怕是这书中的世界，每个人，每个灵魂，也都需要认真对待。

他们都如此鲜活。

她现在占据了阿香的身体，就要对她负责——

对她的健康负责，也对她的精神和未来负责。

她要走歪路，宁馥就给她拉回来；她要犯错误，宁馥就给她正过来。宁馥按着阿香这心思偏执的姑娘在自己的意识里这么久，杜绝了所有阿香将不该做的事付诸行动的可能。而在那间狭小的光线昏暗的私人诊所里，她又选择了相信阿香。

从某种意义上来说，在这个世界，她们就是一体的。

而阿香，也没有辜负这份信任。

宁馥从拍片子的医疗室里出来，就看见钟华风尘仆仆，正站在医院的走廊上抱着臂等她。

宁馥："领导，你咋来了？"

虽然她的稿子都写得不错，照片也可以说拍得很好，甚至还一个人带着两个小朋友从混乱之中脱身出来，但此刻对上自己顶头上司的目光，宁馥还是有点不由自主地心虚。

她是把生死置之度外了，台里这些天估计都没少着急上火。

——钟华的眼睛里全是血丝。

钟华看了她一眼："怕你死在外边。"

宁馥倒没想到他这么直白且毫不客气："呸，晦气晦气，"她一看钟华的脸色，赶紧活跃气氛开玩笑，"领导您这可有点幽怨啊，这么担心我？"

钟华依旧是一张死人脸，半分没有开玩笑的意思："你活着，我得保证你回国，你死了，我得把你的遗体带回去。"

必须找到她。

这是在知道她失踪后钟华唯一的信念，也正是这个信念，让他得以保持绝对的冷静和敏锐。

没人知道，钟华的钱夹里夹着一个女孩的照片，照片上的那个女孩是他亲自招到调查记者部的，很优秀。

钟华当时刚刚升任调查记者部副主任，那姑娘喊他一声师父，算是他带的第一个徒弟，他相当器重，带着她做专题。那女孩也是初出茅庐，有一股胆气。暗访黑势力，发现线索后一个人就去了。

谁也没想到本以为他们只是普通的街头混混，背后却涉及吸毒、贩毒等犯罪活动。

她包上挂着微型摄像机，进门五分钟就被拽了下来。她被发现的时候，一张脸上被划了二十七刀。还是报警及时，才保下一条命。

但是人疯了，大夫说是遭受非人折磨后造成的永久性精神创伤。

二十三岁，人生才刚开始，就匆匆地定下了暗浊混沌的色调。

两年前她从家里走失，从那以后，钟华就没过过一个周末，一直在找她，哪怕那姑娘的家人都已经放弃了。这是钟华的心结，也是他的执念。

钟华每周三下午会请半天的假。

出事那天是周三。曾有人在周三的下午，在出事的地方看到过那女孩的身影，但也只是怀疑，后来大伙儿在那里蹲守过好几回，都没等到人。

只有钟华还在等。

他不能让宁馥成为第二个陈苗。

但他也知道，她不会。

宁馥：……您这话，让我怎么接？

她拿出微型摄像机的芯片——从被取出后，这东西就一直被她妥善保存。

宁馥将芯片递给钟华："没来得及编辑，你先看看吧。"说完挠了挠头赶紧往病房溜。

她这断裂的三根肋骨还是对行动有些影响的，呼吸的时候都隐隐作痛，更别提行走了。

钟华在原地站了片刻，那微型芯片几乎被他攥进手心里。看宁馥走得飞快的背影，他忍不住露出一个扭曲的表情来。

他有点生气，但唇角忍不住翘起细微的弧度。

活着就行，福大命大。

钟华进来时，宁馥正躺在病房床上聚精会神地看电视。

不知道播的是哪个国家的狗血肥皂剧，叽里咕噜的听不懂，但剧情只看画面就能猜到，非常紧凑——此刻已经进行到反派女配角插足女主角的婚姻和家庭，爆出她才是真正的门阀千金，而女主角是被从小抱错的赝品。

宁馥看得津津有味。

她还在脑海里教育阿香："看见没，你要是回了林家，就是这样的。"

电视里女反派"啪"的一个耳光把女主抽倒在地，又转身把女主的老公骂得灰头土脸的，耀武扬威、好不得意。

宁馥：……

小阿香已经可以非常淡定地指点江山："她这样蠢，我可不会。"

接着详细分析这个女人应该如何进入豪门，如何不动声色地取代女主角的位置，获得所有人的欢心，最后成功过上人人艳羡的前呼后拥的生活，仿佛她真是个手段高超的阴谋家似的。

"这有什么好看的？"钟华看了一眼聒噪的电视，伸手就按下静音键。

宁馥抗议道："你静音我没法看剧情了！"

虽然有字幕，但她看不懂啊！全靠演员那夸张的表演和抑扬顿挫的语气来判断情绪转折和剧情进展了，现在应该正到高潮了呢！

钟华："她们在互骂对方的母亲。"

宁馥：……突然觉得有点嘲讽。

"等等，你懂西班牙语？"

钟华叽里咕噜地说了一句话。

宁馥问："什么意思？"

钟华道："是烈士造就了信仰，而不是信仰造就了烈士。"

宁馥挠了挠头："名言警句，好没意思。"她知道钟华欣悦于她没死没残还拿回了足以震撼世界的新闻素材，此刻胆子也肥了，还和领导开起玩笑来了。

她想起钟华的履历。他也曾做过战地记者，采访过毒贩，也拍过战壕和枪战。

有时候，记者也算得上一个浪漫的职业。

"说两句好听的，唱个歌也行。"

Por qué se me vendrá todo el amor de golpe,
cuando me siento triste, y te siento lejana.
Cayó el libro que siempre se toma en el crepúsculo,
y como un perro herido rodó a mis pies mi capa.

宁馥不得不打断他念咒："这是啥？"

钟华："诗歌。"

宁馥打了个哈欠："您还不如给我翻译翻译这俩女的骂街呢。"

不知为什么，见她没继续追问，钟华反而像松了一口气一样。他不再搭理宁馥，转而盯着那块狭小的电视屏幕，仿佛里面正在互相辱骂的两个女人突然引起了他浓厚的兴趣。

"纳蒂亚说：'你这个可恶的女人，天生的恶血流淌在你身体里，无论你在哪里长大，都会变成阴沟里的老鼠！'

"菲利希娜说：'哦，你真可怜，天鹅的血决定不了你能飞多高，因为你就是被鸭子养大的！'"

钟华用没有起伏的声音毫无感情地翻译起两个女主角的拉扯大戏，听起来有一种诡异的违和感，而且无比催眠。不过他翻译得很认真，连语气词都一丝不苟地讲了出来。

宁馥昏昏欲睡："她们怎么喜欢用动物打比方？"

不过道理是这个道理。

没有谁天生邪恶，没有谁生来高贵。

钟华起身关掉电视，拉起窗帘，把她的点滴调得很慢。

他应该去工作了。宁馥偷偷拍摄的素材要尽快做处理，国内也还在等他的消息，一大堆事等着他去做。

但他坐在昏暗的房间，半晌没有动。

第二天宁馥头上还是痒痒的，在她把脑袋挠成鸟窝状以前，钟华找护工给她洗了头。

"我以为你不是在意这些的人。"他道。

"别的都可以不在意，头发还是要养护一下的。"不然亲爱的阿香可要和她闹了，她在内心默默补上一句，然后换来了脑海里阿香的一声冷哼。

宁馥一边享受着护工小姐姐温柔的洗头服务，一边问钟华："你不去工作？"

钟华淡淡道："不要以为我的效率像你一样低。"

宁馥撇撇嘴，突然想起什么，又问道："你怎么知道我当时被控制了？"

她指的是在被绑架时，她被迫发送回台里的稿子。如果不是发现了端倪，钟华不会让人一直扣着那篇稿件。

钟华看她仰躺在病号床上，把脖子伸出去叫人洗头发，病号服下面瘦出两根明显的锁骨来，他漫不经心地道："你的水平还是不错的，写不出那么次的稿子。"

宁馥一下子笑了："你再夸我两句，你再夸我两句。"

再厉害的人偶尔也是需要一些鼓励的嘛。

洗发的泡沫一下子溅进她的眼里，刺得她一个劲眨眼。

钟华把毛巾扔在她脸上："你还没同我说，昨天来找你的人要做什么。"

他们赶到以后便火速将处于半昏迷状态的宁馥送往最近的正规医院进行治疗，那位小诊所的医生对他们非常友好，钟华便是从他那里听说了昨天下午发生的事情。

宁馥委委屈屈地自己把泡沫擦了，说道："这事儿我本来想着重跟大领导汇报的——"

她在卖关子。

钟华居高临下地看着她，年轻的女人眼尾微微发红，脸上却露出得意又嚣张的笑容来。

"他来找我买东西,出价非常非常高。"她故作神秘,"简直是天文数字。"

"我没要。"

钟华弯弯唇角:"你为什么不要?"

就像宁馥询问小阿香时一样,他也明知故问地问她理由。

宁馥一副慷慨悲壮的模样,清了清嗓子:"自古圣贤尽贫贱,何况我辈孤且直!"她想了想,又找出另一句或许更贴切的话来形容,"拒腐蚀,永不沾?"

说完她自己也笑了。

钟华被她弄得想笑,最后走过去拿了毛巾,慢慢帮她把头发上的水分攥干了。到底还是夸奖了一句。

"做得好。"

这不仅仅是一个新闻记者的职业素养,更是一个人的底线。

——这个世界上,总是有许多不能够被金钱收买的东西的。

宁馥头上顶着块毛巾嘿嘿一笑。

休养了几天,宁馥等人登上飞机的时候,她在反对者营地拍摄的视频也发布了。

世界震动。

《战地记者:我的任务是说出真相》《她是无畏之神》《走入弹雨的女人》,好几个国际知名的新闻通讯社,几乎是同一天发了关于她的报道。

说来也好笑,宁馥报道战争,他们报道宁馥。那位曾与宁馥同行的记者兰斯的文字和照片广受欢迎,他自己也迎来了事业的第二春。

报道新闻的人成了被报道的新闻。

宁馥在飞机上闭目养神。

[叮——

当前任务完成度:95/100。]

宁馥在脑海里点开背包查看了一下。

包里有一座"十青奖"奖杯,一座"黄河奖"奖杯。还有两盒乞丐团伙社会调查母带、一张来自平行世界的报纸、一条"雪山新春大拜年"的视频,还有一本莫名其妙的外文诗集。

现在多了一段她在军队交火中像个傻子一样冲到大街上抱小孩的怪阿姨影像。有点灰头土脸,不过还算有些超级英雄的美感。

宁馥很满意。

该有的都有了。

钱对她来说没有任何意义。她只负责追寻真实，呈现真相。

事实上，任何新闻都是通过把关人的选择呈现到大众的面前的。把关人的信用，来自大众的信任。这是每一个新闻人肩头最沉重的责任，亦是他们心中最珍惜的宝物。

她也要对得起这份信任。

· 19 ·

飞机降落，脚踏故土，明明才出去半个多月的时间，却由不得人不心怀感激，心绪激涌。

关童带着几个同事来接机，还给宁馥带了花，好大一捧香水百合。

宁馥那倒霉的三根肋骨还没好，捧花的任务就只好由钟华代劳了。他们俩都有点手脚不知往哪里放的尴尬，只得不停地拿这束香气四溢的百合花来开涮打岔——

因为关童哭了。

这位国际新闻室的老大年纪不小了，谢顶随着年龄的增长看起来越来越明显，啤酒肚也快要突破腰带扣的封锁了。

谁能想到，这么一个看着有点儿油腻的中年男人，依旧感情丰沛，心如赤子。

宁馥不得不安慰他："这不是好好回来了吗？"她笑眯眯的，"你可别有心理阴影，往后有这样的工作想着我一点。"

关童看着这姑娘无比真诚地眨着闪闪发光的大眼睛，也哭不出来了，掩饰地清了清嗓子："行了，合个影留个念，算你这次命大。完事了赶紧给我上医院躺着去，什么时候人大夫允许你出院，你再回来上班！"

大家就在暮色四合的机场门口合了影，宁馥站在关童和钟华中间，捧着一束香水百合。

天色很暗，路灯的光线昏黄，但是大家的笑脸都熠熠生辉。

在医院百无聊赖，把几个电视台的肥皂剧都看了个遍，宁馥怀念起在小诊所看的那一部剧来。

——也不知道纳蒂亚和菲利希娜谁取得了豪门斗争的最终胜利。

她翻看背包中的那本诗集，得用手机翻译才能看懂。

为什么当我哀伤且感觉你远离时，
全部的爱会突如其来地降临呢？
暮色中如常发生的，书本掉落下来，
我的披肩像受伤的小狗蜷躺在脚边。

诗很美，但不应景。

她将在机场门口拍下的那张合照设置为手机的桌面背景，然后关掉了翻译软件。

钟华的电话刚好打进来。

钟华在电话里道："刚好，你今天出院。我去接你吧。"

宁馥有点受宠若惊，然后就充分表达了"刚刚回国，领导你还没给我接风洗尘，是不是不太合适"这一主题思想。

钟华今天倒是难得地好说话，说请客就请客，想吃什么吃什么。

宁馥最后说："我跟你找陈苗去吧。"

她这次没有和系统定下十五年协定，任务完成，随时都可以离开。

她想要的都拿到了，所有的纪念物都在背包里，沉甸甸的，不会被她忘记。将心比心，她知道钟华的心结是什么。

那是一直沉甸甸压在他心脏之上的重担。关于责任、愧疚、惋惜。

她和钟华也算是知己一场，走之前，她也想试试，给钟华求一个圆满。

钟华也没问宁馥是怎么知道陈苗的事的。

——连这点观察力都没有，那也就不是宁馥了，里头没准儿还有关童那个老伙计的推波助澜。

"行。走吧。"他说。

两个人在医院门口的小摊子上吃了豆腐脑兑胡辣汤、油条、烧饼、小笼包。

吃完宁馥摸摸肚皮，托着脸等钟华。

钟华一口能吃半根油条，这让他看起来一点不像个成天坐在办公室里的领导。

"您还挺接地气的。"宁馥说。

钟华喝完碗里最后一口豆腐脑，擦了擦嘴，说道："我二十岁那会儿，吃得比这还快还接地气。我不是什么神坛上的人，不用给我贴标签。"

宁馥耸耸肩膀道："没有包袱挺好，那你当初怎么瞧不上我？一副高深莫测的样子……有话为什么不能好好说，叫我去做什么出镜记者。长得好看有错？"

钟华叹口气："你好记仇。"

宁馥露出一个睚眦必报的微笑。

钟华道："你没错，我错了。对不起。"

"一键三连"，可宁馥还是面带微笑地望着他。

气氛突然有点凝滞，空气变得像淀粉放多的胡辣汤一样黏稠起来。

在这人来人往、嘈杂繁乱的大街边，放着没吃完的小笼包和擦过嘴的纸巾的早点摊上，宁馥非要把他心底的那个结解开。

教他在这里掏心挖肺，鲜血淋漓。

钟华沉默了几秒钟，拿起筷子搛桌上的香油小咸菜慢慢吃。

"你和陈苗一样年轻。"

"她也很漂亮，没有你这样疯，这么勇敢。"钟华慢慢道，"她只是想做好一份工作。"

陈苗大学一毕业，就被招进了中视的调查记者部。

当时是钟华带她。她像所有实习生一样小心翼翼又听话，希望能留在中视这样的好单位。钟华那会儿也年轻，有一股子恃才傲物的劲儿，他的原则就是不求升官发财，不求人情练达，既然进了这一行，就要求一个天网恢恢、公义昭彰。陈苗就被他带得满脑子理想主义，热血又单纯，天天念叨如果能抓到一个大新闻就好了。

她在学校里受了专业训练，进入调查记者部，又跟着钟华大大小小跑了许多报道，总有一种"十年磨一剑，霜刃未曾试"的感觉。

所以，在以为找到了"今日把示君，谁有不平事"的机会时，她几乎毫不犹豫地踏入了那扇通往地狱的门。

警察冲进去的时候，她还有意识，第一句话是："摄像机掉在墙角了"。

第二句话是："好疼"。

这是在她头脑清醒的最后时刻，说出的最后两句话。

27刀，一刀刀毁去了她的脸。在发现警察突袭的慌乱之间，还有人将东西往她的嘴里倒、往她的身体里塞。

她只有二十三岁。

小咸菜被钟华搛完了，他觉得嗓子有点干渴，清了清喉咙。

"我怕女孩子说要来当调查记者。"钟华道，"哪怕她们说不在乎生死，不在乎容貌，只想证实自己的工作能力，只想实现自己的理想。"

"那个时候，我宁愿她们全都拜金，虚荣、浮夸、脑子空空地活着。"

宁馥："呸。"

她问钟华："若我死了，若我毁容了，你会后悔招我进来吗？"

她不等钟华开口就冷冷道："如果你真的一直像你说的那样想，你根本就不会把我从天南都市报社要过来。"

"这根本就是个悖论。"宁馥道。

钟华叹口气，慢慢道："这不是悖论，这是赌博。"

她太优秀了，太耀眼了，仿佛天生就适合做这一行，他不能视而不见。

他赌她不会像陈苗一样陨落。他赌自己再一次将一个女孩划到自己的羽翼之下，能真正地目送她直上九霄。

如今，她已经像宝石一样光芒熠熠。他赌赢了，宁馥成全了他。

她不是陈苗。但在这个世界上，太多珍贵的、金子一样的心，容易被毁损。

宁馥轻轻道："你不可能保护所有人。"她脸上掠过一抹笑，"也不该对女孩子区别对待。这样，男同事们该要委屈了。"

人，以品质论，以能力论，都可以，但就是不该以性别论。

战士有性别，但依然是战士。

"以后不会了。"钟华道，"我向你道歉。"

宁馥因为他的坦荡挑了挑眉毛。她也反省了一下："我本意是想安慰你。"

陈苗的事，是钟华的心结，说不定还是他的心理阴影。

——他亲眼看着自己漂亮鲜活年轻活泼的小同事脸上道道血肉外翻的伤口，亲眼看着一个有理想、有志气、有远大前途、有大好青春的女孩，被折磨成精神失常的疯子。

他还敢赌，也算悍勇。

钟华的话锋却一转："但你不要以为谁都能进入调查记者部。"他也露出一丝笑，"不论男女，你是第一个被我特招的。我不给他们机会，也是因为他们没能达到我的标准。"

陈苗的事发生后，他几乎把调查记者部招人的标准提到了前所未有的高度。

宁馥："……你在夸我吗？"

钟华淡淡看她一眼："说你独一无二，还不算夸？"

宁馥还没反应过来，钟华已经站起身走了。她这个刚出院的病号不得不付了早餐钱，又跟老板要了个袋子把剩下的小笼包打包带走。

钟华这么直白的赞美，堪称百年一遇！

她追上去:"你后悔了吧,独一无二,还被你当众打发,让我去做出镜记者?"

钟华斜睨她一眼。

这人的确是个奇异的矛盾综合体。她有远超常人的沉稳和机智,有时候却又像是个血液里流淌着孤勇无畏的疯子,她有眼界、有胸襟,根本不需要被保护,但有时候又睚眦必报,小心眼得厉害。

但不得不承认,这样的她更鲜活,还有点可爱。

这个世界上伟大的人物就如同银河中的群星,亘古闪耀。

可宁馥的那颗星星,转到背后看是一个皮卡丘。

她会成为一个了不起并且有趣的人。

钟华难得地起了开玩笑的心思,他道:"我说的是真心话。"

"叫你去当出镜记者,不是看不起你。"他的目光掠过宁馥油汪汪的嘴唇,忍着吐槽的欲望,道,"公允地说,你是我平生见过的少有的美人。"

宁馥呆住了:"啊?"

她嘴里还嚼着腌得极入味的萝卜干。

钟华哈哈大笑,转身走了。

陈苗是在一个星期三失踪的。

她从家中走失后,家里人也曾报警、遍发寻人启事,想了不少办法、费了无数精力去找她,可这些年下来依然是毫无音讯。

钟华每个周三和周末,只要有时间,都会去找人。

——陈苗已经疯了,已经没有了正常人的思维和逻辑,但她在星期三离家走失,就意味着这一天对于她来说很可能是有意义的。没有更多的信息,钟华只有坚持这一点看似渺茫,几乎没什么凭据的线索。

他带宁馥去了一处公园。

周末,他会开车到街上去慢慢巡视,周三,就固定到这里"蹲守"。

这里拆迁过。

"这里以前……是陈苗出事的地方。"钟华对宁馥简单地解释道。

觉得走失的陈苗可能经过这里,只是钟华的直觉。在无数个星期三的下午,他在这公园里等待。

这街心公园很漂亮,草坪修剪得整整齐齐,配备了不少健身器材。碰到阳光好的时候,成群的老头、老太太会在这小公园里锻炼身体、跳跳广场舞。玩轮滑的小孩子们像一群群飞来飞去的鸟儿,在人群之间穿梭着,欢叫着。

生活像一条平缓的河流,在这灿烂的阳光和如织的人流中,静静淌过。

没有人知道，曾经还是一片破败的城中村的小公园，有一个二十三岁的女记者，被人在这里划了27刀，只为了做好她的工作。

宁馥跟钟华在这儿一蹲就是一下午，一无所获。

"明天还来吗？"

"来。"

"那早饭你请。"

在第三个星期三，下午三点半的时候。钟华接到关童的电话。

新闻中心的主任在手机那头苦口婆心："知道的是你爱惜部下，替她撑腰给她挡枪子儿，不知道的还以为你对台里有意见呢！给你停职是为了保护你，你这家伙可别给我不识好歹啊！"

他啰啰唆唆地说了一大通，中心意思就是：歇够了，赶快回来开工干活，调查记者部不能没有你！

——顺便把浪够了的宁馥也提溜回来吧！不要太任性！

其他的八卦废话都被钟华自动过滤了，例如——

"你这些天都和小宁在一块儿？

"和她相处得怎么样？我就猜她是合了你的狗脾气，我看这个世界上就这么一个特殊人才！

"考虑考虑？大个八九岁不是事儿，关键你看你现在有多了解人家，赶紧出手，投其所好！"

钟华忍着他的聒噪："别再让我听见你说这种鬼话。"

他对宁馥的喜欢，是出于欣赏，问心无愧、坦坦荡荡。

他喜欢宁馥，就愈发希望宁馥能把每一步都走出刻印在石头上的痕迹。她的每一步都应该向前，走向成熟。她注定成为一名伟大的记者。

他的喜欢是要给她加一点沉重的东西，让她朝伟大跨出那最后的一步。

而不是耽于情爱。

他自己于这些，也并没有多大的兴趣。

关童讪讪地闭嘴了。

钟华却突然笑了，在挂电话前又调侃了一句关童："不过我最近是了解她多了一些。她比你可爱太多，你要多向宁馥学习，老关。"

宁馥好吃，嗜甜，喜欢烤红薯和快乐水，也喜欢吃牛肉干和各种奶制品，总是喝劣质奶茶，不在意外表，却非常在意保养她那头长发。

她最近就沉迷于这个街心公园拐角的奶昔，每天这个点就去买。

钟华挂断电话，手机还没放到衣兜里，便听见宁馥在喊他——

"钟华，你来，陈苗说她也想喝紫色的这个！"

宁馥的声音经过大脑的放大处理，让钟华愣了好一阵。他在原地站了几秒，然后才突然意识到自己正在发呆，大脑一片空白。

他知道宁馥不会骗他。

他猛地拔腿朝街角的奶昔摊子跑去。

宁馥正在小摊前挑选口味。她旁边站着一个脏兮兮的女人，再仔细看，两人的手牵在一起，宁馥动作无比自然地拉着她，仿佛拉住一个早就相识、刚好路过的同学。

她抬头见钟华来了，朝他露出一个笑容。钟华感到目眩。

"我喊陈苗，她答应啦。"宁馥笑道，"请我们吃冰吧，领导。"

陈苗很乖，任由宁馥牵着她，甚至在宁馥把两人牵在一起的手拉起来朝钟华摇晃的时候，她还怯怯地笑了一下。

那一张原本该清秀漂亮的脸上盘亘着许多道长短不一的疤痕，像牢牢钉入肉里的蜈蚣，此刻伴随她的笑容，突然在她的脸上复活，扭曲地蠕动起来。

那卖奶昔的小贩一抬眼，正看见她之前被一头乱糟糟长发掩盖的脸，吓得"啊"的一声，险些将手里的勺子丢出去。但紧接着，他就感觉到两束目光朝自己刺来。那女孩明明笑嘻嘻的，眼神里却带着一股子凶恶劲儿，而后面来的那个男的，视线里简直像带着冰碴子！

这三个人都好不正常！

小贩赶紧眼观鼻鼻观心，老老实实地做起奶昔来。

十五元一大杯，其实更像沙冰。钟华付了钱，一只手拿着一杯奶昔，却突然有些手足无措。

他不由得将目光投向宁馥。

宁馥还真是第一次接收到钟华这样询问中带着一点求助的眼神，她挽着那个脏兮兮的女孩，问她："我们先坐下来吃冰，然后找个地方吃饭，好不好？"

女孩竟然意外地信任她，点了点头。

三个人在公园里找了一张长椅，坐下。钟华看着两个姑娘享用她们的奶昔，神色已经恢复如常，只有放在身侧的手指反复屈伸，握紧。

紫色的奶昔是葡萄味的，宁馥吸着杯底快要融化的奶昔，把自己的舌头弄成了紫色。

她伸出舌头做鬼脸，陈苗就"哧哧"地笑起来。

宁馥去买奶昔的时候看到一个脏兮兮的女乞丐，或者说流浪者更合适一些。

在这里卖了两个夏天的奶昔摊小贩也说从前没见过她。

她有些焦躁地围着步道转悠，仿佛在认真地思考和找寻着什么，下一刻看到小贩漂亮的遮阳伞和太阳下花花绿绿冒着凉气的奶昔，又露出渴望的眼神。她不向别人乞讨要钱，只靠有时候心善的路人看她可怜，施舍几个零钱，或是直接给她买些食物过活。

她穿着一件已经看不出颜色的兜帽卫衣，裤子也脏兮兮的，或许是在外面流浪受过欺负，看人的眼神里总有一种惊怯，举动也有些畏缩。

宁馥看到了她脸上的伤疤。

她是陈苗。

陈苗吃完奶昔，不安地在长椅上动了动，对宁馥说："谢谢你。"

宁馥有些惊讶，转头去看钟华，只见他也是瞳孔微微放大。

没想到她竟然还会有道谢的思维能力。

宁馥小心地问："你……你接下来想去做什么？"

女孩突然站了起来，她如梦初醒一样环视四周，身体突然开始颤抖。宁馥和钟华对视一眼，心中都升起了不祥的预感。

陈苗突然尖叫起来："我要找——我要找——"

要找什么，她没有说清，人已经像兔子一样蹿了出去。

宁馥和钟华紧追在后。

陈苗像疯了一样，不，准确地说她早已经疯了，此刻终于显露出异于常人的地方。她的精神的的确确垮掉了。她不知道在寻找什么，疯狂地在街心公园的一侧来回转，跑得一只脚上开胶的鞋子彻底掉落下来，也浑然未觉。

宁馥跟在她身后，只听陈苗口中不停地念叨："要找……要找到……"

她的声音中透出一种马上就要大难临头的惊恐，听着令人心碎。仿佛她正处在绝境之中，仿佛她正在经受痛苦。她的精神和思绪不知停留在哪里。

是什么让她即使在这样的情境下，还要拼命去找？

"找到了！"

宁馥突然拦住了正在围着一棵大树疯狂转圈的陈苗，喊道："找到了，在这里！"说着，她朝陈苗扬了扬手中的手机，一副"这是我刚才从地上捡到的"的样子。

趁着陈苗将眼睛盯在手机上不知道怎么确认的时候，宁馥一把将对方拦腰搂在怀里，拘住了她的行动。

陈苗的脚底已经渗出血来，却并没有挣扎，而是一把拿过宁馥的手机，不断按动手机一侧的按钮，屏幕不停地闪烁着。

她问:"我录到了吗?我录到了吗?"

我录到了吗?

宁馥突然觉得眼眶一热。

赶过来的钟华在两个扭成一团的女孩旁边慢慢蹲下身来。他伸手握住陈苗的手,慢慢地把那个被她当作微型摄像机的手机从她的手中接过来。

"录到了,你做得很好。"他的声音泄露出一丝颤抖,但随即变得沉稳而温和起来,"坏人也都被抓起来了,你抓住了一条好新闻。"

女孩终于安静下来。慢慢地,她布满"蜈蚣"的脸上,露出了一个笑容。

陈苗被送到市立医院做全身检查,她的家人也接到了通知,在火速赶来的路上。

谁都没想到在走失近三年后,她竟然就这样被发现了。

谁都不知道,在这三年里,她一个精神失常的病人,没有生存能力,没有逻辑思维,到底是怎么生存下来的。

医生倒是给出了一点解答。

陈苗的身体和精神都受到了巨大的刺激,情绪也极度不稳定,在精神失常的情况下,她的认知水平几乎等同于智力障碍——但偶尔也会有那么一两个瞬间,她能拥有较清楚的逻辑能力。

她已经不记得自己的家在哪里,姓甚名谁,却记得自己有件重要的事要做,有件重要的东西丢了。

要捡回来。要把她应该做的事情有头有尾,圆圆满满地完成。

就靠着老天时不时地给她的一瞬间清醒,她兜兜转转,用了三年的时间,在这座城市里,一点一点地找到了自己曾经出事的地方。

房子不见了,坏人被抓了,她还在找那个掉落在角落里的摄像机。

"病人现在可以说是处在比较清醒的阶段,或许会对你们的话做出回应。"大夫从诊室里走出来,对两人道。

"你进去吧。"宁馥道。

她隔着一层玻璃,站在外面看着。太多人进去不好,容易让她受惊。

陈苗穿着病号服,乖巧地坐在病床上,看到钟华似乎是之前给自己和宁馥买奶昔的人,于是朝他笑了。

宁馥看见钟华走过去,并肩和她坐下,然后说了几句话。陈苗像个期待老师表扬的小学生,对每一个问题都认真地回答了。

钟华很快出来了,说后面的时间留给她的家人更好。

他往外走,宁馥也没有问他跟陈苗说了什么。

外面天色已晚，华灯初上。

"我问她，坏人欺负她，折磨她，她从此以后不能做个漂亮姑娘，不能做个聪明人了，她一辈子都毁掉了——"钟华开口道，"她后悔不后悔？"

宁馥轻声道："但她成了一个好记者。"

钟华笑起来，他依然觉得心头沉重，为这太惨烈的牺牲而痛惜，为自己没有保护好陈苗而自责。但有什么重担，像条失去效力的绳索，正从他的身上慢慢滑落。

他淡淡道："你和她倒是心有灵犀。"

因为陈苗答他："我不后悔呀。"

医院外面是城区通往 CBD 的主干道，车水马龙。两个人站在过街天桥上吹晚风，望着下方一直绵延到远方的车尾灯。

红色的，连成一串，融入夜色里的灯火辉煌。

宁馥问："她会好起来吗？"

钟华知道，她问的是陈苗。

他摇摇头："我不知道。不过她在接受治疗了。"

如果苍天有眼，就该让她的后半生平静安宁，不再受苦。

她一腔热血追求理想，她打破黑暗，却也被黑暗割伤。她或许并不想要什么平静安宁、不再受苦，但这些已经是能够期许的唯一。

世道待她不公平。

宁馥轻声道："这个世界上有很多这样的不公平。"

却依然有人前仆后继，如同飞蛾扑火，奋不顾身。

宁馥从怀里掏出个裹了几层的纸袋子，里面是烤红薯，还是热乎的。

"陈苗做检查的时候我出去买的。"本来是想买来哄陈苗的，这姑娘迷糊起来心智可能和几岁小孩差不多，吃东西的口味大约也喜欢这些甜甜糯糯的。

不过她的家人很快赶到，送她去办理住院手续做后续检查了，宁馥就没上去凑这个热闹，把这红薯私吞了。

两个人在天桥上就着习习凉风，把烤红薯分着吃了。

钟华吃完了，一看宁馥还在那儿小口小口地抿，不由得一笑："怎么吃得这么慢？不像你。"

他发现宁馥工作之余似乎并不是个苦行僧，相反，她还很会、也很爱在条件允许的情况下享受一下美好生活。就是吃东西太快，总有股迫不及待的劲儿，仿佛这一口现在不赶快吞下去，下一秒就要吃不上了一样。

今天倒是一反常态。

宁馥一边慢慢吃一边道:"因为气氛好,红薯也甜,所以要格外珍惜。"

钟华挑一挑眉。

他不再催促宁馥,只站在她身边慢慢讲他对她的规划。接下来有多少选题要做,未来几年要她跑多少个省份,将来她还可以做哪些形式的节目,要再练练笔头的能力。

他道:"五年之后,我希望你做到调查记者部的主任。"

宁馥微微一呆。

她问:"那你呢?"

钟华笑了笑,看她的目光中终于露出一丝柔和,还有点看傻孩子似的宠溺。

他没说话,但宁馥已经反应过来,她也朝钟华一笑。

说句不太好听的,这是两个有野心的人的默契。五年之内,钟华必然高升。

钟华轻轻呼出口气。

年轻的陈苗是一条清澈的溪流,她的心,永远停留在赤子之时,只要一眼,就可以看透她的赤诚。而钟华……他已然像一条浑浊的江河,他的人生中杂糅了太多东西,太多考虑,太多知世故和不可说。

但他依然要以浩浩汤汤的决绝奔流到海。

他不想让宁馥做陈苗,也不想让宁馥做他。他想要她百炼成金,想要她被这世道的火越烧越坚硬而纯粹。

她是块好料子,他也自诩从不看走眼。

他总觉得宁馥太有灵气,那一股疯劲,是一个记者从杰出到伟大的一步之遥。钟华想要在她的"一步之遥"上增添一点沉重的东西,才会毫不犹豫地点头同意她去战地采访,才会一点儿不"爱惜"地支使着她上昆仑下北海,哪里艰苦往哪里跑。

他在宁馥身上赌得很大,也怕,她真因为那不要命的悍勇,把自己搭进去。

他从来不抽烟,但在宁馥被叛军扣住的那一晚上,他默然点起一支烟。

好在,宁馥全都一关关闯过来了。

到现在……

到现在反倒是宁馥推着他解了这个心结。

陈苗、他、宁馥,他们奔赴的都是同一个方向,风尘赤子,此心仍殷。

钟华突然意识到,宁馥——

她才是自己的一步之遥。

钟华看着宁馥吃完红薯擦擦手,忍不住笑道:"真不是个走高端路线的命。"

要饭,跟着巡逻队去爬雪山,跪在浴缸里直播空袭。她摸爬滚打两腿泥,还真的从来没拥有过与成就相称的荣光。

不过她还挺爱收集奖杯的。不把它当作什么荣耀捧着，而是像小孩子收集糖纸，漂亮女孩爱买齐每一个色号的口红一样。

　　他笑道："等我给你定做一个奖杯。跟原装一样的。"

　　宁馥笑了："行。你要快点。"

　　她再赚五个积分，就要脱离这个世界了。

　　钟华的手机"叮咚"一响。

　　他拿出来摁亮屏幕看了一眼，笑起来："关童。"

　　自从他那天调侃了这位新闻中心的主任后，对方就不乐意给他打电话了，都是发消息联系，还格外言简意赅。

　　钟华对宁馥道："你那篇稿子也发出了。关童说国际部很看重。"

　　是宁馥在 C 地区的战地手记。

　　宁馥听见脑海中"叮"的一声提示音，有点哭笑不得。

　　钟华将手机放回衣兜，只觉得神清气爽，笑起来，转头对宁馥道："明天该回台里上班了。"他笑起来仿佛二十岁左右的小子，"我请你喝奶茶。"

　　说罢他转身要走，却突然发现宁馥站着没动。他扭回头来，用探询的眼神看着她。

　　他第一次见宁馥露出这样的笑容。

　　像夏日夜晚里温柔的月亮。

　　她道："我不喜欢喝奶茶。"

话外篇 /

"她"

喜欢吃红薯，不喜欢喝奶茶，特别接地气却很注重护发的宁馥消失了。

钟华是第一个发现这个秘密的人，也是唯一一个发现的人。在天桥上的那个夏夜，是他最后一次见到她。他读了许多心理学和双重人格方面的书，却并不觉得自己得到了答案。

他去问新的这个宁馥。这个宁馥似乎有一点点惊讶，但当他说他并不相信什么双重人格和人格融合的时候，她并没有感到不安、恐惧或者受到威胁，反而微微一笑，看上去有一丝惊喜，甚至可以读作欣悦。

"她走啦。"她道，"走的时候她就说，你或许会发现。"

这个新的宁馥并不嗜甜，但喜欢喝奶茶，宁馥消失以后，她剪了短发。

"我很高兴你能认出她。"——真正将之前的那个"她"，当成一个独立的人来对待。

她们不是彼此的半身，不是什么见鬼的双重人格，哪怕这个答案显得太惊悚、太怪力乱神，但阿香也始终这样相信。如果钟华分不清这一点，她可要质疑宁馥将此人引为知己的眼光了。

钟华反而踌躇。

过了许久，他问："她去哪了？"

阿香微笑一下："我不知道。"她又轻声道，"但她不会死。你记着她，她就一直在呢。"

钟华也笑了，摆摆手，把选题会的材料放在她的桌上："别辜负她的心意。"

阿香在他背后撇了撇嘴。

要是从前——在她没遇到那个"孤魂野鬼"以前，她是绝对不可能露出这样破坏形象的表情的。

她在心中道："我才是她最亲密的人呢。"

宁馥知道她少年时偏执的渴望，给她买奶茶和甜水喝。

宁馥知道她无法安心地寻求安全感，就细心地保护着一头长发，哪怕这样费事的长发并不适合她所热爱的职业。

宁馥在给她保证。

说起来好像宁馥是个占据了别人身体的"恶霸",可事实上,她却如此费心、细心、贴心地在照顾着阿香。

宁馥让她真的长大。

她恢复了自己以前的口味,常喝劣质奶茶,不再经常光顾卖油条、小笼包和烤红薯的摊子。

她在五年里坐到了调查记者部的主任的位置,成了整个中视最年轻的正处级女性干部。她又拿了两次"黄河奖",奖杯和"她"获得的那些荣誉并排放在陈列柜里。

"她"和阿香的告别也很简短。在天桥上吃红薯的时候,"她"给她讲了一个故事。

真假千金,豪门错抱,狗血淋漓。

阿香越听越觉得离谱,不敢相信。

她会为了回到林家、夺回父母的宠爱而试图找人侵犯林越越?她会因为嫉妒,迫不及待地也想挤进娱乐圈?她会被那个脑子里进了水的林氏少董报复到精神失常?

还有,那个什么顾云兮,据说会让她爱得死去活来的,又是谁?哦,是小姑娘花儿的主治医生,可是……可是她连他长什么样子都已经不记得了呀!

"她"和她说了掏心窝子的话,告诉她在一个故事里,摆脱宿命只需要这一次觉醒。故事只是故事,人却可以选择踏上截然不同的道路。

笼中之鸟已飞向高空,故事里的逻辑将无法也不再束缚她们的羽翼。

乾坤之大,破浪穿云。

钟华待她很冷漠。

阿香猜,或许他是以为,她剪短头发是为了和那个曾经占据自己身体的"孤魂野鬼"做切割。

男人就是自以为是。

而她只是……她只是猜测,"她"真正的模样应该是短发。而且"她"会喜欢她的新形象,便不再执着于她的长发了。

——阿香切割了她的过去。

拥抱了宁馥给她的未来。

(未完待续)

图书在版编目（CIP）数据

燿野 / 鹤云歌著 . — 北京：中国致公出版社，2023

ISBN 978-7-5145-2145-0

Ⅰ.①d… Ⅱ.①鹤… Ⅲ.①长篇小说 – 中国 – 当代 Ⅳ.① I247.5

中国国家版本馆 CIP 数据核字 (2023) 第 119217 号

燿野 / 鹤云歌 著
YAOYE

出　　版	中国致公出版社
	（北京市朝阳区八里庄西里 100 号住邦 2000 大厦 1 号楼西区 21 层）
发　　行	中国致公出版社 (010-66121708)
责任编辑	贺长虹　高　瑞
责任校对	魏志军
策划编辑	仪雪燕
封面设计	唐小迪
责任印制	徐　琛
印　　刷	北京君达艺彩科技发展有限公司
版　　次	2023 年 10 月第 1 版
印　　次	2023 年 10 月第 1 次印刷
开　　本	787mm×1092mm　1/16
印　　张	22.5
字　　数	416 千字
书　　号	ISBN 978-7-5145-2145-0
定　　价	55.00 元

（版权所有，盗版必究，举报电话：010-82259658）
（如发现印装质量问题，请寄本公司调换，电话：010-82259658）